TO MARRY THE DUKE
BY JULIANNE MacLEAN

公爵と
百万ポンドの花嫁

ジュリアン・マクリーン
山田香里=訳

オーロラブックス

TO MARRY THE DUKE

by Julianne MacLean

本書を今回も、毎日わたしのヒーローでいてくれるあなた、スティーヴンに。
すばらしき新編集者ケリー・ハームズ、
すてきな代理人ペイジ・ウィーラー、
そして大好きないとこミシェルにも、心からの感謝を。
あなたたちの友情は、わたしにとって、なくてはならないものです。

公爵と百万ポンドの花嫁

おもな登場人物

ソフィア・ウィルソン　アメリカから来た裕福な令嬢
ジェイムズ・ニコラス・ランドン　ウェントワース公爵
ベアトリス・ウィルソン　ソフィアの母
マリオン　ジェイムズの母
マーティン　ジェイムズの弟
リリー　ジェイムズの妹
エドワード・ウィトビー　ジェイムズの親友。伯爵
フローレンス　伯爵夫人。元アメリカ人
ジュヌヴィエーヴ　娼館を営むフランス人
ピエール　フランスからの旅行者

1

一八八一年　ロンドン社交期《シーズン》

ソフィア・ウィルソンは、観念したようにため息をついた。よく考えもせず大西洋を渡ってロンドンまで来てしまったけれど、それは取りも直さず、じゅうじゅうと音を立てるフライパンから燃えさかる炎に身を投じるようなもの。

彼女はいままさに、〝結婚市場《マリッジ・マート》〟に足を踏み入れようとしていた。

ソフィアは母親と連れ立ち、大勢のひとが集うロンドンのとある客間に入っていった。絹の壁掛け《タペストリー》やリボンの掛かったバラの花束が優雅に飾られ、一見なんの使い道もないがらくたの山のような数々の小さな骨董品も、みごとに配置されている。ソフィアは手袋をはめた手で扇をきつく握りしめ、なんとかいう名前の伯爵夫妻に紹介される心の準備をした――この日のために、一カ月ほどイングランド式マナーの猛特訓を受けてきた――そしてその教えどおり、最高の笑みを浮かべた。

「悪くはないわね」しばらくして、母親がまわりを観察しながら小声でささやいた。

母が頭のなかで〝こちらに伯爵……あちらに侯爵……〟と、その晩の作戦を練っているのが、聞こえてくるかのようだ。

たった一本のねじで吊された鉄のシャンデリアが頭上にぶらさがり、いまにも落ちそうになっているような気分――重い責任がソフィアにのしかかった。アメリカの裕福な令嬢である彼女が、ここロンドンまでやってきたのは、母国で上流階級の仲間入りを果たし、それによって一家の人生を未来永劫変えるため。

つまり、イングランドの貴族と結婚するために、彼女はここにいる。

少なくとも、そのことは母に約束してアメリカを出た。とにかく逃げ出したくてたまらなかったから。というのもこの一年、ソフィアは四件の求婚を断っていた――すばらしいご縁ばかりだったのにと、しょっちゅう母に責められて――そして母は、ついにしびれを切らしてしまった。前回の求婚者はなんとピーボディ家の子息で、いやはやウィルソン家がピーボディ家と縁続きになるなど、甚だしい大手柄のはずだったのに。ニューヨークでの財閥主催の夜会に招待されることは間違いなし。ミセス・アスター――あのミセス・アスターでさえ、ブルジョア成金のウィルソン家に足を運んだかもしれない。もちろん、上流階級のお局ともいえる彼女にとっては、身の毛もよだつ出来事になったであろうけれど。

それほど母が縁組みに躍起になっているのは、ソフィアの家が、鉄壁と言われる由緒正しいニューヨーク社交界への仲間入りを狙う、数多くの新興一族のひとつであるからだった。彼らは〝成り上がり〟と呼ばれていた。

身の程を知っているからこそ、彼らは上流社会への仲間入りを熱望していた。

ソフィアはうつろな気持ちで見知らぬ人々の群れを眺め、よそよそしく控えめな笑い声にぼんやり耳を傾けた。果たしてこれが笑い声と言えるのかしら。妹たちなら、決してそうは言わないわ。

ソフィアはため息をつき、社交のシーズンが終わるまでに愛せる男性を見つけることがどれほど重要か、いま一度、自分に言い聞かせた。母とははっきり約束した。そうしなければ、あわれな母は、また心労で伏せってしまう。ピーボディ家のことを母に忘れさせ――〝発作〟を起こした母のために医者を呼びに行かせなくてすむ――唯一の方法は、さらなる大きな魚を捕まえること。そんな大物は――まさしく称号付きの大きな魚は――ロンドンにしかいない――だから、はるばるやってきたのだ。

願わくは、せめてその魚がロマンティックで、ハンサムで、彼女のお金ではなく彼女そのものを愛してくれるひとであってほしいと、ソフィアは祈るばかりだった。

「娘を紹介させてくださいませ、ミス・ソフィア・ウィルソンですわ」ソフィアの母は、娘を淑女のグループに紹介した。どの淑女も、かたわらに娘を伴っている。

イングランドの淑女たちはしばらく無言になって、ソフィアの身なりを上から下までながめまわした――〈ウォルト〉のパリ製ドレス、首に巻かれた真珠、エメラルドカットのダイヤモンドのペンダント、ダイヤモンドを鈴なりに配したしずく形のイヤリング。イングランドの娘たちは、誰もそんな贅沢な宝石は身につけておらず、うらやましそうに彼女を見つめるだけだった。

ソフィアは突然、自分こそが魚になったような気がした――しかも、いつもの水場から遠く離れてしまった魚。

「アメリカからいらしたの?」やっと淑女のひとりが口を開き、ぱちんと扇を広げて顔の前ではためかせ、どことなくいらだたしげにソフィアの返事を待った。

「はい、ニューヨークから。こちらではランズダウン伯爵夫人のお世話になっております」

実はランズダウン伯爵夫人もまたアメリカ人で、ニューヨークでは〝社交界後見人〟の最高峰として知られていた。三年前にランズダウン伯爵と結婚した彼女は、ロンドンで生まれ育ったかのように、ロンドン社交界に入りこんでいた。ウィルソン家のひとびとは、伯爵夫人となる前のフローレンスをニューヨークで見知っていた。フローレンスもやはりニューヨーク社交界には入れてもらえず、数えきれないほどの冷たい仕打ちを受けていたけれど、いまでは高飛車なニューヨークの上流階級を歯牙にもかけていない。彼女は復讐を果たすつもりで、ソフィアと母親のような、いわゆる〝成金〟と呼ばれるひとびとを後押しし、長くてときに危なっかしい社交界の階段を昇らせ、ぱんぱんにふくらんだビーズの手提げ《レティキュール》にさんぜんと輝くイングランド貴族の称号を持たせて、故郷のニューヨークへ錦を飾らせていた。

「そうですか、わたくしたちも伯爵夫人とは懇意にしております」むっつりとしたイングランド人の淑女が答え、ほかの婦人たちとわけ知り顔でうなずき合った。

淑女からそれ以上の言葉はなく、ソフィアはできる限りにこやかな笑みを浮かべた。急に、その夜が長々と延び、何キロも馬車が渋滞した退屈な道のりであるかのように思えた。

そのとき、部屋がしんと静まり返り、あちらこちらからひそひそ声が聞こえた。〝公爵様ですわ……本当に公爵様ですの？……まあ、公爵様がいらっしゃるなんて〟すべての頭が扉に向く。

朗々と響く家令の低い声が告げた。「ウェントワース公爵閣下のおなりです」

公爵の入室を待つソフィアの頭のなかに、アメリカ的な平等精神が顔を出した。

〝公爵だろうと一介の労働者だろうと、同じ人間ではないの〟

ソフィアはつま先立ちになってひとびとの頭上を覗き、ここにいるなかでも最高位の貴族をひと目見ようとしたが、イングランド人の若い娘に耳元でささやかれて引っこんだ。

「あのかたはやめておいたほうがよろしくてよ。でないと悪夢の結婚をすることになりますわ」

ソフィアが娘をしげしげと見ると、娘は青くなって後ずさり、それ以上は言葉を交わそうとしなかった。

娘の言葉に驚き、いささか好奇心をくすぐられたソフィアは、扉に視線を戻した。淑女たちがひざを折ってお辞儀をする。大勢のひとびとを通してでも、床にスカートが広がるさまは見て取ることができた。やっとのことで視界が開けたと思ったら、ソフィアはいつしか、とてつもなく威風堂々とした男性を見つめていた。

黒の燕尾服、白いシャツ、白のベストをまとったその男性は、飢《う》えた黒豹のようにしなやかに入室し、ひざを折ったりお辞儀をしたりしているひとびとすべてに、丁重だけれども冷淡な物腰でうなずいていく。

その力強く際立った顔——なめらかな肌と鋭い輪郭を見つめるうち、ソフィアの胸がざわめき始めた。芸術品でも見ているかのように、想像を絶する美しさに息もできなくなる。こんな顔立ちを誰かが創り出すなんて、不可能に思えた。けれど、誰かがそれをやってのけたのだ。ある女性が。母となった女性が、二十何年も前に、この神業としか思えない完璧な容姿を生み出した。

ソフィアは目をそらすことができなかった——そのひとのすべてを瞳にうつしとろうと見つめていた——自信のみなぎる立ち居振る舞い、静かで超然とした存在感を。

髪は漆黒で、豊かなくせ毛が広い肩にはらりと掛かっている。乱れた長髪など、明らかにおしゃれとは言えない。みっともなくさえある。ソフィアは細い眉を片方つり上げた。これほど野蛮な姿を人前にさらす男性は、ニューヨークにはいないわ。でも、このかたは公爵様。自分の好きなようにできるということなんだわ。彼にもの申したり、けなしたりできるようなひとは、ここには誰もいない。

そこがロンドンとニューヨークの違いなのね、とソフィアは思った。高貴な血が流れていればどんな変わり者でも許されるし、社会的地位はなにがあっても揺るがない。

部屋にいるひとびとが、恐れ多いがゆえに言葉をなくしているなかで、堂々たる男性は部屋をひとめぐりした。それが終わると、また静かな会話のざわめきが戻ってきた。

けれどもソフィアは、抗いがたい魅力を備えた長身の男性から目を離すことができなかった。彼の動きから、目が離せない。自信に満ちた、流れるような優雅な物腰。まるで猫のよう。

そして緑色の瞳もまた、猫のようだった。理知的で力のある瞳。冷笑的で危険なにおいがする。ソフィアは興奮とおののきの入り混じった感覚に戸惑い、身震いした。彼と関わってはいけないと、本能の声がする。

彼が金髪の紳士と連れ立って部屋の奥へと移動するのを見て、ソフィアはかたわらの若い娘に顔を向けた。「どういう意味でしたの?」声をひそめて尋ねる。「悪夢というのは?」

娘は肩越しに公爵を見やった。「口をつぐんでおくべきでしたわ。社交界のたんなる噂にすぎませんのよ」

「わたくしをおからかいになったの?」

しつこく訊くソフィアに、娘は不快感をあらわにして大きく息をつき、胸を上下させた。

「いいえ、ご注意申し上げただけですわ」身を乗り出してささやく。「あのかたは危険な公爵とも呼ばれていらっしゃるの。邪悪な心をお持ちなのですって」

「どなたがそんなことを?」

娘はさらに不快そうに眉を寄せた。「皆、そうおっしゃっていますわ。あのかたのご一族は呪われているのですって。すべて残酷な運命のなせるわざ。あのかたをごらんになれば、おわかりになるでしょう？」

ソフィアは向きを変え、また公爵のほうを見つめた。彼の目の動きを見る。彼はゆっくりとまばたきし、目の前を通りすぎる誰も彼もをさげすみのまなざしで見つめていた。

「いえ、わたくしにはちょっと……」

けれど本能では、公爵が確かに危険なひとだとわかっていた。彼の瞳には明るさがない。あるのは闇と、奥深く秘められた世間への煮えたぎるさげすみのようなものだけ。

あのひとと知り合うのはよそうと、ソフィアは早々に決意した。これだけの好奇心をかき立てられ、魅了されていることを考えれば――いえ、それよりも、体の内側がいまこうして愚かにも年若い少女のようにうずいていることを思えば――とんでもないことになるだけだ。この衝動を理性で抑えこめるだけの強さが自分にあるのか、彼女には自信がなかった。情熱などあてにならないと、ずっと考えてきたのだから、衝動ではなく理性で男性を選ばなければならない。

公爵に視線を戻したソフィアは、通りすぎる淑女に彼が優雅に会釈したのを見て、鳥肌が立った。

そう、間違いなく、彼はソフィアにとって危険な男性だった。

なんとか落ち着きを取り戻し、まわりのひとびととの会話に戻ろうと、ソフィアは母親を不安げに見下ろした。

なんということ。母もまた、誰かの肩越しに公爵を食い入るように見つめていた。

大きな不安の波がソフィアを襲った。

母は、よだれを垂らさんばかりの顔をしていた。

第九代ウェントワース公爵ジェイムズ・ニコラス・ランドンとロスリン侯爵、さらにウィンボーン伯爵とスタフォード子爵は鉢植えの木生シダのうしろから出て、混み合った客間を真剣なまなざしで見つめた。レディ・シーモアが羽根飾りのついた象牙《ぞうげ》の扇を開いたために視界が悪くなり、公爵は少々いらだたしげに頭をかたむけ、覗きこむようにした。

なにかが目に留まったからだ。

「あの女性は誰だ?」ジェイムズは、うしろにいるウィトビー伯爵に尋ねた。ウィトビーは指にはめたエメラルドの指輪を、うわの空でもてあそんでいる。

「彼女はアメリカ人だよ」ウィトビーが答えた。「〝ニューヨークの至宝〟と呼ばれているひとで、バッキンガム宮殿をも支えられるほどの持参金付き、という噂だがね」

ジェイムズは、件《くだん》の女性の魅入られるような青い瞳と、ふっくらとしたよく動く唇にまじまじと見入った。「彼女が噂のご令嬢なのか？」

「驚いたようだな。美人だと言っただろうが。信じてなかったのか？」

それには答えず、ジェイムズは金色の髪をした噂の美女が、今夜の主催者であるブラッドリー卿のもとへ歩み寄るのを眺めていた。ふたりは互いに紹介を受け、アメリカ人の令嬢は瞳を輝かせてにっこり笑った。彼女がまとった銀色と栗色の絹の紋織りドレスは光を受けてきらめき、首には真珠が巻かれ、憎らしいほど大きなダイヤモンドのペンダントが魅惑的な胸の谷間に下がっている。

ジェイムズはうんざりしたような笑いをもらした。「またアメリカ人が、貴族狩りにやってきたというわけか。これでいったい何人になる？　三人か、四人か？　いったいなにをしているのやら——開拓地《フロンティア》の友人すべてに手紙を書いているのかね？　早くいらっしゃい、お金があれば称号が手に入るわよ、と？」

ウィトビーが友人のかたわらに並んだ。「皇太子《バーティ》が新しいもの好きということは、きみもよく知っているだろう？　それが美人で賢いとなれば、なおさらだ。そして皇太子様には、手に入らないものはない」

「そして、取り巻き連中は喜んで御意に従うというわけだ」

そのときアメリカ人の令嬢が笑い、きれいに並んだ完璧な白い歯を覗かせた。ウィトビーが彼女のほうへあごをしゃくる。「彼女とご母堂は社交シーズンのあいだ、ランズダウン伯爵夫人のところで厄介になっているそうだ」

「よりにもよってランズダウン伯爵夫人か」ジェイムズは冷ややかに答えた。「またしてもアメリカの女狩猟家――しかも、すでに称号をものにしているときた。新参者に手ほどきしているのだろうさ」ジェイムズは伯爵夫人を知りすぎるほど知っていた。まわりくどいやりかたは、彼女の得意とするところではない。

ジェイムズとウィトビーは連れ立って部屋のなかほどへ進んだ。どうして今夜ここへ来ることにしたのかさえ、ジェイムズにはよくわからなかった。ロンドンの結婚市場《マリッジ・マート》など、くだらないと思っている。妻を探してはいないし、探したいとも思っていない。独身の娘を持つ強欲な母親に追いかけられるのはごめんだ。そういう母親は、未来の公爵の血管に自分の血が流れていると思って喜ぶためだけに、どんな極悪人にでもかわいい娘を嫁がせようとする。

しかし今夜は、なぜだか社交界に顔を出してみようかという気になった……。

ジェイムズは大理石のマントルピースの横で立ち止まった。そこには金のタッセルがついた垂れ布が掛けられ、あふれんばかりの白い羽根を入念に飾りつけた花瓶が置かれている。そこで彼は、いま一度、光り輝かんばかりのアメリカの女性を見ずにはいられなかった。

「彼女には紹介されたのか？」と訊いてみる。

ウィトビーもまた彼女を見ていた。「ああ、三日前の夜会で」

「彼女は皇太子にもお目通りずみなのか？」

「皇太子は先週、ウィルクシャー邸の舞踏会で彼女を紹介されたようだ。そして二度――しかも続けて――彼女と踊った。さらに聞くところによると、それ以来、彼女の銀の盆は招待状であふれかえっているとさ」

ジェイムズはマントルピースにひじをついて寄りかかり、彼女が主催者と談笑しているのを眺めた。

「きみ、彼女に興味があるのじゃあるまいな？」ウィトビーが驚いたような声で尋ねた。

「まさか。ぼくはめったなことでは興味を持たない」

しかし今夜は違う、とジェイムズは思った。好奇心めいたものが、頭のなかを駆けめぐっている。なにかを揺り起こそうとしている。なるほど、彼女にだけは目を引きつけられる。

ジェイムズは視線をゆっくりと下ろしてゆき、やわらかな体の曲線をなぞっていった。

なんと華奢な腕が、あのぴったりと吸いつくような白い手袋に包まれているのだろう。目の肥えたジェイムズの視線が、さらに優美な手へと移る——その手には、ほとんど口をつけられていないシャンパングラス——さらに可憐なひじ、そしてすべすべとしたやわらかそうな肩、蠱惑《こわく》的な鎖骨へ。ふっくらとした胸は、体に沿う夜会服にきっちりと包まれている。それがそこから解放され、熱き血潮をたぎらせて待ちかまえる彼の手にこぼれ出たらどんなふうになるのだろうと、ジェイムズは想像した。

「きみの母上は、まだ妻を迎えろとせっついているのか?」ウィトビーが声をかけ、観察に夢中になっているジェイムズをさえぎった。

ジェイムズは心を現実に引き戻した。「毎日だ。だが、アメリカ人のことを訊かれる心配はなさそうだな。母は屋敷を自分で取り仕切るのが好きなんだ。母の好みは、おとなしくて出しゃばらない娘——もちろんイングランド出身の——不満を言ったり目立つ存在になることなく、陽の当たらないところで満足しているような娘だからな」

ジェイムズは、回廊《ギャラリー》に向かおうと通りかかったレディ・シーモアに愛想よく会釈した。回廊では、先ごろ手に入れたばかりのレンブラントがお披露目されている。その絵画はストークス侯爵が手放したものだということは、ロンドンの上流社会では周知の事実となっていた——領地の荒廃を押しとどめるために、馬車一台分ほどの美術品さえも手放さざるをえなかったのだ。そして侯爵夫人はそれ以来、夫とひとことも口をきかないという話が、どこの夜会でもまことしやかにささやかれていた。

「アメリカ人、とりわけ彼女ほど目立つ女性となると」ジェイムズはそう続けながら、ストークス侯爵とその財政難のことは考えないようにした。あまりにも身につまされる話だったから。「母にとっては最低の悪夢だろうな。それはぼくにとっても同じだろうが。万が一、結婚を決めるようなことがあるとしたら、壁紙に溶けこんで、結婚したことなど忘れさせてくれるような女性を選ぶよ」

遠くの隅にいる紳士の一団が内輪の冗談で笑い声を上げたが、そのあとはまたざわめきのような会話が戻った。

「〝万が一〟なんて言ってる貴族は、きみだけだよ」ウィトビーが言った。「まったく、きみはへそ曲がりだ、ウェントワース。昔からずっとそうだった」

「そんなことはない。ぼくはただ、愛情深い夫になれるような人間ではないだけさ。結婚など、できる限り先に引き延ばしたい。いや、できるものなら生涯、避けて通りたいね」

「おや、それほど大変なことでもないと思うが。妻に会いたくなければ、まったく顔を合わさずにすませられるくらい大きな城に住んでいるじゃないか」

ジェイムズは、単細胞なウィトビーの考えを笑い飛ばした。「女というやつはそれほど単純なものではない。たいていの女は、かまってやらないと怒る。とくに、なんともはや、女が男を愛していると思いこんでいるときには」

ウィトビーは前を通りすぎた紳士に会釈してから、ジェイムズのほうに身を乗り出した。

「うまくやれば、夫婦関係も仕事と同じように操れる」

「かもしれない。だが、幸いぼくには跡取りの問題が出てきたとき、いざとなったら頼れる弟がいる。マーティンは間違いなく結婚する。あいつは、ぼくや父とは違う。心根がやさしくて、屈託なく女性を愛することができるから」

どういうわけか、マーティンにはジェイムズの受け継いだものが見受けられなかった――先祖がこの世の残酷な地獄に引きずりこまれる原因となった、激しい気性が。弟の穏やかな性分が、どうか負の連鎖を断ち切ってくれるようにと、ジェイムズは祈らずにいられなかった。ときおり彼は、自分はマーティンが一族の期待の星であることを――連綿と続く血筋のなかでももっとも有望な一員であることを――自覚する年齢と意識を持つまで公爵家を存続させておく、いわば家を守っているだけの存在ではないかと思うことがあった。

ジェイムズの言葉にウィトビーは気をそらされたようで、それ以上の詮索はやんだ。

そのとき、アメリカの令嬢がジェイムズのほうを見た。彼女の存在を受けとめた瞬間、くすぐられるような心地よさに彼は身動きが取れなくなった。

ふたりが見つめ合う。ああ、彼女はなんと大きな瞳をしているのだろう。たじろくほどに心打たれたジェイムズは思わず眉を寄せ、ふっくらと濡れたような唇に相反する魅力が備わっていることに気づいた。無垢な愛らしさがありながら、抗いようのないなまめかしさもにじみ出ている。いつしか彼は、そそるようなその濡れた唇に暗闇のなかでやってみたい、ありとあらゆることを想像していた。

彼女を思いのままにするための手順を踏みたいという、男なら誰でも持っている衝動に体の内側から揺さぶられ、ジェイムズはひどくうろたえた。これほどの強い衝動は、もう何年も感じていなかった。正確に言えば、反骨精神の強かった青年のころ以来だ。最近ではもう、妙齢の若い女性とは決して恋愛ごっこをしなくなっていた。用心深く、人目を忍ぶような関係——すでに人妻となった女性だけを相手にしていた。

しばらくして、令嬢が彼に向かって会釈をした。ジェイムズも返礼として頭を下げると、彼女は静かにブラッドリー卿との会話に戻った。

それで終わり。

彼女はブラッドリー卿の言ったことに反応し、彼の腕に手をかけた。その気安いしぐさに、卿は見るからに驚いて腕を見下ろした。しかしすぐに平静を取り戻し、頬を紅潮させて瞳に新たな輝きを宿したブラッドリー卿は、十歳は若返って見えた。

ジェイムズは、口の端がわずかに上がるのを感じた。なるほど。とうの昔に封じたはずの、感受性の熾火を女性にくすぐられるのは、いったいいつ以来のことだろう。

ほんの一瞬、無謀にも、ジェイムズは厳しく律したはずの胸の内から聞こえる声に耳をふさいだ——早く顔をそむけろと告げる声に——そして、やはり彼女に挨拶をしようかという思いがよぎった。きちんとした紹介を受け、さりげなく知り合ったあとでどう関係が転がるか、見守るのもいいのではないか。近ごろは退屈の虫がうずいていたのだから。

しかし、本当にあれは退屈の虫だったのか？　ジェイムズはいささか落ち着きを失って考えた。彼にはよくわからない。欲望を押さえつけることに躍起になりすぎて、欲望というものがどんなふうだったか、よく思い出せなくなっていた。

だが、まだそのほうがいいではないかと、ジェイムズは思った。なんと言っても自分は、気性の激しい獣《けだもの》の息子であり、思いこみの激しい殺人犯の孫なのだ。自分の感情を野放しにすることは——たとえどんな感情であろうと——危険すぎる。

そう考えたジェイムズは、アメリカ人の彼女に目通りしたいという衝動を即座に抑えこみ、思慮深くも回廊で政治の話をする紳士の一団に加わった。

ミセス・ベアトリス・ウィルソンはハンサムなウェントワース公爵が部屋を出ていくのを、大勢の客でごった返す客間の反対側からなすすべもなく眺めていた。娘のソフィアを見上げてみると、年配の侯爵夫人を相手に熱心におしゃべりし、まわりでなにが起きているのか、おめでたいくらい見えていない。ことあろうに、ロンドンでももっとも誉れ高く最難関の花婿候補が出ていこうとしているのに。ソフィアはまったく気づいていないのかしら？

侯爵夫人が断りを言って席を外すと、ベアトリスはソフィアを静かな隅へ連れていった。

「ねえ、伯爵夫人を探してきましょう。公爵様に紹介していただかなくては。いったいどうしたというの？　どうしてそんな目でわたしを見るの？」

ソフィアは額に手を当てた。「お母様、残念だけれど、気分がすぐれないみたい」

「気分がすぐれない？　でも、ウェントワース公爵様がいらしているのよ、聞いたところでは、公爵様はめったに夜会には出られないとか。こんな機会を逃すわけにはいかないでしょう」

ベアトリス・ウィルソンにとって、この一年は長い奮闘の連続で、努力するのもうんざりするほど疲れていた。若いソフィアには、結婚の重要性がわかっていない――よい結婚をすることが、どれほど重大なことなのか。甘い恋心も熱い情熱も、何年も続くものではないということを、娘はわかっていない。いまだに愛さえあればほかのことは関係ない、愛ある結婚をしたいと思っている。

ベアトリスは娘たちをそれはそれは深く愛しているがゆえに、へたな選択をさせて不幸な人生を送らせるわけにはいかなかった。娘たちには安心して、なんの心配もなく暮らしてほしい。そして、お金というものがいかに簡単に入っては出てゆくものか、お金がなくなったときに、どれほどあっさりと上流社会から放り出されてしまうものかを、ベアトリスはよく知っていた。

けれどもイングランド貴族の称号は――消えずに残るものだ。この貴族社会では、女性は皆、赤ん坊を生むだけでいい。そうすれば、子どもの地位は保証される。

「具合が悪いの？」ベアトリスは娘の額に手を当てた。

「かもしれないわ。今夜は、公爵様にお目通りするには向いていないと思うの。もう帰ってはだめかしら？」

またた――こんなふうに、娘はてこでも言うことをきかない。ソフィアはいつでも頑固な子だった。

それでも、今夜はなにかが違う――ソフィアの様子が、いつもとはどこか違った。それがなんなのか、はっきりわかればいいのに、とベアトリスは思った。

「公爵様の容姿が好みではなかったの？　とびきりの美男子だと思ったけれど」

娘は、しばし考えて答えた。「本当のことを言うとね、お母様、そうなの。あのかたは、わたしが探しているようなかたではないわ」

「お話もしてみないで、どうしてそう決められるの？　ご紹介にあずかるくらい、かまわないでしょう。そのあとで、あのかたが好みかどうか決めればいいのよ」

「紹介もされたくないの」

「ソフィア、一度は考えてみなくては。そんなにえり好みをしている余裕はないのよ。社交シーズンはいつまでも続くわけではないし、お父様がどれほどのお金を出してくださっているか――」

「お母様、わたしに自分で決めさせてくれるという約束でしょう」

ベアトリスは痛いところを突かれた。そう、確かに約束した。

疲れきって言い争う気力もなかったベアトリスは、娘のあごに手をかけた。気分がすぐれないとこの子が言うのなら、そうなのだ。どうしようもない。「では、上衣を取りに行きましょう」

あくまでも食いさがり、公爵様にお目通りさせたほうがいいのかしらと思いながら、ベアトリスは娘を伴って部屋を出た。またしても、自分の至らなさが重くのしかかって気が滅入る。夫から、おまえは娘に甘すぎる、甘やかしすぎだと、いつも言われていた。けれど、娘たちをこんなにも愛しているのだから、どうしようもないではないか。

翌朝、ジェイムズは〈モーニング・ポスト〉紙に目を通し、郵便物の整理をしようと、物思いに沈みながら書斎に向かった。椅子に腰を落ち着けてもたれ、オーク材の板張りの壁を見つめていると、なぜだかアメリカからやってきた令嬢のことが頭に浮かんだ。

彼女はここでどういう成果を得るのだろうと考える――お金に悩んでいる小太りの貴族でも引っかけるのだろう。狙った獲物は、難なく落としていくのだろう。最近は、アメリカからやってくる若い娘たちのおかげで、平凡な地方領主の令嬢たちの面目は丸つぶれだ。なにせアメリカ人というのは世界じゅうを飛びまわり、金に飽かせて科学も芸術も外国語も一流の教師に習い、テンピエットやらシスティナ礼拝堂やらの美を拝んでいるが、かたやイングランドの子女は、へんぴな片田舎のすきま風の入る二階建ての校舎で、女教師のひとりふたりから教育を受けているにすぎない。

ジェイムズは、ふいに自分に腹が立った。今朝、こうして書斎に座ってぼんやり壁を見つめ、あの女のことを考えている紳士は、自分ひとりではあるまい……。もう、やめなければ。

ジェイムズは郵便物の巨大な山のいちばん上にあった手紙をてきぱきと片づけ、次の手紙に手を伸ばした。イートン校に通う弟マーティンの教師のひとり——校長からの手紙だった。

その手紙に目を通す。マーティンがまた厄介ごとを起こしていた。ラム酒の瓶と洗濯娘を部屋に連れこんでいたところを見つかったのだ。校長はマーティンを停学処分にする意向で、彼をどこへやればよいか、指示を仰ぎたいというものだった。

なんということだ、まさかマーティンが。

ジェイムズは天井を仰ぎ、どうしたものかと思案した。マーティンは小さいころから物静かで行儀のいい子だった。どうしてこんなことに？

いや、たんなる若気の至りというところかもしれない。「男の子はやはり男の子」と言われるではないか。

ジェイムズはつねに家族と距離を置いてきて、その流儀を変えるつもりもないので、自分がマーティンにあれこれ言える立場でないことは心得ていた。ジェイムズこそ、若いころの厳しいしつけで被害を受けた当事者であり、自分が被害を及ぼす側に立つつもりは毛頭なかった。とはいえ、ほかの手だてもなにも知らない。彼が知っているのは、父から受けた扱いだけだ。

しばらく考えたあと、ジェイムズはマーティンをエクセターのキャロラインおば——母の姉——のところへやることに決めた。彼女のほうが、こういう場合に対処する素養があるだろう。ジェイムズはそのために必要な手紙をしたためると、その問題を心からきっぱりと締め出し、机の上に折りたたまれた新聞を手に取った。執事のかけたアイロンのぬくもりが、まだ残っている。

第一面に目をやったばかりのところで召使いがドアをノックし、金縁の盆を手にして入ってきた。小さな盆をジェイムズに捧げ出す。「ただいま、こちらが着きましてございます、旦那様」

手紙を手に取ると、その手書きの文字に見覚えがあった。彼の代理人ミスター・ウェルスからだ。召使いが出ていき、ジェイムズは封を切った。

公爵閣下殿

まことに残念ながら、大広間の屋根に損傷が見受けられておりますことをお知らせいたします。数日前に雨もりいたしまして、絨毯と調度品に見苦しいしみができてしまいました。わたくしが呼びにやりました大工が、かなり太った男でございまして、彼の体重で屋根がひどく崩れてしまいました。そのとき屋根がすっかり腐っていることが判明し、来るべき冬に備えて、残った部分もどうなることかと懸念するに至った次第でございます。

財政状態につきましては、旦那様もすでにご存じでいらっしゃいますので、ことの深刻さを重ねて申し上げることはいたしません。ただ、西の棟に掛けておりますフランス製タペストリーと、ご相談申し上げた回廊の美術品のご売却をご決断なさいますよう、願うばかりでございます。


ジェイムズは目を閉じて鼻梁をつまみ、ずきずきとした頭痛をこらえようとした。どうしてこう、問題が一度に降って来るのだろう。なにかの試練だとでもいうように。左手でこぶしを握り、二十年以上経ったいまでもうずく子どものころの古傷を、なんとか鎮めようとした。食い入るように手のひらを見つめ、手をひっくり返し、トランクのふたのありえないような重さを思い出す――そしていつもと同じように――その思い出を押しやった。

フランス製のタペストリーを手放すべきなのだろうか？　そうすれば、屋根の修理に充分な額は手に入るだろうが。

母は、公爵家が困窮して調度品を手放したという醜聞に耐えきれないかもしれない。

しかし、たとえそれらを売ったとしても、そのあとはどうなる？　湖はさらわなければならないし、母とリリーの小遣いもこれ以上削りようのないほど削っている。なにより、毎年、借金の額はふくれあがるばかりだ。出費は増え、収入は減っている。今世紀最悪とも言える農作物の不作で、領地からも以前のような収益は上がらなくなっている。

すでに小作料は値上げしている。さらに上げることはできない。

ジェイムズは深く息をつき、またアメリカからやってきた娘のことに思いをめぐらせた。あのすばらしい胸の谷間に下がっていた派手なダイヤモンドを思い出す。あのダイヤモンドひとつで、昨年の赤字を全額埋められる。

レースの掛かった机の脇の窓を見るともなしに見やり、妻を迎えることについてウィットビーが言ったことを思い返した――うまくやれば、仕事と同じように操れる。

とすると、財政再建を誓ったぼくが、愛とはべつのもののために――たとえば称号のために結婚しようと誓った女性と結婚するのは、おかしくないのではないだろうか？

ああ、しかしそれは、これまでずっとさげすんできたこと――彼が公爵であるがゆえに彼を求める、欲望をむき出しにした女たちを相手にするということだ。

父と結婚した母も、まさしくその女たちと同じだった。母は、父についてまわる華やかさと格式に目がくらんだ。その結果……地獄を見ることになった。

ジェイムズは座ったまま身を乗り出した。あの陽気なアメリカの令嬢は、おそらく母とはまったく違うだろう。あの娘なら、自分のことは自分でできるのではないか。彼女には、確かにそういう自立した雰囲気が漂っていた。

結婚において、そういう部分は吉と出るのか、凶と出るのか？　彼はつねに、母が父に対してもっと強くあってくれたらと願っていた……。

やはり、今夜の〈ウェルドン邸〉の夜会には行ってみてもいいかもしれない。あのアメリカの令嬢はかならず来るはずだ。もちろん、まだなにも決めたわけではないし、彼女に気があるわけでもない。自分は簡単に心を奪われる性質《たち》ではないし、そうなろうとも思わない。そんなつもりはさらさらない。これまでずっと、感情に溺れて自分を見失うことがないよう、自分を律する訓練を重ねてきた。おかげで岩のように動じず、強固な意志を持つようになった。

だから、心配することはなにもない。女性に対して、本物の深い愛情を持つことなどありえない。彼のような身の上では。

そこでジェイムズは、夜会に出席するのは偵察のためだと思うことにした。彼には使命がある。財政難から、領地と公爵の称号を守らなければならない。自分がやらなければ、いかに希望の星マーティンでも、この一族に代々つきまとう根深い問題を解決することはできないだろう。

もしもジェイムズが短いあいだだけでも負の連鎖を止めることができたなら、あとは次の代が、狂気を永遠に葬り去る後継者を生み出してくれるかもしれない。社会的野心を燃やす裕福な令嬢との結婚が、水の流れる道筋をつけてくれるかもしれない。もしジェイムズが、父やほかの先祖のようにおかしくならなければ、一族に多大な貢献をすることになるだろう。この家が藁《わら》にもすがる思いで願う、面目躍如につながるなにかが見つかるはずだ。

これで心は決まった。もう一度彼女に会い、彼女の美しさと魅力には目をつぶることにする。彼女の容姿や振る舞いは、このさい判断基準からはずす。相手となる令嬢を含めて、関わるすべての人間のために——欲得ずくの関わりだけに留めることにしよう。

2

大きな期待と不安に包まれたソフィアを乗せ、馬車は壮麗なゴシック様式の〈ウェルドン邸〉に近づいていった。石造りの大邸宅にある窓という窓が、夜の闇のなかで光を放ち、シルクハットをかぶった紳士が淑女の腕を取り、玄関扉へと続く長い赤の絨毯をゆっくりと進んでいる。

薄暗い照明のついた馬車のなか、ソフィアの向かいには、またしても〈ウォルト〉で新しく仕立てたピンクサテンと金色のレースのドレスをまとった母が座っていた。さらにもうひとり、ランズダウン伯爵夫人フローレンス・ケント——彼女のドレスは銀色の飾り紐とガラス玉で縁取りされた深い青のシルクで、スカート部分には目の覚めるような陽光が刺繍されている。

「さあ、いいこと?」フローレンスが手袋をはめながら言った。「ブラックバーン侯爵がいらっしゃるはずよ。それにウィトビー伯爵とマンダリン伯爵も——皆、独身でお相手を探していらっしゃるわ。彼らが今夜の筆頭候補ね、ソフィア。それに男爵も……ノーフォークのかたよ。どうしても名前が覚えられないのだけれど」

ソフィアの母が口をはさんだ。「公爵様は? 今夜はいらっしゃるの?」

フローレンスはベアトリスに驚いた顔をした。「あのかたは、夜会にはめったにいらっしゃらないわ。それに、あれほど位の高いかたを望むなんて、わたしならやめておきますわ。あのかたは石でできているのじゃないかと思っているところなの。あのかたの心を動かすことができた女性は、ひとりもいないのよ。ああ、ほら、わたくしたちの番ですわ」

伯爵夫人が公爵を未来の夫候補からはずしてくれてほっとしたソフィアは、イングランドの娘が公爵について言っていたことを思い出した。

〝あのかたはやめておいたほうがよろしくてよ。でないと悪夢の結婚をすることになりますわ。あのかたのご一族は呪われているのですって〟

呪われているって、どんなふうに?

馬車が屋敷の前で停まり、勢いよくドアが開いた。お仕着せ姿の召使いがひとり、馬車を降りる淑女たちに手を貸し、淑女たちは皆そろって、縞《しま》模様の日よけを頭上に掲げられながら、赤の長絨毯の上を玄関まで進んでいった。

玄関扉のところには先に着いたひと組の男女がおり、彼らが玄関ホールに招き入れられて主催者と挨拶するのを、三人は立ち止まって待っていた。女性のほうが頭をめぐらせて三人に微笑みかけ、それから前に向き直ると、エスコート役の男性に身を乗り出してささやいた。「例のアメリカ人よ」

ふいにソフィアは、危険なほど深い淵に沈みこんでいくような、激しい不安に襲われた。一瞬、まわれ右をして馬車に駆け戻り、家まで戻ってと御者に言いたくなった。フローレンスの屋敷ではなく、アメリカの自宅まで。妹たちのいるところへ。皆でくつろいでいられて、笑っておしゃべりして、母に冗談のひとつも言える場所へ。いま、妹たちはなにをしているだろう？　ベッドで眠っているかしら？　それとも起きていて、居間の暖炉の前でおしゃべりでもしているかしら？

ついに列が動き、ソフィアは曲線を描く大理石の階段下で主催者に挨拶し、それから休憩室へと進んで外套を脱ぎ、ドレスと髪を整えた。

母に腕を引っ張られ、ソフィアは——小柄な母よりずいぶんと背の高い彼女は——身をかがめた。

「いいこと、公爵様がいらっしゃったのを見つけたら、すぐに言うのよ。なにを置いても、あなたを公爵様に紹介していただいて、踊っていただかなくちゃ。一度でいいのよ。わたしのために、それくらいはやってちょうだい、ソフィア」

ソフィアは大きく息をのみ、なにを置いても
ことを為そうとする母を想像して不安を鎮めようとした。

「お母様、お願いだからわたしにすべてまかせて、手を出さずに見守って、自然の流れのままに——」

「手を出さずに見守る？」母がささやく。「あなたの母親として最高のことをしてあげたいと思っているのに、手を出さずにいられますか。おとぎ話のような夢を見ているのは知っていますけどね、ソフィア、ときとして現実のおとぎ話というのは……」

そこで母が口を止めてくれて、ソフィアはほっとした。あの悪魔のような公爵様を今夜〝釣り上げよう〟などと母が考えていると思うと、ソフィアは床に割れ目でもあったら入りこんで、朝まで出てきたくないような気持ちだった。

そのときソフィアは決心した。あのかたの前に、皿に盛ったラズベリーのカスタードソース焼きのように〝差し出され〟、おいしいかどうかにおいを嗅がれて味見されるようなことには、決してなるまいと。今夜は、自分のペースで進める。そして公爵様にご挨拶がしたいと思ったら、きちんと心の準備ができたときにご挨拶する——顔を上げて胸を張り、

両足をしっかりと地に着けて。

公爵という最高位の貴族らしく、ジェイムズは遅れて会場に到着し、ダンス用の手袋をはめて舞踏室に入っていった。涼しい顔で部屋を見渡す。低い位置に巨大な真鍮のシャンデリアがぶら下がってきらめき、濃厚な色合いのドレスを飾る金色のレースを輝かせている。床はつややかに磨き上げられてプールの水面が反射しているかのように光り、男女が部屋じゅうをくるくるとまわり、シュトラウスの壮麗な円舞曲《ワルツ》に乗ってターンしたり揺れたりしていた。

ジェイムズは熱い視線が向けられるのを感じながら、人の波を縫って進んでいった。相手探しに意欲を燃やす若い娘たちが、手首にダンスカード（舞踏会で女性が踊る相手の名前を順番に記したカード）と短い鉛筆をぶら下げ、紅潮した顔の前で扇をけだるげに揺らしている。ウィトビーが部屋の奥でジェイムズに気づき、大げさにシャンパンのグラスを掲げて挨拶した。友人の伯爵は、すぐに青葉の茂ったシュロやシダのあたりを通りすぎ、部屋の端をぐるりとまわってやってきた。

「やっぱり来たのか」ウィトビーがジェイムズのかたわらにたどり着く。「ふた晩続けて出てくるとは珍しいな。昔を思い出すよ」

ウィトビーとジェイムズのつき合いは古く、イートン校からはぐくまれている友情は、校長室の窓を石で打ち抜いた巨大なぱちんこを作って退学になったとき、最高潮に達した。ジェイムズは当時のことを思い返した。あのころ彼は相当な鬱憤をためこんでいて、それはウィトビーも同じだった。だから、ふたりはうまがあったのだろう。

「また彼女に会いに来たのか」伯爵が言った。

「誰のことだ？」

「例のアメリカ人女性だよ、もちろん」少なくとも、ウィトビーは声を小さくするだけの気配りをした。

「今夜も彼女はあちこちまわっているんだろうな？」ジェイムズは無関心そうな声で答えながら、彼女のダンスカードに名前を載せてもらうかどうか考えていた。

「当然」ウィトビーはグラスをダンスフロアに向けて掲げた。「あそこにいる。ワイン色のドレスだ。ノーフォークの男爵と踊っているよ……ええと、名前はなんだったかな？どうしても覚えられないんだが」

その男爵の名前はハットフィールドだったが、ジェイムズは黙っていた。なぜなら彼の視線は、くるくるまわり、微笑み、光り輝きながら自分のほうに向かってくる光景に、完全に釘付けだったからだ。

彼女が近くまで来ると、絹のドレスのシュッという衣ずれの音が聞こえ、香水がふわりと舞い、そして目が合った。またあの表情だ――気位が高く、無関心そうな気取った笑み。

ああ、彼女はなんと麗しい生き物なのだろう。

それからジェイムズは、妻となった彼女を思い描いてみた。彼女は決して、これまで目にしたどんな壁紙にも溶けこんでくれそうにはなかった。それに、いまの自分の肉体の反応――真新しい電球が光を放つように、うなりを立てて力をみなぎらせている――から判断する限り、この問題を仕事と同じように操れると思うのは、まったくとんでもないことだった。

冗談じゃない、どれほどの利益がもたらされる話であろうと、感情を揺さぶられる結婚になど興味はない。実際これまで、そんなものはどんなことがあっても避けて通ると固く心に決めていた。財政難をなんとかする手だては、ほかにもあるはずだ。

「男爵のやつ、うまくやったな」彼女が離れてしまってから、ウィトビーが言った。

「それなら、きみも彼女と踊ってきたらどうだ？　それとも、もう踊ったのか？」

「いや、まだだ。だが、もうすぐだな。彼女のダンスカードの最後に名前を入れてもらったから」

つまり、彼女のカードはもういっぱいなのだ。今夜はあの令嬢と踊ることはできない。

いや、それでよかったのだと、ジェイムズは思った。自分のためを思うなら、壁の花になっている女性の何人かと踊って、それで帰ることだ。

円舞曲が終わった。ジェイムズとウィトビーは舞踏室をまわりながら、ワイリー夫妻、カーズウェル夫妻、ノートン夫妻と立ち止まって言葉を交わした。そして奥の隅まで行くと、通りがかった召使いからシャンパンのグラスを受け取った。

そのとき、ブラッドリー卿と話していた例の令嬢が向きを変え、ふたりのほうにまっすぐ向かってくるのを、それぞれがともに気づいた。彼女の母親が、あわてて娘のうしろからついてくる。

「なんと、彼女のほうからやってくるのか?」ウィトビーが、ぎょっとしたように言った。

舞踏会の場で、淑女のほうから紳士に近づいていくなどもってのほかだということは、誰でも知っている常識だ。淑女は紳士から話しかけられるのを、静かに待つものなのだ。まったくアメリカ人というものは、とジェイムズはひとりごち、愉快げに頭を振った。

近づいてくる彼女を前に、ウィトビーは見るからに背筋を伸ばした。

「ごきげんよう、ウィトビー伯爵」彼女が言った。その声は低めでなまめかしく、ベルベットのようだった。ジェイムズの想像どおり。「またお目にかかれてうれしいですわ」

楽団の演奏が再開され、メヌエットを奏で始めた。

ウィトビーが笑みを浮かべ、ジェイムズは自分の友がこの女性に並々ならぬ関心を抱いていることを察知した。彼女の母親は、あわてた様子で娘のあとから遅れてやってきた。

「ウェントワース」ウィトビーが言う。「紹介しよう、アメリカからお越しのミス・ソフィア・ウィルソンとミセス・ベアトリス・ウィルソンだ。こちらはウェントワース公爵閣下です」

ミス・ウィルソンは手袋をはめた手を差し出した。

またしてもマナー違反をしていることを、彼女はわかっているのだろうか？　未婚の淑女が、公爵を相手に自分から手を差し出すことなどありえない――とりわけ、舞踏会という場では。

「閣下、光栄に存じます」彼女はひざを折らなかった。

ジェイムズは、ほんの短いあいだだけ彼女の手を取った。このようなマナー違反をすれば、若い女性の社交界での将来は、一瞬のうちに泡と消えることもある。

彼女は、そういうことを気にしないのか？

たぶん、しないのだろう。そういう気質こそが、このロンドンでありとあらゆるマナー違反をして〝個性〟を武器にしている彼女と同郷の女たち――アメリカの令嬢である美女たち――を好奇の的に変え、英国皇太子《プリンス・オブ・ウェールズ》の気を引いているに違いない。

「こちらこそ光栄です、ミス・ウィルソン」

彼はソフィアの手に接吻した。

「ゆうべ、ブラッドリー卿の夜会でお見かけしたと思いますけれど」ソフィアが言った。

ジェイムズはわずかに眉根を寄せた。「ええ、少しだけ出席しておりました。ですが、あなたは早くに帰られたようで」

「少しでも気づいてくださっていたなんて、光栄ですわ」

まったく大胆な女性だ、とジェイムズは思った。しかも、母親の目の前で。彼は首に巨大な宝石を巻きつけた、小柄な女性を見下ろした。なにが起きているのか必死についていこうとしているかのように、もの問いたげな目を見開いている。この母親をどうしたものかとジェイムズは考えた。

「ロンドンを楽しんでおいでですか、ミセス・ウィルソン？」母親に尋ねる。

「はい、閣下。ありがとう存じます」自分に声をかけてくれたのを喜んでいる様子で答えた。母親は甲高いキンキン声だ。

若い令嬢は、あたたかな表情で母親を見下ろしていた。それから、さも関心なさそうにジェイムズに視線を戻したので、おそらくこの女性は、娘を公爵に目通りさせたがっている母親の願望につき合ってやっているだけなのだろうと彼は思った。

「お故郷《くに》はどちらですの、閣下？」彼女が訊いた。「イングランドのどのあたりなのでしょう？」

「ヨークシャーです」と答える。

「北のほうは美しいと聞いております」

それ以上ジェイムズがなにか言うことはなく、気まずくいたたまれない沈黙が流れた。

「故郷にごきょうだいはいらっしゃいますの？」ソフィアが尋ねた。

「はい」

「弟君ですか、それとも妹君？」

「どちらも」

「いいですわね。仲はよろしいのですか？　閣下がロンドンにお越しになるときは、ご一緒されたりしますの？」

ウィトビーが、なにか言いたげに咳払いをした。ジェイムズはなんとなく、友人が令嬢の振る舞いに注意をうながそうとしているのだとわかった。彼女はまたしてもマナー違反をしているからだ。

しかし、前回のマナー違反と同じく、彼女にとってはたいして気にすることでもないのだろうとジェイムズは思った。

「ミス・ウィルソン」ウィトビーが静かに言った。「そのような個人的なご質問は、あなたのお国ではなさってもかまわないのかもしれませんが、ここイングランドでは、ぶしつけで立ち入りすぎだと思われてしまいます。これはただ友人として、今後あなたが恥ずかしい思いをされないよう、ご注意申し上げているだけなのですが、これまで誰も教えてはくれなかったのですか？」

ウィトビーは厚意から、できるだけやさしく言ったのだが、それでも母親のほうは、その状況にかなりおそれをなした様子だった。しかし娘のほうは、まったくそんなそぶりは見せなかった。

「いいえ、教えていただいております」彼女は扇をさっと開き、顔の前でぱたぱたとはためかせた。「でも、教えてくださって、ありがとうございます」

ウィトビーは〝どういたしまして〟とでも言うように、ちょっと頭を下げたが、ジェイムズのほうは吹き出さないよう必死でこらえ、彼女に〝まいった《ブラボー》！〟と言わずにおくのが精いっぱいだった。おそらくジェイムズは、自分で思うよりも反骨精神が強いのだろう。でなければ、こんな振る舞いを見せられて、こんなに感服するわけがない。この女性はイングランド社交界のマナーなどばかにしていて、なんとも思っていないようだ。だからこそ皇太子《バーティ》は、あれほど彼女に惹かれているのだろう——慣習に従わない、この大胆さに。

そして、その寵愛ぶりは変わらない。もし皇太子の熱烈な肩入れがなければ、彼女はつまはじきにされるだけなのだから、気に入られているのはいいことだ。

ジェイムズは、疲れきった様子の母親を見下ろした。すっかり青ざめて、なにもかも終わったというような顔をしている。このあわれな女性の気持ちをやわらげるくらいのことは、してやらねばならないだろう。

「あなたのダンスカードがいっぱいだと聞いて、残念ですよ」ジェイムズはミス・ウィルソンに言った。「またの機会があれば、もう少し早く――」

母親の顔に、あわてふためくような表情がよぎった。「まあ！　いいえ、閣下！　娘のカードはいっぱいではありませんのよ！　空欄をひとつ残してありますの。最後のお相手の欄を」

どういうわけか、ジェイムズは驚かなかった。笑みを浮かべた。「では、わたくしにその欄を埋めさせていただけますか？」

「ええ！　ええ、もちろん！」母親は娘の手首にぶら下がったカードをあわててつかんで下に引っ張り、すばやく彼の名前を鉛筆で書きこんだ。

小柄な母親の頬は、勝利と食いつかんばかりの欲望が混じり合ったもので上気していた。いつものことだ。今回に限ったことではない。ただ、妙齢の娘を持つイングランド人の母親だと、ふつうはもう少しうまく隠すものだが。

ミス・ウィルソンが上品に微笑んだ。「楽しみにしておりますわ、閣下」

ジェイムズは彼女に視線を据えた。〝いいや、そんなはずはない〟

ちょうどそのとき、どこからともなくひとりの紳士が現れて彼女の手を取り、ダンスフロアの中央へといざなっていった。ジェイムズは、彼女がカドリール（四組の男女で方形を作って踊るフランスの舞踊）を始めるのを食い入るように見ていた。

ミセス・ウィルソンは断りを言って離れ、大胆にも淑女のグループに向かい、ジェイムズはウィトビーと残された。すぐにウィトビーは繰りごとを言い始めた。

「ぼくはなにを考えていたんだ？　あんなふうに注意するとは」

ジェイムズは笑った。「彼女はありがたく受け取めたさ」

「まあね、しかし今夜のダンスカードから名前を消されたとしてもしかたがないだろうな。まったく、ばかだった。いいところを見せようとして。だが実際、彼女は卒倒ものの騒ぎをいくつか起こしているのではないかな、きみにもひざを折らなかったし。ロンドンから完全に追放されたくなければ、ぜひともここでのマナーや慣習をよく知っておいたほうがいいだろう」

「知っているはずだよ、ウィトビー。ただ、彼女は自分の好きなようにやっているだけさ」ジェイムズは立ち去り際に伯爵の腕を軽くたたき、静かに言い添えた。「がんばれよ。彼女は手強いぞ」

そのときジェイムズは決心した。どんな形であれ——持参金があろうとなかろうと——彼女との縁組みは考えないことを。なぜなら、たったあれだけのなんでもない挨拶で、またしても何年ものあいだ必死で抑えこんできたものを揺さぶられてしまったのだから。


夜会も終わりに近づいたころ、ジェイムズは自分の母親が風の入るドア付近に立ち、不機嫌な顔で扇をはためかせていることに気づいた。

「あのアメリカ女と話しているのを見ましたよ」すかさず母親が言った。

「ウィトビー卿に紹介されまして」

「嘘おっしゃい。彼女があなたがたのところへ近寄っていくのを見たのですよ、不作法にもほどがあるわ」母親は反対方向に目をやった。「アメリカ人というのは、いつでも自己紹介とやらをするのね」

ジェイムズは背中で手を握り合わせ、くつろいだ姿勢で母のかたわらに立った。しばらくはふたりとも口をつぐんだままだった。ダンスの様子を、ただ見守っていた。

「ウェザービー卿のお嬢様がいらしているでしょう」母親は言った。「今日は彼女にお声をかけたの？　愛らしいかたよ。レディ・ウェザービーはお気の毒だったわ。昨年、亡くなられて」

前公爵の未亡人は、ジェイムズに若い淑女を押しつけてもむだだということをよく承知していた。息子がどれほどそういうことを嫌っているか、そして、そんなことをしても悪いほうにしか転がらないということを。いまではそれとなく仕掛けるだけにしようとしているが、ジェイムズは見抜いていた。だから、なにも答えない。

「ほら、リリーよ」公爵夫人が言った。「あの男爵と踊っているわ。残念ねえ、あのかた、あんなに背が低いなんて」

数分後、その夜の最後のダンスが始まった。ジェイムズはずっと心待ちにしていた——ジェイムズは、前を通りすぎた妹に微笑みかけた。妹は金色で縁取りされたクリーム色のドレスをまとっていた。楽しんでいるように見える。

かなり焦れったかったことは認めなくてはならない。

静かに部屋を見渡し、あの令嬢に目を留めた瞬間、向こうも彼に目を留めた。ジェイムズが微笑んで会釈をすると、彼女も笑みを返し、彼は一歩、踏み出した。そのとき、彼の母親が——すでにすっかり存在を忘れてしまっていた母親が、彼の袖をつかんだ。

「彼女と踊るのではないでしょうね？」険しい顔のしわが、不安げにさらに深まる。

ジェイムズは母親につかまれた腕を引いた。「どうかしておられますよ、母上」

公爵夫人は腕を放して一歩後ずさり、息子を止められないというやり場のないいらだちに、顔を蒼白にした。

しかし母の不興も、ジェイムズにはなんの効き目もなかった。彼が成人して以来、母の言うことなど聞かないことは、双方ともにわかっていた。もはや学校の教室で行われたような体罰を受けることもなく、ジェイムズは母を喜ばせたりご機嫌をうかがう義務を感じなかった。母を幸せにしたいとも、自慢の息子になりたいとも思わない。

ジェイムズは、激しい口論をすみやかに、難なく回避してネクタイをまっすぐにし、かの令嬢に向けて足を踏み出した。

3

ミス・ウィルソンがドレスの裾を上げるのを少し待ってから、ジェイムズは手袋をはめた手で彼女の手を握り、堂々と優雅に『美しく青きドナウ』の調べに乗せて足を踏み出した。実際、ダンスは楽しく、令嬢が彼のリードに軽やかについてきたのもうれしい驚きだった。強い夏の風に吹かれる雲のように、まるで体重を感じさせない。そして、花のような香り。なんの花かはわからないが、子どものころの春を思わせる香りだった――めったにないことだったが、午後にひとりで遊びに行かせてくれたとき――緑の草地や、ヒースやワラビの茂み、人気《ひとけ》のない心地よい静けさの湖に遊んだときのことを思い出した。

もうそんなことは、長いあいだ考えたこともなかったのに。

ダンスが始まってしばらくは、ふたりとも無言で目を合わせることもなく踊っていた。

ジェイムズは、彼女がどんな暮らしをしてきたのだろうと考え始めた。きょうだいはいるのかと、彼女は訊いた。同じことを、今度は彼が考えていた。もしいるのなら、何人だろう？　姉妹なのか、兄弟なのか？　彼女がいちばんの年長だろうか？　きょうだい同士、似ているのだろうか？　彼女のこの自信と美しさは、どうやって得たのだろう？　背が高いのは、もちろん母親似ではないはずだ。おそらく父親が長身なのだろう。

「ダンスがおじょうずですね」とうとうジェイムズは口を開き、ソフィアもやっと彼の目を見た。

「あなたのリードがおじょうずだからですわ、閣下。とても踊りやすいリードです」彼女はそう言っただけで口をつぐみ、ジェイムズはどうして話をしないのだろうと訝かった。今夜、ほかの相手とは皆おしゃべりをしていたのに。彼女はいつ見てもおしゃべりし、笑みを浮かべ、笑い声を上げていた。

「どうしてわたしを見ないのですか？」ジェイムズは尋ねた。紳士らしく礼儀をわきまえることなどやめて、単刀直入に――本当の自分は、紳士とはとても言えない人間だから――。

ソフィアは弾かれたように、驚いた目で彼を見上げた。「ほかのご婦人がたはほとんど、お相手を見ておりませんでした」

「だが今夜のあなたは、ずっと相手を見ておられた。なのに、なぜわたしは見ないのです？　わたしがお嫌いですか？　もしそうなら、少なくともその理由くらいは知りたい──たとえ、まったくもっともな理由だとしても」ジェイムズはべつの男女にぶつからないよう、彼女をターンさせた。

「嫌いなどではありませんわ。あなた様のことはほとんど存じ上げません。ただ、たわいもないおしゃべりはお好きではないかただと、お見受けいたしました。おみごとなターンでしたわ、閣下」

「どうしてそのようなことをお考えになるのです？　ひと目見ただけで相手がどんな男かわかるほど、あなたは頭がよいとお思いですか？」

「ずいぶんはっきりとおっしゃるのね？」

「飾らない言葉で話したほうがずっとよく伝わるのに、美辞麗句を並べ立てることもないでしょう」

挑発的な言葉に驚いた表情をちらりと見せ、ソフィアはそれから少し考えてから返事をした。

「あの、閣下、わたくしたちは率直になっているようですから、ロンドンの社交界でお噂を耳にしたと申し上げておきますわ──あなたは危険な公爵様と呼ばれていらっしゃるとか――ですから、あなたには慎重にならざるを得ないと思わされました。でも、わたしは、たわいのないおしゃべりで知ったことをいちいち信じたくはないとも思ってまいりました。あなたがどんな男性なのか、自分自身で確かめたいと思いましたので、今夜はあなた様を拝見しておりました。そうしましたら、少し前にあの黒髪の愛らしい女性に――クリーム色と金色のドレスのかたですわ――微笑みかけた以外、今夜はどなたにも笑顔を見せておられません。ひととのおつき合いを楽しんでいらっしゃらないようにお見受けいたしました、聞くところによりますと、あなたはめったに夜会や集まりにはお出にならないとか。そこから考えれば、あなた様は話題をあまりお持ちでないか、ほかのかたがたのお話にあまり興味がないのではないでしょうか」

いやはや、なんという返答だろう。

しかし、それだけでは終わらなかった。

「それから、ひと目見ただけで男性を判断できるほど頭がよいかというお話ですけれど」ソフィアは言った。「実を申しますと、閣下、あなた様を拝見したのは一度ではございません。今夜だけでなく、昨夜も拝見しておりますわ」

一度ではない。それはつまり思わせぶりなことを言っているのか、それともただたんに、全面的に反論するためなのか？　おそらく後者だろうと、これまでに彼女が言ったことを思って、ジェイムズは考えた。しかし礼儀正しい態度を取ることで張られていた防護壁がなくなったからには、率直と思わせぶりのあいだには、ほんのわずかでも境界線があるはずだ。

ジェイムズは彼女をもう少し引き寄せた。「わたしの噂はさておき、能ある鷹は爪を隠すということわざを耳にしたことはありますか？」

ソフィアは少し考えた。彼女は口を開く前に、かならず考えるようだ。「あなたは、その能ある鷹だとお思いですか、閣下？　まだ誰にも見破られずに隠されていると？」おどけた様子で目を細める。「それとも、深淵で底知れぬものをお持ちなのかしら？」

ふたりは、小さな池に水を噴き出しているキューピッド像を通りすぎた。ジェイムズは思わず口元をゆるめた。笑いたくなっていた！　こんなふうに愉快な気持ちにさせられた女性は、初めてだ。「それは場合によります。あなたはどちらがお好みですか？」

長いあいだ、彼女は黙っていたが、やがて笑い出した。こちらまで笑みを誘われる、明るいアメリカ娘らしい笑い声だった。少なくとも、彼がその笑い声を引き出したのだ。ジェイムズはまた彼女をくるりとまわし、彼女は申し分なくついてきた。

ソフィアは息を切らさないようにしながら、フロアをリードしてくれるハンサムな男性を見上げていた。まるで羽根が生えたよう。胸の鼓動は高鳴るばかり。それが体を動かしている――驚くほどの速さでくるくるまわっているせいなのか、それとも、上品な社交界から札付きの〝危険人物〟とされている男性と、こんなばかげた内容のおしゃべりをしているせいなのかは、わからなかった。

ダンスフロアの端で、ジェイムズは彼女をターンさせ、フロアの中央へと向かった。

ソフィアは、彼がどれほど大きくてたくましく、とびきりの男らしさを感じさせるひとなのか、痛いほど意識していた。手袋をはめた小さな手をかけた肩は広く、男っぽい麝香《じゃこう》に似た香りがする――そして清潔な香りも。そして、ダンスの腕前のなんとすばらしいことか！　今夜のなかでも、ずば抜けて最高のダンスだった。

公爵が、彼女を見下ろして微笑みかけた。そそられるほど艶っぽいものが、彼の瞳にひらめいた。ソフィアはどきりとし、このひとに思わせぶりで大胆な振る舞いをしたいという、いつもの彼女からは考えられない願望を押さえつけた。こんなふうだから、皆が彼を危険だと言うのかもしれない。彼は彼女のような人間に、取り返しのつかない破滅をもたらす力を持っている。

「ははあ」ジェイムズが言った。「瞳に光が差しましたね。わたしの第一印象を考え直しているのでしょう。まずまずチャーミングかもしれないと思い始めているのでは？」

ソフィアは思わず口元をほころばせた。

「でも閣下、まずまず止まりで、それ以上はありませんわ」

背中に置かれた彼の手が、ほんの二、三センチ上がったのを感じ、ソフィアはどうか心が暴走しませんようにと祈った。彼の手がどこに行こうと、いちいち気にする必要などないのに。肌がちくちくして、鳥肌が立ってしまう。

「いや、少なくとも、そこがスタート地点ではないかな」ジェイムズがまた彼女をターンさせる。

ソフィアは話題を変えようとした。頭がくらくらし始めたからだが、それはダンスのせいではなかった。「先ほども申しましたけれど、閣下は夜会にあまりいらっしゃらないと伺っておりました。今夜も、お目にかかれるとは思っておりませんでしたわ」それに会いたくもなかった。まさしくこうなることを、おそれていたから。

ジェイムズはにやりと笑った。「先ほど、どんなことをおっしゃっていましたっけ？ ああ、そうだ、〝少しでも気づいてくださっていたなんて、光栄ですわ〟でしたね」

ソフィアはため息をついた。「閣下のようなかたには、お会いしたことがありません」

ジェイムズはさらに少し彼女を抱き寄せた——礼儀正しい振る舞いとして許される、ぎりぎりのところまで。けれど、その限界にとどまろうとしない勢いも感じられて、ソフィアの血管には熱い火花が散った。生まれて初めて味わう感覚。すっかりのみこまれてしまいそうな。ぞくぞくと身震いが走るほどになまめかしい。

ジェイムズが、手袋をはめた彼女の手を、そっと握りしめた。ああ、なんて大きな手。手袋を通してでも、あたたかさが感じ取れる。男性とのダンスが、こんなに抵抗しがたく、感覚に強く響いてくるものだとは、想像もしていなかった。

「会ったこともないような男ですか？　なんともすてきな言葉だ。とてもうれしいですよ」

ソフィアは、また微笑んだ。

ワルツが終わりに近づき、ジェイムズの心は名残惜しさで千々に乱れていた。これでミス・ウィルソンと話をするのが最後になるとは、とても受け入れられない気持ちになっていて、そんなことが気にかかっていることすら驚きだった。彼女との会話がこれほど楽しいとは、思ってもいなかった。

これなら、いつでもまた夜会に出てきてもいいと思ったが、すぐに周囲が気がつき、誰に会いに来ているのか突き止めてしまうだろう。かと言って、ひとがどう思うか気になるわけではない。そんなことを気にするのは、母親だけだ。

彼は、そんなことは気にしない。それどころか、どういうことになるか、見てみたい気さえする。

ジェイムズはいま一度、身をひるがえしたが、ミス・ウィルソンもみごとについてきた。ふっくらとしてつんと上向いた彼女の唇に美しい微笑が浮かび、男なら誰でも持っている衝動に火がつき、たちまち血管のなかで燃え上がった。

彼女がほしい。彼女のすべてが。それは疑いようがない。そして、この部屋にいるなかでも最高位の貴族である彼は、彼女の貴族狩りリストのいちばん上に載っていると考えて間違いないはずだ。

そう思うとジェイムズの心の片隅に、ぞくぞくするような満足感が生まれた――自分が彼女と、彼女についてくる大金を望めば、彼女はほかの候補者を捨てて彼を選ぶだろう。

しかしふと、女たちの野望の的になるのを喜ぶなど、まったくもって柄ではないと、われに返った。自分は、釣り合いのとれる相手を探していたのではなかったか。彼女ほどの持参金があれば、彼女も彼と同じくらい、野望の的になっているはずだ。

音楽が終わり、ダンスも終わった。ジェイムズはソフィアから離れてうしろへ下がった。彼女はスカートの裾を下ろした。ふたりは長いあいだ、ほかの男女が岩を避けて流れる水のように引いてゆくなか、ダンスフロアの中央で見つめ合っていた。もう彼女に別れの挨拶をしなければならない。彼女を母親の元へ返さなくてはいけない……。

「明日の午後、ランズダウン伯爵夫人のお屋敷に伺いたいと思います」気がつくと、そう言っていた。「もしご在宅であれば」

ミス・ウィルソンは静かに、涼しげな表情で、首をかしげた。「伯爵夫人は、きっとお喜びでしょう、閣下」

さらに数秒が経ってから、ミス・ウィルソンは、いまやほとんど人のいなくなったダンスフロアの端を手振りで示した。「母のところへ戻ります」

母……そうだった。ジェイムズは腕を差し出し、ミス・ウィルソンをエスコートしてフロアを出た。

「ありがとうございました、閣下」母親が、明るく微笑みながら言った。

ジェイムズはお辞儀をした。「こちらこそ、ミセス・ウィルソン。どうぞ、今夜は楽しんでいかれますよう」そう言うと、彼は向きを変えて立ち去った。

舞踏会から屋敷へ戻る馬車のなか、ソフィアは完全にぼうっとしていた。母親と伯爵夫人は向かいの席に並んで座り、悦に入って計画を練りながら、ソフィアが公爵と踊ったことに大興奮していた。しかも公爵は、ダンスが終わったあとも長いことソフィアをフロアに留め、じっと見つめていたのだ。

ソフィアはふたりの話をほとんど聞いていなかった。息をするのも苦しく頼りない気持ちで窓の外を眺めながら、明日のことに呆然としていた。彼は明日、屋敷を訪問すると言った。

ああ！　彼のダンスのすばらしさときたら。ウエストに添えられたあの手――しっかりと支え、達人の域と言えるほどの巧みなステップ。力強いリードに従ってところ狭しとダンスフロアを舞い、なんの苦労もなく浮いているかのように踊った。まるで羽が生えているかのような心地だった。

突如、彼の力強い手に小さな手をすっぽりと包まれた、あの心をかき乱されるような官能的な感触がよみがえり、いまこの馬車のなかでさえ、はっとするような熱がおなかのあたりにいっきに湧き上がった。彼の手からじわりと伝わったあたたかさにぼうっとしてしまったときと同じ感覚だった。

こんなふうにじわりと熱くなるような感じは、それまで体験したことがなかった。動悸が速くなり、ぞくりと鳥肌が立ついっぽうで、心までもうっとりと感動の海を漂っている、得も言われぬ男女の熱い触れ合い。

けれども、理性で感情をコントロールしなければと思い、舞踏会で若い女性が言ったことを思い起こした。

〝あのかたのご一族は呪われているのですって〟

その言葉は忘れていなかったし、慎重になることの大切さも忘れていなかった。ソフィアは頭を振って目にかかった髪を払い、いま一度、自分に言い聞かせた。〝理性を働かせて選ぶのよ、ソフィア。慎重に。愛するひとを選ぶというだけでなく、これから一生の生活をともにするひとを選ぶのだから〟

そう思っても、彼女の心は揺れ続けていた。

「次は、いつ彼に会うのかしら、ソフィア」フローレンスが言った。

ソフィアは母親と伯爵夫人をぼんやりと見つめた。ふたりの眼《まなこ》には勝利が浮かんでいる。大きな野心も。誰も口にはしないけれど、〝相手は公爵様よ！〟という言葉が馬車の壁に跳ね返って飛びまわっているように思えた。

ソフィアは無関心を装って言った。「さあ。〈バークレー邸〉の夜会にもいらっしゃるのではないかしら」

それを聞いて、婦人ふたりは計画を練り始め、ソフィアはでたらめを言ってよかったと思いながら、ふたたび暗い窓を眺めた。そうでもしなければ、ふたりとも明日は朝から晩まで、公爵がいつ来るのかと質問し続けていただろう。十回以上もドレスをとっかえひっかえさせ、きちんとしたエチケットをたたきこみ、母にいたっては一日じゅう、席を立つときに前屈みになってはいけないと注意し続けるはず。その熱気に彼女自身ものまれて、ほとんど知りもしない男性に——奥深くに謎めいた危険な闇を秘めていそうな男性に——ますます惹かれてしまうかもしれない。

ああ、それに、もしも彼が来なかったら？　そのときはまた、疑問の嵐に巻きこまれるに違いない。憶測と、非難の嵐にも。

だめ、そんなことには決してなりたくない。だから彼が姿を見せたときには——いいえ、もし姿を見せたなら——母とフローレンスには驚いてもらい、わたしも驚くことにしよう。いまはもうこれ以上、どんなことがあっても彼のことは考えないようにするわ。

「ここでは、もう皆が知っていることなのかしら？」翌朝、ソフィアは朝食の席で母親に尋ねた。「わたしの値段はいくらなの？」

母親が紅茶のカップを置き、美しい磁器がかちんと繊細な音を立てた。彼女は伯爵夫人と心配そうな表情を交わした。「どうしてそんなことを訊くの？」

ソフィアはリネンのナプキンで口元をぬぐった。「はっきりした額がひとびとの口にのぼっているのなら、知りたいと思っただけ。いいえ、わたしだって子どもではないのだから、憶測が飛び交っているのは知っているわ。でも、お父様がいくらお支払いになるつもりなのか、皆にはっきり知られているのかしらと思って」

ミセス・ウィルソンは咳払いをした。「もちろん、そんなことはフローレンス以外、誰にも話していないわ」

伯爵夫人は皿から顔を上げず、ソフィアはゆるやかな怒りの波が寄せてくるのを感じた。「フローレンスは知っているのに、わたしは知らないの？」

伯爵夫人のうしろに立っている給仕係を、ソフィアはちらりと見やった。彼は持ち場についた兵士のように視線をまっすぐに保ち、会話を聞いているというそぶりは微塵も見せず、頭のなかでなにかを考えているかどうかさえ、少しも感じさせなかった。けれど、もちろん聞いていることくらい、ソフィアにもわかっていた。給仕係は目に見えぬ存在になろうとしているけれど、なれるわけがない。とにかくソフィアにとっては。彼らだって他のひとたちと変わらぬ人間で、おそらく貴族の日々の行いを楽しんでいることだろう。終わりのない大がかりなオペラ――衣装も照明もきらびやかさも備わった、オペラのように。

ソフィアの母親はロールパンを取り、力まかせにバターを塗り始めた。「はっきりとした額は決まっていないのよ、ソフィア」

「金額の幅はあるはずだわ」ソフィアは顔を上げて給仕係を見やった。「ちょっとはずしてくださる？　少しでいいから」彼は出ていった。

ソフィアは、なおも母親に訊いた。「それで？　お父様はお母様になにかご指示なさったの？」

「ああ、ソフィア、どうしてそんなことを訊かなければならないの？」

「この世界がどう動いているか、わたしには知る権利があるからよ、お母様。そしてもちろん、わたしのお金だけでなく、わたし自身と結婚してくださるかたが見つかる可能性があるのかということも」

「お金のためだけにあなたと結婚するかたなんて、いるものですか、ソフィア」フローレンスが言った。「あなたはすばらしく美しいわ。そのことが大きな役割を果たしますとも」

「つまり、わたしの外見とお金ということね。ひねくれたことを言うつもりではないけれど、わたしの心根や精神は、なんの関係もないの？」

年長と年配の婦人ふたりは、すぐさま娘を安心させにかかった。「もちろん関係ありますとも！　そんなことは言うまでもないわ！」

ソフィアは朝食をふた口、三口、口に運んだ。「お父様がいくらお支払いになるつもりなのか、まだうかがっていませんわ」

不安げにためらったあと、母親は答えた。「五十万ポンドくらいが相場じゃないかと考えていらっしゃるようよ。でも、求婚してくる相手によって、もちろん交渉の余地はあるけれど」

「まあ、妥当なところね」とフローレンス。

相場。

ソフィアはしばらく言葉もなく、食欲が失せてゆくのを感じていた。「教えてくださって、ありがとう」

それだけ言って口をつぐむと、フローレンスが小さなベルを鳴らして給仕係を呼び戻し、紅茶のお代わりを言いつけた。給仕係がお茶を取りに出ていくと、ソフィアはすかさず願い出た。

「お願い、誰にも言わないで。縁組みに興味を持たれた紳士にも。もちろん、わたしと結婚すれば持参金がついてくると思われているのはわかっているけれど、そんなふうにはしたくないの。わたしに求婚したいと思ってくださるかたには、少なくとも持参金のことを考えないか、なくてもかまわないと思ってほしいの」

婦人はふたりとも、しばらく無言で、テーブル越しに互いを見ていた。「そうすればあなたがうれしいのなら、ソフィア、ええ、もちろんそうするわ。あなたが愛せる男性を見つけるまで、わたしたちは決して誰にも話しませんから」

母の口から〝愛〟という言葉が出たことにソフィアは驚き、背中や肩に入った力が抜けた。ほっと息を吐く。「ありがとう、お母様」そして席を立ち、母の頬にキスをした。

ジェイムズは馬車を降り立ち、〈ランズダウン邸〉の玄関を見上げ、本当にこれでいいのだろうかと、もやもやした気持ちで自問した。前夜は勢いで屋敷を訪ねると言ってしまったが、彼は勢いで動くほうではない。ふだんはなにをするにもその理由がわかっていたが、今日は、よくわからなかった。自分は金のためにここまで来たのだろうか？　あのとき火花が散って心に小さな炎を灯されたのは、金のせいなのか？　それとも、ミス・ウィルソンが個性的な女性だったから？　おそらく、そのどちらも少しずつあるのではないだろうか――だが、個性的な女性が好ましく思えたのは初めてのことだった。いや好ましいどころか、これまではその反対の印象しか持たなかった。

そう思ったジェイムズは、馬車に戻って帰ってしまおうかと考えた。心のなかのなにかがそうしたがっていた――けれど、それがなんであれ、彼はそれをはねつけた。この新しい勝負に打って出てみて、どうなるかを見てみたい。どうもならないかもしれない。つまらないお天気の話でもして、前夜の舞踏会の噂話でもして、それ以上の内容のある話などないかもしれない。そんなところになるだろうと思いながら、ジェイムズは玄関の扉をノックした。

数分後、階上の応接間に通されようとしていた。執事が彼の到着を告げ、ジェイムズはドアを入っていった。たちまち彼の視線は、向かいに座って華奢な手にティーカップとソーサーを持ったミス・ウィルソンに吸い寄せられた。彼女は象牙色のチュールのティータイム用ドレスをまとっている。顔色に美しく映え、愛らしい雰囲気がよく出ていた――まるでホイップクリームののった砂糖菓子のようだ。彼女の姿を目にしただけで、ジェイムズは獲物に飢えたような荒々しい昂ぶりに襲われた。

彼女にとっては試練だろうと、ジェイムズは思った。彼女は最初の第一印象で、彼をよく思っていなかったのだから。

一瞬、その場にいたほかの女性たち――伯爵夫人とミス・ウィルソンの母親――は呆気にとられて声を失ったが、やおらかすれた声であたふたと挨拶をまくしたてた。ジェイムズは部屋のなかほどまで進んだが、左手にある暖炉のそばに座っている男の影に気づいて足を止めた。視線をめぐらせた先にいたのは、ウィトビーだった。

「ウィトビー、これはどうも」落ち着いた冷静な声を保ちながらも、ジェイムズはステッキを片方の手からもう片方の手へ持ち替えた。

伯爵が椅子から立ち上がる。「こちらこそ」

ぎごちない沈黙が続いたが、やがてウィトビーは礼儀作法に則り、身をかがめて帽子とステッキを取った。すでに訪問をすませた彼のほうは、もう屋敷の女主人にいとまごいを告げるのが、ふさわしい行動だ。

ウィトビーは女性たちに会釈した。「今日はお相手をありがとうございました、レディ・ランズダウン。とても楽しかったですよ。ミセス・ウィルソン、ミス・ウィルソン、どうぞ、よい一日を」

ウィトビーは伯爵夫人に名刺を渡し、出ていくときにジェイムズをかすめた。「ウェントワース」声をひそめて冷ややかに言う。

いまや、結婚市場《マリッジ・マート》におけるライバルだとウィトビーに見なされたのだという苦い思いを、ジェイムズはのみこんだ。くそっ、明日には〈ポスト〉紙に記事が出るのだろうな。

「お入りになりませんの、閣下？」レディ・ランズダウンが言った。

ジェイムズはうなずき、ウィトビーのことは忘れてミス・ウィルソンに気持ちを集中させようとしたが、レディ・ランズダウンとの過去が頭に浮かんで、それもまたひと苦労だった。レディ・ランズダウンを訪問することになろうとは、思ってもいなかった。彼女が初めての社交シーズンでロンドンにやってきた三年前、ジェイムズは彼女から野心を向けられ、気まずい状況に陥った過去があった。まったく、ランズダウン伯爵が彼女に求婚してくれたおかげで、公衆の面前で彼女に恥をかかせることにならずにすみ、本当に助かった。

「どうぞ、楽になさって」伯爵夫人が言った。彼女はそんな過去など覚えてもいないのかもしれない。

ジェイムズはわざと伯爵夫人の隣の椅子を避け、ミセス・ウィルソンの隣に腰を下ろした。メイドが、彼に紅茶を注いだ。

「すばらしい日和ですことね、閣下?」レディ・ランズダウンが言った。「五月にこれほど陽射しがあふれているなんて、初めてではありませんか?」

〝ああ、やっぱり天気の話か〟

「まったくです、三月に雨の多い春でしたから、気持ちがいいですね」ジェイムズは答えた。

「毎年こんなにあたたかいんですの?」ミセス・ウィルソンが尋ねる。

時計の針が進むなか、たわいもないおしゃべりが続き、形式的な十五分が過ぎるころには、ジェイムズはどうして来ようと思ってしまったのかと後悔していた。ミス・ウィルソンはひとこともしゃべっていない。

母親がニューヨークでの社交シーズンについて話し続けているのをいい機会に、ジェイムズは向かいに座っている物静かな娘を観察した。彼女は黙って紅茶を飲んでいるだけで、会話にまったく加わっていない。昨夜のあの熱い炎は、いったいどこへ行ったのだ?

「ですからね」ミセス・ウィルソンが話し続ける。「アメリカでは逆ですの。夏のあたたかいときにニューヨークを離れるかたが多くて、避暑地の別荘に引っこんでしまいますけれど、こちらでは皆、田舎を離れて街にいらっしゃるのね」

「本当に対称的でおもしろいですわ」とレディ・ランズダウン。

「夏に別荘に行かれないのは、どうしてなのかしらねえ」ミセス・ウィルソンの話は続く。

「街は暑くなるでしょうし、それに……」

もしやジェイムズがやってきてウィトビーが早々に切り上げることになり、ミス・ウィルソンはがっかりしたのだろうか？

ジェイムズはうつむいてステッキを見ながら、自分をたしなめた。彼女ががっかりしたかどうか、そんなことはどうでもいいだろう？　自分が気にすることは、彼女が昨夜と変わらず今朝もとてつもない金持ちだという、厳然たる事実だけだ。いや、今朝のほうが、さらに金持ちかもしれない。

彼は、計り知れない大きな青い瞳を食い入るように見た。ああ、これほどに美しく、得も言われぬ生き物は、見たことがない。

もう帰ろうか……。

ちょうどその瞬間、ミス・ウィルソンが口を開いた。「議会のためよ、お母様」

彼女が口を開いたのはやっとこのときが最初だという事実も、ジェイムズにはどうでもよくなった。急に帰りたいとは思わなくなり、いまミス・ウィルソンが口を開いたのは、このため——いましばらく伯爵夫人の応接間に彼を引き留めたかったからだろうかと、いささか知りたくなった。少し気分が明るくなり、熾火《おきび》のように、彼女に惹かれる気持ちがふたたび燃え始めるのを感じた。俄然、やる気が出てきた。

「え、ええ、もちろん知っているわ」ミセス・ウィルソンは答えたが、本当は知らなかったのだろうとジェイムズは思った。

ミス・ウィルソンがジェイムズに目を向けた。「議会には多くの時間を取られますの、閣下？」

やっと、彼女と直に言葉を交わす機会が持てるのがうれしかった。返答を待つ彼女の瞳はきらきらと輝き、彼女と愛を交わすのはどんなだろうと、ジェイムズは嬉々として想像をめぐらせた。彼女は公の場で——ロンドンの舞踏会でマナー違反をするのと同じように、ベッドでも奔放なのだろうか。

彼女の胸のふくらみを眺め、ベッドでの一糸まとわぬ姿を——彼だけが覆い被さっている姿を思い描くうち、震えるような紛れもない欲望に襲われた。ああ、そうだ、彼女と愛を交わしたら、すばらしい悦びを味わえるのだろう。

それから十分ほど、ふたりは軽く議会の話をした。ミス・ウィルソンはなんでもよく聞きたがって知的な質問をするので、ジェイムズも話に熱が入り、彼女をベッドに連れていくことについては、それ以上考えずにすんだ。彼が考えたのは、もっと現実的なこと――彼女は明らかに覚えが早い女性なのだろうということや、立派な公爵夫人となるにはそうでなければならないというようなことだった。

〝立派な公爵夫人〟ちょっと気が早すぎるかもしれない。

そろそろ頃合いかと思えたとき、ジェイムズはカップを置いて伯爵夫人に微笑みかけた。「今日は楽しいおしゃべりをありがとうございました、レディ・ランズダウン」そして立ち上がる。彼女も立ち、応接間のドアまで彼を送った。ジェイムズが名刺を渡す。「とても楽しかったですよ」

ジェイムズは振り返って最後にひと目、ミス・ウィルソンを見た。彼女は立ち上がろうとしていた。「ご訪問をありがとうございました、閣下」と挨拶する。

彼女はどことなく真剣なまなざしをしていて、ジェイムズはいま一度、どうして自分がいるあいだ、彼女はほとんど黙りこくっていたのだろうと思った。前の晩、少しはうちとけたように思っていたのに。

ジェイムズは彼女に小首をかしげて見せ、部屋を出た。

公爵が部屋を出るや、ソフィアは母親に向き直った。「わたしがこの部屋に来る前、お母様が伯爵様とお話ししているのを耳にしたわ。お母様は、お父様が持参金をいくら支払うおつもりか、誰にも言わないと約束してくださったはずなのに」

母親の顔から血の気が引いた。「ごめんなさい。言うつもりはなかったのだけれど、伯爵様があなたに興味を示してくださったものだから、わたしはいま求婚していただくのはよくないと申し上げるつもりだったのよ――あなたがお相手のことをよく知ったうえで、求婚を考えてみたいと思っているのだとね。あなたの希望を伝えようとしただけなのに、伯爵様がもっと詳しく聞きたいとおっしゃって。嘘を言うわけにもいかないじゃないの。わたしは話題を変えようとしたわよね、フローレンス?」彼女は困り果てて伯爵夫人を見た。

「ええ、ええ、そうですとも。お母様は精いっぱい慎重になっていたのだけれど、伯爵様が強くおっしゃられて」

それは違うのではないかしらとソフィアは思った。声が震えないよう、懸命にこらえる。「つまり、わたしたちにどれくらいのお金があるか、皆に知られてしまうというわけね――〝不作法なアメリカ人〟は、本当に応接間で金の話などするのかと」

「わたしは内密にお話ししたのだし、あのかただって、なんと言っても紳士ですもの」

ソフィアは信じられないというように頭を振った。「部屋に下がらせていただきます」

応接間のドアまで行ったとき、母親が声をかけた。「でも、公爵様がいらしてくださったことはうれしくないの？」

ソフィアはためらいを見せたが、いったん戻って母親の頬にキスをした。これ以上、母を責めてもしかたがない。母は自分が失敗したことをわかっていて、今夜は悔やんで眠れないことだろう。心のやさしい善良な女《ひと》、愛すべき母親だ。ただ、しっかりと口を閉じておけないだけ。

それが母の最大の欠点なのだとしたら、母の母のことを考えれば――夫に出て行かれたあと、ウイスキーを買うために子どもの半分を売った祖母を考えれば、幸せだと思わなければ。

公爵様がいらしてくださって、うれしかったかしら？

あれをうれしいとは言いたくない。あれはもっとべつの――まったく違うもの。これからは、用心に用心を重ねたほうがいいだろう。

お仕着せを着た従僕がジェイムズのために馬車のドアを開け、彼が座席に着くと、また閉めた。しかし馬が動き出さないうちに、誰かがそのドアを激しくノックした。ウィトビーの顔が窓の外に現れる。息が荒く、吐く息で矢継ぎ早に窓ガラスがくもった。

「御者、ちょっと待て！」ジェイムズが声を上げ、それから前屈みになって掛け金をはずした。

「グリーン・ストリートまで乗せていってくれないか？」ウィットビーが言った。

ジェイムズは珍しく躊躇しそうになったが、それを振り払い、学友を乗せた。まもなくふたりは、玉石敷きの道を馬車が音を立てて走るなか、向かい合って無言で座っていた。

「つまり、きみは気が変わったということか？」ウィットビーが尋ねた。

「なにがだ？」ジェイムズは涼しげな顔で答えたが、ウィットビーがなんの話をしているかはよくわかっていた。

「ソフィア嬢のことだよ。興味はないと言ったじゃないか」

ウィットビーの声は恨みがましく、こわばったあごにも敵愾心が現れていたが、ジェイムズのほうは冷静で超然とした声を保った。

「ぼくは、なにかをどうこうしようと決めた覚えはない」

「だが、めったなことでは興味を持たないと言っただろう」

「確かに。それで、なにが言いたい、ウィットビー？」

馬車が跳ね、ウィットビーは座り直した。「では言っておくが、ぼくはミセス・ウィルソンに、お嬢さんに興味があると正式に伝えた。それなりのよい反応をもらったことを知っておいてくれ」

ジェイムズは象牙でできたステッキの手元部分を握りしめた。「誰に？　ミセス・ウィルソンか、それとも娘のほうか？」

「ミセス・ウィルソンだよ、もちろん」ウィトビーが答える。「だが娘のほうも、この一週間、会ったときはいつもとても友好的で愛想もよくて、笑顔が絶えなかった」

「アメリカ人の娘というのは、たいていそういうものだと思うが」ジェイムズは辛辣な口調で言い添えた。なんということだ、声にねたみがにじんでいる。彼はあわてて冷静さを取り戻した。「もう求婚したのか？」

「いや、そこまでは。ミス・ウィルソンから、いまの段階ではまだ求婚はまずいと言われた。ミセス・ウィルソンは、きちんとした交際の手順を踏んだうえで好意を告げられたいと思っているらしい」

「きちんとした交際の手順を踏む？」ジェイムズは片方の眉をつり上げた。「まったく、アメリカ人らしいことだ」

もどかしげに肩を上下させたウィトビーを見て、ジェイムズはおそらく友人は必死で敵愾心をこらえようとしているのだろうと思った。

「きみが結婚したがっているとは思わなかったよ」ウィトビーが言った。

今度は、切羽詰まった口調になっている。ジェイムズはいたたまれなくなった。あの娘に求婚するつもりはないと、ウィトビーにさっさと告げて、それで終わりにすればいい。

「彼女は、金額を教えたか？」ウィトビーが尋ねた。

金額？　突如として、今度はジェイムズが動揺する番になった。「いったい、なんの話だ、ウィトビー？」

「持参金の額だよ。きみの気が変わったのは、そのせいではないのか？」

「ぼくは、なににについても気が変わったりしていない」

「だが、ミセス・ウィルソンに聞いたんじゃ？」

ジェイムズは大きく息を吸った。「娘の持参金がいくらか？　まさか！」笑い声を上げる。「そんなに立ち入った話などしなかった。話したことと言えば、いまいましい天気の話だけだ」

「え、そうか……それならいいんだ」ウィトビーはしばらく口をつぐみ、ずいぶんほっとしたような顔で窓の外を見つめた。

いっぽうジェイムズは、神経が張り詰めてきた。

「本当にそんなことを話したのか？　ミセス・ウィルソンと？」ジェイムズは信じがたい

気持ちで言った。「娘はいなかったのだろうな？」

「まさか、いるものか。彼女はあとで入ってきたんだ。だがアメリカ人というのは、まったくわからないものだな」

ふたりはもうしばらく馬車に揺られていたが、ジェイムズはいらだたしいほどの好奇心にさいなまれ始めた。どうしてミセス・ウィルソンが自分には持参金の話をしなかったのだろうと、いつしか理由を考え始めていた。ウィトビーのほうが好ましいと思われることはありえない。なんと言っても、彼女は貴族の夫を探しに来ているのだ。貴族社会がどうなっているかは理解し、ジェイムズが最高位に属していることも知っているはずだ。彼女がわかっていなくとも、伯爵夫人は絶対に知っている。

とはいえ、母親の意向はなにも関係ないのかもしれない。もしかしたら母親は、ジェイムズが公爵であることなど関係なく、娘がジェイムズよりもウィトビーに好感を持っていて、愛のある結婚を望んでいることを知っているのかもしれない。

ミス・ウィルソンがウィトビーに好意を寄せている――そう思ったときのひどい不快感ときたら――激しく動揺するほどだった。

「まったく、おかしな話だな」ウィトビーが宙を見つめて言った。「あれほど美しい娘を嫁がせるのに、父親が五十万ポンドも払わなければならないとは。もしわれわれと同じ貴族として生まれてあれだけの美貌を持っていたなら、金などびた一文も必要ではないだろうに。アメリカ人でありながら旧世界の一員になるには、それだけの代価が必要ということなのだろうな。われわれはまったくおかしな時代に生きていると思わないか、ジェイムズ？」

〝五十万ポンドだって？〟

ジェイムズは金額をよくよく噛みしめ、ゆっくりと目をしばたたいた。

馬車がグリーン・ストリートで停まり、ウィトビーは従僕がドアを開けるのを待った。なんということのないその短い時間、ジェイムズは五十万ポンドという額を具体的なひとまとまりの金として思い描こうとしていたが、ウィトビーがこわい顔でにらみつけた。

「ジェイムズ、ぼくが最初に目をつけたものを横取りするつもりではないことを祈るよ。もしそんなことをしたら、かならず――後悔させてやる」怒りのこもった言葉に、顔つきまで険しくなっている。

ジェイムズは血が熱くなるのを感じた。「ウィトビー、ぼくがそんな脅しをどう思うか、誰よりもきみがよく知っているのではないか」

ウィトビーは送ってもらった礼を短く言い、馬車を降りた。

すぐに馬車はふたたび動き出してグリーン・ストリートを進んだが、ジェイムズは憤懣を抑えようと必死だった。脅しをかけるようなまねは、どうにも許しがたい。相手が友であろうと、誰であろうと。

彼はあごをこわばらせ、たったいま起きたことを筋道立てて考えてみた。ウィトビーがジェイムズより三十分ほど早く伯爵夫人の屋敷を訪れたからと言って、なにかがウィトビーのものになるというわけではない。彼のほうが先に着いたのは、いまいましい道路事情のせいだったかもしれないだろう。ウィトビーは、ジェイムズが妻を迎えなければならない状況にあることを知っている——結婚をウィトビー自身から勧められたことさえある——それに今回の令嬢は、まだ誰からも求婚されていない。

五十万ポンドとは！　ジェイムズの財政状況から考えると、そんな額を聞かされて知らなかったふりをするのは怠慢も同然ではないかと、急に思えてきた。自分が父のようになるかもしれないという、ただそれだけのことで、あの令嬢と関わらずにいるのは、公爵家の一員として致命的な仕打ちなのではないか。彼は父よりも強いはずだ。将来、男としてのどんな衝動に駆られても、それと闘うだけの力は持っている。もし衝動に襲われたとしても、理性の力ではねつけられる。そうだろう？　いや、そのはずだ。これまでずっと感情を自制する鍛錬《たんれん》を積んできたのだから。

ジェイムズは今後、いまの状況を論理的に考えることにした。今回のこの絶好のチャンスは、向こうから勝手にやってきたのだ。滑稽に思えるくらい。運命があの娘を、あの美貌と持参金を餌に、金塊でできた人参のごとく彼の目の前にぶら下げた。そうだ、いまこそジェイムズはその人参にかぶりつけばいい。もう準備はできている。自制心を働かせる力は充分に身に着けている。意志の力で感情を押し殺すことだってできる。

結局のところ、これまでの鍛錬に意味はあったということなのだろう。いまその成果が、魅惑的な美貌の令嬢によって試される。

彼女の持参金を手に入れるつもりなら、ジェイムズは彼女を誘惑しなければならないのだから。

4

もちろん金のためだ。

ジェイムズはそう自分に言い聞かせながら、従者の手を借りて〈バークレー邸〉での夜会に向けて着替えをしていた。あの令嬢に五十万ポンドの価値があると知って、すべてが変わった。彼はいま、領地と小作人とマーティンのことを考えなければならない。弟のマーティンはしかるべきときが来たらオックスフォードで学ばせなければならないし、妹のリリーも今年から社交界に出て、いつの日か持参金を必要とするだろう。目下のところ、先代公爵だった父の放漫さのおかげで、妹への求婚者に差し出せる金はなかった――びた一文も――だからジェイムズは、妻を迎えるというこのうれしくもない話を、仕事のひとつと思わなければならない。さもなければ、フランス製タペストリーを手放すだけではすまなくなる。

そしてまた、もの静かで十人並みのイングランド人を妻にしたいという希望も、あきらめなければならない。なぜなら、嫁入り道具として五十万ポンドもの大金を携えてやってくる娘など、ふつうはいないから。

従者が黒の上着を差し出し、ジェイムズはするりと両腕を通した。たぶん、これでいいのだろう。この仕事はたんなる金の問題だと思っていたほうが気が楽だ。今日の夜会に出るのは、のぼせ上がっているからではないかなどという心配は無用だ。もちろん、そんなことはないし、そんなふうになりたいとも思わない。確かに、ミス・ウィルソンは魅力的だ――そう思わない男がどこにいる?――だが、ウィトビーとあの不愉快な会話をする前は、本当に求婚してみようなどという気はいっさいなかった。彼女に対して――いや、それを言うなら、ほかのどの女性に対しても。そう考えれば、彼にはまだいつもどおりの分別が残っていると思っていいだろう。

一時間後、ジェイムズはゆったりとした足取りで〈バークレー邸〉に入っていった。にぎわう応接間に足を踏み入れ、年配のブレットフォード侯爵と言葉を交わした。もしかしたら、今回の持参金追求の旅はちょっとした冒険になるかもしれない。最近は、毎日の生活も退屈なものになっていた。彼が考えることと言えば、請求書と、増大する経費と、長々と続く修繕箇所のリストだけなのだ。

彼女が来ているとわかるのに、そう時間はかからなかった。彼女と、母親と、伯爵夫人。三人で部屋をめぐり、宝石をちらつかせ、紳士たちに愛想をふりまき、紹介された紳士の身分を値踏みし、女の成功の種を蒔いてまわっている。なんという見え透いたゲームだろう。しかし自分もその仲間入りをし、ほかの男たちを出し抜こうとしているのだから、皆をけなすことはできない。

公爵がドアをくぐった瞬間、ソフィアは彼に目を留めた。きちんとした黒と白の正式な装い――それはほかの男性と同じだけれど、十倍も堂々たるものだった。

黒のシルクの燕尾服が彼の広い肩と細い腰を引き立たせ、白いシャツとベストに夜の闇のような黒髪のコントラストが、ソフィアの下腹部をきゅんと熱くさせた。彼が来るとは思っていなかった。馬車のなかで伯爵夫人が、ジェイムズは二晩続けて社交界に顔を出すことはめったにない、ましてや三晩続けてとなるともっと珍しいと言っていた。彼がそのめったにないことをしたということは、フローレンスもソフィアの母親も狂喜乱舞して、今夜が終わるまでにあれこれたくらむことは間違いなかった。

正直なところ、ソフィアもやはり期待で舞い上がらずにはいられなかった。今夜、彼と話ができるかもしれない。たとえそれが、自分はまだ理性を保っているという証明をするためだけであっても。この二十四時間で彼に感じたものは、ほとんど好奇心から出たもののはず。なぜなら、公爵のような男性にはこれまで会ったこともなかったから。

これは軽はずみなことなのかしら？　この好奇心に、これほど心を乱されているなんて？　でも、惑わされて自分を見失ったりはしないでしょう？　恋は盲目という言いまわしは何度も耳にしたことがある。これが、その始まりなのかしら。

ソフィアは公爵がほかの客に挨拶し、ゆったりとした足取りで部屋をまわるのを見ていた。優雅で自信に満ちあふれておしゃべりし、笑い声を上げている。公爵が何度かソフィアのほうを見ることがあり、そのたびに目が合って、焦げるようなまなざしと彫りの深いハンサムな顔だちに、ソフィアの胸の鼓動は速くなるばかりだった。彼はちらりと笑みを見せ、そして目をそらす。彼女も同じことをしながら、彼は持参金のはっきりとした額を知ってしまったのかしらと心を悩ませていた。ロンドンの社交界には、もう知れ渡っているに違いない。

「ミス・ウィルソン、今夜もここでお会いできるとは、うれしい限りです」ウィトビー伯爵がかたわらに現れた。

ソフィアは振り向いた。「こんばんは、ウィトビー伯爵。お元気そうですね」

「春の新鮮な空気のおかげですよ。気分も明るくなるというものです」

それから数分間、ふたりはたわいもないことをおしゃべりしたが、それから伯爵は両手をうしろで組んで、ソフィアの目を覗きこんだ。「今週、ハイド・パークで散歩でもいかがですか？　チャーミングなお母上と伯爵夫人も、もちろんご一緒に」

ソフィアは微笑んだ。「はい、喜んで」

「水曜はいかがです？」

「ええ、水曜日でけっこうです」ソフィアが答える。「あら、コネティカットからいらしたミス・ハントがいらっしゃるわ。ちょっと失礼してよろしいかしら？」

ウィトビーは軽くお辞儀をして脇にどき、ソフィアは今週の夜会で知り合った女性とおしゃべりした。そして、そのアメリカ人女性の知人との短い会話が終わったとき、公爵と目が合った。ふたりは共通の話題があって引き寄せられるかのように、部屋のまんなかで顔を合わせた。

「閣下、お目にかかれて光栄です」

それに答えてジェイムズは、人をどきりとさせ、惑わせるような笑みをソフィアに――ソフィアだけに向けた。ソフィアは必死で、慎重にならなくてはだめよと心に言い聞かせた。

「今宵もお美しいですね、ミス・ウィルソン。まったく、なんとも言えない美しさだ」

ジェイムズの視線が、彼女のドレスの上から下まで、あからさまに向けられた。そんな大胆な行動は失礼だと怒るのが当然なのに、ソフィアはどきどきしてしまった。しかも俗っぽく、品のないものに対するときめきだった。

「ありがとうございます。そんなふうにおっしゃってくださるなんて、おやさしいのですね。今夜は楽しんでいらっしゃいますか？」

「ええ、どんどん楽しくなってきています。あなたは？」

胃がひっくり返るような心地がした。「はい、わたくしも」

艶っぽく熱い、ジェイムズの視線――それはこわくなるほどだった。ソフィアの体には力が入らず、ぎこちなくなり、まともに頭が働かなくなる。苦しいほど引きつけられる、あの感覚が戻ってくる。これをどうにかできればいいのだけれど。

「ロンドンにいらしてから、マダム・デュテトロの歌を堪能されましたか？」ジェイムズが訊く。

「いいえ、まだ聴いておりません。楽しみですわ。閣下はお聴きになられるのですか？」

「もちろん。そのために来たんです。いや、そのほかにも来た理由はありますが」

ジェイムズにじっと見つめられ、ソフィアは感じ取らないわけにはいかなかった――彼が自分に会いにやってきたのだということを。

ソフィアのなかに、じょじょに生気がみなぎってくる。

「回廊《ギャラリー》で美術品をご覧になりませんか?」ジェイムズが言う。「今夜は、芸術を愛でるひとが絶えないようですよ」

ジェイムズは腕を差し出し、ソフィアはそこに手をかけた。ふたりそろって隣の客間を通り抜け、大きく長い回廊に出る。そこでは男女がゆっくりと歩を進めながら、芸術鑑賞を楽しんでいた。回廊はとても広いため、それぞれの男女に充分な空間が行き渡り、おかげでほかの客と交わることもない。もちろん、それはありがたいことなのだけれど、ふたりだけの親密な空間を持つことにもなってしまう。

ソフィアと公爵は壁に沿ってゆったりと歩き、一族の大きな肖像画を見上げたり、椅子とヤシの木の鉢植えとのあいだに置かれた胸像を眺めたりした。さらに進むと、偉大な傑作を目の当たりにすることができた――ティツィアーノ、ジョルジョーネ、コレッジョの作品。公爵は芸術に造詣が深かったから、ふたりの会話は途切れることなく、無理やり話題を探したり退屈することもなかった。彼は外見の魅力もさることながら、本当に知的な男性だった。

「これまでのところの、ロンドンの感想をうかがってもよろしいですか?」公爵が訊き、さきほどとはべつの一族の肖像画の前で止まった。

「圧倒されています。正直申しますと、ここにいるのが信じられません。まわりを見れば、何世紀にもわたる暮らしや愛や戦争や美術品があふれています。イングランドの皆様には深い歴史があって、それを大切にしていらっしゃる。そういうことについて、もっと勉強してみたいですわ——歴史を、歴史の内側にいながら見てみたい」

「お望みとあらば、できますよ」

ソフィアは彼のまなざしを覗きこみ、ずっと警戒してきた悪魔的な性質をそこに見い出そうとした。しかし不思議なことに、いまのところ、彼女に対する心からの興味と、ロンドンにいるあいだは楽しんでもらいたいという誠実な思いしか見て取ることはできなかった。

彼が礼儀正しい質問しかしないから、警戒を解いて楽にしているなんて、無邪気すぎるかしら。それとも、社交界での噂話を信じすぎて彼を誤解してしまったの？

ふたりは、またべつの絵画へと歩いていった。

「社交界はいかがです？」ジェイムズは、なにかを探っているかのように彼女をまじまじと観察した。「あなたにとっては、大きな迷宮のように感じられるのでは？」

ソフィアは顔を上げ、肖像画の上のほうを見た——貴族の男性の頭に乗った、小さな宝冠を。「いいえ、閣下、アメリカの社交界も同じように、よくわかりません。階級のない社会だと自分たちでは言っておりますけれど、実際にはまったく違います。称号を持った貴族のかたがいらっしゃらない社会では、皆が野心を持ちます。自分の境遇を少しでもよくしようとして上を目指しますが、お金は増えても礼儀作法までついてくることはまれです。アメリカ社会での決めごとのなかには、境界線をはっきりさせて簡単に破れないようにするためだけにつくられたものもあるのではないかと、ときどき思います。そうでもしなければ、貴族制度を持たないわたしたちには境界線をはっきりさせられないからですわ」

「すみません」ジェイムズはそう言い、同じく宝冠を見上げた。「あなたのお国の社会が、どんな点でも単純なものだと言うつもりはなかったのです。ただぼく自身、ロンドンの社交界はときどき迷宮のようだと思うことがあるものですから。ぼくは、そんななかで生まれ育つという憂き目に遭ったんですよ」

彼がなにを言っているのか、ソフィアにはわかった。彼女が社交界のなかでときどき失敗をしても、それはまったくしかたのないことだと——あなたが愚かなわけではないのだと——励ましてくれているのだ。感謝の気持ちに、ソフィアは胸がきゅんとなった。

ふたりは次の美術品に移った。「気にしておりませんわ」ソフィアは答えた。「あまりにも軽率な物言いをしてしまって、申しわけありません。率直なお話を聞かせてくださって感謝しておりますわ、閣下。こちらでは、なかなか期待できないことですもの」

「率直？」ジェイムズは驚いたような声を出した。

「はい。わたしはまだ誰とも、本当の意味でお話をしたり、知り合いになったりはできておりません。誰かとお話ししても、いつも軽く表面的に終わってしまって、つい立ち入ったことを訊くので叱られるのですわ」

「先日のウィトビーのようにですね。あれは本当に申しわけなかった」

ソフィアはうれしく受けとめて微笑み、話を続けた。「わたしには妹がふたりおります」してはいけませんと教えられた、まさにその話題に及んでいるのはわかっていたが、ソフィアは気にしなかった。自分のことを、少しでも公爵に知ってもらいたかった。本当のソフィア・ウィルソンを、少しでも。「会いたくて寂しいですわ。なにも気にせずおしゃべりしたり、気安く笑ったり。わたしたちは、なんでも隠さず話すんです」

「では、もし妹さんたちがここにいらしたら、なんとおっしゃいますか？」公爵の瞳が、誘いかけるようにきらりと輝き、ソフィアはなにを言えばいいのかしらと思った。どんなことを言ってほしいと思っているの？

彼女は答える前に時間をかけ、自分の気持ちをよくよく考えた。これは満足感？　冒険心？　その両方が少しずつ混じっていることに気づいて、少しびっくりした。警戒しなくてはと思う心と裏腹に、この男性に対する気持ちが変化してきている。

どうしたことか、次の瞬間、その警戒心は影をひそめた。注意するまもなく、返事がソフィアの口をついて出た。「判断を早まるべきではないひとを、早まって判断してしまったから、もう一度そのかたのことを初めから考え直したいと、話しますわ」

ふたりは回廊で向き合い、見つめ合った。公爵の表情からはほとんどなにも読み取れなかったが、さきほどの返事がよかったということはわかった。

「新たな始まりというものを、ぼくはおおいにいいことだと思っていますよ」ジェイムズは歩き出し、ソフィアも元気が湧いてきたような心地であとに続いた。「ぼくにも妹がいて、よく話をしますが、そういったことは話しませんね。妹は十八でロマンスを夢見がちな年ごろですから、そんなことを話そうものなら、ぼくが人生の最愛のひとに出会ったということが明日のお茶の時間までにはロンドンじゅうに知れ渡ってしまいます」彼はソフィアに満面の笑みを見せた。

「ぼくは噂話のタネになるのはいやですから。たとえそれが本当のことでも」

ソフィアは舌まで飲みこむかと思うほど、ごくりと唾を飲みこんだ。たったいま、彼はわたしに気があるとほのめかしたの？　それとも、ただの仮の話なの？　彼女は落ち着きを取り戻すあいだ、なんとか沈黙を埋めようと質問をした。「妹君はおひとりですか？」

「いいえ、じつは三人。ふたりは嫁ぎました。ひとりはスコットランド、もうひとりはウエールズへ。三人とも、自慢の妹たちですよ。これまでにかわいらしい姪ふたりと、甥ひとりに恵まれています」

ソフィアは、彼の一言一句に目を瞠《みは》る思いだった。彼はまったく悪魔的などではない——少なくとも今夜は。

「子どもがお好きですか、閣下？」

「大好きですよ。どこの田舎の本邸も、笑い声や小さな足音であふれていなければ——とは、よく言われることですが」

もし彼がよい印象を与えようとしているのなら、すばらしくうまくやっていた。

ふたりはまた美術品の話に戻り、最新の傾向や、街の画廊がどんなものを飾っているかを話した。レンブラントの『沐浴する乙女』の前に来たとき、公爵は、まるで絵に触れたいとでもいうように手を伸ばしたが、絵の前の空間をなでるだけで満足しなければならなかった。ふたりはともに、しばらくその絵を堪能していた。

「あの化粧着を描いた、太くなめらかな筆の跡をごらんなさい」公爵が静かな声で——ほとんどささやくような声で——彼女の耳だけに話しかけた。「そして、静かな池の透明な輝き。この影には曇りひとつない。それに……この脚の角度」公爵の大きな手が、まるで乙女の素肌をなでているように動く。

突如、ソフィアの血管に震えが駆け抜けた。彼の長い指が自分のスカートのなかで上へ上へと動き、むき出しの太ももに触れたらどんな感じなのかしら……。

自分が考えていることと彼が言っていることを知り、誘惑するような彼の手の動きを見たら、ほとんどの女性はショックを受けるだろう。ソフィアも少しはショックを受けた。それでも彼女の体はあたたかくなり、ゆるんでくるのが感じられた。この回廊で、誰憚《はばか》ることなく彼の腕のなかに溶けこめたら、どんな心地だろう。薄暗い照明のついたあの隅にある、あの長椅子に連れていかれ、寝かされたら？

ソフィアは懸命に息切れしないように気をつけた。「本当にすばらしい名匠ですわ」

公爵様は、誰にでもこんなふうにお話しになるのかしら？　それとも、わたしを誘惑なさろうとしているの？　もしそうなら彼は――独自のタッチを持っている彼こそが――今宵の真の名匠だとソフィアは思った。彼はソフィアを、とろけた蜂蜜のようにしているのだから。

ふたりは細長い部屋を進み、向かい側も見ていった。「今週のいつか、ハイド・パークで散歩でもいかがですか？」公爵が尋ねた。「このところお天気もいいですし。水曜などいかがです？」

そのときソフィアはウィトビー卿のことを考え、先に話しかけたのが彼でなければよかったのにと思った。先約があると、公爵の誘いが受けられなくなってしまう。いまのこの瞬間の結果であまりに多くのものが左右されるとでもいうように、彼女は小さなパニックまで感じ始めた。

「水曜では、ミス・ウィルソン？」なおも公爵が言う。「それとも、ご都合が悪いかな」

どうしよう、彼があきらめかけている。

「いえ、いえ。そうではなくて……いえ、やっぱりそうです。都合が悪くて。ほかの日はいかがかしら？」

「では木曜は？」

「木曜でけっこうですわ」彼女の心臓が安堵の息をついた。

「よかった。そろそろ応接間に戻りましょうか？　あなたがどうなさったか、母上がご心配なさっているでしょう」

ソフィアはゆっくりと応接間に戻り、母と顔を合わせた。公爵は母親と挨拶を交わし、部屋の反対側に集まっている紳士の一団に加わった。ソフィアは不安の入り混じった不思議な気持ちで彼を見ていた。思いがけず、この男性に激しく惹きつけられて、表面的だった印象はどんどん薄れている。そのことが、とてつもなく彼女を不安にさせた。なぜなら彼女はふだん、理性よりも熱くたぎる血に身をまかせたりはしないから。

数日後の朝、ソフィアは階下の食堂で食器がかちゃかちゃいう音を聞き、もう遅い時間になっていることに気づいた。母とフローレンスは、彼女抜きで朝食を取っていた。ソフィアは小間使いに手伝ってもらい、あわてて上質なウールの紺色の昼用ドレスに着替えた。おしゃれなねじりスタイルに髪を結い上げて、階下の居間に降りてゆき、紅茶を飲んでいる母とフローレンスの仲間入りをした。

部屋に入ってすぐ、ソフィアは足を止めた。居間の中央にあるテーブルの上に、赤いバラの大きな花束が置かれていた。

ソフィアは母を見た。「まあ、このお花はいったいどうしたの?」

ソフィアはゆっくりと花束に歩み寄り、一本抜き取って鼻に持ってゆき、かぐわしい香りを吸いこんだ。

「自分でカードをご覧なさいな」母親が喜々として、かすかに得意げな口調で言った。

ソフィアはテーブルの反対側にまわった。大理石のテーブルに、カードが置かれている。もし公爵様からであっても、ひざから力が抜けたり、恋わずらいの娘みたいににやにや笑わないようにしなくては。賢く、慎重でいるのよ。公爵様に、わたしは分別あるしっかりとした娘であって、この花のように簡単に手折れるようなものではないとわからせなくては。そして、声に出さずにカードを読んだ。

〝優美なバラを、優美なバラのような貴女に。ウィトビー〟

もう一度目を通したソフィアは、ゆっくりと目を上げて母親を見た。贈り主が公爵ではなかったからと言って、プライドにひびが入ったことは見せないように、がっかりした顔など見せないように。「ウィトビー卿からよ」

ソフィアはカードの向きを変え、腕を伸ばして待ちきれない様子で小さな指をひらひらさせている母に渡した。

母親もカードに目を通した。金切り声を上げ、フローレンスに渡す。「これを見てちょうだい！」

今度は伯爵夫人が読み、立ち上がってソフィアを抱きしめた。「赤いバラよ。なんて積極的ですてきなんでしょう。これはもう疑いようがないわ。おめでとう、ソフィア。伯爵様を射止めたのよ。もちろん、あなたならやってのけると信じていたわ」婦人ふたりは抱き合って喜んだ。

ソフィアは無理やり笑おうとした。ふたりの希望を、まだ打ち砕きたくはない——なぜなら彼女は、ウィトビー伯爵とは結婚するつもりがないから。とはいえ、自分の本当の胸の内を知られたくもなかった。まだわからないところだらけの男性が、頭から離れないということなど。

いまのところ、自分の気持ちは自分のなかだけにしまっておくのがいいとソフィアは思った。公爵とのことを、自分でもっと判断できるまでは。口に出して話してもいいときが来たら、自然とわかるだろう。もしも今日、彼が本当に約束どおり公園の散歩に現れたら、ソフィアも言葉で表現できるくらいに彼とのことを整理できるかもしれない。

「ねえ、あなたは伯爵様をどう思っているの?」フローレンスが訊いた。「彼は候補のなかでも最高の部類に入るわ。すでに称号を継いでいるし、ハンサムだし」

ソフィアはしかたなくうなずいた。「それはもちろんハンサムよ、フローレンス。それは間違いないわ」

ウィトビーは金髪で男らしいあごを持ち、細身で歯は白く美しく、公爵のような翳りのある、冷笑的なところはまったく感じられない。これほど性急に伯爵を候補からはずすのは、もしかしたら間違っているのかもしれない。

ちょうどそのとき、執事が戸口に現れた。「レディ・ランズダウン。ミセス・ウィルソンにご面会の紳士がいらしております」

フローレンスは心もとなげにベアトリスを見た。「ご訪問にはまだ早い時間だけれど」

「大変重要なご用件だとおっしゃいまして、早急にお目にかかりたいということです、奥様」

落ち着きのない静寂が漂った。「どなたなの？」伯爵夫人が尋ねた。

「マンダリン伯爵でございます、奥様」

また沈黙が続くなかで、フローレンスが対応を決めた。「お通しして。ソフィア？　家政婦に話をして、あなたの大好きなドイツふうサワークリームツイストを料理人に作らせましょう」

ソフィアとフローレンスは居間に母親を残して出た。母親はそこでマンダリン伯爵を出迎えた。

しばらくすると執事がキッチンまでやってきてソフィアを居間へ呼び、彼女は急にいたたまれない気持ちに襲われた。執事のあとについて、細長い玄関ホールを進み、母と伯爵が向かい合って座っている部屋に入った。ソフィアが入室すると、伯爵が立ち上がった。

ハンサムではなかった。小柄で華奢で、壊れてしまいそうなほどだった。おまけに心のあたたかそうなひとにも見えない。彼に笑顔はなかった。

「ミス・ウィルソン」伯爵が言った。「今朝はお会いくださってありがとうございます。

あなたに大変重要なお話がありまして」

ソフィアの母が立った。「わたくしは玄関ホールでお待ちしておりますわ」少し青ざめた顔で部屋を出ていく。ソフィアは自分でも、少し血の気が失せてきたように感じた。

「ミス・ウィルソン、本日は、結婚の申し込みに参りました」伯爵がきっぱりと言った。

いきなり言うの？　なんの前触れもなく？　求婚の前に、少しくらい愛の言葉を紡いでもよいのでは？　なんてこと、イングランド人というのは、なにも知らないの？

ソフィアは部屋のなかほどまで進み、伯爵のほんの一メートルほど前で止まった。彼は少しぎょっとしたようで、急におどおどし始めた。

やさしくソフィアは言った。「ありがたいお申し込みに感謝いたします、マンダリン卿。とてもうれしいお話ですが、残念ながらお断りしなければなりません」そして、丁重にその理由を言おうとした――まだ誰からも結婚の申し込みを受ける準備ができていないのだと――しかし彼はお辞儀でさえぎった。

「このようなすばらしい朝にお時間を割いてくださり、ありがとうございました、ミス・ウィルソン。申し込みを聞いてくださって、本当にやさしいかたですね」それだけ言い、伯爵は部屋を出ていってしまった。

ソフィアは部屋のまんなかで、呆気にとられていた。

母親が入ってきた。「なんとお返事したの？」うろたえて訊く。

「お断りしたわ、もちろん」

「あっというまの出来事だったわね。彼はなんて言ったの？」

なにを言われたか聞こうと、フローレンスも部屋に駆けこんできた。ソフィアは繰り返した――たった二秒の出来事を――そして三人は、居間の椅子に座りこんだ。

「だめだと言ったのに」ソフィアの母が言った。「本当よ、説得してやめさせようとしたのよ、でもまったく聞き入れてくださらなくて。彼はあなたに求婚するためにやってきて、とにかく求婚するまでは帰ろうとしてくださらなかったの！」

ショックが薄れてくると、ソフィアは気が重くなってきた。「あんなにロマンティックさのかけらもない求婚なんて、聞いたこともないわ。きっと、わたしの持参金の額を知ったからよ」

母親もフローレンスも言葉がなかった。居間付きのメイドが、銀器のティーポットとカップとスコーンの皿が載った大きな盆を持って入ってきた。

「まあ、少なくともウィトビー伯爵がいてくださるんだから」フローレンスが言い、紅茶をついで話題を変えようとした。「ずっとハンサムだし。それに、赤いバラからなにか推測できるとすれば――ずっとロマンティックなかただと思うわ。そうではなくて、ベアトリス？」

ウィトビーの話を持ち出されてソフィアは少し気まずかったが、フローレンスから差し出された紅茶を受け取った。

「公爵様も忘れてはいけないわ」母親が言う。「まだ公爵様をあきらめてはいないの。まだ何度かソフィアに会う機会があればいいのかもしれないわ。そうすれば、彼も赤いバラを贈ってくださるかも」

なぜかフローレンスは、つかのま無言だった。「わたしだったら、公爵様までの高望みはしないけれど」と言って、紅茶を口に運ぶ。

ソフィアは身を乗り出した。「どういうこと、フローレンス？ 公爵様のことをなにかご存じなの？」

伯爵夫人は肩をすくめた。「まあ、特別なことではないのよ。わたしはただ、彼は結婚に向いているようなかたではなさそうだと思うのと、もっと望みのありそうなほかのところで時間を有効に使ったほうがいいのではないかと思うだけ」

「どうしてそう思うの？」ベアトリスが訊いた。「この前の夜会で、公爵様はソフィアとふたりきりになったこともあったし、舞踏室ではダンスもしたわ。完璧な紳士で、娘に細やかな気を遣ってくださっていたように思うけれど」

フローレンスは声をひそめて話し出した。「それはそうなのだけど、これまでにもときどきそういうことをしているかたなのよ。社交界の、もっと魅力的な女性に対してね。でも、そこから発展したことはないの」フローレンスはさらに声を小さくし、ドアを肩越しに見やった。「こんなことを言うのは憚られるけれど、短い関係を人妻と——もちろん内密に——持ったこともあるそうなのよ。何人かの女性はつらい思いをさせられているはずよ」フローレンスがまた紅茶を飲む。「かなりの道楽者ね。しかも、あたたかな心を持たない。彼の狙いはひとつだけで、それ以上のことはなし。黒い心の持ち主だと言われているわ」

ソフィアは胸が悪くなった。

「でも、今度も妻を選ばないとは、誰にも言えないでしょう?」ベアトリスが言い返した。

「なんと言っても彼は公爵なのだから、血筋をつなぐ責務があるわ。そのことは考えているはずよ」

「血筋ね。それもまた問題だわ。わたしが聞いたところでは、ウェントワースの黒い心は一族に脈々と受け継がれているというの。彼のお父様はお酒で命を落とされたし、その前の公爵様は——どうやら奥方様の死に関わる、考えられないようなおぞましい騒動を重ねた挙げ句——自ら命をお絶ちになったようなの。頭を撃ち抜いて」

「まあ、なんてことでしょう」ベアトリスが言った。

「ええ、そうなの、ぞっとするでしょう？」

それでもベアトリスは、なんとか一縷《いちる》の望みを見い出そうとした。「でも、いまの公爵様は、まだ心から気に入る女性に出会っていないだけかもしれないわ」そう言ってソフィアに微笑みかけたが、当のソフィアは凍ったように身動きせず、ずっと黙りこんでいた。

フローレンスは自分に紅茶のお代わりをついだ。「でも、わたしなら、やっぱり高望みはしないわ、ベアトリス。彼のお母様である公爵夫人でさえ、未来の花嫁候補を息子に無理強いするのをおそれておいでよ」

「おそれて？」ソフィアがやっとのことで口を開いた。

「ええ、そうなの。あなたも気づいたとは思うけれど、公爵様はときどき——なんと言えばいいかしら？——こわい感じになるでしょう。わたしの知っている限りでは、公爵様とお母様はほとんど口もきかない仲だそうよ。公爵様がお母様を毛嫌いなさっていて、お母様はできるだけ顔を合わせないようになさっているのですって。まあ、これはすべて社交界での噂にすぎないのだけれど」

ソフィアはまばたきもせず、無言で座っていた。公爵様が、ご自分のお母様を毛嫌いなさっている？「きっと公爵様にも理由がおありなのよ」落ち着かない気分で言った。「本当のことがすべてわかっていないのに彼を判断するなんておこがましいし、耳にすることをなにもかも鵜呑みにするのはどうかと思うわ」どうして彼をかばっているのかわからない。直感では、噂が本当なのはおおいにありうると思っているのに。

「そのとおりね。もちろん、男性の考えを判断するなんて、よくないことだわ。でも彼の本宅である広大なお城には、どんな秘密があることやら。大金を賭けてもいいくらいね」フローレンスはビスケットをつまみ、声の調子を軽くした。「あのね、ばかばかしい噂があるわ。公爵様のお城は呪われているとも聞いたことがあるのよ、信じられる？　夜になると、幽霊の叫び声が聞こえるのですって。おお、こわい！」

ベアトリスとフローレンスはつかのま笑い、そのあと、もっとたわいないことを話し始めた。けれどもソフィアの耳元では獣の咆哮のような脈拍が響いていて、ふたりの話などほとんど聞こえなかった。ただ椅子にすわって紅茶を飲み、フローレンスの言ったことをひとつ残らず考えながら、公爵の到着をそわそわと待つばかりだった。

5

ウェントワース公爵家の馬車——黒光りするほど磨き上げられ、お仕着せ姿の従僕と騎乗御者がお供した馬車は、午後三時をまわったころ、ガラガラと音を立てて威風堂々とハイド・パークに到着した。馬がいななないて頭を振り、居合わせたひとびとの目がジェイムズに釘付けになる。彼は優雅に馬車を降り、手袋をはめた手をアメリカ人の女性たちに差し出した。

「いいお日和ですこと、閣下」小柄でがっちりとしたミセス・ウィルソンが苦労してイングランド発音をまね、歩道に降り立った。

「ええ、マダム」ジェイムズが彼女の手袋をはめた手に接吻する。「今日はあなたのようなすてきなかたとご一緒できたおかげで、いっそうすばらしい日和に思えます」

お世辞を言われて、母親は赤くなった。公爵はランズダウン伯爵夫人が降りるのにも手を貸し、そのあとミセス・ウィルソンの愛らしい娘も外へ一歩踏み出した。公園じゅうの注目がいっせいに集まるのを、ジェイムズは感じた。周囲は一瞬、静まり返り、それから、またひそひそ声が聞こえた。

馬車が先へ進み、ジェイムズはミス・ウィルソンと並んでそぞろ歩きを始めた。今日の彼女は、繊細なシフォンのフリルが付いた、明るい雰囲気の青と白のストライプの散歩用ドレスをまとっていた。日傘と手提げを持ち、頭には麦わら帽子をかぶって髪に留めつけ、大胆な角度で前に傾けている。これ以上美しくなって彼を驚かせることなどありえないと思っても、彼女は最高級でしかも流行の最先端をゆくドレスで現れて、彼をあっと言わせるのだ。

しかし、今日の彼女にはいつもより元気がないことに、ジェイムズは気づいた。

ふたりは公園の散歩道をそぞろ歩き、水辺や、いくつもの紳士淑女の小さな集まりを通りすぎた。ジェイムズとソフィアは芸術や、本や、〈ロイヤル・オペラ・ハウス〉と〈コヴェント・ガーデン〉で上演されているオペラの話をした。ミス・ウィルソンは礼儀正しく丁重だったが、この前の晩のように快活ではなかった。

「先日の夜会でお話をしたとき」ジェイムズは肩越しにちらりとうしろを見やり、付き添いの婦人たちに声が聞こえないくらい離れているかを確かめた。「今日の散歩にお誘いするのが強引すぎたのではないでしょうか」

ふたりはそびえ立つオークの、涼しい木陰に入った。葉の茂った枝が小道の上まで伸び、ひさしのようになっている。ジェイムズはみずみずしい地面と草の新鮮なにおいを吸いこみ、ミス・ウィルソンは日傘を下げた。

「とんでもありませんわ、閣下。誘われたくないというような印象を与えてしまったのでなければよいのですが」

「そんなことはありません。ですが正直言って、あなたが昨日はウィトビー卿と散歩に行かれたと聞いてびっくりしました。それに、今朝はマンダリン卿が大事な用件で訪問されたということも」

ソフィアはショックでおののき、彼を食い入るように見つめた。

しばらくのあいだ彼女が無言で歩いたので、ジェイムズはせっつかずにはいられなかった。どうしてこれほど彼女が静かなのか、知りたかった。「マンダリン卿は求婚なさったとか。どうお返事されたか、伺ってもよろしいですか?」

ソフィアは笑顔を向け、やっと小さな笑い声を上げた。「どんな返事をしたと思われます?」

緊張がゆるみ、ジェイムズは安堵の息をついた。「お断りになったと思います、丁重に」

「丁重にしようと努めたのですが、あのかたは気にも留められなかったようです。もしお気持ちを傷つけたような印象でもあれば、こうしてお話はしないのですが、あのかたはまるで株でも買うようなお気持ちでいらしたのではないかと思いますわ」

ジェイムズはほっとして声を上げて笑い、もっと気の張らない話を続けた。「彼もそう悪い男ではありません。人付き合いが下手なだけですよ」

「人付き合いが下手なのはかまいません。でも、あのかたはまったくロマンティックではなくて……。わたしは、男女は愛ある結婚をするべきだと思っています。申しわけないのですが、その点だけは譲れません。たとえ愛する母ががどれほどがんばってくれても」

愛ある結婚？　称号狙いの大金持ちの娘が？

「ですが、あなたは愛をどういうものだとお考えですか、ミス・ウィルソン？　激しい情熱を求めているのですか？　それとも良識ある相手がそばにいてくれればそれでいいと？」

ソフィアは考えた。「どちらも。その両方がほしいですわ」

「欲張りなおかただ」

「欲張りなのは母だと、いつも思っていましたけれど」

「おや、でもあなたの求めているものは、社会的な地位より手に入れるのが困難です。ぼくが思うに、あなたはこれまでに会ったどんな女性よりも欲張りですよ」

ソフィアは繊細なアーチ形の眉を片方つり上げた。「愛は手に入れるのが難しいとお考えなのですか、閣下？」

ジェイムズはまた散歩道で足を止めてたたずみ、どう返事しようかと思案した。「ぼくはただ、本物の愛というものはめったにないし、力ずくでは手に入らないということを言いたかったのです。〝求めて得られる愛もよいものだが、求めずして得られる愛のほうが、なおのことよい〟と言います。どうぞ、ジェイムズと呼んでください」

「シェイクスピアですね。とてもロマンティックですわ、ジェイムズ」ソフィアは彼の名前に力をこめた。「シェイクスピアの作品は、たくさん読まれるのですか？」

話題を変えてくれて助かった。「ぼくはなんでも読みますよ」

プラトンの言葉も思い出す――〝愛は重い心の病〟。当然、ジェイムズはそんな言葉は引用しなかったが。

「では、あなたはマンダリン卿の申し込みは断られた。しかしウィトビーはいかがです？彼もそういった用向きで訪問したのではないですか？　こういうことでは、遅れを取ることのないようにと思ってはいるのですが、なにぶん――」

「はっきりと申します、ジェイムズ、ウィトビー卿とはたんなるお友だちですわ」

「なるほど」

「でも、お花を贈っていただきました」ソフィアは頭上にあるオークの枝を、いたずらっぽく見上げた。

なんと、彼女は彼を挑発している！　ジェイムズも調子を合わせずにはいられなかった。

「どんな花です？　何本くらい？　それはぜひ教えていただかなくては」

ミス・ウィルソンは少しぎこちないながらも、声を上げて笑った。「赤いバラですわ。三十本はあったかしら」

ジェイムズはおおげさに胸に手を当て、横によろめいた。「ああ、すでに負けていたのか。三十本、しかも赤いバラ？　とてもかなわない」

またソフィアは笑ったが、さきほどよりも少し余裕があった。彼女はジェイムズの腕をつかみ、散歩道に引き戻した。「楽しいかたなのね、ジェイムズ。ときどきあなたが……わからなくなるときはあるけれど」

「わからなくなる？」

ソフィアは落ち着かなげにうしろの付き添いの婦人たちを肩越しに振り向き、それから目を細めて彼を見た。「ええ。わたしは外国人ですけれど、それでも古き良きイングランドの噂話とたまには巡り会うこともありますの。それをごまかしても意味がありませんわね。わたしの聞いたところでは、あなたにはひどい悪評がありました。こともあろうに、女泣かせなのだとか」

まったく、彼女はぶしつけなほど率直だ。そういういかにもアメリカ人らしいところに、ジェイムズは惚れ惚れしてしまう。「なるほど」彼はステッキを握りしめ、つかのま無言だった。「あなたは以前、自分にも心があって、なんの気なしのおしゃべりをそっくりそのまま信じたりはしないとおっしゃった」

「だからこうして、自分であなたに伺ったのですわ」

ジェイムズは深くため息をついた。彼女の言うことは立派に筋が通っている。「その噂を誰から聞いたか、当ててみましょう。ランズダウン伯爵夫人ではありませんか?」

ミス・ウィルソンは日傘を持ち上げた。「そうです」

「彼女は、ぼくをあなたから遠ざけようとしたに違いない」

「伯爵夫人は、母とわたくしのとてもよいお友だちです。彼女を侮辱するようなことはおっしゃらないでください。もしそういうおつもりなら」

ジェイムズは降参して両手を上げた。「誰も侮辱するつもりはありません。ただ、伯爵夫人とぼくは……その、かなり気まずい状況にあったのです」

「どのような？」

ジェイムズは婦人たちのいる方向に目を細めた。「彼女とは舞踏会で出会い、ダンスもしましたが、彼女には公爵夫人になりたいという気持ちがあったようです。少なくとも、そう噂されています」

ソフィアは日傘を横に下ろした。「フローレンスと？　あなたが？」

「ええ。しかし、誓ってなにもありませんでしたよ。彼女とは何度かダンスをしただけで。彼女の望みは感じ取っていましたから、ほかの誰かが彼女に求婚するまで社交界には顔を出さないようにしました。誰かがかならず求婚することはわかっていましたから。そして彼女は、ランズダウン卿の花嫁となることを承知したのです」

「そんなこと、彼女からはなにも聞いておりません」

「話などしないでしょう。彼女はいまはもう伯爵の幸せな妻なのですから」ジェイムズはソフィアの目をまっすぐに見つめ、こう断言した。「ぼくは女泣かせなどではありません、ミス・ウィルソン。お約束します」

〝そう、ほかになにがあろうと、それだけは違う〟ジェイムズはずっと昔に、自分と同じ心づもりの女性を見分ける力を身につけていた——ほんのいっとき、形だけの情事を求める女性。純真無垢で傷つきやすい女性の心をもてあそぶようなことは、決してしない。だからこれまでずっと、社交界にデビューしたばかりの女性は避けてきたのだ。

ふたりは言葉もなく歩き続けたが、またソフィアが社交界での噂話をひとつ持ち出した。明らかに、彼のことはだいぶ詳しく話し合われたらしい。

「伯爵夫人から、あなたのお父様とお祖父様が自ら命をお絶ちになったということも聞きました」

ああ、こんな話はしたくない、しかしこれを切り抜けなければ。「それは、ある程度は本当のことです。確かに祖父はそうだという話もありますが、ずいぶん昔のことですし、祖父とは会ったこともありません。まあ、父のほうは道楽が過ぎて、結局それが死につながりましたが。故意だったかどうかは、まったくわかりません。ぼくは父の生き方をよしとはしていませんよ、ミス・ウィルソン、それは断言します。父のようにならないよう、これまでできる限りのことはしてきましたし、いまのところ成功しています。だから、どうか父のしたことでぼくを判断しないでください」

なにひとつ、嘘はない。

ソフィアが彼を見る目はあたたかく、ジェイムズは安堵の息をついた。

「わたしはずっと」ソフィアが口を開いた。「男性は、そのかた自身がどういう人間かで判断されるべきだと思ってきました。過去や、階級や、ほかのかたがたが思ったり言ったりしていることで判断するのではなく。ご安心なさって、ジェイムズ。わたしは実際にあなたとお目にかかったうえで自分なりの意見を持ちます。以前にも申しましたけれど、わたしにも頭はありますから」

ジェイムズは驚きと感嘆のまなざしで彼女を見つめ、彼女とともにいることで不思議な満足感を覚えていた。彼女を手に入れるためならどんなことでもしたいという気持ちが芽生えている――いま、肉体は燃えさかる炎のように反応している――しかし、心のもっと深いところにある分別は、彼女を遠ざけたほうがいいと言っていた。彼という存在の暗い真実を知らせることは、噂話よりもずっと悪い。噂はたんなる憶測にすぎないのだから。

しかしジェイムズは、そんなことを心配する必要はないと、自分に言い聞かせた。ミス・ウィルソンは、このロンドンへ称号を〝金で買う〟ためにやってきたのだ。そして彼は非常に価値の高い称号を持っていて、さらに彼女が用意している代価を必要としている。

これは取引だ。

それを彼女は了解している。彼も了解している。その点を忘れてはいけない。

それでも、ジェイムズが彼女に惹かれる気持ちは、驚くべき速さでふくらんでいた。

「耳になさったことは、それですべてですか?」ジェイムズは、さらなる立ち入った質問に身がまえた。答えるのに慣れていない質問。大半のひとびとは、おそれをなして聞けないたぐいの質問。

ミス・ウィルソンはにっこり笑った。「そうですわね、もうひとつ。これが、いちばんおそろしい噂かもしれません。口にしていいものかどうかも、わかりません」

ジェイムズは背中の筋肉がこわばるのを感じた。

ミス・ウィルソンがいたずらっぽい忍び笑いをする。「申し上げにくいのですけれど、あなたのお城が呪われていて、夜中じゅう幽霊の叫び声が聞こえるという話を耳にしました。ジェイムズ、どうかそんな話は嘘だとおっしゃってください」

ジェイムズは吹き出した。

彼女はいたって真剣な声で話を続けた。「七歳のとき、両親から幽霊はいないと教えられたのに、いまになって、本当は幽霊がイングランドのヨークシャーで元気に生きているとわかるなんて……そんなことを考えながら、暮らしてはいけませんわ」

ジェイムズは笑いが止まらなかった。「誓って申します、いとしいかた。あなたのご両親がおっしゃったとおりです。ぼくは夜に幽霊の叫び声を聞いたことなどありません。朝早くに料理人がクリームケーキを落として、あわれな声で泣いているのは聞いたことがありますが」

ふたりとも大笑いし、そのうち目から涙がこぼれた。

「いやはや」ジェイムズが言った。「そんな噂は聞いたこともありませんでしたよ」

ソフィアはにこりと笑った。「さあ、これでなにもかもお話しいたしました。あなたの秘密を根掘り葉掘り詮索して申しわけありませんでした。本当のところ、わたしの出る幕などないことですのに。ただ、あなたの口からお話を伺いたかったのです」

ジェイムズはうなずいた。「話が途中になっていましたね、戻りましょうか」

ソフィアが美しい眉を寄せる。「ごめんなさい、あれこれ脱線してしまいましたから、なんのお話をしていたかも思い出せません」

彼はわざと深刻な顔をして見せた。「あなたはぼくを、ときにはわからなくなるけれど楽しい人間だと言ってくださった。ぼくもあなたを楽しい女性だと思います。正直言って、とても」まったく、厄介な真実だ。ジェイムズは彼女に触れたくてたまらなかった。思いが強すぎて、痛いほどだ。

ソフィアは散歩道で足を止め、彼をじっと見上げた。「どうぞソフィアと呼んでください。そうしていただけたら、うれしいですわ」

「ソフィア」ジェイムズは言い、彼女の手袋をはめた手を取って両手で包みこんだ。「美しいお名前だ。音の響きがとてもいい」

彼女が突然、落ち着きをなくしたのが感じられた。彼のほうは、とっくにそういう状態は通り越している。まったく狂気の沙汰だ。ひと月前だったら、断固としてこんな状況に身を置きはしなかった。いや、たとえ二十四時間前であっても。

「わたしも響きにうっとりしてしまいますわ、ジェイムズ――あなたが呼んでくださると」ソフィアの声には、引きこまれるような艶っぽさが熱くくすぶっていた。「もう一度、呼んでいただけたら、もっとすてき」

突如として、ジェイムズは自分がとてつもなく高いところから堕ちていくような心地になった。不安が体を貫く。まったく彼の計画どおりにはことが進んでいない。「ソフィア」彼は彼女の手を食い入るように見つめ、ひっくり返した。その手のひらに、人さし指で小さな円を描く。彼女の体が震えるのがわかり、そのせいで彼の体にもまた震えが走った。

ソフィアは心配そうに付き添いの婦人がたを肩越しに見やった。ふたりはゆっくりと近づいてきている。

「あのふたりに見えやしないかと心配ですか?」ジェイムズが言った。

ソフィアがうなずいたので、彼は横に一歩動いて、彼女の心を軽くした。彼がソフィアの手を握っているのが、ソフィアの体で死角になって見えなくなったのだ。

ジェイムズは彼女の手袋の手首にあるボタンをはずし、めくった。ソフィアは小さく息をのんだ――その可憐な声には、世の若い娘なら感じてしかるべき動揺があふれていたが、それとはべつに、若い娘にはふさわしくない背筋を震わせられるような悦びもにじんでいて、ジェイムズはおおいに男心をくすぐられた。

大きく息を吸い、つと目を上げて彼女が了解していることを見て取ると、ジェイムズはゆっくり彼女の手のひらのまんなかに指を這わせ、やがてはむき出しのなまめかしい手首まで行き着き、青く浮き出た細い血管に小さな円を描いた。言葉はなかった。ただ、彼女の肌のやわらかさを堪能し、そして視線を上げた。

彼女の唇が、ほんの十センチほどのところにある——おいしそうなふっくらとした唇、危ういほどに濡れた唇。

彼女の胸が大きく上下している。

ああ、神よ！

彼の心臓は、早鐘を打っている。

ソフィアは息も切れ切れのかすれそうな声でささやいた。「その感じ……」

「ええ」

「すてきだわ」

ジェイムズはもう一度微笑んだ。心のなかだけで。まるでぐるぐるまわっているかのような気分だった。

「くすぐったいわ、ジェイムズ。鳥肌が立ってしまいます」

ジェイムズは彼女の肩越しに付き添いの婦人たちに目をやった。ふたりは興味ありげに歩みを遅くし、距離を取っている。彼はぐっとこらえて手を止め、ソフィアの手袋を手のひらまで引っ張って、自分の目的に意識を集中させた。自分は、ミス・ウィルソンと恋に落ちるためにここにいるのではない。五十万ポンドのためにいるのだ。

ふたりは前を向き、ふたたび歩き始めた。ジェイムズはなんとか呼吸し、時ならぬ激しい欲望を抑えこもうと闘った。

感情を抑えることにかけては手慣れているはずのジェイムズが、かつてないほど狼狽していた。

散歩道の端に到着したふたりは、陽の当たる場所に出た。その緑の草地では、紳士淑女の小さな集団がいくつも混じり合っていた。ソフィアはまた日傘を開き、ふたりの会話はもっと軽い話題へと移っていった。

まもなく、ミセス・ウィルソンとレディ・ランズダウンが現れ、帰る時間となった。ジェイムズは三人を馬車までエスコートし、〈ランズダウン邸〉へと戻った。

ジェイムズはまず最初に降りて婦人がたが降りる手助けをし、それからソフィアとともに玄関まで行って別れの挨拶をした。ミセス・ウィルソンと伯爵夫人は先に屋敷に入り、ジェイムズはだだっ広い屋根付きの玄関ポーチでソフィアとふたりきりになった。

彼はソフィアの手袋をはめた手を取り、唇まで持っていき、そっと口づけた。「今日はあなたと一緒にいてどれほど楽しかったか、言い表す言葉もありません、ソフィア」

彼が手を放し、ソフィアは優雅に手を体の横に下ろした。「決して忘れませんわ、ジェイムズ。とても……快適でした」

「快適？」ジェイムズは笑った。「それだけですか？」

「いいえ、もちろんそれだけではありません」ソフィアは低くなまめかしい声で答え、媚びるかのような笑みを見せてから顔をそむけた。それから開いた玄関扉に入っていき、執事に迎えられている婦人たちの仲間入りをした。

ジェイムズは身動きもせず立ち尽くし、この恋愛ごっこでソフィアが見せた手練手管と熟練の技に唖然としていた。間違いなく自分の独壇場だと思っていたのに。いま自分の体が彼女にどう反応しているか――不愉快になるほど体に力が入っていること――を考えると、どうやら彼女のほうが上手《うわて》だったようだ。称号を狙うアメリカ人の令嬢は、彼をとらえて魅了してしまった。そして彼は――屋敷に入っていく彼女を、理性を失い心を震わせて眺めるころになってやっと――鋭い巨大な釣り針にかかったことを悟った。

6

ジェイムズはめったに母と昼食をともにすることがなかったが、今日もいつもどおり、母のぴりぴりした沈黙にわずらわされるのを避けるため、書斎に食事を運ばせた。

ところが今日は、ひとりでいると静かなのは当然なのだが、いつもとは違う緊張感がみなぎっていた——もしかしたら自分の取った行動はまずかったかもしれないという、不安と後悔から来るものだ。

彼は、大々的に夫を探している独身女性に求愛を始めてしまった——しかも、このロンドンに貴族を〝引っかけ〟に来ているアメリカ人の独身女性に。彼女とハイド・パークを散歩しているところを見られて、いまではロンドンじゅうが彼の思惑をささやき合っているに違いない。イングランド人である母は、おそらく息子がイングランドの地から目移りしたことに激怒しているだろう。彼自身、ずっと忌み嫌っていたもの——財産狙い——に成り下がった自分が、いささか腹立たしかった。自分も、彼女やウィトビーとなにも変わりはしない。

だが、自分にそう厳しくすることもないだろうと、ジェイムズは思った。ソフィアに対してもそれは同じだ。貴族の結婚というものは、ほとんどが両家ともになんらかの利益を得られる組み合わせが基本だ。愛情の問題というよりは、義務で決められることであり、彼は誰よりも、熱く燃える愛情など求めるべきではないと承知している。そういう選択肢すら、ありえない。少なくとも彼にとっては。そんなことは危険すぎる。結婚する理由としては、愛情以外のものを考えなければならないし、金銭面を考えるのはほかのどんな理由よりも望ましい。彼は公爵家のために今回の結婚を考えているのだから、まったくもって、最高に責任を果たすための選択だ。彼の頭にあるのは、妹リリーと弟マーティンと、この領地を継ぐ未来の跡取りたち——それがいったい誰であろうと。

となると、なにか不都合があるだろうか？　彼女がアメリカ人だということ？　なんとなく自分が不実な人間である気がすること？

まあ、少しはそれもあるかもしれない。だが、ほかの相手に目を向けるほどではない。すでに心は決まっている。

しかしそのとき、彼女がどこの国の人間かということなど、どうでもいいことに気がついた。彼の不安は、いくら彼女を自分の心から追い出そうとしても出ていかないことにあった。しかも、心より肉体のほうが、一瞬たりとも穏やかに落ち着いていられない。いまの彼には、とにかく彼女のもとへ馳せ参じて、この結婚話をまとめることしか考えられなかった。そうすればこんな優柔不断な苦しみは終わり、さっさと先に進んで、新婚初夜の官能的な悦びが味わえる。

だがそこでまた、父の性質を思い起こした――激情に駆られた父が、どんなふうに理性を失ってしまったか。ジェイムズは父のようにはなりたくなかった。結婚というものを責務上の取引という狭い範囲に留めておくことは、彼にはおそらくできないだろう……。

そのときドアにノックがあり、ジェイムズは飛び上がった。思いもかけないときにドンドンやられると、いつも驚いてしまう。

執事のウェルドンが入ってきた。「マンダリン伯爵様がお見えです、旦那様」

ジェイムズの背筋が、さっとこわばった。昨日、ソフィアと散歩に行ったことが耳に入って、ここまで挑戦状をたたきつけにやってきたのだろうか？

「お通ししろ、ウェルドン」

ジェイムズは机の椅子から立ち、窓辺に行った。人さし指でカーテンを少し開けて下の通りを見下ろすと、伯爵の馬車が玄関前で待っていた。

階段をのぼる足音が聞こえ、ほどなくして伯爵が入ってきた。

ウェルドンが呼ばわった。「マンダリン伯爵様でございます」そして部屋から下がり、ドアを閉めた。

「会ってくれて感謝するよ、ウェントワース」伯爵が言った。「きみに大変重要な話があってね」

「掛けてくれたまえ」

伯爵は小柄で華奢な体をかがめ、深緑色のクッションが効いた椅子に腰を下ろした。

彼がソフィアへの好意を口にしたら、どう返事をしたものか、ジェイムズにはわからなかった。マンダリンのような男との結婚など、ソフィアは考えもしないだろうということはわかっていた。もちろん、彼の外見のせいではなく、マンダリンが彼女の興味を引き出すようなところや、心を刺激するようなところをまったく持ち合わせていないからだ。ソフィアが必要としている男性とは——。

「実は今日伺ったのは、きみの妹であるレディ・リリーにお目通り願えないかと思ったからで、つまりはその……」そこでマンダリンは言葉に詰まり、こぶしを口に当てて咳払いをしたが、すぐに立ち直った。「結婚を申し込みたいのだ」

伯爵がジェイムズの書斎をあとにしてまもなく、またドアにノックがあった。今度は気が急いているような速いノックで、執事ではないことがわかった。「どうぞ」ジェイムズは机の椅子に座ったまま言った。

ドアが勢いよく開き、妹のリリーがまるで音楽のように軽やかに入ってきて、背中でドアを閉めた。彼女を見ていると、ときおり目に見えない風に吹かれて予測のつかない方向に舞う木の葉のようだと思うことがある。

「ああ、お兄様、なんてお礼を言ったらいいの？」ジェイムズが挨拶の言葉をかける間もなく、リリーは言った。ジェイムズが立ち上がり、リリーはなかへ進んで兄にほっそりとした腕で抱きついた。

「いったいどうした？」ジェイムズが訊いた。

「ご存じでしょう。お兄様は、この世界じゅうで最高のお兄様だわ」

「いったいなんのことか――」

「マンダリン卿のことよ！　追い払ってくださったのでしょう！」

ジェイムズに、かすかな不安の震えが走った。「ああ、伯爵か。やってきたところを見かけたのか？」

「ええ、彼が玄関に現れたとき、わたしは客間にいたから、あわてて召使い用の廊下に逃げこんだの！　お母様に知れたら、きっと卒倒してしまわれるわ！」

「廊下になど逃げこまなくてもいいんだ、リリー。おまえはまだ十八だ。ぼくには子どもを嫁にやるなどという考えはない」

「でもお母様は、きっとうるさく言ってくるわ。そうしないと気がすまないのよ。でも、お兄様がお嫁に行かなくてもいいと言ったから行かないわ、なんて言えない。お母様はお怒りになるだけよ」

「怒ったってかまわないよ、リリー。母に気に入らないことがあるのなら、ぼくに言いに来ればいい」

「そんなこと、絶対にしないわ」

「そうだな」とジェイムズ。「もし話しに来たとしても、おまえはまだ若すぎると言ってあげよう」

リリーは天井に向かって目をまわした。「若すぎやしないわ。わたしはただ、マンダリン卿みたいな退屈なひとと結婚したくないだけよ」

「おまえも、もっと大人にならなくてはいけないよ、リリー。退屈な男のほうが結婚相手としてはいいことも多いと、そのうちにわかるだろう」

リリーはショックを受けたようなまなざしで兄を見つめた。「お兄様までそんなことをおっしゃるなんて。お兄様がお母様のようになられるなんて、思いもしていなかったわ」

ジェイムズは窓辺に行った。「母とは違う。ぼくはただ、おまえに安心できる暮らしをしてほしいだけだ。ほかでもない、おまえならわかると思うが」

リリーはため息をついた。「安心できる暮らしなんて、ほしくないわ。わたしは生きている実感を噛みしめたいの。情熱を燃やしたいのよ」

ジェイムズは戒めるような表情になり、激情に流された人間にとって、世界はかならずしもやさしい場所ではないということをわからせようとした。「そんなはずはない」

「いいえ、そうなの。そしてわたしは、そのとおりにするわ」

そのとき、またドアにノックがあった。「どうぞ」ジェイムズが言った。

蝶番《ちょうつがい》のきしむ音がして、母親が入ってきて立ち止まった。両手を前できつく握り合わせて。冷ややかで厳しい顔に、しわがいちだんと深く刻まれている。

今日はまだこれ以上なにかあるのか。突如として、ジェイムズは疲れを覚えた。

リリーが兄から少し離れた。「ごきげんよう、お母様」

先代の公爵夫人は答えなかった。ただ戸口に立ち、両手を握り合わせている。しかし今日は胸の内を抑えきれないらしいことがジェイムズにはわかった。

彼は妹に向き直った。「リリー、ちょっと料理人のところまで行って、ぼくには今日の夕食は必要ないと伝えてきてくれないか。弁護士と約束があるから」

すっかり笑顔のなくなったリリーはうなずき、ゆっくり部屋を出ていった。

ジェイムズは窓辺に行って、ふたたび外を見た。「なんのご用ですか、母上?」

母は背後でドアを閉め、部屋のなかほどまで入ってきた。見たこともない部屋であるかのように眺めまわしていたが、おそらくこの書斎に入ったのがどれほど久しぶりかを実感しているのだろう。

「ここへ来たのは」母親が答える。「さきほど起こったことを、わたくしは認めていないということをあなたに伝えるためです」

「認めていない?」ジェイムズはおうむ返しに言った。マンダリン伯爵を追い払ったことを怒っていると——しかも激怒していると伝えるのに、なんという言いかたをするのだろうとおかしくなる。

しかし、どんなことであれ、ひとに面と向かうことを嫌う母が、少しでも自分の考えを口にしようとここへやってきたのは、なかなかたいしたことだった。たいていの場合、彼女は威圧するような態度で自分の意志を押し通す——なにも言わないときが、いちばんこわい。まるで母には目に見えない手があり、その手で相手の首を絞め、決定にはまったく関わっていないように見せながら、想いどおりの決定を出させているかのようなのだ。

ジェイムズは、母に真正面からぶつかった。「さきほど起こったことなど、ご存じないはずですが」

母は肩を揺すった。誰かがたてついたときには、いつもそうするように。「あのかたはリリーに求婚するためにここにいらしたのに、あなたが許さなかったのでしょう」

ふたりはしばらく睨み合った。「禁じてはいません。後押しをしなかっただけです」

「マンダリン伯爵は、リリーにとってすばらしいお相手です」母が言う。「有望な領地をお持ちだし、お名前は宮中でも尊敬を集めています。あなたのような〝放蕩者〟のお仲間とは相容れないかもしれませんが、女王陛下の覚えもめでたいのですよ」

ジェイムズは窓から離れた。「なんと言ってもリリーはまだ子どもです。結婚はまだ早い」

「若い娘の成長に見合っていて、本人のやりたいと思うことが、かならずしも本人のためになるとは限りません。最良の決断を下してやるのが、家長としてのあなたの務めですよ」

「母上がそうされたように?」

母親の唇がきつく引き結ばれた。「言っておきますが、わたくしはウェントワース公爵夫人であり、当家はイングランドでも指折りの名家なのです」

母がいつもしがみついている、ご大層な考えかたに、歯向かおうと思えばいくらでも言うことはあったが、ジェイムズは何年も前、若くて感情の抑制もきかなかったころに言ったことを、繰り返す必要もないと思った。彼が偉大なる一族をどう思っているか、母はよく知っている。

「社交シーズンは始まったばかりです、母上。それにリリーは若い。まだまだ時間をかけて様子を見ていけます。この件については、そうとしか言えません」

母親はつかのま黙っていたが、どうして出ていかないのだろうとジェイムズは思った。そのとき。「あなたは昨日、アメリカ人と散歩に出かけたそうですね」

「ああ、アメリカ人ですか」ジェイムズが答える。「本当に気にかかっているのは、そのことなのですね?」彼は机にゆったりと歩いていき、適当に一通の手紙を手に取った。なにげなく挨拶の文言を見る。

先代の公爵夫人が二、三歩ジェイムズのほうに歩み寄り、彼が顔を上げてみると、母親の目にはいらだちと不安の入り混じった表情が浮かんでいた。「本気ではないのでしょう? まさか本当に考えているわけでは……」

ジェイムズは返事をしなかった。彼はただ、母がやり始めたことを続けざるをえなくなるまで、じっと見つめていた。

「彼女はアメリカ人ですよ、ジェイムズ」

「それは、ちゃんとわかっています」

「わたくしが聞いたところによると、父方の祖父は職人だったとか――職人ですよ！――そのうえ母方の祖父は――ああ、なんということでしょう、口にするのも憚られます。工場で働いていたのですよ」母親は宙に腕を振り上げた。「ミス・ウィルソンのあの容貌――パリで仕立てたドレス、宝石、愛らしい笑顔――そういうもので、その下にある本当の姿を隠しきれるものではありません。彼女は卑しい家の娘でしかなく、ここへやってきたのも……ええと、低俗な言葉でなんと言ったかしら……財産目当てではないの」

それにはジェイムズも笑わずにいられなかった。

「お忘れですよ、母上、彼女こそが財産を持っているのです」

未亡人である公爵夫人は、またしても肩を揺すった。

「それに、彼女の父親は卑しくなどありません」ジェイムズは続けた。「なにもないところから財を成した実業家です。その点では、すばらしいと思っていますよ」

「なんておそろしいことを、ジェイムズ」

彼はまた笑った。「おそろしいですか？　でも、ぼくにはどうにもできませんから」

残酷なことを言ったと思い、ジェイムズはほんの一瞬、できるものなら前言を撤回したいと思った。しかしそのとき母の瞳に、いつも見てきた冷たい炎が――どうして息子がこんなに反抗的な態度を取るのか、信じられないという思いが――浮かぶのを見て取り、悔やむ気持ちは消えた。

突然、ジェイムズの心はざわついた――静かな水面に小石が投げこまれたかのように。かつての記憶が淡くよみがえる。母が勉強部屋に入ってきて、息子が家庭教師の足元で涙を流しながら倒れているのを見た。すがりつくような息子のまなざしと目が合ったのに、母は静かに後ずさってドアを閉めて出ていった。そういう思い出はいくらでもあるが、どれも曖昧で――霧や霞を通して見ているかのように思えた。

そういう記憶とうまく距離を置けていることを、ジェイムズは喜んでいた。

母は世界を思いどおりにしようとする。そこにいる全員が素直に従い、疑問を差しはさむことなく役目を果たすものだと思っている。たとえそれが、誰かの思いと激しくぶつかり、苦しめることになろうとも。

母は背を向け、書斎を出ていった。ドアがばたんと背後で閉まると、ジェイムズは静かに腰を下ろし、また手紙の整理を始めた。

7

ロンドンの社交シーズンはソフィアにとって、ひとつの大きな集まりが延々と続いているようなものだった。そこに舞踏会もあって、話が複雑になる。夜ごと続くフォーマルドレス、宝石、音楽と会話。シャンパンと遅い夕食と羽根付きの扇。手袋をはめた華奢な手首に下げたダンスカード、主催者夫人の髪を飾る華やかなティアラ。ソフィアにとって、それはおとぎ話の世界であり、いまはまさに仕上げの段階で、ハンサムなプリンスに心をとらえられようとしているところだった。

彼女は母親とフローレンスとともに赤い絨毯の上を進み、〈スタントン邸〉の玄関扉に向かっていた。夜会はすでに宴もたけなわを迎えている。入ってすぐの階段下で、大勢のひとびとが階上に行こうとしているのが見えて、ソフィアの心臓は期待に高鳴った。今夜もここにいてほしい男性の顔を、いつのまにか探している。彼女のプリンス。

ああ、なんということ、いつのまに彼への思いがこれほど大きく変わったのだろう。とくにその理由はなに？　なにもかもが少しずつ関わっているような気がする。そしてこの数日、彼と会わないでいたら、それが強くなっただけだった。彼の夢ばかり見て、ハイド・パークで散歩したとき、むき出しになった彼女の手首を羽根がかすめるかのように触れたあの指の記憶にうっとりし、身を震わせてしまうだけ。あのときは体の細胞すべてが、欲望と激しい渇望をみなぎらせて反応し、これまでに望んだどんなことよりも、あのかたに手を伸ばして触れたいと思った。

男性に触れたいという気持ちが湧いたのは、あれが初めてだった。

いえ、気持ちが湧いたなんて言葉では足りない。彼のそばに行きたくていてもたってもいられなかった。唇を彼の肌に寄せて、男らしい香りを吸いこめるところまで近づきたかった。この数日間、そのことしか考えられなくなっていた。彼を味わい、ぴったりと寄り添っていたい。ベッドに横たわり、彼の重みを体で受け止めながら、熱烈な口づけを交わし、にじみ出る彼の味わいをのみこみたい。

ソフィアは人目を気にしてあたりを見まわした。頬が赤く染まって、驚くほどはしたない想像をしていたのが見えていなければいいけれど。

屋敷に入って主催者夫妻に挨拶しながらも、ソフィアは自分があれほど悪い噂を耳にしたのに、なぜジェイムズに心を奪われたのか不思議でならなかった。

そう、いまでも気持ちが揺れ続けている。彼についてまわりのひとたちの言っていたことが忘れられず、噂話など無視して自分の直感を信じていいものかどうかわからない。あるいは自分の直感を信じないほうがいいのか――なぜなら、彼に恋をしてしまったせいで、直感は鈍っているに違いないから。

けれども父はいつも、直感を信じなさいと言っていた。〝おまえの心の目を信じるんだ〟と、南部出身らしいゆったりとした深みのあるしゃべりかたで、言われたものだ。

一行は二階の控え室に着いた。フローレンスが小さな声でささやく。「今日は政治的なつながりの強い集まりだから、今朝の議会でなにがどうなったかという話題になっても、つまらなそうな顔をしてはだめよ」

「いえ、実は、とてもおもしろいと思っているのですけれど」ソフィアが答える。「新聞で議会の発言はずっと読んでいます」

「そうなの、ソフィア、でもあまり知ったかぶりをするのもよくないわ」

ソフィアは、どんなことでもふりをするつもりはないと言いかけたが、フローレンスは母親と一緒に、ミス・ウェザービーが着ているドレスに関心を寄せていた――これまでに彼女が着たことのないようなドレスね、とフローレンスが言う。おしゃれについてめったに語ることのない、ましてや実際に着たりなどしなかったイングランド娘にしては、やたらと大胆に胸元の開いたドレス。ソフィアが初めてジェイムズとダンスをした、〈ウェルドン邸〉で着ていたものとよく似ていた。

フローレンスがソフィアにウィンクした。「あなたが火付け役ね。こうなると思っていたわ。そのうち皆が、女優のリリー・ラングトリーやほかのイングランド美女たちの写真に混じって、ショーウィンドウにあなたの写真がないか、探すようになるわよ」

巨大な大広間に移ると、煌々と明かりがつき、シダや葉の茂ったヤシの木が飾られていた。一時間ほどは、次から次へと紳士や貴族と顔合わせをした。庶民院の議員や貴族院の議員もいた。新聞記者、銀行家たちも妻や妹や母やおばを連れて来ていた。これまでに出席した集まりのなかでも最大級のものだった。招待客の数は、ざっと見ても五百人はいるだろうと思えた。

けれども、男性全員が同じ服装——黒の燕尾服に白のシャツに白のベスト——だと、プリンスを見つけるのは簡単ではなかった。そもそも、彼は来ているのかしら？

そのとき母親が言った。「ほら、公爵様よ」まるでセントラル・パークを散歩中に、キジでも見つけたような口ぶりだった。

ソフィアはできるだけさりげなく言った。「あら、そうね」

母が目をむく。「あら、そうね？　言うことはそれだけなの？」

「いまのところはそんなものよ、お母様」ソフィアは小さく笑って、ぱちんと扇を開いた。

さらに三十分後、ふと気づくとソフィアはジェイムズと同じ側にいた。何度も彼のほうをちらちらと見ては、ほかの男性と比べて、なんて彼は背が高く黒髪がすてきなのかしら、顔だちも男らしいうえに静かな憂いも帯びていると考えていた。大勢のなかにいても、彼の存在は威厳があり堂々としている。

彼は誰かと話をしていたが、シャンパンを口に運ぶとき、グラスの縁越しにソフィアを見た。その緑の瞳が、濃いまつげの下で光を放つ。

ソフィアは大胆に微笑んだものの、彼が首をかしげて片方の眉をくいっと上げるのを見て、脚がくずおれそうになってしまった。今夜、彼と話をしたい。とにかくそばに行って、深い彼の瞳やなめらかな唇をよく見たい。クリスチャンネームで呼ばれるときの、彼の声の響きを聞きたい。

しばらくのち、ジェイムズはソフィアのかたわらにいた。すらりと背が高く上品な彼が、彼女の母親と、それまでソフィアたちが会話していた銀行家に挨拶をする。適当な軽い会話をしたあと、ジェイムズがベアトリスに言った。「少しのあいだ、お嬢さんをお借りしてもよろしいでしょうか、マダム。妹のリリーに紹介したいのです。今夜、妹は母である先代の公爵夫人とこちらに来ておりまして。ソフィアに会いたいと申しております」

ベアトリスの顔が、ガス灯がはじけるかのように輝いた。「よろしゅうございますとも、閣下。あなた様のご家族にお目にかかれるなんて、ソフィアも喜びます」

ジェイムズはうなずいて腕を差し出し、ソフィアはそこに腕をかけた。ふたりは混みあった部屋を、そろって進み始めた。

「来てくれてうれしいよ」ジェイムズがそっと耳打ちする。「来てほしいと思っていたんだ」

「わたしもです」

もっといろいろ言うこともできた。玄関ポーチの下で別れてから、彼のことしか考えられなかったこと。いまここで自分を抱き寄せて口づけ、この狂おしくもどかしい〝離ればなれ〟の感覚を終わらせてほしいと思っていること。

ふたりは、〈ウェルドン邸〉で彼が微笑みかけた若い女性――あのときクリーム色のドレスをまとっていた、愛らしい黒髪の娘に近づいていった。今夜は、よく似合う色合いの青のドレス姿。では、彼女は彼の妹だったのね。安堵の波がソフィアに押し寄せた。

ジェイムズは妹の腕に触れた。「リリー、ニューヨークからお越しのミス・ソフィア・

ウィルソンを紹介しよう。ミス・ウィルソン、こちらがレディ・リリー・ランドンだ」

ソフィアは手を差し出した。「お会いできて光栄です、レディ・ランドン」

ジェイムズがすぐそばまで身を寄せ、誰にも聞こえないよう声をひそめて言った。「正しい呼びかけは、レディ・リリーだ」

耳に熱い吐息を感じ、ソフィアの左半身に鳥肌が立った。

「レディ・リリー」ソフィアは言い直したが、恩着せがましい態度を取られたとか、ジェイムズに見下されたとかは少しも思わなかった。それどころか、彼女を助けたい一心で味方になってくれたと、感謝の気持ちでいっぱいになった。

「どうぞ、リリーと呼んでください」若い娘が答える。

ふたりは笑みを交わした。ソフィアは公爵の妹と知り合いになるという栄誉に預かれれば、大の仲良しになれるのではないかしらという気がした。

「すてきなドレスですね」リリーが言い、ふたりはしばらく最新の流行についておしゃべりし、そのあいだジェイムズはそばで聞いていた。

「ビュッフェのテーブルまで行って、なにがあるか見てみませんか?」リリーが言った。

「急に、とてもおなかがすいてきましたわ」

「そうですね」ソフィアは答え、リリーについていったが、ジェイムズも来てくれたのがうれしかった。

人混みを縫うように抜けて、白いリネンの掛かった細長いテーブルに着く。装飾的な料理や、食通もうなるような軽食が用意されている。殻《から》付きの牡蠣《かき》、ロブスターサラダのパイ包み、新鮮で色とりどりのスライスされたフルーツとぶどうが銀の皿に念入りに盛りつけられ、巨大な磁器の鉢からあふれんばかりになっている。ケーキや砂糖菓子、バタークリームをつけたおしゃれなビスケットもあり、テーブルの中央には砂糖でできた彫刻がまっ白な姿で鎮座し、そびえていた。ソフィア、ジェイムズ、リリーはテーブルをまわり、味見をしたり言葉を交わして笑ったりし、ソフィアはこの夜がずっと続けばいいのにと思った。

三人はもう少しひとの少ない小さめの客間に移動し、リリーとソフィアは奥のソファに腰を下ろした。ジェイムズは、その向かいにあった椅子を選んだ。その向こうには温室がある――向こう側の廊下からも見える温室には明かりが灯され、葉の生い茂った大きなジャングルのようだった。

三人は腰を下ろしておしゃべりしたが、ソフィアはリリーとジェイムズのあいだにどことなく緊張感が走っているのを感じ取った。リリーが何度か困惑したような表情を見せたり、兄に対しておかしな反対意見を言ったりしたからだ。つい最近、ふたりはなにかで言い争いでもしたのだろうか。

そのとき若い淑女がふたり、部屋に入ってきたが、リリーの知り合いだったようだ。「あら、イヴリンとメアリーだわ。ちょっと挨拶してこなくては」リリーは立ち上がり、友人のところまで歩いていった。

そしてソフィアは、巨大な大理石の暖炉の前でジェイムズとふたりきりになった。暖炉に火は入っておらず、火格子はきれいだった。

「リリーは愛らしいお嬢さんですわね」ソフィアは言った。

「そうなんですよ。愛らしくて、手に負えないほど大胆で」

ふたりの若い女友だちと忍び笑いをしているジェイムズの妹を見やったソフィアは、驚きもしなかった。「なにか様子がおかしかったように思いますけれど。妹さんはなにかお困りなのでは」

ジェイムズもリリーを見つめていた。ろうそくの明かりが、誰もが認める美男子の横顔を照らし出す。「先日、意見の合わないことがありまして。妹の結婚のことで」

ソフィアはショックを声に出さないようこらえた。「結婚？　でも妹さんは、まだあんなにお若いのに」

「まさしく、ぼくはそう言ったのです。だが母は、できれば明日にでも妹を嫁に出すつもりらしい。ぼくはリリーに、まだ若すぎるから心配することはないと言ったのだけれども、妹にはぼくが味方だとわからなかったようだ。子ども扱いして、と怒られました。少なくとも〝情熱〟ということにかけては」

ソフィアは同情するかのように微笑んだ。「そのうち妹さんもわかってくださるわ。かならずお似合いの、尊敬できる男性に出会いますとも」

ジェイムズは首をかしげて人さし指にこめかみを当て、ソフィアを見つめた。目のまわりのしわが薄らぎ、けだるげに笑う。「これほどごった返している場所で、どうすればふたりきりになれるだろう？」

ソフィアは笑みを浮かべた。「いま、とくに不満はありませんわ」

「ぼくもだ」ジェイムズは答え、組んでいた長い脚をほどき、脚を組み替えた。

力強く引き締まった太ももを目にして、ソフィアの全身にはぞくぞくとした欲望が走り、目をそらして手袋をはめた自分の手を見つめなければならなかった。

「先日の夜、あなたと芸術鑑賞をしたことは覚えています」ジェイムズが続ける。「あのときも、ふたりきりでした」

「ええ。わたしは目の前の絵画のことを考えていました。とくにレンブラントの――『沐浴する乙女』ですわ。ひとの秘めやかな時間をのぞき見るような。描かれた乙女はどんなことを考えていたのかしら」ソフィアは言葉を切り、宙を見つめた。

そのときジェイムズに熱いまなざしを注がれ、ソフィアは自分の秘めやかな時間を想像されているのではないかしらと思った。

「確か、ここを出た廊下の先にもう一枚レンブラントがあったと思います」ジェイムズがそちらのほうを手振りで示す。「自画像が」

ソフィアは廊下に続くドアのほうを見やり、リリーに視線を戻した。彼女は部屋のなかの向かい側でまだ女友だちとおしゃべりしている。

いまだったら、ひとのいないべつの部屋へ、ジェイムズとふたりだけで行けるかしら？どうして行かずにいられるだろう。

この部屋で、向かい合って座っているいまでさえ、彼との距離がありすぎる。また〝離ればなれ〟の感覚が湧き上がり、なにを置いても、その距離を埋めたくなった。これがもしかしたら欲望というものかもしれないけれど、彼女にはよくわからない。とにかく炎のように熱い思いにせっつかれ、良識から引き離されようとしていた。

ソフィアは立ち上がった。「その絵を見てみたいですわ。わたしたちがどこへ行くかは、リリーが見ていてくれるでしょう」

確かにその瞬間、リリーは体を伸ばし、ふたりがそろって出てゆくのを見ていた。

ソフィアとジェイムズは静かに部屋を通りすぎた。ソフィアの靴のかかとが大理石の床にこつこつと音を立て、頭上に響く。彼女は寺院のように高い天井を見上げた。いままでずっと、自分のことを因習に囚われない性質《たち》だと思っていたけれど、さすがにいましていることには落ち着かなかった。

「こちらです」ジェイムズが先に立ち、広い階段の上がり口にある絵のところへ案内した。

ソフィアは絵の前で足を止め、自分がどこに、誰といるのか、心を落ち着けようとした。数分間、彼女は自画像を見つめていた。「堂々としていらっしゃるわね」

「ああ。自信に満ちている」

「でも、悲しげですわ。このかたの目をごらんになって。これを描いたとき、どんなことを考えていたのかしら」

ソフィアが絵画を見上げていると、ジェイムズに横顔を見つめられているのを感じた。

「他人の胸の内に、よく思いをめぐらせるようですね」

ソフィアは肩をすくめた。「かもしれません。人間というのは、謎に満ちているものではないでしょうか？　ひとの心のなかは決して見ることができません。たとえ考えていることを話してくれても、すべてを教えてくれているかどうか、わかりませんもの」

ジェイムズは彼女の横顔を見つめ続けた。

「あなたは、これまでに見た女性のなかでもっとも美しいかただと思います」

ソフィアの心臓が、大きく跳ねた。彼のまなざしをとらえ、手を伸ばして彼に触れたくなる痛いほどの思いをこらえようとする。ジェイムズは肩越しにうしろを見た。まだほかには誰もいないが、ひとびとのざわめきやリリーと女友だちの笑い声は、さほど遠くないところから聞こえてくる。

ジェイムズの手が上がってソフィアの頬に触れると、彼女は廊下に立ったまま、欲望の泉に溶けこんでいきそうな心地がした。

「あなたに接吻したい、ソフィア」

彼女のひざから力が抜けた。〝こんなところにいてはだめ〟と言いたかった。そう言うべきだった。けれど、なにか違うものが、止めるまもなく口をついて出た。

「そうしてほしいと思いますわ、心から」

ジェイムズの手が彼女の手を探り、大きくてあたたかくて力強い手の指が彼女の指と絡まった。彼は角をまわり、壁龕《へきがん》へと彼女をいざなった。

考えられないようなことをしているのはソフィアにもわかっていたけれど、このひと――この美しいひとのせいで、内側に灼熱の炎を燃やされていた。あの退屈で暑苦しいだけのニューヨークで、彼女がずっと恋い焦がれていた感覚。あのときは、もう自分の人生は無意味で退屈な夜会が毎日続いていくだけだとあきらめていた。でもジェイムズに出会って、生まれて初めて力が湧き、やさしい気持ちになれた。心から生きているのだと実感できる。

〝ああ、神様〟彼の唇がゆっくりと下りてくる。

これまでの人生でのすべての経験をもってしても、この瞬間には太刀打ちできなかった――響いてくるような甘い口づけ。しっとりとした唇が触れるだけで押し寄せてくる、めくるめく感覚。頬をそっと親指で撫でられる、くすぐったさ。ロンドンの夜会の、誰もいない片隅で、男性と唇を重ねているというはしたない振る舞い。いけないことだと、ソフィアにもわかっていたけれど、止めることはできず、その圧倒的な力はこれまで見たことも経験したこともないほどの勢いで、心と体に響いてくる。

ソフィアが唇を開いて彼の舌を味わうと、ジェイムズはさらに一歩、距離を縮めて彼女をかき抱いた。離ればなれの感覚は消え、ソフィアは彼の腕のなかでふわふわと漂い、おそろしいほど駆り立てられた気持ちで彼にしがみついた。せつない声が漏れる。彼もまた、小さく息を切らしたような音をのどの奥で立てた。ソフィアは、彼にもこの激しい思いともどかしさがあって、自分と同じくらいのめりこんでいるのだとわかった。

なにが起きているのか、よくわからないまま、ソフィアは彼に手を取られ、廊下を渡っていった。誰かに見られていないかと、うしろを振り返る。誰もいなかったので、彼女はいざなわれるままに温室のなかへついていった。そこは、若い娘と独身男性にとって、まったく制約のなくなる場所。彼女にももう分別は残っていない――あるのはただ、ジェイムズの手にもう一度触れられたいという欲望だけ。唇を合わせ、彼を自分の胸にきつく抱き寄せたい。

ジェイムズは彼女をいざなって石段を降り、一面のシダとヤシと花のついた低木をまわりこみ、誰かが入ってきても気づかれない奥の片隅へと入った。そのときのソフィアは、どんなところへでもついていったことだろう。もしも彼が向かえば、皆の知らない階上の寝室であってもついていき、鍵をかけてしまっただろう。彼がそこまでしなくてよかった。まだここであれば、これからふたりがしようとしていることを終えて、気づかれずにこっそり出ていくこともできる。

ジェイムズは壁にもたれ、ソフィアの手を取ると、引き締まった自分の体にぐっと引き寄せた。「きみはワインのような味わいがする」官能的なささやき。「いや、それ以上だ」

「あなたは、いままでのなにとも違う味わいですわ」

そうしてソフィアはまた彼に唇を寄せていき、両手を彼の美しく豊かな黒髪に絡ませた。そのとき彼の指に、肩と首をそっとくすぐられるのが感じられた。とてもこらえきれないほどの感覚だった——どうすればいいのか、どう考えればいいのか、どう彼に触れたらいいのか、わからなくなる。男性とのこんな口づけは初めて。生まれてからずっと、わたしは眠っていたの？　いまやっと目が覚めたの？

次に気がついたときには、ソフィアは頭をのけぞらせ、ドレスの襟元に沿って首と胸に口づけを受けていた。ああ、その下までも唇が届いたら——彼の唇がドレスの布地とコルセットの堅い壁を突き破ってくれたら、どんなにいいか！

「ふたりきりだったらいいのに」ソフィアがかすれた声で言った。「本当にふたりきりだったら」

ジェイムズの瞳がむさぼるように彼女を見つめ、唇がなまめかしくセクシーな笑みを浮かべ、ソフィアは魔法にかかったようにとろけた。

「それは危険だよ。ぼくは紳士だけれども、ぼくにも限界はある。もしふたりきりになったら、きみを味わいつくし、隅々まできみを満たし、ぼくの言葉を焼きつける。きみはもう清い体ではいられなくなるだろう。だから、ここにいたほうがいい——見つかる危険があるほうが」

ソフィアは片脚を曲げながら、彼の脚の外側を自分の脚で撫でた。「そんなことは考えたくありませんわ……危険のことなど」

そうすべきことはわかっているけれど。

ジェイムズはソフィアの太ももに手をかけ、脚をさらに高く上げさせた。ズボンのなかで彼のものが硬くなっているのがわかる。

ああ、いったいわたしはなにをしているの？

男性のものがどんなふうなのか、ソフィアはまったく知らなかった。こんなふうにふくらんで、これほど大きく硬くなるなんて。いつしか彼女は、彼に自分をこすりつけていた。衣服を通してでも腰を突き上げ、灼熱の燃え上がる炎に引きずりこまれてゆく。もう引き返せない。燃え立つ炎のように欲望が体の奥でせり上がり、理性を覆い尽くしてゆく。

そのとき、彼の手がスカートを引き上げ、なかへすべりこんで這い上がり、ストッキングの上でむき出しになった太ももを撫でるのが感じられた。ソフィアは低く声を漏らし、ジェイムズは彼女の向きを変えて壁に押しつけ、体をぴたりと重ねて腰を突き上げた。

「ああ、ジェイムズ」やっとソフィアは、それだけ言えた。けれどもそこからなんと言えばいいのかわからない。なにも考えられない。

そのとき、物音がした。温室の外の廊下で笑い声が響いた。

ジェイムズは唇を引き離し、自分の唇に人さし指を当てた。ソフィアはほんの数センチの距離で彼の熱いまなざしを見つめ、彼の吐息が顔にかかるのを感じていた。心臓が、壊れるのではないかと思うほどの激しさで打っている。一瞬、ふたりは見つめ合ったが、ジェイムズがもう一度口づけ、ソフィアも思いのたけをこめて口づけを返し、つややかな黒髪を手で梳いた。

また笑い声が聞こえた。ジェイムズは唇を離した。「こんなこと、めちゃくちゃだ」とささやく。

そう。

めちゃくちゃ。

こんな振る舞いをするなんて、わたしはなにを考えていたの？　公爵様は、わたしが誘われたら誰とでもこんなことをしていると思われたに違いないわ。当然、きちんとした女だとは思っていらっしゃらない。

ソフィアはおののきと後悔に襲われた。わたしはなにもかもだめにしてしまったの？　どうすればいい？　どうすれば元に戻せるの？　いいえ、元になど戻らない。

「離してください、こんなことは間違っていますわ」ソフィアは急に動転し、消え入るような声で言った。

ジェイムズの腕から離れ、急いで葉の茂った場所を戻って廊下を覗く。招待客の一団が――誰かはわからないが――通りすぎていき、彼女はあわてて温室を出て、なんとかビュッフェのテーブルに戻った。まだ頭に血がのぼったまま、くらくらし、息切れしてうろたえて。

ほてった頬を手で押さえる。感情ではなく理性の声に従って振る舞いたいといつも思っているのに、どうして慎みを忘れてあんなことをしてしまったのだろう？　理論的で頭脳明晰なはずのいつもの自分は、いったいどうなってしまったの？

ジェイムズは目を閉じ、温室の壁に頭をもたせかけた。何度か頭をぶつける。強く。髪は乱れ、身震いがして息が切れているような気がした。いったい――さきほどの激情に駆られた数分間――いったいどうして分別がことごとく失せてしまったのだろう。あれでは、まるで父親と同じではないか。

そんな考えに胸が悪くなり、ジェイムズは額を片手で抱えて冷静さを取り戻そうとした。

「くそ」最悪のやりかたをしてしまった。そう、これまでにも温室の隅で女性に口づけたことはある。けれど、夫を探している独身女性は決して相手にしてはならないと学んでいた。たったいま起きたことは、自分で思うよりも自分には自制心がないという証拠であり、頭に脳みそが少しでも残っているのなら、自分がへまをしたことに気づき、これから進もうと思っていた道を引き返したほうがいいだろう。

それなのに、ジェイムズにはできなかった。とにかくいまは。重いボールが、止められないほどの勢いで転がり始めたところなのだ。これ以上、思い悩んでいる暇はない。求婚するかどうか、考える余地はない。今夜のようなことが起きてしまったとあっては、それは避けられない。もうあと戻りはできず、逃げることもできない。少なくとも、恥をかかずには。今日のことが噂にならないうちに、すぐにソフィアに求婚しなければならない。ふたりはきっと誰かに見られている。リリーは間違いなく見ている。妹の女友だちは若いから、口を閉じていることはできないだろう。

ああ、アメリカの令嬢だとは。おそらく、いちばん不思議なのは、膨大な不安だらけだというのに、彼女を手に入れるのだと思うと、驚くほどすばらしい気分になるということだ。

ジェイムズの母親は、咳こんで昼食を戻しかねないだろうが。

8

翌朝、ソフィアは眠れない夜をすごしたのち、ベッドから出た。軽めの朝食を取り、外に出て庭を散歩した。ロンドンでも数少ない、庭のある邸宅の〈ランズダウン邸〉は、ロンドンのほかの地域と同じように濃い黄色の霧に包まれていた。肌に当たる空気は湿り気があってひんやりとしており、髪が少しくしゃくしゃになっているようだった。けれど、それがなんだというの。ソフィアはそう思いながら、そびえ立つニレの木立を抜ける平石敷きの小径に足を踏み入れた。話を聞きたそうなフローレンスと母から逃れ、やっとひとりになれたのがありがたかった。

三人は前夜の夜会から、早々にいとまごいをした。気分がすぐれないとソフィアが言ったからだが、ほかのふたりは納得していなかった。

しかしいま、それ以外になんと言えばいいのか、ソフィアにはわからなかった。自分の振る舞いを心から恥じていて、母に知られると思うと耐えられない。もちろん、父にも。きっと父は、娘に失望するだろう。

ちょうどそのとき、馬の蹄《ひづめ》の音がしてソフィアははっとし、客が来たことがわかった。屋敷に入る鉄の門が遠くで開き、大きな馬車が前庭へと入ってきた。馬車のドアには家紋が描かれている。にわかにひとの動きがあった――馬の世話をするために馬丁が厩舎から飛び出し、いつものお仕着せ姿の従僕が前階段を駆け下りて客を迎えに行った。

ソフィアは庭から見ていた――ジェイムズが――黒のすべらかな外套とシルクハットを身につけたジェイムズが、優雅な身のこなしで馬車を降り、屋敷を見上げるのを。

〝彼がここでなにをしているの?〟ソフィアは取り乱した。よその屋敷を訪ねるのにふさわしい時間ではない。こんな早い時間にやって来たからには、大事な用件があるのだろう。

十分後、ソフィアが落ち着かない心持ちで木の下のベンチに小さく腰かけていると、ジェイムズが屋敷を出て、黒い帽子を頭に乗せるのが見えた。

前庭を突っ切って庭へ向かってくる。迷いのない足取り――まっすぐに彼女のもとへ。

ソフィアの心臓は早鐘を打ち始めた。ジェイムズは灰色だらけの周囲のなかで――石造りの邸宅、砂利敷きの前庭、霧、霞――のなかで、黒い魅惑的な生き物のように見えた。

彼女は冷たいベンチに座ったまま、ほとんど動けない。ただ彼がこちらに向かって、確かな足取りでどんどん近づいて来るのを眺めていることしかできなかった。

ジェイムズは四、五メートルほどの距離を置いて止まった。帽子を取り、体の脇で持つ。

「こんなところで寒くないのですか、ソフィア?」

彼女は大きく唾を飲みこんだ。「いいえ、とてもすがすがしいですわ」

ああ、前の晩にふしだらな振る舞いをしてしまったあとで、黒ずくめのすてきな公爵様に言う言葉かしら?

彼が数歩、近づいた。「ご自分を責めていなければいいのですが」彼女がなにも言わないので、ジェイムズはさらに数歩、距離を縮めた。「責められる人間がいるとすれば、それはぼくなのだから」

ジェイムズが彼女の隣に腰を下ろし、それほど近くに来られたソフィアは全身が蜂蜜のようにとろけた。言うべき言葉がひとつも見つからない。

「あなたの母上に話をしました」ジェイムズは率直な口調で言った。「あなたのいるところを喜んで教えてくれました。それから、かなり当然と思われる話をあなたにするお許しもいただきました」彼は帽子をベンチに置き、ソフィアの両手を握った。氷のように冷たくなっている。彼はその手をこすり、あたためてやった。

そして少し間を置くと、その手に接吻した。ソフィアのあらゆる感覚が、いっきに目覚める。あたたかな唇がじかに肌に触れた感触で、せつない思いに胸が震える——もう一度、彼の腕に抱かれたい、彼を見るたびに感じる強烈で信じられないほどの欲望に身をまかせてしまいたい。

ジェイムズが彼女の瞳を覗きこむ。

「どうしてぼくが訪ねてきたか、おわかりでしょう」

ソフィアは声もなく、続きの言葉を待った。

「ぼくがやってきたのは、ソフィア、あなたに妻となってほしいからです。ぼくの公爵夫人に」ジェイムズは頭を下げ、また彼女の手に接吻した——長々と。

ソフィアは息もできなかった。ましてや話すことなど。こんな瞬間を夢には見たけれど、現実は少し違った。「それは、昨夜のことがあったからですの？」ソフィアは訊いた。「結婚しなければならない状況に追いこまれたから、というのではいやなのです」

そのような反応を予想していたとでもいうような、思いやりに満ちた表情をジェイムズは見せた。「昨夜のことがまったく関係ないと言えば、嘘になります。おおいに関係していますーーですがそれは、あなたがアメリカへ帰ってしまうかもしれないなどと、もう一瞬たりとも考えたくないからにほかならない。あなたがほかの男と結婚してしまう、もう二度とあなたを腕に抱くことができないと思うと、いてもたってもいられないのです。昨夜のことが頭から離れない、ソフィア。忘れられない。呼吸を止めるのができないのと同じように、あなたに口づけずにはいられない。あなたはぼくの知るなかでも最高に魅力的な女性だ。だから、なによりも、あなたがほかの男のものではなく自分のものだという確信がほしいのです」

ソフィアは瞬きもせず彼の顔を見つめた。聞き違いではないの？　彼は、わたしを忘れられないと言った？

当然、たちまち疑念が噴き出した。「母とは、結婚の条件もお話しされまして？」

ジェイムズは一瞬、彼女を見つめたが、彼女のあごに手をかけた。親密な振る舞いに、ソフィアは欲望で頭がくらくらした。

「そういうふうにお考えなのかな？　ぼくが金目当てであなたを望んでいると？」

ソフィアは彼の瞳を探るように見入り、真実を見出そうとした。これはすべて計算ずく？　求婚を受けさせるために、前の晩にわたしを誘惑したの？　彼のことはよく知らない。ほかのひとたちと同じかもしれない――持参金がほしいだけなのに、彼女に関心のあるふりをするひとたち。ほかのひとは、目を見ればわかった。

けれどジェイムズは……彼の目にはなにがあった？　よくわからない。欲望が見えたような気がするけれど、自分の見たいと思っているものが見えただけかもしれない。彼に惹かれているから——しかも肉体的なものに——見る目がくもっているのでは？　こういったことに、もっと経験が積めていればよかったのに。ソフィアがこれほどの欲望を感じたのは初めてだった。誠実な思いなのかどうか、見極めることができない。一週間で消えてしまうものだったらどうするの？　噂で聞いたように、やはり彼は悪魔のようなひと——お金のある若く純真な乙女を誘惑する手練手管に長けた、稀代の放蕩者だと——あとでわかったら？

「わかりません」ようやくソフィアは返事をした。「すでにロンドンじゅうが、わたしの値段を知っているはずです。ウィトビー伯爵はご存じです」

「ああ、ウィトビーですか」ジェイムズは手を体の脇に下ろし、屋敷のほうを見た。「あなたはいま、彼のことを考えておいでなのですか」

「違います！」思わず口走った。「そういうことではありません。わたしはただ、母が彼に話したので、もう皆が知っているに違いないと思って」

ジェイムズの胸が、大きな呼吸で上下した。「ぼくがここに来たのは、あなたを手に入れられないと思うと耐えられなかったからです」ソフィアの目を正面から見据える。「これまであなたに申し上げてきたことのなかでも、いちばんの真実です」

あなたを手に入れられないと思うと、耐えられなかった。

それはソフィアのほうも、そっくり同じ思いだった。

手に入れる。それは、厳密にはどういうこと？

彼のものになって、抱かれて……。

いま彼に抱かれるためなら、どんなことでもする。

「ジェイムズ、よくわかりません。あまりに急なことで」

彼はふたたびソフィアの手を取り、何度も口づけた。

「お願いだ、ソフィア。ぼくと結婚して、ぼくをこの世でいちばんの幸せ者にしてほしい。ぼくの城へ来て、わが一族の歴代でも最高の公爵夫人となってほしい。あなたは以前、イングランドの歴史に圧倒されると言いましたね。どうか、あなたもその一部になってほしい――身をもって知ってほしい。まさにその内側から見てみたいと、あなたはおっしゃった。ぼくの妻となれば、それがかなうのです」

ソフィアは少し開いた唇から、何度も浅く息を吸った。これは現実なの？　本当におとぎ話の世界に入って、魅惑のプリンスと結婚できるの？

それ以上は考えることすらできず、ソフィアの口から返事がこぼれ落ちた。

「はい、ジェイムズ、あなたの妻になります」

一瞬、すべての世界が消えた。そして次の瞬間、彼が口づけようとしているとわかって胸が躍った。彼に抱き寄せられ、唇が重なると、ソフィアはまるで雲に乗ったかのような心地がした。

このひとの妻になる！　一生、ふたりで愛し合い、末永く幸せに暮らすのよ！

屋敷を見上げたソフィアの口から、笑みがこぼれた。

母が二階の窓からこちらを見て、喜びに飛び跳ねていた。

9

終わった。自分はソフィア嬢と婚約した。

ジェイムズは馬車に戻った。ひとり腰を落ち着け、馬の蹄が玉石敷きの道を走る音に耳を傾ける。渋滞につかまった馬車は、ゆっくりとピカデリーを進んでいた。

どうしてもっと満足感が湧いてこないんだ？　ジェイムズの心に小さな不安がよぎった。競争に勝ち、ロンドンじゅうの男がのどから手が出るほどほしがっている持参金を手に入れると心に決め、今朝そのとおりに勝ち取った。彼は目当てのものを手に入れた。それなのに、不満に思うだけのもっともな理由もないのに、気に入らない。どうしてだ？

おそらくそれは、彼がその朝ソフィアに言ったことがすべて、本当のことだったからだろう。正直なところ、求婚したのは金とはまったく関係なかった。彼女の目を見て、自分の公爵夫人になってほしいと訴え、もし彼女がイエスと言ってくれたら、自分は世界でいちばんの幸せ者になると言ったとき、その気持ちに嘘偽りはなかった。考えてもみろ。このぼくが、この世でいちばんの幸せ者だと?

いやはや、どうかしていたとしか思えない。ぼくは彼女に、どれほど彼女のことが好きか、たわごとを繰り返した――まるで舞い上がった男子学生のように。彼女に対して、あれほどロマンティックな接しかたをするつもりなど、まったくなかった。ただの金銭的な取引にするつもりだったのに。

しかし彼女はいままで知るなかでも最高の美女で、なにもかも彼女に言ったとおりだった――とにかく彼女を手に入れずにはいられない。くそっ、いますぐにでも彼女がほしい。この馬車のなかで隣に座っていてほしい。ぼくの腕に抱かれて。

おそらく、だから満足感が足りないのかもしれない。心の奥底では、本当は自分が勝ったわけでないことがわかっているから。本当のところ、彼は自分の衝動に負け、欲望に屈した。そしていまや、突如として自分の未来となった人生を受け入れ、地獄に堕ちることなくなんとか生きながらえてゆくしかなくなっている。

なんという朝だろう。このうえ、まだ母に婚約のことを知らせなくてはならない。

ジェイムズはステッキの象牙のハンドルを握りしめ、馬車はにぎやかなロンドンを走り続けた。

三十分後、ジェイムズはロンドンの屋敷に入っていった。

先代の公爵夫人である母親は〈朝の間〉に腰を落ち着け、紅茶を飲んでいた。戸口に息子の気配を感じた彼女は、厳しい視線を向けた。「ジェイムズ」少し驚いたように言う。

ジェイムズはなかほどまで進み、木綿更紗のソファに腰かけ、避けられないことをだらだらと先延ばしにするのは意味がないと腹をくくった。つまらないおしゃべりなど必要ない。単刀直入に言うだけだ。

「お知らせがあります。明日の新聞でお目に留まる前に、まずは母上に知らせるべきだと思いまして」

「明日の新聞――おお、まさかそんなことが」母親はうしろに身をそらし、まるで撃たれたかのように心臓のあたりに片手を当てた。「まさか……アメリカ人ではないでしょうね」

ジェイムズは長い脚を組んだ。「それが実は、そうなのです。アメリカ人です」

母親は天に向けて目をまわした。「ああ、なんということ」立ち上がって暖炉に行く。「嘘です、まったく理解できません。あなたは結婚の問題をあれほど進めたがらなかったというのに。いえ……」息子に向き直る。「わたくしに対する、子どもじみた反抗なの？ わたくしを傷つけるための？ もしそうなら、充分すぎるわ」

「反抗ではありません」

「それなら、いったいなんなのです？　どうしてこんなことが起きるの？　その娘は――二週間と経たないうちに――すばらしい良家の愛らしいイングランド娘たちを蹴散らしてあなたを誘惑したのですか。なにか理由があるのでしょう。わたくしを傷つけるためでないとすれば……」公爵夫人がにらみつける。「ジェイムズ、あなたはきちんと考えなかったのでしょうね」

「考えましたとも。たとえ考えなかったとしても、もう話は進み始めました。引き返すことはできません。新聞の告知欄で正式に発表する手はずも整えました」

この瞬間、これほどのねじくれた悦びを味わうとはジェイムズも予想だにしていなかったが、実際にはうれしくてしかたがなかった。

「おお、まさか」母親は椅子にへたりこんだ。「身ごもっているのではないでしょうね？」

「ばかげたことをおっしゃっていますよ、母上」

「でも……」公爵夫人がなげやりに手を振った。まるで〝アメリカ人のことなど知りもしないくせに〟と言わんばかりに。

「彼女の祖父は職人だったと話しませんでしたか？」母親が言う。

「ええ、伺いました」

「もうひとりの祖父は、工場労働者だったということも」ジェイムズは立ち上がった。「聞こえませんでした、母上、ですが今朝はやることがありまして。失礼します」

ジェイムズはドアに向かいかけたが、母親がさらに質問を投げかけて足を止めさせた。

「日取りは決めたのですか?」

振り返って母と対峙する。「八月二十五日です」

「今年の?」

「ええ。婚約を長々と引き延ばしても意味はないでしょう。ソフィアの母親は社交シーズンが終わればニューヨークに戻ります。彼女を母親と一緒に送り返すよりも、ともにヨークシャーへ連れていきたいと考えています」

母親はまた胸に手を当てた。「召使いたちが彼女を見てどんな噂を立てるか、想像するに耐えません。あの格好ときたら、まるで女優ではありませんか、ジェイムズ」

「彼女には気品があります、母上。彼女を侮辱するのはこれを最後にしていただきたい。彼女が次のウェントワース公爵夫人なのです」それだけ言い置き、ジェイムズは部屋を出た。

そして二階へ上がり、ただちに大広間の屋根を修理する段取りをつけ、それと同時に、久方ぶりに湖をさらう手はずも整えるよう、代理人のミスター・ウェルスに手紙をしたためた。

「この野郎」国会議事堂の階段を上がっていると、ウィトビーが突然ジェイムズの腕をつかんだ。

ジェイムズは振り返り、下の段にいるなじみ深い学友を見下ろした。腕を引き、ウィトビーの手をふりほどく。「落ち着け」

「落ち着け？　落ち着いて行動すべきは、きみのほうじゃないのか。きみは無理やり彼女に手をつけた。そうだろう？」

ジェイムズはネクタイを直し、ふたたび階段を上がり始めた。「そんなことは知らないね」

「このあいだの夜会、きみはどこにいた？　彼女と三十分ほど、どこかに消えただろう」

「リリーと一緒にいたよ」

「ずっとではなかったはずだ。ぼくはあとでリリーに会ったが、きみは一緒ではなかった」

「ぼくはソフィアを母親のもとへ帰したぞ」階段を上がりきったところでジェイムズは止

まり、激したウィトビーの視線を受け止めた。「どうして自分の行動をいちいちきみに説明しなくてはならない？」

「きみはぼくと昔からの友だちだとわかっているくせに、ぼくが公然と言い寄っていた女性を横取りしたのだから、後ろめたいに決まっているだろう？」

ジェイムズはウィトビーに向かって人さし指を突き出した。「彼女はまだ正式な申し込みを受けていなかった」

「したとも！　もちろん、きみには内緒だったが、ぼくたちは友だちだと思っていた。きみは手出ししないでおこうと考えてくれると思っていたよ」

ジェイムズは、このばかばかしいやりとりに頭を振った。彼はまた歩き出し、ゴシック様式の長い廊下を進んだ。アーチ形の天井に、ふたりの怒りに満ちた足音が響く。

「そんなことを期待する権利はなかっただろう」

「だがきみは、〈ブラッドリー邸〉の夜会で、結婚するつもりはないとはっきり言ったじゃないか。結婚など一生しないと。それがたったの数週間で、どうしてまるっきり変わってしまったんだ？」

「ただこれまでは、相性のいい女性と出会っていなかっただけだ」

「つまり、満足な財産のある女ということだな」

ジェイムズは足を止めた。ウィトビーの胸に人さし指を突き立てる。「出しゃばりすぎだ」

「出しゃばったのはきみのほうだと思うがな」ウィトビーは声を低くした。「きみは彼女を愛していない。どんな女だって愛したことがないだろう。たとえベッドをともにした相手でも」

「言いたいことがあるなら、はっきり言ってくれ」

「きみは残酷な男だよ、ジェイムズ。彼女をヨークシャーに連れていって、きみの母上の薫陶を受けさせようというのなら。きみの母上は、彼女を朝飯に食っちまいかねないぞ」

「ソフィアは自分のことは自分でできるひとだ」

「だからこそ、きみは彼女に求婚したのだろうな。彼女は自分のことを自分でやり、きみは結婚したことなど忘れる。きみ自身、そう言っていたじゃないか。そういう結婚を望んでいると」

ジェイムズはまた歩き始めた。ウィトビーが殴り合いをも辞さない気でいるのははっきりと感じられたが、受けるつもりはなかった。もうそんな時期は卒業した。ウィトビーにとってはそうでなくても、少なくともジェイムズにとっては。

「ぼくなら彼女を愛してやれたのに！」ウィトビーが怒りのこもった声をジェイムズの背

中に投げつけた。その言葉がナイフのように空を切り裂いて飛び、ジェイムズの背中にぐさりと刺さった。

イングランドのもっとも新しい公爵夫人には、〈ウォルト〉のウェディングドレスがなんとしても必要だった――ムッシュー・ウォルトは女性に新しいドレスを仕立てるだけでなく、まるで新しい魅力を創り出してしまう。そこでソフィアと母親は荷造りをし、パリへ出発した。ふたりは着いた先で、おばに付き添われた妹たちと落ち合った。妹たちも花嫁の付き添い役として、結婚式のために〈ウォルト〉のドレスが必要だったからだ。クララとアデルは気を利かせ、ニューヨークの新聞を束にしてトランクに詰めてきていた。近づく結婚式のニュースがアメリカでは紙面をにぎわしていて、ソフィアも母も記事を読みたがっていたのだ。

記事には、ロンドンの夜会と舞踏会でのロマンティックな出会いが、こと細かに麗しく書かれていた。ウェントワース家の家系図が家紋と肖像画入りで載っており、さらにヨークシャーの城のスケッチまであって、社会面のすべての欄が埋め尽くされていた。そして花嫁一家の経歴については、美点を書き連ねた誤報ばかり。

パリでも記者たちが、植えこみやソフィアの逗留先のホテル前に停まった馬車の影から走り出てきて、彼女に質問したり写真を撮る機会を狙っていた。一夜にして新聞をにぎわす原因となったソフィアは、まだこれほどの騒ぎが起きている実感が湧いていなかった。そんな状況を乗りきるために、結婚式が終われば生活も落ち着き、冬にはジェイムズと一緒にヨークシャーのお城にこもって、夫婦としてふたりきりになれると考えるようにしていた。

ある晩遅く、ソフィアはパリのホテルのベッドに白い化粧着姿で座り、ガスランプの明かりでニューヨークの新聞を読んでいた。けれども気になる社説を目にして、ベッドから起き上がった。

「クララ、アデル、ちょっと聞いてちょうだい」ソフィアは声に出して読み始めた。

「汗水流して得たアメリカの金《ドル》が母国を離れ、イングランド貴族の空になった銀行口座を埋めているのは、わがアメリカ国旗への恥辱である。彼らには正しい職業意識もなく、そのような問題に対する倫理観も持ち合わせていない。わが国アメリカの裕福な花嫁たちは、欲と怠慢の犠牲となっている。女性の価値が、衰退するイングランドの荒廃しつつある城にどれだけの補修金を出せるかという一点のみで評価されている。イングランド貴族は領地からの収入を得るのに指一本動かさず、しかも、その金をロンドンの賭博場で湯水のごとく散財しているのは周知の事実である」

おなかに重い塊が詰まったような心持ちで、ソフィアは新聞を下げた。すがりつくような顔で妹たちを見る。妹ふたりは髪を櫛で梳いていたが、いまは表情もなく姉を見つめていた。

「こういう話を、いままで耳にしたことがある？」ソフィアは妹たちに訊いた。「ニューヨークでは、こんなふうに言われているの？」

クララが椅子から立ち、励ますようにソフィアの両手を握った。クララはいつもほかの人間の気持ちに敏感だ。感情豊かで、他人の悩みも理解してくれる。正直言ってソフィアには、クララはひとの苦悩を楽しんでいるのではないかと思うことがあった。どんな形であれ、メロドラマが大好きだから。

「いいえ、まさか、ソフィア」クララが言った。「皆、お姉様のことを大喜びしているわ。おとぎ話みたいだって。いろんな記事を読んだでしょう」

「ええ、でもこれを書いたひとは、ジェイムズのことを卑しい悪党だと思っているみたい。本当のジェイムズは、広大な領地の責任感ある領主なのに。皆に尊敬される、立派なかたよ！」

「そうですとも」とクララ。「イングランドの貴族ですものね！　この記事を書いたひとは、誰であれ、やっかんでいるだけ。難癖をつけるしか能のないひともいるわ、他人の幸せが許せないのよ。なんとかしてけちをつけずにいられないのよ。そうよね、アデル？」

見え透いた励ましだったけれど、ソフィアにはやはりありがたかった。

もうひとりの妹もうなずいた。アデルはクララと違い、メロドラマや醜聞めいたことや、少しでも常軌を逸したものは受けつけないほうだった。クララはアデルのことをいい子ぶってると言うこともあるけれど、アデルはただ両親を喜ばせ、規則には従いたいと思っているまじめな若い娘だということをソフィアは知っていた。それは少しも悪いことではない。たぶん彼女が社交界デビューをしたら、ピーボディ一族の誰かとでも結婚するのだろう。誰にでも受け入れられ、ひとを驚かせたり、軋轢《あつれき》や騒動を起こしたりしないひとと。

クララはにっこり笑い、鏡台にゆっくりと戻った。ヘアブラシを取り、豊かな髪に通す。

「その記事に気がついていたら、お姉様に渡す前に抜き取って焼いておいたのに。もうひとつの記事も、おば様に言われてそうしたのよ」いたずらっぽく、ソフィアににんまり笑いかけた。

「もうひとつの記事って？」ソフィアが尋ねる。

生まじめなアデルは、歯ぎしりをして注意した。「クララ……」

「教えて！」ソフィアは笑いながら詰め寄り、妹からヘアブラシを取り上げた。

クララは姉に面と向かった。「あら、わかったわ」おもしろい話を口にすることができるので、うれしそうな声だ。化粧着姿の三人が、ベッドに飛び乗った。

クララがくすくす笑いを始めた。「おば様ったらお気の毒に、汽車でその記事を読んだとき、卒倒しそうだったのよ」

「だから、その記事って？」ソフィアがなおも訊く。

「絵やなんかも添えられていたわ。あんな浅ましい詳細を、どこで仕入れてくるのかしら」

ソフィアは妹の腕をつかんだ。「ちゃんと教えて！」

クララはひと呼吸置き、緊張感をあおってから言った。「結婚式当日のお姉様の下着についての話で、欄がひとつ埋まっていたの！」

「なんですって？」

「まあ、もちろん」クララが言い添える。「現実にそれを見られるのは、公爵様おひとりだけれど」

「クララ！」アデルが叱った。「そんなに下品な言いかたをして！」

「お姉様のシュミーズのリボンは、アン女王の嫁入り衣装から賜ったものだとか、コルセットのフックが金でできているとか書かれていたわよ」

「その絵までついていたの？」ソフィアがうろたえて尋ねる。

「そうよ！」クララは声を上げて笑い、ベッドにどすんと寝転がった。「おば様の顔ときたら！　ひどかったわ！」

ソフィアは立ち上がって鏡台まで行き、鏡に映った自分を見た。「ジェイムズの耳に届いていないといいのだけれど。考えてもみて。コルセットのフックが金でできているですって。そんなこと、どうでもいいのに」

そのころロンドンでは、ジェイムズの母親が気分がすぐれないと言って、不機嫌な顔で荷作りをして領地へ戻ったのをよそに、ジェイムズの事務弁護士とウィルソン家の顧問弁護士が、イングランドの歴史上、最大の結婚式となる儀式の詳細をめぐって押し問答を続けていた。

10

「本当にきみが来てくれたとは」

婚約者《フィアンセ》の低い官能的な声がうしろから聞こえ、熱く湿った吐息が耳にかかり、ソフィアの背筋にぞくりと鳥肌が立った。ロンドンからそう遠くない郊外の屋敷。客の詰めかけた舞踏室で母親の隣に立っていたソフィアは、笑顔で振り返って彼を見た。

ああ、なんてすてきなの。彼を見るだけで胸が痛くなる。いつもの黒の燕尾服に白いシャツ、白の蝶ネクタイとベストという姿が、夜の闇のような黒髪と対称的で、圧倒的な迫力を放っている。

ジェイムズはソフィアの手袋をはめた手を取って口元へ持っていき、両のこぶしにあたたかな接吻をした。燃えるようなまなざしは、ひとときもはずさずに。

「テラスで散歩でもしませんか？」

「いいですわね」

ジェイムズは彼女の母親とその場にいたほかのご婦人がたに挨拶し、ソフィアに腕を差し出した。そしてふたりは、舞踏室の反対側の奥にある大きな開いたドアへと向かった。

誰もが好奇心もあらわにうっとりとふたりを見つめている。ソフィアは気にしなかった。ジェイムズが最終的に妻に選んだ女性として、胸を張っていた。胸を張って、ふたりがどれほど輝かしく互いに惹かれ合っているかを見せつけた。これまでの噂が、どれほど根も葉もない話だったかということも。

「今夜はすばらしく美しい」ジェイムズが言った。「結婚式までとても待ちきれない。本当に、苦しいくらいだ」

ソフィアは笑い、肩を彼の肩にこすりつけた。欄干まで出ると、星空の下で向かい合った。そよ風が茂ったオークの葉を吹き抜け、夜のささやきのように、さっと草地を撫でてゆく。

「注目を集めてどんな気分だったかな？」ジェイムズが訊いた。「きみの予定表は、びっしり埋まっていることだろうね」

「ええ、びっくりするくらい。とてもこなせないわ」

「皆、ぼくらが一緒にいる姿を見て、自分が最初に祝福する人間になりたいと思っているんだよ。皆がきみに恐れ入っているんだ、いとしいひと」

ソフィアは目を下げた。「そんなことはどうでもいいの、わかってくださっているでしょう、ジェイムズ。わたしはただ、あなたの妻になりたいだけ」

「ぼくもそうだ」彼はまわりにいる男女の様子を見て、ここではどこまで許されるかを判断し、ソフィアの頬に触れた。

彼の親指が肌をかすめるように撫で、それから唇にそっと触れる。その感触に、ソフィアは焦れったくなった。軽く目を閉じ、彼の手を両手で握り、開いた自分の唇に押し当てた。大胆にも、彼の手のひらを舌先で味わった。

「たまらないよ」ジェイムズがさらに一歩、近づく。

妖しげなまなざしを、ソフィアは受け止めた。「そんなつもりではないのだけれど」

「そうなのか？　結婚式は二カ月も先だ。それまでこういうことをがまんできるかどうかわからない」

慣れた感じでテラスをもう一度見やったジェイムズは、彼女の手をつかんだ。「庭に行こう」

「そうね」ソフィアが息も絶え絶えに答える。〝どこへでも。どんなことでも〟

「ぼくは育ちのいい紳士だから」ジェイムズが身を寄せてささやく。「きみに腕を差し出して、丁重にエスコートして階段を降りる。でも本当は、きみの手をつかんで走りたい」

ソフィアは笑い声を上げて腕を取った。ふたりは階段を降り、ひんやりとしたやわらかな草地に足を踏み出した。満月だった。さわやかな夜気に混じって、バラの甘い香りが物憂げに漂っている。申し分のない完璧な夜だ。

「もうウェディングドレスは決めたのかな？」ジェイムズは彼女の手に手を重ねた。

「ええ。でも、なにも教えてあげませんわ。手に持つブーケのことも、妹たちのドレスの色や、サッシュの布地も秘密よ」

ジェイムズは愉快そうな声で言った。「ぼくをはらはらさせて、喜んでいるようだね。少しくらい教えてくれても？」

「だめよ！」

「お願いだ」

「だめ！」ソフィアが笑う。

「降参。きみは岩だね。立派な公爵夫人になるよ」

ソフィアは彼の肩に頭をあずけた。「そうだといいけれど。あなたに誇りに思っていただきたいの」

「もう思っているよ。ロンドンじゅうの男がぼくをうらやんでいる」

「わたしを喜ばせようとして、そんなことを」

「もちろん。でも、神に誓って、真実だから」

ふたりは高い木が茂っている側を選んで、庭をぐるりとまわっていった。

「今夜は濃い色のドレスを着てくれて、うれしいよ」ジェイムズが言った。

「どうして？」

彼はソフィアの手を取り、シダレヤナギの細い枝が垂れ下がっている奥のほうへ向かった。まるでビーズのカーテンのような枝を、まずジェイムズがくぐり、ソフィアのために枝を持ち上げてやる。彼の声は静かだったが、妖しげな魅力がくすぶっていた。

「きみを暗いところへ誘いこんでも、誰にも気づかれない」

ソフィアは微笑み、身をかがめて葉をくぐり、葉と枝の分厚い天蓋の下で体を起こした。

満月の夜だったが、木の下はほぼまっ暗だった。

「ここでどうするの？」なまめかしい声でソフィアが尋ねた。

「ふたりだけの時間だ」

「危険だわ、ジェイムズ。もし誰かに見られたら……」

ジェイムズは巨大な木の幹にもたれ、そっと彼女を引き寄せた。

「見られない。もっとそばにおいで」

「どうして？」ソフィアがいたずらっぽく訊く。

「きみの唇がほしいからだ、ソフィア」

闇のなか、ほとんどジェイムズの顔は見えなかった。ただ彼がどこにいるのか、彼の唇がどこにあるかは、感じ取れた。よく見えないまま彼に触れると思うとぞくりとし、くすぐったいような小さな震えがソフィアの全身に走った。

「それなら、どうぞ」息をつき、唇を重ねて、何週間も悩まされていたあふれんばかりの欲望に身をゆだねた。

深く熱い口づけだった。ひざの力が抜け、舌が絡み合う感覚と、ぴりっとして魂が焦げそうな得も言われぬ彼の味わいに、ソフィアは思わず声を漏らした。大きなたくましい肩にしがみつき、支えを求めた。彼の硬い体にぴたりと寄り添う。

とっさに腰を突き出したい衝動に駆られ、その欲望に身をまかせたとき、ジェイムズも声を漏らして彼女の腰をつかんだ。硬くなったものが彼女の腰骨に当たり、女の芯から熱がどっとあふれ出す。

ジェイムズは頭を左右に傾け、いてもたってもいられない様子でソフィアの唇をむさぼった。ソフィアは長い手袋をはずし、地面に落とした。そして憚ることなく、彼の上着の内側のあたたかなところまで両手を差し入れて胸をさすり、腰やズボンのウエストの下まで手をまわした。なかへ手をすべりこませて彼に触れたくて――すべて手探りで――ボタンをはずそうとしたけれど、彼がその手をつかんで頭を振った。

「危険なところへ入っていこうとしているよ、いとしいひと。いまはやめておいたほうがいい」

ミミズクが遠くで鳴いた。

「でも、待つのは……もう限界よ、ジェイムズ。わたしはもう、このことしか考えられないの。あなたの感触を確かめたいの」

ジェイムズは目を閉じ、一瞬、動きを止めた。「きみにそんなことを言われたら、紳士でいるのがつらくなる」

ジェイムズは自制心を失うまいと必死に闘っていた。なぜかはわからないが、そうしなければならないと思っているのにできないのだという事実が、いっそうソフィアを燃え立たせた。彼女は唇を開いてふたたび口づけた。彼に対して自分が持っているらしい力――彼を限界にまで押しやることができたこと――に、罪悪感を覚えながらも喜びを感じていた。

ジェイムズも激しく反応し、大きな両手でソフィアの頭を抱え、彼女の口に舌を差し入れた。「もう戻らないと」彼女の頬にささやき、首筋に沿って口づけていく。

ソフィアは頭を横に倒した。「まだいやよ。お願い」

「ぼくにお願いなどしないでくれ、いとしいひと。頭がおかしくなってしまいそうだ」

「一度でだめなら、何度でも。お願い、ジェイムズ、お願い……」

首筋で彼が微笑み、それから耳たぶをついばむのが感じられた。「きみには慈悲というものがないのか？」

「わからないわ。ただいまは、このすてきな暗闇のなかで、あなたの手を感じていることしか考えられないの。こんなことはなにもかも初めてよ、ジェイムズ。こんなふうに感じたことはないの。わたしたちのあいだで、すべてがあっというまに起きた気がするのに、時間が経つのは遅くてもどかしい。いますぐにあなたと結婚したい。すぐにでも。あなたの妻になりたいの」

ジェイムズは彼女の首筋から唇を放し、屋敷を見上げた。シュトラウスの『皇帝円舞曲』が舞踏室で演奏されている。オーケストラの音がかすかに、けれどもはっきりと聞こえてくる。「もうだいぶ時間が経ってしまった」

彼の言うとおりだとソフィアにもわかっていたけれど、彼からほんの少しでも離れる気にはなれなかった。

「そうね」とソフィア。「戻らなくてはいけないのよね、でも戻りたくない」

「ぼくもだ。だが、こんなのは拷問だ。きみのような女性はいない、ソフィア」

ほめ言葉にソフィアは微笑み、彼から一歩下がって手袋を拾い、ドレスを直した。

「それならしかたがないわ。あなたがそんなふうにおっしゃるのなら」

「やっと慈悲がもらえた」

ジェイムズは木を離れてネクタイを直し、優雅に腕を差し出した。ふたりはゆっくりとした足取りで舞踏室に戻っていった。


ジェイムズは未来の花嫁と踊り、ともに笑い、堂々と仲睦まじい様子を見せたが、自分はその夜、とうとう自制心を働かせるむなしい努力を放棄したのだと悟って、激しく動揺していた。外の暗闇で、彼はソフィアにのめりこんだ。熱く濡れた口の感覚にわれを忘れ、ひたむきに探ってくるあの手の動きに激しく反応してしまった。

いまソフィアは彼の隣に立ち、一緒にいる紳士と話をしている。ああ、あの手に触れたい——手袋をはぎ取り、ほっそりとした指を一本ずつ口に含み、いつまでも吸っていたい。さながら堰《せき》を切って激流があふれ出したかのようだった。婚約者への飽くことを知らない狂おしいほどの欲望に、ジェイムズはすっかり翻弄されていた。

シャンパンがないかとあたりを見まわし、通りかかった従僕の盆からグラスをひとつ取った。

これは、まるで予想外の事態だ。ジェイムズは周囲の会話を聞いているふりをして丁重にうなずきながら、最初のひと口を飲んだ。この結婚は、取引のひとつのつもりだった。利害が一致した取引にすぎなかったのに。

もしかしたら、たんなる禁断の果実の魅力とか、度重なる体のうずきを延々と抑えつけてきた緊張が原因なのかもしれない。新婚初夜と新婚旅行《ハネムーン》にソフィアを抱けば、この追い立てられるような感じもやわらいでなくなるだろうと、ジェイムズは自分に言い聞かせた。だが、とりあえずはどうすればいいのだろう。彼はソフィアがほしい。それはどうしようもないし、彼女のほうも彼を求めている。幸い、ふたりはもうすぐ互いを手に入れる。結婚式は近いのだから、最終的にはこの燃えさかる巨大な炎を消すことができるだろう。そしてソフィアも、好奇心を満足させる。ハネムーンでは、互いに相手を喜ばせることになるだろう。イタリアを旅して、夢のようなふたりきりの数週間を過ごす。おそらく、そのあいだはなにも抑えこまないほうがいいのかもしれない。この積もり積もった欲望は、解放したほうがいいのだろう。永遠と思えるほど長いあいだ、自分の情熱を押し殺してきたのだから。

ハネムーンを終えたら、ふたりはイングランドに戻り、北に向かい彼の領地に入ることになっている。そこには彼の母親がいて、現実の生活が待ち受けている。もしもそのときにまだ情熱が残っていたら、それは小さく抑えこみ、美しい公爵夫人をかたわらに置いてもっと穏やかな生活を送ることにしよう。跡取りをひとりかふたりか、三人くらいもうけて。

いくらか肩の力が抜けるのを感じたジェイムズは、シャンパンの残りを飲み干した。

〝こんな状態もそのうち終わる〟ジェイムズはそう自分に言い聞かせた。

こんなおかしな状態は——どんなに楽しいものであろうと——皆のためにはずっと続かないほうがいいのだ。

11

八月が近づき、ロンドンからはひとが少なくなった。貴族の紳士淑女や称号のある身分のひとびとは、田園地帯の領地へと移った。八月のロンドンの街で歩いているのを見られるよりは、下着姿を見られるほうがましだということを、皆が知っているからだ。

しかしもちろん、結婚式の予定があり、それがウェントワース公爵ともなれば、話はべつだった。いや、公爵なら誰でも同じことなのだが。そういう場合は自分の決めたとおりにすればいいし、なんでも好きなことができる――もちろん、下着姿で街を歩くというようなことであっても。

八月が過ぎ、結婚式の日がやってきて、まさにその朝、ニューヨークから小包が届いた――なんとミセス・アスター――ニューヨーク社交界を支配し、以前はウィルソン家の存在を否定していた女性――からの結婚祝いだった。その彼女から、イングランドのもっとも新しい公爵夫人に極上の真珠のネックレスが贈られ、ソフィアの母親はこれ以上ないほど喜んで泣きながら包みを破り、くるんだ紙を取った。「これで」大きくしゃくりあげる。「クララとアデルの将来も約束されたわね」

さらにほどなくして、バッキンガム宮殿からも贈り物が届いた――立派な金ぴかの置き時計――そして母親は、また泣いた。

花嫁を教会まで送る馬車を引くのに雇われた馬たちは、由緒ある伝統に則り、灰色でそろえられていた。沿道は、名高いアメリカの令嬢をひと目見ようという熱狂的な観衆で埋め尽くされていた。制服姿の警官に押し返されながらも、群衆は歓声を上げて手を振り、花を投げる。ソフィアは結婚式のために来ている父親の手を握りしめ、屋根のない馬車に乗りこんだ。その前には、花嫁の付添人であるクララ、アデル、リリーを乗せた馬車が控えている。ソフィアは手袋をはめたもう片方の手を上げ、押し合いへし合いしている群衆に向かって、頼りなげに手を振った。

馬車はハノーバー・スクエアにある聖ジョージ教会に到着し、ソフィアは胸を震わせながら馬車を降りた。そして、付添人のあとに続いて教会の扉へと向かった。パイプオルガンが鳴り響くのが聞こえ、なかで着席した参列者が見えた。百人以上ものひとが、大西洋の両側から集まっていた。

白のサテンのドレスにピンクのサッシュという装いの付添人たちが、メンデルスゾーンの曲に合わせて長い通路に足を踏み出し、とうとうソフィアも祭壇に到着した。朗々とした低い声の主教が尋ねる。「この男にめあわすために、この女をわたす者はたれか」

ソフィアの父親が、アメリカ訛りのよく響く声で答える。「わたくしです」すると主教がソフィアの手を取り、ジェイムズの手に重ねた。顔を上げたソフィアは、夢に描いていた理想の男性を目にした。ハンサムで、たくましく、知的で、彼女に心を奪われていると公言してくれる男性。

ジェイムズが励ますように微笑む——緑の瞳はあたたかく、誠実さにあふれ——周囲の熱狂はソフィアのなかへ溶けていった。

あとにはもう彼女と、彼女の優雅な花婿だけが、ここで不滅の愛を誓おうとしていた。

神よ。ぼくは父のようにはなりたくない。

ジェイムズとソフィアは誓いの言葉を述べ、祝福を受けるために赤いベルベットのクッションにひざをついた。主教が祈りの言葉を述べる。

ふたりの新しい生活が、その新鮮みを失ったらどうなる？　ふいにそんな考えがジェイムズの頭をよぎり、これまで感じたこともないようなパニックに襲われた。お互い、期待はずれなことが起きてしまったら？　もしもソフィアが、何十年も前に祖母がしたように、愛人をつくったら？　祖父は嫉妬と憤激に駆られてしまったが、自分はそうならないよう押しとどめることができるだろうか？

「神の合わせたまえる者は、ひとこれを離すべからず」

ジェイムズとソフィアはクッションから立ち上がった。彼が花嫁の表情をうかがうと、まばゆいばかりの輝きが目にあふれていた。彼女は公爵夫人になるために生まれてきた。それは疑う余地がない。回廊に彼女の肖像画を飾っても、違和感を感じる者は誰もいないだろう。なんといっても、彼女は貴族の生活を追い求めてロンドンまでやってきたのだ。

彼の腹部に、さらに深く緊張感が走った。できればソフィアには、新婚旅行で妊娠してほしい。まず最初の義務を果たすのは、早いほうがいい。そうすれば、そのあとは公爵と公爵夫人として、それぞれの役割に落ち着くことができる。彼女は自分だけにあてがわれた部屋で、自分のための居場所をつくる――これまでの公爵夫人がすべてそうしてきたように――そして彼は、いままでどおりの生活を続ける。毎日の晩餐の時間は、楽しい会話の時間になるだろう。その日一日やったことを彼女から聞き、こちらも話す。

ジェイムズは彼女の細い指に指輪をはめ、なにもかもうまくいく――自制心を失うこともない――と自分を励ました。

ジェイムズとソフィアは馬車へと急いだ。これからふたりは、ロンドンにあるジェイムズの私邸に向かい、内輪で祝いの朝食会をすることになっていた。しかしまずは、群衆が大きな歓声を上げているロンドンの街を走って顔見せのパレードだ。

ソフィアは自分の側の沿道にいる群衆に手を振り、ジェイムズも自分の側で同じことをした。初めて夫と妻としてふたりになれたのに、それぞれの側で他人に手を振るのに忙しく、互いの顔さえ見られない。ソフィアはしばらくの辛抱よと自分に言い聞かせた。少ししたら生活も落ち着くはずだから。

ふたりが教会のなかにいたあいだに風が強くなり、あたたかいけれどもヴェールに強い風が吹きつけ、ギリシャふうに結い上げた髪が崩れそうになった。ソフィアは片手でヴェールを押さえ、ジェイムズがそれに気づいた。やっと、彼が彼女のほうを向いた。

「きれいだ」とジェイムズ。

ソフィアはうれしそうに彼の瞳を見つめた。「ありがとう、ジェイムズ」

「公爵夫人になったのだね」

ソフィアが微笑む。「変ね、ちっとも変わらないように思うけれど」

「そのうち思うだろう。ウェントワースに着いたら。ここでの生活とは様変わりするだろうから」

それがどういうことなのかソフィアにはよくわからなかったが、ひとつのことだけは、はっきりしていた。ふたりは夫と妻であり、ベッドをともにするということ。愛を交わすということ。

期待がさざ波のように背筋を駆けのぼってきた――こわくもあり、わくわくもするけれど。あの温室でのかけがえのない夜を思い出し、ソフィアは今度ふたりが寝室でふたりきりになったときにはじゃまは入らないのだと思い、胸を躍らせた。ふたりでどんな欲望を燃やそうと、誰にもじゃまされずに探求できる。

結婚のそういった方面については、ソフィアはあまりにも知識を持っていなかった――夜のベッドでどういうことが起きるのか。でもこれから先、輝かしい時間がいくらでも彼女を待っているはず……。

「朝いちばんで新婚旅行に出発するの？」ソフィアが訊いた。

においを嗅ぎつけるオオカミのように、ジェイムズはそれがどういう意味なのか理解したようだった。そして微笑んだ。「早くローマを見たいかな？　それとも、楽しみなのは妻になることなのかな、いとしいひと？」

ソフィアは大胆に視線を受けとめた。熱っぽく勇ましく、輝く瞳で。こうしてふたり、屋根のない馬車に乗り、公衆に姿をさらしてロンドンの街をパレードしているというのに、ソフィアは彼に触れたくてたまらなくなった。

前にいる御者をちらりと見上げる。灰色の馬たちを操る彼は、目の前で起こっていることしか目に入っていないようだ。

いま、ふたりは広い大通りにいた。手を振るひとびとからは、だいぶ距離がある。ソフィアは夫への愛情がいっきにあふれ、いてもたってもいられなくなった。心臓が激しいリズムを打つ。彼のまなざしにのみこまれているような気がして、隣にいる男性に近づきたいということしか考えられなかった。

突然、自分のいる世界がおとぎ話の世界のように思えた――壮麗な、魔法に満ちた世界。その魔法がソフィアのドレスを通して染みこみ、肌を焦がすように熱くさせた。今日という日は想像以上にすばらしい一日だった。ソフィアはありったけの心をこめて、輝かしい結婚生活に飛びこんでいきたい気持ちになった。

真紅の革張りの座席に手をすべらせ、すぐそばにあるジェイムズの引き締まった太ももにたどりついた。そのあいだ、ソフィアはずっと笑みを浮かべ、自分の側の観衆に手を振っていた。

「いますぐに、新婚旅行を始められそうだな」ジェイムズがやはり観衆に手を振りながら言った。「明日、ローマに出発するまでもなく」

「キスでもしたら、皆に話題を提供してあげられるかも」とソフィア。

ジェイムズはけだるい笑みを浮かべて彼女のほうに身をかがめた。「少し刺激が強いかもしれないが、ぼくは大賛成だ」

すぐそばに彼が近づき、ソフィアの胸は震えた。彼のすべてがほしい。唇だけでなく。ためらいがちな、かわいらしい口づけではなかった――激しく深い、濃厚な口づけ。彼の唇が触れたとたん、ソフィアの血がたぎった。群衆の歓声がひときわ大きくなり、そして消えたように思えた。ソフィアは彼の太ももに手をすべらせ、さらには脚のあいだまで下ろして、彼のズボンに当たっているものをそっと感じた。

「誰かに見えてしまっているかしら?」ジェイムズの唇にささやきかける。

彼はソフィアの頭を手で抱えた。「もし見えても、見間違いだと思うさ」さらに口づけを激しくし、ソフィアは硬くなった昂ぶりを撫でた。

「いけない公爵夫人だね」ジェイムズは言ったが、喜んでいるような声音と欲望のたぎる瞳が、ソフィアにはうれしかった。「だが気をつけておかないと、いまにも仰向けに倒れることになる。走る馬車の上できみの両脚が高く上がっている挿絵が〈ニューヨーク・タイムズ〉の一面に載ったりしたら、きみの母上は困るのではないかな」

ソフィアは声を上げて笑い、観衆のほうに向き直った。暗くなるのが待ち遠しかった。

「あなたとふたりきりで過ごせる日が待ち遠しいわ、ジェイムズ、お互いをもっとよく知ることのできる日が」

「ぼくのことがわかっていないような気がするのか？」ジェイムズも逆の方向を向く。

「だって、まだ一緒に過ごした時間がほんの少ししかないから、それに見合うだけのことしかわかっていないわ」

「大変もっともな、いいことを言う」長いこと黙っていたあと、ジェイムズがやっと口を開いたときには、浮ついた口調ではなくなっていた。ソフィアはどうしたのかしらと彼を見つめた。

「自然なことなのだろうな」ジェイムズが言う。「年月が経つにつれて、だんだんと……なじんでゆくのは」

「なじむ？」なにかが体の奥でこわばるのをソフィアは感じた。いまジェイムズは、気持ちが冷めたの？　さっきまでは熱く燃えていたのに、いまは彼女のほうを見ようとしない。なにかがおかしい。

ソフィアはもう少し彼の様子を見ていたが、すぐにばかな考えを振り払った。結婚式の日だから神経質になっているだけ。ありもしないことを感じるのよ。彼は気持ちが冷めたわけじゃない。ただからかっただけだわ。

ソフィアは笑って、愉快そうな声で言った。「ジェイムズ、あなたってときどき、すごくイングランドのひとだと思うわ。だからこそ、あなたを愛しているの」

ジェイムズはまた振り向いたが、そのときソフィアはまた沿道のほうを向いてロンドン市民に手を振っていた。彼女の言葉がジェイムズの頭のなかでこだまする。

〝だからこそ、あなたを愛している……愛している？〟

突然、感覚がなくなったような気がして、ジェイムズは妻を呆然と眺めた。なんということだ、彼女はぼくの妻ではないのか？　妻なのに、ぼくが代々受け継いできたものを軽くあしらい、平凡なものであるかのように愛という言葉をふりかざす。

いままで誰も、彼にそんな言葉を使ったことはなかった。いったいこれは、彼女がアメリカ人だからなのか――軽々しく、これほど屈託なくあっさりと愛という言葉を口にするのは？

「あなたのお母様はいらしているの？」ソフィアが彼のほうを見ずに言った。「わたし、緊張しすぎて、最前列にどなたがいらっしゃるのか見ることができなかったの」

ジェイムズは頭を働かせて言いわけを探した。「母はまだ具合がよくなくてね。もちろん、出席できなくて残念だと言っていて、ウェントワースで首を長くして待っている」

「早くお会いしたいわ。お母様はお気になさっていないかしら？　ご自分のお役目と責任をわたしに引き渡すことや、ご自分のお部屋を空けなければならないことを？」

「どうしてそんなことを訊く？　母に会うのに緊張しているわけではないのだろう？」

「いえ……ただ、結婚する前に相手のご家族にお会いしておくものとばかり思っていたから。でも実際のところ、今日はあなたのごきょうだいだけと顔合わせするのよね」

「リリーには会ったじゃないか」

「ええ、彼女のことは大好きよ」

ジェイムズは彼女の手を取った。「それなら、心配ない。きみは新たなウェントワース公爵夫人であり、母も自分の役目を心得ている——自分は脇にまわることも。そのことについては、なにも問題ない。大丈夫、母も分はわきまえている」

ソフィアはジェイムズの目を真正面から見据えた。「お願い、言わせてちょうだい、ジェイムズ。わたしは分をわきまえてほしいなんて思っていないの。ただ、お母様自身がなおざりにされたとか、もうお役ご免であるかのように感じられやしないか、心配しているの。もちろん、そんなことはないもの。わたしはきっと、なんでもお母様を頼りにすると思うわ。お手本を示していただいて。実の母と同じように、喜びも悲しみも一緒に感じて。

仲良くしていただきたいの、ジェイムズ。実の娘のように愛していただきたいの」

まただ――愛という言葉が、いとも簡単に使われた。ふたりだけで馬車に乗っているときはまだいいが、ジェイムズはソフィアが義理の母の前ではもう少し控えめであってくれたらと思った。彼女のそんな思いなど、母はどう受け止めたらよいかわからないだろう。とくに、新しい義理の娘をどう思っているかを考えれば。

もしソフィアがあの母に受け入れられたいと思うのなら、もう少し……イングランド的な振る舞いを学ばなければならないだろう。

「今日はぼくらのことだけを考えよう、ソフィア。これからの心配はしないで。すべてうまくいくさ」

「本当にごめんなさい、ジェイムズ。この数週間であまりにもたくさんの変化があったから。少し圧倒されているのだと思うわ」

「どんな花嫁でも、結婚式当日はそうなるものだ。しかも他人が押し寄せて歓声を上げたり、大声で名前を呼ばれたりすれば」ふたりは同時に、同じ方向へ手を振った。「心配はいらない、いとしいひと。今夜はふたりきりだ。ぼくらだけのやりかたでお祝いしよう」

ジェイムズは人さし指でソフィアの頬を撫で、そして一度キスをしただけで、〈ウェントワース邸〉に到着する前に、なんとか彼女の不安を溶かすことができたのがわかった。

午後遅く、ソフィアはジェイムズの弟のマーティン――十六歳のハンサムな若者――と少し楽しく話をしたあと、父に腕を取られて長椅子に座った。白髪交じりのふさふさとしたもみあげと口ひげと、ぼさぼさの髪の毛をいとおしく見つめる。婚礼用の装いの父は、とても立派に見えた。

「かわいいおまえ」父はよく響く声と南部らしいゆったりとしたしゃべりかたで言った。「少しもおまえとふたりきりになれず、こんなにも美しい花嫁なのにきちんとお祝いが言えていなかったな。どんなにおまえが誇らしいか、わかるかな」

ソフィアは父の広い肩に抱きつき、ぎゅっと抱きしめた。「とても寂しくなりますわ」

「こらこら、そんなことを言うものではないよ。蒸気船に乗ればすぐに会えるところにいるんだ。妹たちもしょっちゅう手紙を書くだろうし。今日、あれほどの美々しい式典を見たとあっては、あの子たちも一年か二年経ったら戻ってきて、イングランド人の夫を罠にかけたいと言うだろうね」

ソフィアは自分の鼻をつまんでつねった。「まあ、お父様、わたしは誰も罠にかけてなどいません。ジェイムズとわたしは愛し合っているのだから」

父親の声がさらに真剣になった。「おまえが彼を愛しているのはわかっているよ。おまえの目を見ればわかる。だが、よく覚えておき、ここはまったく違う世界だ、ソフィア。もしもわたしに迎えに来てほしくなったら……お母さんは気に入らないと思うが――」

「大丈夫よ、お父様」ソフィアは会話の雲行きが怪しくなって落ち着かなくなった。「ご心配なく。地球上でいちばん幸せな女性になるわ」

父親はもう一度、娘を抱きしめた。「ああ、まったく若い娘ときたら。どうしようもないロマンティストだな」彼は腕をゆるめ、娘の手を取った。「今日はおまえの結婚式だということはわかっているが、結婚の取り決めのことは話しておかねばなるまい。おまえの立場がどういうものか、わたしの手元を離れてウェントワース公爵夫人として世間に知られるようになる前に、知っておいてほしいんだ」

「ええ、もちろん」そう答えるソフィアの笑みが、ゆっくりと消えてゆく。

「持参金の額は、百万ポンドで決着した。五十万ポンドは即金で、残りは最初の二年間で分割払いだが、二十万ポンド分はわたしの鉄道株を譲渡することで合意した。それから、取り決めを結んだ時点での領地の借金も、全額支払うことを承知した。そうしなければ、おまえの持参金の半分は、おまえがウェントワースに到着しないうちに消えることになるからだ」

ソフィアは口をきつく閉じた。激しい吐き気が、川の濁流のように胃に押し寄せてきたから。「取り決めの額がそれほど大きかったとは知りませんでした」

それに、ジェイムズの領地がそれほど困窮していたということも。

娘の表情がどこか変わったのを、父親は感じ取ったようだった。説明じみた言葉を、つらつらと口にし始めた。「もちろん、ジェイムズは交渉の場にはいなかったし、わたしもいなかった。双方の弁護士が話し合って決めたことだ。ああいう連中がどれほど情け容赦のない行動に出るか、おまえも知っているだろう」

ソフィアはうなずいたが、内心では身を切られるような絶望感に襲われていた。まるで、おとぎ話の結婚が巨大な編み棒でつつかれて泡と消えるかのような絶望感に。

「それから」父親は娘の手の甲を撫でた。「おまえ名義の銀行口座も用意して、年に五万ポンドの金額を四半期ごとに引き出せるようにしておいた」

「お父様、そんなことは必要ないのに」

「まあまあ、おまえのためでなくとも、そうしてくれるとわたしが安心できるんだよ。かわいい娘がなに不自由なく暮らせるようにしておきたいんだ。こちらでは事情が変わるのだから。イングランドの法律によれば、女性は結婚すると、自分の財産を自由にできなくなる。持参金は夫の財産に吸収されて、妻はこづかいはもらえるが、その額は夫の胸ひとつだ。おまえがなにかを買いたいと思うたびに、ジェイムズに頼まなくてもよいようにしたかった。〝それがアメリカでのやりかただから、それを承知してくれなければこの話はなかったことにしてもらう〟と言ったら、当然、ロンドンの弁護士は承諾したよ」そう言ってから父はなにか思いつき、言い添えた。「もちろん、ジェイムズもおまえと結婚できなくなるようなことはさせなかっただろうしね」

ソフィアはのどが詰まったような苦しい感じをのみこみ、もう一度、父を抱きしめた。「ありがとう、お父様、わたしのためにいろいろと。本当にうれしいわ」父の広い胸に頬を寄せ、ひと粒だけ流れ落ちた涙を見られるまいとして、きつく目を閉じた。

「おめでとうございます、公爵夫人」ドイツの独奏者が演奏を終えると、ウィトビー卿がソフィアの隣に現れた。「あなたはロンドン史上、最高にまばゆい花嫁だったと思いますよ」彼はシャンパングラスを掲げて乾杯し、ひと口飲んだ。

「ありがとうございます、ウィトビー卿」

「ウィトビー卿！　どうかエドワードと呼んでください」

ソフィアは微笑んだ。「では、エドワード。今日は楽しんでくださっていますかしら」

「おおいに楽しんでいますよ。ぼくも大人ですから、あなたの夫がうらやましいと正直に言いましょう――まったく幸運なやつだ」ウィトビーはグラスの縁越しに部屋を見まわし、ジェイムズの姿を探した。「条件のいいやつが勝つのは当たり前です。なんと言っても、あいつは公爵だ。人となりを見られたというふうには、あまり考えないようにします」

そんなことを言われて、ソフィアは本当は指摘したかった――人となりで決めたのだと。だって、ほかには考えようがないのだから――けれどももちろん、ソフィアは黙っておいた。

「明日はローマへ発たれるのですね」ウィトビー卿が言い、ソフィアは話題が変わってほっとした。

「はい、あちらで二週間過ごして、それからヨークシャーへ戻ります」

「まだヨークシャーへ行かれたことはないのですか？」

「ええ、でも、お城や田園地帯を拝見するのを楽しみにしております。北のほうはすてきなのですってね」

「ええ、あちらにはそれなりの〝古めかしさ〟があります。霧が多いし、湿気も多いので、あたたかなマントをお持ちになっていればいいのですが」またひと口シャンパンを飲む。

「持っていますわ、エドワード。ありがとうございます」ソフィアもシャンパンを口にし、離れたところで彼女の知らない男性と話をしているジェイムズを見つめた。〝お願い、助けにきて〟と、心で叫ぶ。

「どうやらぼくは、男の心を傷つけた女性を妻にしたようだ」いささか冗談ぽくジェイムズは言った。

ソフィアは申しわけなさそうに微笑んだ。「エドワードが、わたしとは相性がよかったかもしれないなんて幻想を抱いていないといいのだけれど」

「きみを相手に幻想を抱かない男などいないだろう」

ソフィアは、奇妙な感覚がおなかやその下のあたりで渦巻くのを感じた。大人の女性としてこうして成熟するまでに、どうして欲望のせいでまともに頭が働かなくなることがあるなんてことも知らずに来たのだろう？　これほどの熱い思いに体が震え、肉体の感覚しかなくなり、ほかのことはどうでもよくなるなんて？　もしもこれほどしっかりとした頭が首に乗っていなかったら、ソフィアはこの場で、皆の目の前で、夫に接吻していたことだろう。しかも、熱く激しく。

ソフィアは夫の目にじっと見入った。「あなたほど魅力的でハンサムな男性には会ったことがないわ」

「ぼくも、きみほど魅力的な女性には会ったことがない。つまり、ぼくらはぴったりの組み合わせということだ」

「そうね、ジェイムズ」

ソフィアはもうひと口、うっとりと酔わせてくれるシャンパンを飲み、近づいてくる夜にどんなことが起こるのか、胸の高まりをおさえきれなかった。

12

ジェイムズは従者を早めに下がらせ、婚礼衣装を着たまま枝付きの燭台を取り、自室を出た。この瞬間を、一日じゅう待っていた――いや正直なところ、社交シーズンのあいだずっと待っていた――そしてもう、はやる気持ちを抑えられなくなっていた。

もう充分に待った。ようやく、積極的な花嫁を楽しく味わう時間がやってきた。

ロンドンの屋敷の薄暗い廊下を進んでゆく。これから先の数時間に起こることを考えて、すでに震えるほどの昂ぶりを感じていた。しかし、そういう考えは、少なくとも彼女の部屋に入るまで、もっと言えばベッドに入るまでは抑えておくのがいちばんだ。

ジェイムズは妻の寝室にたどりつき、ノックした。彼女が服を脱いでベッドに落ち着くだけの時間があったのであればいいのだが。もちろん、新しい小間使いのミルドレッドは手を尽くして主人の世話を務めたに違いない。

「どうぞ」なかから声が聞こえた。

ジェイムズはドアを開け、戸口をまたいだ。ソフィアは白の化粧着姿だった。天蓋付きの大きなベッドに、脚を足首のところで組んだ恰好で上掛けの上に座っていた。明らかに彼を待つ風情で。

ジェイムズは小さな素足を見つめ、妻の顔に浮かぶ色っぽい笑みを見て、自分の考えがひとつは正しかったと喜んだ。妻は自分の役目を熱心に果たそうとしている――少なくともこのひとつ――跡取りを産むという役目は。彼の選択は間違っていなかった。結婚におけるこういう側面――ふたりが役目を果たすために生まれる肉体的な快楽――だけは、ジェイムズも長年にわたって楽しんでもいいだろうと考えていたのだ。

彼は静かに部屋のなかほどまで進み、鏡台の上に燭台を置いた。

「とても長い一日だったから、疲れすぎていないだろうか」

ソフィアはすぐに首を振って否定し、ジェイムズはゆっくりと大きなベッドに近づき、首の巻き布を左右に引っ張ってゆるめた。

「そうか、それなら」笑みを浮かべてジェイムズが言う。「このふたりだけの時間を使って、もっと親密なやりかたで互いをよく知ろうじゃないか」

「そうね、ジェイムズ。なによりもそうしたいわ」

彼は肩を揺すって白のベストを脱ぎ、シャツのボタンをはずし始めた。「ミルドレッドには会ったかな？」花嫁の心を軽くするには、なにげない会話をするのがいいかもしれないと彼は思った。

「ええ、でも下がってもらったの。悪いことをしたのでなければいいのだけれど」

ジェイムズはいちばん下の最後のボタンで手を止めた。「下がってもらった？　どういうことだ？」

「湯浴みをさせると言うのよ、ジェイムズ」さもおかしなことだとでも言うように、ソフィアは言った。

「してもらいたくなかったのか？」

「ええ。子どものころから、誰にも湯浴みなんてしてもらったことがないもの」

ジェイムズはシャツを脱ぎ、ベッドに上がってソフィアと並んだ。「だが公爵夫人というのは、いつでも小間使いに湯浴みしてもらうものだよ」

「ミルドレッドもそう言ったわ」ソフィアは長いまつげを伏せて、ひざの上に置いた手を見つめた。結婚指輪をまさぐり、薬指の上でくるくるまわしている。

ジェイムズは彼女の手を自分の手で覆った。「そのうち、いろいろなことに慣れるよ」

彼に触れられて、ソフィアは気持ちがやわらいだようだった。「そうね。あなたがいてくれてよかった」

「ぼくもだ。ろうそくを消したほうがいいかな?」

ソフィアはいたずらっぽい笑みを見せた。「いいえ、つけたままのほうがいいわ。今夜はあなたの顔を見ていたいの」

そう言われたものの、彼女が見たいものは顔だけではないのだと、ジェイムズにははっきりとわかった。

その言葉に、彼の心は揺さぶられた。それはおそらく彼女が妻であり、妻ならではの期待を持っているからだ――これまでベッドをともにした、体だけの相手にはなかったものが。

突然、ジェイムズは、胸にずしりと重圧がのしかかるのを感じた。この結婚についてくる――いや、ついてこなくてはならない――心の関係に目をつぶって見ないふりをするのは、簡単なことではないだろう。

「それなら、ひと晩じゅうつけておこう」結局、そう言わずにはいられなかった。女性を喜ばせることにかけて経験豊富な彼は、自分の不安よりも妻を喜ばせたいという思いのほうが強かった。

ジェイムズは身をかがめて唇を重ね、ソフィアのふっくらとした唇を開かせた。彼女の口のなかは天国のようで、甘い舌が誘うように絡みついてきた。求愛と求婚のときもそうだったが、ジェイムズはまたしても自分ではどうしようもない波にのまれてわれを忘れ、自分の目的を忘れ、その波に連れられてゆく旅を楽しむことしかできなかった。いまはただ、このそそられる女性を——やわらかな肌の感触とうっとりさせられる香水のにおいを——純粋に楽しむことだけに、どっぷりと浸かっていた。

ソフィアが両手で彼の肩にしがみつき、せつない声を漏らした。ジェイムズは自分が早くも岩のように硬くなっていることに気づいた——まったく痛いほどに。彼はソフィアをやわらかい枕の上に寝かせ、やわらかなリネンの化粧着の上から彼女のおなかに両手をすべらせていった。彼女の口の味わいに血の流れが速くなり、熱く蜜のような欲望がどっと湧いてくる。むさぼるように唇を奪ってから、彼女のあたたかで華奢な首筋の柔肌を吸っていった。

ソフィアが少し体を下げてベッドに横たわる。「温室でのあの夜から、ずっとこの瞬間を夢に見てきたわ。あのとき初めて、情熱がどういうものか知ったの」

ああ、頭がくらくらしている。ジェイムズはいますぐにでも彼女を奪いたくなるのをこらえ、片ひじをついて、薄明かりのなかで彼女の顔を見つめた。「では、これをずっと心待ちにしていたのか？」

「ええ。どんなことでも、あなたとしたいの、ジェイムズ。どうすればあなたを喜ばせられるのか、教えて」

「それはうれしい限りだ、公爵夫人」

ソフィアは化粧着のボタンをはずし、それから上半身を起こして頭から脱いだ。うながすようにうしろにもたれたのを見て、ジェイムズはまれに見る積極的な女性を妻にしたのだとわかった。少なくとも寝室では積極的ということで、ジェイムズにとっては残念なことでもなんでもない。そう、まったく。

いまやソフィアは一糸まとわぬ姿となり、彼の顔を両手で抱えていた。そのまま夫の顔を下に導き、いま一度、激しい口づけをする。ジェイムズの激情がまた猛々しく跳ね上がり、彼は妻の上に覆い被さって腰を突き出し、あらわになった彼女の胸と、自分の脚に絡みついた長くほっそりとした脚へと手をすべらせた。

ジェイムズは彼女の胸を吸い始めた。欲望が強すぎて、危険なほど自制がきかない。飢えているかのように、彼女の硬くなった胸の先端を舐めてはもてあそび、ソフィアはうめいて彼の髪に指を絡ませた。

「すごくいいわ、ジェイムズ」ソフィアの声は息も絶え絶えで熱を帯びている。「そんなに気持ちのいいところが、どうしてわかるの？」

「ぼくにとっても、同じくらい気持ちがいいからだ」

「ああ、男と女は、こんなふうにぴったり合うように作られているのね」彼の下で、ソフィアが快感に身をくねらせる。「丸い釘と、ちょうどいい大きさの穴のように」

まさしく言い得て妙だとジェイムズは思った。

彼の手が、ソフィアの愛らしい平らな腹部へ下りてゆき、さらにその下にある割れ目とやわらかな毛に届いた。ソフィアがとっさに脚を開き、なめらかでうねるような熱をもった女性の柔肌にジェイムズの指がすべりこんだ。官能の陶酔が、彼の頭のなかで渦を巻く。ジェイムズは目を閉じて彼女に悦びを与えながら、これからの行為に準備をしていった。

「これからどうするの？」これほどの快感があるものなのかと驚いているのがうかがい知れる様子で、ソフィアは訊いた。

ジェイムズは自分の体にも欲望が押し迫ってくるのを感じながら、熱いまなざしで彼女を見つめた。「小さいことから始めて、徐々に進めていこうと思っている」

「進める？　でも、いまでも小さなこととは思えないわ。がまんできないくらいなの、ジェイムズ」

ジェイムズは艶っぽい笑みを浮かべた。「こんなものではないんだよ、約束する」

処女のひだが指のまわりでほぐれるのを感じ取り、ジェイムズの股間の奥深くでゆらめくような熱が火花を散らし始めた。彼女は濡れそぼっている。この湿り気のある熱を、欲望の芯で感じたい。ジェイムズは指を引き抜き、ズボンのボタンをはずしにかかった。

ソフィアは目を開け、横向きになった。脚のあいだが濡れそぼり、うずいている。ジェイムズが平然としているので、これがふつうのことなのだということだけはわかった。彼がゆっくりとけだるげな笑みを浮かべながら、ズボンを腰から下ろした。すさまじい昂ぶりの証を目にして、ソフィアの血管を熱が駆けめぐり、さらには全身がかっと熱くなって衝撃を受け、震えが走った。

「こわがらせてしまったかな?」ジェイムズが言い、ズボンを床に投げ出して横たわり、彼女を励まそうとした。「やはり、ろうそくは消したほうがよかっただろうか」

「いいえ」ソフィアは心にもないことを言いながら、彼の目に視線を保とうとした。でも本当は視線を下げて、こんなことがありうるなんていままで考えもしなかったものを見たい気持ちでいっぱいだった。

ジェイムズは彼女の手を取り、そっと自分のものを握らせた。そこは硬かったけれど、あたたかくて絹のようになめらかな感触だった。彼はソフィアに、どうやってさするかを教えた。さっき自分が快感に溺れたように、夫が溺れる姿を見て、ソフィアはうれしくなった。

　それからジェイムズは、ふたたび妻の太もものあいだに手をすべりこませた。ソフィアは脚を開き、息も切れ切れになって、甘美に脈打つ欲望に身を震わせた。ずっと撫でられるうち、あるところは陶然とするほどしびれて感覚がなくなり、あるところはなんとも言えぬほど敏感になっていった。そうするあいだもずっと、胸にも口づけられ、先端を舌でくすぐられ、ソフィアは味わったことのない欲望に頭がおかしくなりそうだった。

　ジェイムズが彼女の下腹部まで唇でなぞっていき、それから彼女の脚のあいだに肩で割りこんでさらに下にも口づけた。熱くなめらかな快感が集まっているところに。ソフィアはひざを曲げて彼の頭をつかみ、欲望と驚きで酔ったかのように、彼の名前をつぶやいた。

　ジェイムズは長いことそのままでソフィアに快感を与え続けていたが、やがて猫のように彼女の上に覆い被さった。

「もう長くは待てない」彼はほてった上半身を彼女と触れ合わせた。一瞬、やさしく幸福感に満ちた顔つきで彼女を見下ろす。

　ソフィアの心臓は、おそれと熱い期待の両方で早鐘を打っていた。硬くなった彼のものの先端が、濡れた彼女の秘めやかな部分に触れ、これからなかへ入ってくるつもりだとソフィアに知らせた。わたしの夫、伴侶、理想の男性が……ふたりは肉体も精神も永遠に結まさにその瞬間、ふたりの視線がぶつかり、ジェイムズはウィトビー伯爵が妻のそばにいることに気づいた。少しの迷いもなく、ジェイムズは話し相手の男性を軽くたたき、その場を離れた。まるでソフィアの胸の内を読んだかのように。

ソフィアは体が浮き立つような幸せな気持ちになった――ふたりには魂の結びつきがあると信じていたけれど、まさにそれが立証された。

ジェイムズがこちらにやってくる。あまりにも恰好よくて、ソフィアは思わず慎みも忘れ、その場で彼を二階へ引きずっていきそうになった。今夜への期待が、痛いほどに募ってくる。

「ウィトビー」ジェイムズがやってきた。「ぼくの妻を魅了して奪おうとしているのではあるまいね」

紳士ふたりは笑い声を上げたが、ソフィアはふたりのあいだに緊張が漂っているのを感じ取った。彼女がジェイムズと結婚したせいで、ふたりの友情にひびが入ったのでは？　なにしろ彼女は、ウィトビー卿に望まれていたことを知っている。彼はあの美しいバラの花を贈ってくれた……。

ぎごちない会話が数分ほど続いたあと、伯爵は丁重に場を離れ、ソフィアは混雑した披露宴会場でジェイムズとふたりになった。彼が妻のあごの下に手をかける。

ばれようとしている。彼女は夫の両肩をつかんで身がまえた。さきほど指だけでも入ってくるのがつらかったのに、彼のものとなるとどれほど大きいのか、想像がつかなかった。

「楽にして」ジェイムズが耳元でささやく。

ソフィアはうなずいた。「ええ」

ジェイムズは手を下ろして添えてあてがい、ゆっくりと腰を前に出していった。

ソフィアは数センチほど身を引き、おかげでヘッドボードに頭をぶつけた。

ジェイムズが体を引く。

ソフィアはこわごわ息をのみこんだが、彼が入るためにはじっとしていなければならないことを悟った。「ごめんなさい、つい動いてしまって。あなたがとても……大きいから」

また数センチ体を下げ、頭を枕に乗せる。

「ほめ言葉として受けとっておくよ」

「もう一度お願い、ジェイムズ。あなたをなかで感じたいわ」

ジェイムズがもう一度、口づける。ソフィアは唇を開き、熱い彼の舌を感じ、自分の熱い欲望も感じた——下で彼がじっと動かずに待っているところが、じわりと潤うのを。ああ、こんなにも強く彼を望んでいる。体が脈打っている。

「お願い、ジェイムズ……いま……」

彼がひときわやさしく腰を前に出す。ソフィアは懸命に体の力を抜くようにし、彼はさらに腰を進めて処女の入口を突き破った。

ソフィアが声を上げ、夫にしがみついた。ジェイムズが動きを止める。

「まだしっかり入っていないよ、いとしいひと」ジェイムズはまた腰を突き出し、さらに深くなかへ入った。ソフィアがまた声を上げる。

「このあとは、もう痛くない」妻の耳元でささやき、いとおしく申しわけなさそうに、妻の頬や鼻やまぶたに口づけた。「ぼくのいとしいソフィア」

ソフィアは痛みで泣きそうになり、のどが詰まったような感じがしたけれど、夢のようなすばらしい喜びとせつなさもまた、感じていた。ジェイムズにもう一度、貫いてほしかった。

ジェイムズは一度すべてを引き抜いた——少なくとも彼女にはそう思えた——が、よくわからなかった。なかに入った彼は、あまりにも大きかったから——それからまたすべりこみ、一定のリズムでそれを繰り返した。そのうち痛みはまったくなくなり、彼女は潤ってすべりがよくなり、何度も何度も彼が出入りするうちに、血がたぎるような快感に頭がぼうっとしてきた。

今度は違う叫び声を上げ、ソフィアはジェイムズにしがみついた。彼がなかで動き、引き締まった硬い体が汗で湿ってくる。る。きつく目をつむったソフィアは、まるで天にも昇る心地だった。ジェイムズが――生涯の伴侶が――彼女をそこへ連れていってくれている。ジェイムズは自分にも熱い絶頂が近づきつつあることを感じていた。それは体の芯の奥深くに集まり、理性をぼやかしつつあった。そしてついに達したときには、びりびりと体がしびれるような、あまりに豊かで新鮮なクライマックスが訪れて、まるで初めてのときのような気がした。口から低いうめき声が漏れる。妻のなかへ解き放ったとき、受けとめきれないほどの歓喜があらゆる方向からなだれこんできた。彼女はあまりにも熱く締まって、すばらしすぎる。そんな女性が自分のものになったとは。

ソフィアは夫を抱きしめた。「ああ、ジェイムズ」

ジェイムズは自分の名前がそんなにも愛らしく妻の唇から語られたのがうれしかったが、その反面、彼女が感情を自由に表すことにたじろいでしまう自分もいることに、いささか不安を感じた。

呼吸が整ってくると、ジェイムズはそっとソフィアの上からどいた。ソフィアは夫の肩に頭をあずけて横たわり、満足そうなため息をついて、彼のむき出しの胸をなでた。そうして、眠りに落ちた。

ジェイムズはじっと横たわったまま、なにも考えるまいとし、これまでのほかの夜と同じように眠ろうとしたが、あいにく今夜はほかの夜とは違っていたし、彼は眠りたくもなかった。ふたつの行動のうち、どちらかひとつをしたかった――もう一度妻と愛を交わして魂の燃えるようなすばらしい極みを体験するか、さっさと妻のベッドを離れるか。目を開けたジェイムズは、かたわらでやすらかに寝入っている妻を見て起き上がり、ズボンに手を伸ばした。

13

ジェイムズがズボンを穿き終わって椅子にかけたシャツに手を伸ばしたとき、ベッドのきしむ音がして、ソフィアが目を覚ましたのがわかった。彼はぎくりとし、まずいことになったと思った。気づかれずに、そっと出ていきたかったのに。

「どこへ行くの?」ソフィアは困惑した声で尋ねた。

ジェイムズは背中を向けたまま大きく息をし、黙って出ていくことができなくていらだつ気持ちをやわらげ、それから振り返って笑顔でソフィアと向き合った。全裸でベッドに横向きになり、片手を頬に当て、薄暗い金色の炎を受ける彼女は古代の女神のようだ。ウエストから腰と脚にかけてのなだらかな曲線と、その先にある三角形の茂みに、ジェイムズは一瞬、気を取られたものの、すぐに頭をはっきりさせた。「自分の寝室に戻るんだよ、もちろん」と説明する。

「あなたの寝室？　ここがあなたの寝室だと思っていたわ。わたしたちふたりの寝室だと」

ジェイムズは声を失い、信じられないというように彼女を見つめた。あわただしくソフィアと結婚したものだから、彼女の無邪気さを完全には理解していなかったのかもしれない。もちろん、ヨークシャーの城を切り盛りするために彼女が学ばなければならないことはたくさんあるだろうとは思っていたが、しかしこれは——夫婦にべつべつの寝室があることを知らないというのは——驚きだった。

ジェイムズはボタンをかけながら話をした。「公爵と公爵夫人には、かならずべつべつの部屋があるものだ。誰も教えてくれなかったのか？」

ソフィアはやはり困惑した顔で彼を見上げていた。彼の言葉を信じたくないというように見えた。「でも、わたしたちは夫婦なのよ。だから……」つかのま彼女は口ごもった。つまり、次に言うことを考えているかのように。「でも、ここで一緒に眠るのでしょう？　召使いたちが下がってしまったら」

「ミルドレッドとトンプソンのことを言っているのか？」

「トンプソンって……？」

「ああ、ぼくの従者だ」ソフィアは、従者の名前も知らなかったことに動揺したようだった。

「ええ、ミルドレッドとトンプソンが下がったらということよ」はっきりさせるために彼女は繰り返した。「あなたはわたしと一緒に眠るのでしょう？」彼女は起き上がり、両脚をベッドの片側へと下ろした。

ジェイムズは、彼女の優雅な身のこなしに心を奪われた。魅惑的な長い脚にも、起き上がったいまでは完璧な形に整った丸い胸にも。ピンクの先端がいまではやわらかくなっていることを、欲望が高らかに教えてくれる。あれが硬くなっていたときには、どんな味わいがしたか。あそこを舌で転がしたとき、彼女のあたたかくやわらかな体が自分の下でとろけてもだえるのを、どれだけ楽しんだことか。

妻にもう一度触れたい、彼女の思いにことごとく寄り添いたいという荒々しいまでの衝動にジェイムズはのみこまれ、じっと彼女を見つめていた。自分の慣習や考えかたに合わさせるのではなく、自分が彼女の慣習や思いに合わせてやりたくなったとでもいうように。一瞬、巷では誰もがやっている、毎晩妻と同じベッドを使うという考えが、魅力的なものに思えた。なんと興味をそそられる考えだろう。ふたりの人間が、どれほど互いにくつろげる存在になるのか。取り繕うことも、秘密もなく——親密な絆だけが年を追うごとに深まり、相手の愛情をふたりがともに確信できるようになってゆく――。

ジェイムズは妻から無理やり目を引きはがし、シャツの最後のボタンをはめた。突然、自分の属する階級の慣習に感謝したくなった――夫婦べつべつの寝室を持つという習わしに。こういった親密な関係にそうしょっちゅう応じることができるかどうか、自分にはわからない。おそらく父が破滅したのも、愛する者に近づきすぎて遠慮がなくなったためではないのかと、好奇心がうずいた。

「もちろん、きみに会いには来る」ソフィアの質問に、そう答えた。

「会いに来る？　では、毎晩こんなふうに部屋を出ていくということなの？」

それには答えなかった。なぜなら、毎晩やってくるかどうかさえ、ジェイムズにはわからなかったから。跡継ぎはもうけたいが、妻の虜にはなりたくない。しかし毎晩のように愛を交わせば、間違いなく彼女の虜になってしまう。ジェイムズはベストを取って、身に着けた。

ソフィアが立ち上がった。絨毯の上を音も立てず、裸足で夫に近寄る。気づいたときには彼女が一糸まとわぬ姿で彼の目の前に立ち、香水の香りを漂わせていた。豊かで波打った髪が肩にかかり、胸まで覆っている。トルコ石のような色の瞳は心配そうに大きく見開かれ、不安がにじみ出ていた。彼女は夫のベストをつかんでボタンをはめられないようにし、引っ張って夫を一歩前に寄らせた。

「結婚式の夜なのよ、ジェイムズ。もう少しいられないの?」声が少し震えている。彼女はつま先立ちになって、唇を触れ合わせた。

ちらちらするろうそくの明かりのなかで唇を重ねるうち、ジェイムズのなかで心ならずもまた昂ぶりが小刻みに始まった。彼女が言ったことに――なんと言ったか思い出せなかったが――返事をしようと、消耗した頭で言葉を探り、ありがたいことになんとか唇を離すこともできた。

「ああ、そうだね――結婚式の夜だ。だから、きみは痛いのではないかと思って」

「痛くてもかまわないわ」ソフィアは言った。ひとりになるのがこわいのだろうか?

「ついさっきは痛みも気にならなかったし。それどころか、最後のほうは、とてもいい気持ちだったわ」

その言葉は、公爵夫人としてはなかなか衝撃的なものだった――少なくとも、ジェイムズが結婚する相手として想像していた公爵夫人としては――その衝撃が、彼の抑制力をたたき壊した。体の奥深くから官能の嵐が吹き荒れ、思わずジェイムズは目の前のすばらしい裸の女性をかき抱き、唇を奪っていた――彼女には、彼の知るほとんどの貴族の女性のように、性的な振る舞いを控えようとする気持ちはない。彼の血管が脈打ち、血がたぎる。

ジェイムズは彼女の美しい尻を両手でつかんだ。あたたかく、肉感的な触り心地だ。ソフィアは悦びの声をもらし、夫のうなじの毛に指を絡ませた。次に気づいたときには、ジェイムズは妻をやわらかなマットレスに押し倒し、自分も覆い被さって、その夜二回目となる、ズボンの前を開きつつあった。

「本当にいいのか？」そう訊きながら、ジェイムズは手を彼女の下腹部から湿った欲望の芯へと這わせていった。

「ええ、あなたがいてくださるのなら……」

そのときジェイムズは、これは一種の取引なのだと気づいたが、自分の妻は交渉術に非常に長けているようだ。彼としては、もう引き返したくてもいまさら引き返せない。「もちろん、いるさ」そう答え、彼女のなめらかなあごを吸った。

下になったソフィアの体をぴたりと重なるように動かしたジェイムズは、妻の脚が開いて、長くうっとりするような脚が腰に巻きついた瞬間、なかに入っていた。

熱く締めつける妻の肉体に彼は息が止まり、快感が理性を押さえこんだ。そのままあますところなく存分に妻を味わい楽しむうち、やがて迫りくる快感が白熱の洪水のごとくあふれた。

息をのむような妻の絶頂に負けず劣らず、ジェイムズは力強く解き放たれ、ぼうっとした不思議な状態で妻をきつく抱きしめた。長いあいだ、彼は自分の過去も現在も考えられずにいた。まるで自分が誰だか忘れてしまったかのように。彼としては、ただのアメリカの商人や貧しい鍛冶屋が妻とベッドにいるような、そんな感じだった。

ジェイムズは頭を上げ、長いまつげに彩られた青い瞳の奥を覗きこんだ。「きみは本当に、ここはふたりの寝室だと思っていたのか？」彼は突然、その考えがチャーミングで愛らしく、いとおしいものだということに気がついた。

ソフィアが笑顔で彼を見上げる。「ええ。それに、本当にふたりのものですもの」

一瞬、息をのんでジェイムズは妻を見つめ、もし戒めを解いて彼女を愛してもいいことにしたら、どうなるだろうと思った。心から彼女を愛したら、どうなるのだろう？　なにもかもうまくいくチャンスがあるのだろうか？　父のようにも、祖父や曾祖父のようにも決してならないチャンスが？　ただ彼女を愛するだけで、この血筋に流れる忌まわしいものを本当に絶やすことができるのか？

結論を出すのはまだ早い。だからいまのところ、誰にとってもいちばんいいのは、やはり自分の感情を抑えておくことだ。

先代ウェントワース公爵の未亡人であるマリオン・ランドンは、ヨークシャーのウェントワース城の私室にある木綿更紗の椅子に腰かけていた。ぼんやりと見つめるその先には、焦茶色のオーク材で縁取りした水色の壁や、その上に寸分の狂いもなく飾られている堂々たる一族の肖像画、もう何年もまともに見たこともないマラカイトの花瓶を置いた大きな整理だんすがある。そのたんすの脚付近に、傷が見つかった。どうしてこんなものに気づかず、修理もしてもらわなかったのかしら？　マリオンはいささか腹立たしくなった。

たぶん、この部屋でゆったりくつろぎすぎるようになって、多くのことに目が行き届かなくなっていたのだろう。しかも、いまになってそういうことに気づいているのが、愚かな感傷のせいだとは。なにせ昨日をもって、彼女の破滅は確定となった。息子が妻を娶り、彼女自身は東の棟に追いやられる。これまでも新たな若い公爵夫人がやってくるたび、先代の公爵夫人たちがそこに追いやられていたように。

かつてはわたくしも新たな若い公爵夫人だったと、マリオンは感傷的に思い起こした。もう何年も前の話になるけれど。ヘンリーとともに城に足を踏み入れた日のことは、いまでも覚えている――彼は威厳ある地位に就いて誇らしげで、堂々としていた――そしてわたくしは新しい女主人として、召使いたちに紹介された。召使いたちは、どうなるのだろうと言いたげな不安な顔で、こちらを見ていた。

マリオンはもちろん、イングランドの高貴な家柄の出であり、ウェントワース城を切り盛りするあらゆる技量を備えていた。代々、公爵夫人を努めてきた女性たちは、心おきなく次の公爵夫人へと代替わりしてきたものだ。

しかしマリオン自身は、それほどの幸運には恵まれなかった。ローマへの新婚旅行に出かけ、長男を間違いなく堕落させているのは――然るべきイングランドの淑女ならあきれるような、野蛮で大げさな振る舞いをするアメリカ成金の小娘だ。アメリカから持ってきた金《ドル》――それもかなりの大金――だけが、彼女の売りではないの。

初めて彼女が城に足を踏み入れるとき、召使いはいったいどう思うだろう? マリオンはそう考えて辟易した。あの娘が、自分に必要とされるものをすべて身に着けられるものかしら? 公爵夫人としての責務を、優雅に品格を持ってこなせるのかしら?

きっとわたくしに助けを求めてくるだろうと、マリオンはほんの少し残酷な期待をうずかせた。だって、ジェイムズはなんの手助けもしないだろうから。

まったく、ジェイムズが結婚したということすら奇跡だった。公爵の称号は、次男のマーティンが継ぐことになるのではないかと思い始めていたくらいだった。そうなったらこの世の終わりというわけではないけれど、マーティンは頼りにならない。あまりに衝動的で、すぐ感情に流される。為さねばならないことが出てきたとき、当てにできないのだ。

けれどもジェイムズは、まったく弟とは違う。いまいましくも、感情がないのではないかとさえ思うことがあった。とはいえ、ジェイムズもあの父親の息子なのだ。

ドアにノックがあった。従僕が入ってきた。銀の盆を主人に差し出し、マリオンはそこに載った手紙を手にした。銀灰色の鑞で封がされている。封筒からは、安っぽい香水がぷんぷんにおっていた――そこはかとなくなじみのあるそのにおいは、マリオンの胸を締めつける元となるものだった。手紙を何度かひっくり返し、それから封蝋を破った。従僕が部屋を退出したことにもほとんど気づかずに。

そっと手紙を広げ、派手な感じの筆跡をさっと見た。不安げな目が最後の部分へ飛び、差出人の名前を確かめる。署名を見て取ると、肺がしなびていくような心地がした。吐き気が全身を駆けめぐる。

手紙はパリから届いていた。差出人は、マダム・ジュヌヴィエーヴ・ラ・ルー。

マリオンは、世間での自分の高貴な身分――そして息子の地位を――またしても守らなければならないという思いに至るよりも前に、亡くなった夫に頭のなかで、品がなく汚らしい言葉を投げつけていた。

そして気を失い、木綿更紗の椅子から崩れ落ちた。

ローマでの二週間の新婚旅行で市内を観光し、古代遺跡を見学し、夜はシーツと詩とお互いの腕に絡まったウェントワース公爵と公爵夫人も、とうとうイングランドへ帰国する運びとなった。

そうして霧のかかった寒くどんよりとした日、ふたりはヨークシャーの駅に到着した。旗が飾られて風にはためき、凱旋を思わせる白いカーネーションのアーチが作られ、セイヨウキヅタが寒さのなかで震えていた。

ソフィアが汽車を降り立ったちょうどそのとき、汽笛が三度鳴り、エンジンからシューッと蒸気が吐き出された。突風がどこからともなく吹き、ソフィアは帽子を押さえなくてはならなかった。

赤い絨毯の敷かれたプラットホームにジェイムズの手を借りて降りると、地元の有力者たちの歓迎団がふたりの到着を待っていた。そのなかには正装した地元の市長も混じっていた。ソフィアはどうすればいいのか、どこに足を踏み出せばいいのかわからず、落ち着いたジェイムズの腕にしがみついていた。

ふたりは市長の隣に立ち、市長が歴史と伝統について簡単に演説するのを聞いた。四歳くらいの幼い女の子がソフィアに大きなバラの花束を捧げ、ひざを折ってお辞儀した。

ほどなくして、ふたりは迎えの馬車に乗りこんだ。村を抜ける途中、小作人たちに手を振る。干し草用の熊手を手に、丸石敷きの広場で待ちかまえていた彼らは、歓声を上げたり旗を振ったりして彼女とジェイムズを歓迎した。馬車が通り抜けるあいだ、教会の鐘が鳴り響いていた。それからふたりは、城への道のりを辿り始めた。

馬車は泥道を跳ねるようにがたがたと進んだ。冷たく湿っぽい霧に突っこみ、起伏のある荒野や谷を渡り、うねる石壁を越えてゆく。荒涼としたわびしさがあるわね、とソフィアは窓から霧を覗いて考えた。まるで地の果てに連れてこられたような気がした。

まもなく、馬車はカーブを曲がった。ヨークシャーに着いて以来、妙に言葉が少なかったジェイムズが身を乗り出した。北を指さす。「あそこだ」

どっと押し寄せる期待を胸に、ソフィアは首を伸ばして新しいわが家を見た。彼女にとって、拠り所と安息の地となり、子を育て、愛するひとの妻となる場所。ヨークシャーの善良なひとびとのために、思いやりのある献身的な公爵夫人になろうと彼女は心に誓っていた。

とうとう、領地を目の当たりにすることができた。鉄の門と頑丈な石壁の向こうで、険しい丘のてっぺんに要塞のごとく城がそびえている。銃眼を備えた胸壁や、物見台となっている六角形の塔があり、遠目に見ると巨大な竜のようだった。ソフィアは臆したようにジェイムズの手に手を伸ばし、ぎゅっと握った。

彼も握り返し、励ましの笑みを見せてから、自分の側にある窓の外を見た。

ほどなくして門に到着したが、門はすでにふたりのために大きく開けられていた。門番小屋で、馬車が止まる。

「どうして止まるの？」ソフィアが言い終わらないうちに十数名の男たちが駆け出してきて、馬をはずし始めた。作業はものの数秒で終わり、灰色の馬たちが引いていかれると、男たちは残りの道のりを引っ張るため、馬車についた杭をつかんだ。力をこめて馬車を動かすとき、いっせいにうなる声が聞こえた。

ソフィアは手袋をはめた手を胸に当てた。「なんてこと、ジェイムズ、本当にこんなことが必要なの？　わたしを感動させるためだったら、しなくてもいいのよ。もう充分に感動しているもの」

「きみを感動させるためではないよ、いとしいひと。これは伝統なんだ」

伝統。今日は、その言葉をもう何度、耳にしたことだろう。

ふたりは最後の旅路に乗り出した――城までの険しいでこぼこ道――ソフィアは申しわけない気持ちで体がこわばった。この男たちは、ロバのように馬車を引っ張っている！　ちらりとジェイムズをうかがうと、彼はなんとも思っていない様子でべつの方向を見ていた。

そうしてふたりは、とうとう巨大な石の城の表玄関に到着した――堅牢で威風堂々とした城――近づいてよく見ると、ところどころに何年にも渡る厳しい風雨にさらされた黒いしみが見て取れる。ソフィアの驚きと畏怖の念は引っこみ始めた。代わりに、不安が頭をもたげた。ロンドンの舞踏会や応接間やレースに縁取りされた日傘は、突然、遠いところのもののように思われた。ジェイムズと結婚してうれしくないわけではない。けれど、この城は家庭というよりも古いゴシック様式の美術館のようで――どっしりと大きく拡がり、威圧感を漂わせている。ふいにソフィアは、幽霊の噂も納得できるような気がした。

彼女とジェイムズのために、どこか片隅にでも居心地のいい場所はあるのかしら？　子どもが生まれたら、いつも寄り添っていられるような、家族になれる場所が？

玄関前の階段には、冷たい表情の召使いたちが無言で整列し、女性の帽子や男性の襟の折り返しが風にはためいていた。皆、同じ服装だ。女の召使いは黒の制服に白のエプロン、男の召使いは白と黒のよく見かけるお仕着せだ。ここでは歓声も、旗を振っての出迎えもない。心からほとばしるようなあたたかな迎えの言葉も、笑顔でのおしゃべりも、あたたかな抱擁も。突如、ソフィアはひどく孤独になり、いままで経験したことのないものにぶつかった気がした。ここに妹たちがいてくれたら、どんなにいいか。

けれども妹たちはいない。ここの人間とうまくやっていくことを学ばなければならない。母もいない。父もいない。父はいつも指をぱちんと鳴らし、笑い声を上げて笑みを浮かべ、すっぽりと抱きすくめてくれて、どんなときでも気を楽にさせてくれた。

ジェイムズの手を借りて馬車を降りたソフィアは、坂道で馬車を引っ張ってくれた男たちの前を通りすぎた。そのうちのひとりに、そっと目をやった。彼は目を伏せ、胸を大きく上下させていた——息が切れているのも当然のことだ。顔は汗で光っている。ソフィアは感謝の気持ちを伝えたかったけれど、彼は目を合わせようとせず、ソフィアもそんなことをするのは適切ではないのだろうという勘が働いた。慎重に振る舞わなければという思いが、またもや全身にめぐった。

〝ただ緊張しているだけよ〟とソフィアは思った。〝これからお義母様《かあ》に会い、新しい住まいを見るから、受け入れられなかったらどうしようと心配なんだわ。こういうときは誰だって、緊張するものよ〟

ジェイムズは彼女の手を取って石段を上がっていったが、両側に並んでいる召使いの誰ひとりして、わずかな歓迎の笑みさえ見せなかった。そのときは、ジェイムズですら彼女の視線を避けているかのようで表情も険しく、よそよそしく思えた。ソフィアは咳払いをし、扉に足を踏み入れた。

建物のなかでもやはり、召使いたちが新しい公爵夫人を出迎えるため、兵士のようにまっすぐ並んで立っていた。ソフィアは彼らに微笑みかけたが、すぐに自分を取り巻く巨大な玄関ホールに気を取られた。コリント式の巨大な支柱から、しかつめらしくそびえるような天井へと視線が上がってゆき、さらに大きな灰色の石を積み上げて作られた壁へと視線が泳ぐ。冷ややかな空気が流れるなか、石の床にソフィアのかかとの音が響いた。彼女は息をのんで、ひるんだ。ジェイムズはまだ彼女の手を引いて歩いていたが、足を止めて問いかけるように振り返った。

そのとき、階段の上がり口から女性の人影があらわれたのにソフィアは気づいた。服装が違うので明らかに召し使いではないけれど、くすんだ色のドレスを着て宝石も着けていないので、もしかしたら家政婦かしらとソフィアは思った。彼女は細い面立ちで、あごはとがり、表情は険しかった。

その女性はまっすぐソフィアに向かってきて、彼女の前でひざを折ってお辞儀した。ジェイムズが事務的な口調で言った。「母を紹介しよう、先代のウェントワース公爵夫人だ」

ソフィアは目を丸くした。「まあ！」笑顔で言い、手を差し出した。「そうなのですか！やっとお目にかかることができて、とてもうれしいですわ！お加減はもうよろしいのでしょうか」

お辞儀から体を起こした女性の表情は、鉄のように硬かった。ソフィアの陽気な挨拶には反応せず、こう言っただけだった。「ようこそ」

ジェイムズはソフィアの手を放し、ホールを横切って空の甲冑の隣に立った。

ソフィアの心臓は、どす黒い緊張感に包まれ、ひどい間違いを犯したのではないかという不安が急に湧いた。あわれなシンデレラが頭に浮かぶ。この笑わない赤の他人に囲まれて、うす気味悪い古城で、わたしはいったいなにをしているのだろう？　妹たちと母親は、いまどこにいるの？　もうイングランドを出発したのかしら？　もうアメリカ行きの船に乗ったの？

ソフィアはホールの反対側へと頭をめぐらせ、光る甲冑の隣に立つジェイムズを見た。彼女のプリンス。なんてハンサムなのかしら。彼こそがわたしの家庭であり、その中心にいるひと。どんな家に住んでいようと――お金があろうとなかろうと――一緒にいる限り、わたしの心は喜びに満ちあふれているのだわ。

そのとき、階段をカツカツと打つ靴の音が聞こえて振り向くと、青と白のストライプのドレスをまとったリリーが駆け降りてくるところだった。彼女は降りきったとたん、もう少し淑女らしいゆったりとした足取りになり、ソフィアに近づいた。

リリーはひざを折ってお辞儀した。「ようこそ、公爵夫人」輝くばかりの満面の笑みをもらったソフィアは、のどから手が出るほど望んでいた安心感が湧き上がるのを感じた。けれどもリリーは、母親の視界に入るくらいまで下がったとたんに、笑顔を消した。

ソフィアは、ここでは家族の力関係が働いていることを悟った。このよそよそしい空気は、出迎えの儀式のためのもの。義理の母は厳しそうなひとだけれど、部屋のドアを閉めてしまえば、もっと肩の力を抜いてくれるのかもしれない。おそらく、ほかの誰もが。もちろん、そのときには皆の本当の性格がおもてに出てきて、ソフィアも時間が経つにつれてもっと深く、もっと親密な形で彼らのことを知り、大切に思うようになるのだろう。

ソフィアは最前列に並んでいたミルドレッドの手に託され、小柄でずんぐりとした小間使いはソフィアを階上の公爵夫人の部屋へ案内するべく、付き添って階段を上がった。

階段を上がりきったソフィアは、午後はこれで部屋に下がってしまうことがわかっていたので、手すり越しにジェイムズが立っていたところを見下ろし、ハンサムな顔をひと目見ようとした。しかし、落胆の気持ちがさざ波のように寄せてきた。

彼の姿は、もうそこにはなかった。

14

ソフィアが部屋に通されてものの数分のちには、城の者たちは油を差した機械のように元どおりせっせと持ち場で働いており、彼女はひとりで昼寝をすることになった。くたびれているのでありがたく、まったくもって当然の成りゆきだった。しかし目覚めてまもなく、晩餐を知らせる大きなベルの音が、仰々しくウェントワース城の石壁に鳴り響いた。ミルドレッドが言葉少ないながらも、最低限の準備をしてくれた。「晩餐のときは、皆様、正装なさいます、奥様。身支度を知らせるベルが七時に鳴り、お食事のベルは八時に鳴ります」

ソフィアはみごとな〈ウォルト〉のドレスをまとい、両親から結婚祝いに贈られた輝く宝石を身に着け、長い手袋をはめて、ミルドレッドのあとから廊下へと足を踏み出した

――ミルドレッドの案内が付くのは今日だけだが――食堂に入る前に家族が集まる客間へと案内された。

ソフィアはジェイムズが迎えにきてくれたらと思ったが、城に戻った初日なのだから、彼には多くの仕事があるに違いなかった。

彼女が客間に入ると、ミルドレッドは幽霊のように静かに消えた。大きなアーチ型の入口にひとりで立ったソフィアは、義理の母を見つめた。控えめな暗い色のドレス――長袖で首元にはボタンがあり――宝石も着けていない。ソフィアは真珠を縫いこんだサテンの深い襟ぐりに飾った大きなエメラルドに手をやり、急に自分の装いのなにもかもが間違っているのではないかと感じた。

「ごきげんよう、公爵夫人」ソフィアは言った。

義理の母は、ショックを受けたような激しい視線をソフィアに向けた。「ああ、だめ、だめ。わたくしにそんな呼びかけを使っては」

部屋に入らないうちから失敗をしたのだとわかり、ソフィアは胃のあたりが締めつけられた。「申しわけございません。どうお呼びしたらよろしいのでしょうか?」

「いまはあなたが公爵夫人です。あなたはもう、わたくしより下の地位にいるのではありません。クリスチャンネームで呼びかけてよいのです」

ソフィアは咳払いをした。それでは、〝ごきげんよう、マリオン〟と言えばいいの？　それとも、また言い直すのもやりすぎなのかしら？

マリオンは暖炉のマントルピースのほうに顔をそむけ、小さな置物を数センチばかり左に動かした。ソフィアは、なにも言わないのがいちばんだと思うことにした。

非常にありがたいことに、そのときリリーが入ってきた。

「まあ、ソフィア、なんてすてきなドレスなの」リリーも母親と似たり寄ったりのドレスを着ている。「あなたの趣味って、本当にすばらしいわ」

「ありがとう、リリー」

「よくおやすみになれた？　二時間ほど前にそっとのぞいてみたのだけれど、とてもぐっすりおやすみのようだったから、起こさなかったの」

リリーのやさしさが、どれほどいまのソフィアにはうれしいことか。

マリオンが距離を置いてじっと見つめている――眺めて、品定めしている。ソフィアは、神経質になりすぎよと自分に言い聞かせた。まだすっかり落ち着いたわけではないし、自分のやるべきことや責任がまだよくわかっていないから、場違いな感じがするだけよ。

さきほどマリオンが言ったことを考える――。

〝いまはあなたが公爵夫人です〟

ソフィアが心配していたとおり、なんらかの負の感情はあったのかもしれない。ぎごちなく、ソフィアはまた咳払いをした。まるで靴に大きな穴でも空いているかのように、石の床のひび割れに自信がすいこまれていく気がした。義母は威厳をたたえてソファに腰かけ、窓の外を見つめている。じきにもっとやりやすくなるはずよ、とソフィアは自分に言い聞かせた。

ふと、毎回そんなことを言うたびに硬貨を一枚ずつ貯めていたら、初雪が降る前に、この石の城全館にセントラルヒーティングを入れられるのではないかしらと思った。

ジェイムズが入ってきた。彼の姿を見て、ソフィアの全身が活気づく。体がいつもの調子を取り戻し、自分がここにいる理由が急にふたたび意味のあるものになった。なにもかもにやりがいが出てくるなんて、彼はなんてすごい力を持っているのだろう。

ジェイムズはソフィアの手を取って接吻した。くすぐられるような高揚感が、ソフィアの血管で火花を散らしてはじけた。

「困ったことはないかな?」ジェイムズが言ったのはそれだけだったが、ソフィアはうなずき、ほかの人間たちが下がったあとの、今夜の愛の営みを心から待ち望む思いだった。

きっかり八時、彼らは皆、広々とした食堂に移り、白い布が掛けられた巨大なオーク材のテーブルに着いた。ジェイムズが端の席に着き、ソフィアは反対の端の席に着くよう指示を受けた。彼に塩を取ってほしいと言われても、聞こえないのではないかと思うような距離だった。

けれど、実際に塩を取ってほしいと言われるわけではない——なにかしてほしいときには、言うとおりに動く召使いが半ダースも控えている。

そのときソフィアは、自分の目の前に銀でできた専用の塩入れとこしょう入れがあることに気がついた。皆の前にも。なんて便利なのだろう。めいめいに必要なものが完備されている。誰にもなにも頼む必要はない——もちろん、名前も知らない召使いに申しつける以外には。

正装した給仕係がドイツ式にひと皿ずつ次々に料理を運ぶやりかたで給仕し、料理はおいしかったものの、会話はまったくはずまなかった。ソフィアは無言でスープを飲み、ほかの皆がやっているとおりにしてなじもうと必死だったが、それはつまり、しゃべらないということだった。訊きたいことがたくさんあるのを訊かないよう、舌と格闘しなければならなかった——例えば、従僕に暖炉の火を入れてと頼んだら、どうしてミルドレッドはとがめるように頭を振ったのか？　いつもの四時のお茶の時間に眠っていたので、起きてから五時にお茶をお願いしたら、どうしてそれはだめだと言われたのか？

ソフィアは口を閉ざし、今夜ジェイムズとふたりきりになったときに訊くことにした。

あとで城の明かりが消えてから、彼とふたりになれるという心地よい期待が、どれほど彼女にとってはうれしいことだろう。

晩餐のあと、ジェイムズが椅子を立って自室に引き取ろうとしたとき、母親が書斎でふたりで話をしたいと言った。彼は召使いに書斎のランプをつけるように指示し、数分後、古びた巨大な机の端と端とで、母と向かい合って立っていた。

「なんのご用です、母上？」礼儀を尽くすこともなく、ジェイムズは言った。

マリオンが咳払いをする。「結婚の取り決めは、かなり額の大きなものだったことはわかっています。そこで、これまでずっと続いていたわたくしへの手当の額を、増やしてほしいと思っているのです」

ジェイムズは母親をよく知っていた。彼女は他人に願いごとをするなどできないひとだから、こんなやりとりは彼女にとって大変つらいことに違いなかった。

「いいですとも。いくらほどお望みですか？」額を尋ねるのは残酷なことだとわかってはいたが、少なくとも頼みを受け入れてはいる。

マリオンはまた咳払いをした。「そうですね、回数を分けて毎月少しずつもらうのではなく、一度にもらって引き出せるという形がいいのだけれど。そうすれば、わたくしももっと自由に――」

「自由。母上からそんな言葉を聞くのは初めてですね。ソフィアから民主主義の香りが母上にうつったのでしょうか？」

これまた残酷なもの言いだとジェイムズにはわかっていたが、悔やんだりはしない。悔やむべきことを持つ人間がこの部屋にいるとすれば、それは彼ではなかった。

「おいくら必要ですか？」ジェイムズはまた尋ねた。

「千ポンドほどいただければ、とてもありがたいわ、ジェイムズ」

長いあいだ、彼は母親を見つめていた。アメリカからの金を母がこれほど使いたがるとは、思ってもいなかった。それどころか、そんな金にはびた一文、手をつけないのではないかと思っていたのに。

「千ポンド？　またマーティンが面倒を起こしたのではないでしょうね？」ジェイムズは、イートン校に戻ったばかりの弟のことを考えた。

「まさか」

数秒間、どちらも口をきかなかった。「はっきり言って、いったいどういうことでしょうか？」ジェイムズが詮索する。

「ここ数年ほど、思わぬ借金がかさんでしまっただけです。苦しい状況にあったのは、あなたも知っているでしょう。リリーには苦労をかけたくなかったし」
「なるほど」ジェイムズは机をまわった。母の顔色が青ざめているのを見て、母にとってこんなことをするのはすこぶるつらいことなのだとわかった。もう充分に母を苦しめたと言えるだろう。ふたたび机のうしろにまわって腰を下ろした。「わかりました、千ポンド差し上げましょう」ジェイムズは母のために小切手を書いた。受け取った母は、スカートのポケットに入れ、背を向けて出ていった。あとには息子がひとり、あの金はなんのために使われるのだろうと考えていた。

たいていのことと同じように、それもまた、それなりの時期が来れば自然とわかることなのだろう。

ソフィアはベッドに座り、夫を待っていた。十一時三十分。ろうそくは鏡台の上でまだ燃えているが、暖炉の火は消えていた。

部屋がどんどん冷えてきたので、ソフィアは上掛けの上で座っているのはやめて、なかに入って待つことにした。

耳まで上掛けを引っ張り上げると、足が氷のように冷たくなっているのがわかった。ベッドから跳ね起き、鏡台から長靴下を取ってはき、ベッドに飛んで戻った。ジェイムズが早く来てくれたらいいのに。一度ここで一緒になったら、彼は間違いなくわたしをあたためてくれるから。

まるで永遠かと思うあいだソフィアは横になり、ドアを見つめ、ノックのような音や窓枠が風でがたつく音を聞くたび起き上がった。それでもまだジェイムズは現れず、少しいらだち始めた。話したいことや訊きたいことが、こんなにたくさんあるのに。

つかのま目を閉じて次に開けたときには、午前二時だった。ジェイムズの姿はまだなく、いましがた彼女がしたのと同じように、彼もうっかり眠ってしまったのではないかとソフィアは思い始めた。なんといっても今日は、正式に地元にやってきたということで忙しく、二週間も不在にしていたのだから、ほかにどんな問題が持ち上がっていたかもわからない。彼女のほうから会いにいったほうがいいのかもしれない。

ソフィアはベッドを抜け出し、大きなウールのショールを肩に巻きつけて、枝付きの燭台を握った。ドアを開けると、廊下はまっ暗だった。どこにも誰もいない。

ソフィアは廊下を歩いていった。最初にミルドレッドに二階へ案内されたときに、ジェイムズの部屋を教えられていたので、きっと今度もわかるだろうと思っていた。確かこの廊下を行くはず……そう思いながら進んだ。突き当たりで左へ曲がり、〈赤の間〉を通りすぎて、その廊下の端にあったはず。

ああ、廊下はなんて寒いのかしら！　明かりは彼女の持つろうそくだけで、足早に歩くと、ろうそくの炎がちらつき、空気を切って音を立てるのがわかった。溶ける蠟のにおいもする。すべてがうす気味悪くて、古くさい感じだった。百年も前の時代に迷いこんだかのような。ニューヨークの実家は近代的で便利で――ガス灯はあるし、ごく最近になって電気も使えるようになった。熱いお湯を循環させるセントラルヒーティングがあったし、自分の部屋で陶器の湯舟に熱いお湯を出すこともできた。今夜はと言えば、小柄でか弱そうな小間使いたちが厨房から彼女の部屋まで、水差しで何度もお湯を運び、引きずって運び入れた真鍮の湯舟のまわりにはタオルを敷いていた。そのときは、身分が高くなったとはいえ、待遇はあまり高級になった気がしなかった。

でも、ここにいるのはそんな理由ではないわ、とソフィアは思った。わたしがここにいるのは、ジェイムズを愛しているから。とにかく、早く彼の部屋が見つかればいいのに。

考えていたとおりのところで左に曲がったが、また見慣れぬ廊下が続いていただけで、どう考えても迷ったとしか思えなかった。

ソフィアはショールをきつく肩に巻きつけ、まわれ右をした。この廊下には、美しい金めっきをした額縁入りの巨大な肖像画が並んでいた。その一枚の前でつま先立ちになり、ろうそくを近づけた。その男性の絵の下にある金の札には、第二代ウェントワース公爵と記されていた――貴族というよりは将軍のような、こわい顔の男性だった。瞳は濃い色で、威圧感と憤怒と険悪そうな反感に満ちている。ソフィアは落ち着きなくその瞳を見つめ、初めてジェイムズに会った夜のことを思い出した……。

その記憶を振り払い、ソフィアはまたジェイムズの部屋を探すことに戻ったが、いくつものドアを通りすぎていくうち、彼の部屋を探しあてるのは無理だと思った。どれも同じようにしか見えない。もう自分の部屋に戻ったほうがいいのかもしれない。

しばらくのち、ソフィアはまだ廊下をあっちへ行ったりこっちへ行ったり、今度は自分の部屋を探していた。方向感覚があまりよいほうではないうえ、この家の大きさと複雑なつくりを甘く見ていた――いや、家ではなく城なのだ。ジェイムズは以前、ロンドン社交界を迷路だと言ったことがあるけれど、これに比べたらまったくたいしたことはない。

途方に暮れたソフィアは、どこかのドアをたたいて誰かに助けてもらわなければならないと思った。しかしどのドアをノックしても返事はなく、開けてなかを覗いてみようとしても、すべて鍵がかかっていた。おそらく客室なのだろう。使われていないときは、掃除をしなくてもよいように、召使いが締めきっているのだろう。

ソフィアは廊下の突き当たりにある、真鍮の鋲が打たれた緑色のドアまでやってきて、押し開けた。入るとそこには、ずっと狭い廊下があり、よどんだキャベツのにおいがして、床はきしんでいた。召使いが住む棟だ。なんてこと。義理の母を起こし、城のなかで迷いましたと言うなんて、考えただけでもぞっとする。そんな恥をかくくらいなら、ひと晩じゅうさまよっていたほうがいい。

けれどもすぐに、召使い用の棟もほかのところと同じくらいだだっ広く、複雑なつくりになっていることがわかった。ソフィアはいくつもの独立した貯蔵部屋を通りすぎていった。

そして、召し使い用の広間に入った――大きな談話室だ。巨大なテーブルがふたつ、中央に置かれ、何年も使われてできたひっかき傷や斑点にソフィアは触れてみた。このテーブルは、おそらく百年を超えるものだろう。そう思うと、歴史の長さに彼女は心を魅了された。ジェイムズに求婚されたとき、言われた言葉を思い出す――〝歴史を、まさにその中心から見たいのでしょう。どうぞ歴史の一部になってください〟　そしていま、彼女はその一部となってここにいる。けれども彼女が感じているのは、いまだに外部にいるかのような寂しさだけだった。一生懸命やっているのに、その場にいる方法さえも、まだ見い出せていない。

のど元にこみ上げるものを感じたが、ソフィアはそれに負けまいとした。泣いたりしない。自分の部屋に戻って、今夜はジェイムズに会うことは忘れてぐっすりと眠り、明日は再び始めよう。立ち去ろうと向きを変えたソフィアは、部屋へあわてて入ってこようとした寝間着姿の若いメイドとぶつかった。ふたりのろうそくがかつんと音を立て、ソフィアも娘も驚きに息をのんでうしろへ下がった。

メイドはひざを折ってお辞儀した。「申しわけございません、奥様!」

ソフィアは懸命に息をととのえた。「いいのよ。わたしもあなたが見えなかったものだから。とにかく誰かに会えてよかった」

娘は唇を震わせ、壁まで後ずさった。まるで道を空けて、自分の姿を消そうとでもするように。すっかり身がすくんで動けなくなっているようだ。

ソフィアはもう一歩、近づいた。「力を貸してもらえないかしら」

「力を貸す、のでございますか、奥様?」

「ええ、そうよ、迷ってしまったの」

「迷った?」つかのま、娘はそれを聞いて考えた。「家政婦をお呼びしてきましょうか」

娘は召し使い用の棟へ行こうとした。

ソフィアがそれを止めた。「いいえ、お願いだから待って。あなたに部屋まで案内してもらえるほうがいいの。誰も起こす必要はないわ」

「でも、わたしは流し場の受け持ちですので」

ソフィアは笑った。「そんなことといいのよ。わたしはただ、自分よりもこの家をよく知っている人がいてくれたら」

娘は廊下を端から端まで見やった。「お仕事をなくしたくありません、奥様。ここには規則が――」

「お仕事がなくなったりはしないわ。あなた、お名前は?」

「ルーシーです」娘はまたひざを折ってお辞儀した。

ソフィアは手を差し出した。「はじめまして、ルーシー」

娘は差し出された手を、見知らぬものであるかのように見つめたが、やがて見るからに不安げな顔をして自分の手を差し出した。ソフィアはしっかりと握手した。荒れてかさぶたもできた手だった。

「まあ、なんてこと」ソフィアはろうそくの明かりを近づけ、娘のすりむけて赤くなった手のひらを見た。「あなたの手……」

娘は手を引っこめた。「大丈夫です、奥様」

「いいえ、大丈夫なんかじゃないわ。どうしてそんなことになったの?」

「磨き仕事をしますから」

「でも……」ソフィアはなんと言ったらいいのかわからなかった。ここではまだ客人のような気がしていて、なにも口出ししないようにしようと思っていたが、自分は客ではないのだと思い直した。この家をまかされているのは自分であり、召使いが不当に扱われていると感じるのなら、実情をなんとかしなければ。

「あなたのおうちはどこなの、ルーシー？」

「ここに住んでおります、奥様」

「いえ、わたしが言ったのは、あなたのご家族が住んでいらっしゃるところよ」

「村です」

「しばらく、おうちに帰って過ごすのはどうかしら？」

娘が泣き出し、ソフィアはうろたえた。「本当に申しわけございません、奥様。ここまで降りてきてはいけないとわかっておりましたが、ミセス・ダリンプルに掃除しておくように言われたものを忘れてしまい、できるだけお仕事をきちんとやりたかっただけなんです。考え直してさえいただけるのなら、わたし――」

「ああ、違うのよ、ルーシー！　あなたに暇を出そうとしているんじゃないの。わたしはただ、あなたの手が治るように、お休みを取ってもらいたかっただけなの。考えてみてちょうだい」ソフィアはルーシーを、緑色のドアへといざなった。「さあ、わたしの部屋に戻る手伝いをしてくれたら、今晩、わたしたちがここで会ったことなんて誰にもわからないわ」

疑わしそうな表情で、ルーシーはソフィアについていった。本館に入ったとたん、ルーシーはネズミのような小走りになった。本来はするべきでないことをしているのを見とがめられないうちに、早く自分の部屋に戻りたいとでも言っているようだ。

ルーシーは目指すドアを見つけて開けた。ソフィアがほっとして部屋に入る。ルーシーは開いた戸口に立っていた。「ほかにご用はございますか、奥様？」

「いいえ、ルーシー、ないわ。ありがとう」

ルーシーはひざを折って挨拶し、足早に立ち去った。ソフィアは冷たいベッドに潜りこんだが、はぐれた子どものような気分になったばかりか、拒絶されたような気持ちでもあった。今夜は結婚式以来、初めてジェイムズと愛を交わさなかった。暗闇のなか、彼を探しに行く羽目になり、見つけられず、ここに戻ってきた——とんでもなく冷えきったこの部屋で、またひとりぼっち。

どうして彼は来なかったの？　ソフィアは宝冠模様が刺繍されたシーツにくるまりながら、ジェイムズの不在について考えすぎないよう、そしてさらに重要なことには、泣かないよう、必死でこらえていた。

15

ソフィアはマリオンとリリーに朝の挨拶をして朝食の席に着いた。給仕が彼女の前にゆで玉子を置く。「ありがとう」なんの気なしに言ってすぐ、マリオンの視線が突き刺さるのを感じた。

「ここではそういうことは必要ありません」マリオンは言った。

ソフィアはナイフを持ち、卵の殻に打ちつけた。朝早い時間で、一睡もしておらず、ひと晩じゅう冷えたせいでまだ足の感覚がなかったからか、いちいち注意されるのが急にうっとうしく、がまんできなくなった。マリオンからは、まだやさしい言葉のひとつもかけてもらっていないし、笑顔や励ましさえもらっていない。

「礼儀正しくしてはいけませんの?」なんとなくぶっきらぼうな声の調子で答えた。あとで後悔することはわかっていたけれど……。

でも、ああいまは、なんて気分がいいのかしら。

リリーはずっとうつむいたままだった。

マリオンは無反応だった。皿の横のテーブルクロスを伸ばした。「ここでは召使いに礼を言ったりしません」

ソフィアは「それなら、おっしゃったほうがいいですわ」と言いたかったが、黙っておいた。すでに充分なことを言ってしまったのだから。ときどき気持ちを抑えられなくなるけれど、ただでさえよく思われていない義母の機嫌を損ねるわけにはいかなかった。快く思われていないのは、もうはっきりしている。もっと義母の気持ちもがんばって理解することで、状況がよくなってくれればいいのだけれど。

「もうジェイムズはお食事をされたのかしら？」ソフィアはつとめて軽い口調を保ち、昨夜ジェイムズが来てくれなくて気落ちしているのを見せまいとした。

「ジェイムズは、家族のほかの者とは朝食を取りません」

ソフィアは卵を飲みこみ、人生の伴侶であるはずの男性について、心ならずも義母に教えを請うことにした。「それでは、どちらで取りますの？」

長い沈黙に、ソフィアは拷問を受けているような心地だったが、ようやくマリオンが答えた。「自分の部屋です」

「たいてい、昼食もわたしたちと同じテーブルではいただかないのよ」リリーが助けるように言い添えた。

ソフィアはこれ以上の質問はしないようにと思いながら朝食を食べ続けたが、どうしても止められなかった。「いまは自分のお部屋にいるのかしら？」

リリーが気の毒そうな顔つきになった。「ここにはいないの。朝早くに出かけていって、夕食までは戻らないと言っていたわ」

ソフィアは口の端をナプキンで押さえ、それよりも前にジェイムズに会えると思っていた期待をすっかり捨ててしまおうとした。これ以上がっかりするのは耐えられそうになかった。

「それなら、リリー、朝食のあとで、お城のなかを案内してもらえないかしら？」

「ええ、喜んで」

三人は無言で食事を終えた。

ジェイムズは馬にまたがり、速歩で裏庭から出た。砂利を踏む蹄の聞き慣れた音が、耳に心地よい。門を出ると、ひんやりとした霧があたりに漂い、荒野の上空で流れることなくとどまっていた。まるで、頭のなかにある、わけのわからない霧と同じだ。彼は馬を疾走させた。

彼は、この結婚をどう受け止めたらいいのか、考えなければならなかった。昨夜はとにかくつらかった。いや、つらいというより、とにかく、混乱しきっていた——彼は混乱など大嫌いだ。少なくとも十回は、ソフィアのもとへ行こうとベッドから下り、ドアまで行って開けたが、そのたびに動きを止め、またベッドに潜りこんで、もう二度と出ないと誓ったのだった。彼を引きとめたのは、おそれだった。

だが、なにをおそれているんだ？　ジェイムズはいらだち、馬をさらに速く駆けさせた。おそれなどまっぴらだ。

そんな感情にはなじみがない。

いや、一度だけあった。もうずっと昔に。

馬は低い石壁を跳び越え、しなやかに着地した。

ぼくは妻をおそれているのか？　違う、そうではない。おそれているのは、避けようのないこと——つまり、彼女をあまりにも愛しすぎて、理性を失ってしまうのではないかということ。まさしくイタリアでは、そういう思いを味わっていた。彼は、新妻との悦びを追求することにのめりこんだ。愛を交わすことだけでなく、ただ笑ったり、裸で枕を投げ合ったりするだけのことでも。

ソフィアは彼の願望をすべて満たし、楽しませ、なだめてくれたし、彼自身もソフィアとの時間を楽しむことができた。というのも、まるで現実味がなかったから。イタリアでは自分が異国の地で異国の妻を連れた、まったく違う人間になったような気がしていた。

しかしいま、ふたりは霧の立ちこめたヨークシャーの荒れ地に戻ってきた。

聞き慣れたひとびとのしゃべりかた。

自分のベッドも、いつもと同じ寝心地。

蜜月《ハネムーン》は終わり、いまや現実と向き合っている。

自分が何者なのか、ソフィアと結婚する決心をしたときの心づもりはどういうものだったか、そろそろ思い出さなくてはならない——なぜならその心づもりは、思いやりと責任から生まれたものだから。妻と、これから生まれてくる子どもも含めて、関わりのあるすべての人間のために、考え抜いたことなのだから。

ソフィアに求婚したとき、ジェイムズは男として当然の反応を適切な範囲に抑えこむ力が自分にはあると自負していたし、この結婚から生まれるはずの子どもには、自分が子どものときに目にしたことや苦しんだことを見せるまい、味わわせるまいと思っていた。何世紀ものあいだウェントワース家にはなかった、穏やかで平穏な環境をつくるためには、彼が距離を保っておかなければならない。心の赴くままに行動し、公爵夫人への飽くなき欲望を満たすというわがままを通すためだけに、先祖が繰り返しはまった状況に陥る危険は冒せない。

ジェイムズは、馬をゆるやかな谷に向けて走らせ、妻の部屋を訪れるのはできるだけ控えようと心に決めた――少なくとも、ふたりのあいだの激しい情熱を抑えられるようになり、もっと現実的な行動が取れるようになるまでは。自分のやるべきこと、公爵として果たすべきことに、もっと身を入れるようにしよう。そもそも、そのためにソフィアと結婚したのだから。

これから生まれてくる子どもたちのために、それを忘れてはならない。

ジェイムズは、夕食の時間になっても戻ってこなかった。ソフィアはまたしても、誰ひとこともしゃべらない冷えきった食堂で、つらい食事をしなければならなかった。銀器がかちんと音を立てるだけでもマナー違反になるのかと思えた――なぜなら、そんな音は石壁に反射して、天井にまで高く染みいっていきそうだったから。

そしていま、ソフィアはまた冷たく空っぽのベッドに上がり、今夜も夫に会えるのかどうかわからずに落ち着きを失っていた。どうしても彼に会わなければならない。

もうしばらく待ってみた彼女は、やはりドアにノックの音がないので、寂しさは怒りへと変わった。

いまが彼女には大変な時期だということを、ジェイムズはわかっているはずなのに。彼の母親が、あまりあたたかいひとではないということ。新妻が支えてほしい、導いてほしいと思っていて、愛する自分の家族を恋しがっているのもわかっているのだろうから、ひとこと、やさしい言葉をかけてくれたら助かるのに。

いまやソフィアの怒りは猛り狂っていた。そういうことがわかっていないにしても、少なくとも、彼女が夫の体を求めているのと同じように、彼も妻の体を求めているのではないの？　また愛を確かめ合えるときを、数えて待ってはいないのかしら？　彼女の体は、間違いなく彼を求めて燃え上がっていた。一日じゅう、もうこれ以上は耐えられないと思い続けてきたのに。

でも今夜は、彼の部屋がどこなのか、わかっている。リリーが城じゅうを案内してくれて、ソフィアはなにひとつ聞き漏らすまいとがんばった。

彼女はベッドから転がり下りてショールを掛け、ろうそくを手にした。

数分後、夫の部屋のドアをノックしていた。「どうぞ」なかから声が聞こえた。

〝そう、あなたはここにいたのね〟

ドアを押し開けると、ジェイムズは燃えさかる暖炉の前にいて、オイルランプが彼の手元の本を明るく照らしていた。夫の姿を見たとたん、ソフィアは胸がずきりと痛んだ。妻と楽しく夜を過ごすよりも、その本を読むほうがいいというの？

「ここにいらしたの」精いっぱい、驚いたような声を出す。

「もちろん、いるさ。ほかに、どこにいるところがあるんだ？」

ソフィアはなかほどへ進んだが、入ってよいと言われたわけではないし、彼が椅子から立って迎えようともしないことに気づいた。もっと言うなら、本を閉じてすらいない。

「さあ。ただ、あなたがお夕食を一緒にとらなかったから。どこかでお仕事があるのかと思っていたのよ」

やっと、ジェイムズは本を閉じた。「ああ、仕事はいつでもあるよ」

彼が言ったのはそれだけで、あまりにも曖昧で彼女を前にしても無関心なことに、ソフィアは傷ついた。この二十四時間は離ればなれだったのだから、互いに駆け寄ってひしと抱き合うものだと思っていた。彼に抱き上げられて、くるくるまわって、思いきり口づけをして、もういっときたりともきみと離れてはいられないよと言ってくれるものと思っていた。

ソフィアは緊張ぎみに息をのみ、どうして自分がつらい思いをしているのか、伝えようとした。「昨夜は、部屋に来てくださると思っていたのよ」

一瞬、ジェイムズは言葉が出なかった。「昨日は忙しかった」

「それはわかっているけれど、わたしはあなたに会いたかった。訊きたいこともたくさんあったし」

「なにか訊きたかったのか？　では、遠慮なくどうぞ」ジェイムズが両手を大きく広げる。

「思う存分、訊くといい」

そう言われても、一日ずっと考えていた質問が、いまとなってはどうしても思い出せなかった。いまソフィアに考えられるのは、彼が見るからによそよそしくなっているのはどうしてなのか、わからずにつらいということだけだ。

彼女がなにも訊かないので、ジェイムズは本を置いて立ち上がった。「なにか訊きたいのなら、ミルドレッドに訊けばいい。なんと言っても、彼女はきみの小間使いなのだから」

「ミルドレッドは、あまりよくしゃべるひとではないわ」ソフィアは懸命に軽い口調を装った。

「そうかもしれないが、きみの要望をすべて引き受けるのが彼女の仕事だよ。きみがなにかを質問したら、彼女はわかりやすく答えなくてはならない」

「わかりやすい答えなんていらないわ」ソフィアは、ずばりと言った。

「わたしの部屋に来て、わたしを愛してほしいの」

ジェイムズはゆっくりとまばたきした。

突如としてソフィアは、自分がどこにいて、どうあるべきかを——イングランドの公爵夫人であらねばならないことを——思い出した。「こんなにあからさまに言うつもりではなかったのだけれど。公爵夫人のもの言いでないことはわかっているわ」

ジェイムズの目が冷ややかになった。「結婚したらどうするべきかという話をしているようだね。それなら、ローマから帰ったときに話し合ったと思うが」

「話し合ったって、なにを?」

「きみは、月のものが始まったと言っただろう。そうなると、いまはどうせ子どもはできない。少なくとも一週間は、きみに会いに行く意味がないし、もちろん、愛を交わす意味もない」

衝撃的な発言が、ソフィアをまともに襲った。彼女は前に進み出て、彼の前に立った。

「本気でそんなことを言っているの」

「驚いているようだね」

「いったいどういうことなの? わたしには会いたくもないということ? わたしと愛を交わすのは楽しくないの? 子づくりのためだけにしているというの?」

ジェイムズのあごが、ぴくりと動いた。「もちろん楽しいさ。きみは申し分ないほど忠実に役目を果たしてくれた、ソフィア。十二分に満足している。だから、そろそろきみもひとりの時間を持てばいいのではないかな。ぼくらの両方にとって、いいことだと思うよ」

「ひとりの時間なんて必要ないわ。わたしはもう充分にひとりぼっちよ。ミルドレッドやお義母様や、十人の召使いと一緒の部屋にいたってね！」

「声を低くして」

ソフィアは深呼吸をして気持ちを落ち着け、それから続けた。「ジェイムズ、知っておいてほしいの、わたしはあなたとベッドをともにしたいと思っているわ。そういうのは、あまり淑女らしくないだろうし、イングランドの女性らしくもないだろうけれど、わたしはイングランド人でも淑女でもない。わたしは子どものころ、ウィスコンシン州のひと部屋しかない小さな家で育ったの。そこではマナーなんて、控えめに言ってもいい加減なものでしかなかったわ。家族の皆で一緒に眠り、一緒に起き、一緒に食事した。わたしのなかにはそう簡単には捨てられない、深く根付いた価値観があるの」

「でもきみは、いまはイングランド人だ」ジェイムズは言った。「そして公爵夫人だ。きみのやりかたに合わせて、皆でひとつの部屋を使えと言われても無理だよ」

「そんなことは思っていないわ」

「では、どうしてほしいんだ？　ぼくらにだって、そう簡単には捨てられない深く根付いた伝統がある」

勝ち目がなくなり、ソフィアは片手に額を伏せた。「わたしのために、すべてを変えてくれとは言っていないわ」もう一度、彼の目を見る。「ただ、わたしにとって大切だと思えることが、いくつかあるだけなの」

「ベッドをともにすることも、そのひとつだと」

「そうよ。それと……」こんなことを言わなければならないのが情けなくて、すぐに言葉が出なかった。「あなたがわたしの幸せを気にかけてくれているのか、知りたいの」

「もちろん、きみの幸せを気にかけているとも。きみはぼくの公爵夫人であり、未来の子どもたちの母親だ。ここでの暮らしに不満があるのか？　きみはこの家の女主人だ。五十人以上の使用人を、自由に使える」

「わたしは使用人の話をしているのではないわ。あなたの話をしているの。あなたが気にかけてくれているかどうか知りたいの」

「気にかけているとも」当然のようにジェイムズは言った。まるで義理のように。

新婚旅行で知った、あの情熱的な男性は、いったいどこへ行ってしまったの？　このひとはいったい誰？ どうして彼は変わってしまったの？ 彼はなにかをおそれているの？ わたしがどれだけ彼を愛しているか、彼には伝わっていないの？

「わたしはお金なら充分に持っているわ。誰とでも――貧しいひとでも裕福なひとでも――結婚することができた。でも、わたしが選んだのはあなたなのよ、ジェイムズ。わたしがあなたのお城に住むためにここまでやってきたのは、あなたを愛しているからなの。あなたと一緒にいたいの」

ジェイムズは彼女の言葉を考え、そして背中を向けた。「ぼくとしては、きみがロンドンに来たのは、称号を手に入れるためだと思っていたよ」

ソフィアは肺から空気が抜けてゆくような気がした。まるで、勢いをつけたこぶしでおなかを殴りつけられたような。いったいどうして、こんなことになっているの？「一緒に散歩に出かけた日、わたしが言ったことを覚えていないの？ 結婚するなら、愛のある結婚でなければいやだと言ったことを？」

「きみがそう言ったのは、そう言わない限り――」

「わたしが嘘を言ったと思ったの？」

「いや、嘘というわけでは……」ジェイムズは部屋を歩きまわった。「ソフィア、ぼくらはふたりとも果たすべき義務があるうえに、うまく言えないが……人好きがするというだけでなく、たくさんのいろいろな特性が魅力になっている、珍しい人間だ。ぼくは公爵で、きみは裕福な令嬢だ」

「いったいなにを言おうとしているの？」吐き気のようなものが、ソフィアの全身に広がり始めた。

「ぼくが言おうとしているのは、きみとぼくのような人間同士の結婚は、ふつうのひとびとの結婚とは違うということだ。ぼくの家系には、問題をややこしくする要素がたくさんありすぎて――」

「家系って、どういうこと？　たんなる偶然で、称号を背負って生まれてきたということ？　だからといって、あなたがわたしや使用人や、あなたの領地で身を粉にして働いているひとたちと変わるわけではないわ。あなたは男で、わたしは女で、愛し愛されたいと思うのは自然な気持ちだと思うの」

ジェイムズは怒りに眉をひそめた。まるで、彼女が目に見えない境界線を越えたとでもいうように。ソフィアの口はそのまま止まった。

「どうしてここに来た？」ジェイムズが訊く。「いったい、なにが望みだ？」

冷たい心を物語る光が、彼の目にまたたいた。彼の先祖の肖像画のなかに見て取ったのと同じ、怒りのこもった苦々しい表情。

ソフィアは驚き、ランプに照らされたジェイムズを見つめた。

嘘よ、こんなにぞっとするような過ちを起こしたなんて、考えられない。ここに至るまでの日々、ずっと彼の目のなかに見て取っていたものが、まったく間違っていたなんて？

彼はわたしのプリンスなのに……。

「あなたにしてほしいのは、わたしを愛してくれることよ」この言葉を、のちのち後悔しなければいいと、彼女は思った。

長いあいだ、ジェイムズはソフィアを見つめていた。深く荒い呼吸で胸を上下させ、そしてかぶりを振った。「きみは、自分がなにを求めているのか、わかっていない」

「いいえ、わかっているわ。わたしのベッドにいてほしいの」

「きみのベッドに」それを考えたジェイムズは、なかほどまで進んで彼女のところへ近づいた。ソフィアはとっさに、後ずさった。

「ローマできみを愛したように、愛してほしいというのか？」彼の声が低くなり、おそろしいほどの誘惑の響きを感じさせた。「そうなのか？」

「ええ」ソフィアが息を切らす。

「それだけか？　ぼくは、楽しむためにきみとベッドをともにするのはやぶさかではないよ、ソフィア」

目の前にいる男性は、いったい誰なのだろう。まったくの見知らぬ他人だった。「わからないわ。どうしてあなたはこんなふうになってしまったの？」

「どんなふうにもなっていない。きみはここへ、ぼくに抱かれるために来た、そしてぼくに異存はない」

「わたしは抱かれるためだけに来たのではないわ」

「そうか、でもぼくにはそれ以上のことはなにも約束できない。きみを愛そうとは思っていないから」

ショックで信じられず、ソフィアは息もできなくなった。まるで頬を平手打ちされたようだった。「なんですって？」

ジェイムズはそれ以上なにも言わなかった。

ソフィアはかすれた声で言葉を絞り出した。

「つまりあなたは、わたしのお金のためだけに結婚したの？」

「欲得ずくというわけでもない。きみに求婚したときはきみがほしかったし、いまだってほしいよ、ソフィア」

のどに詰まったような声を漏らし、ソフィアは夫から離れた。「あなたがそんなことを言うなんて、信じられない」

ジェイムズの視線が彼女を追う。「きみが言わせたんだ」

「そんなことはしていないわ。わたしはただ、あなたと一緒にいたかっただけよ」ショックがはじけて怒りへと変わった。

「互いに楽しむのは悪いことではない。きみが非現実的な期待さえしなければ」

「だましたのね。愛してくれていると思ったのに」

「愛していると言った覚えはない。それに、愛せるわけがないだろう？　きみのことなどほとんど知らないのだから。それに、わざわざロンドンまでやってきて、けた外れの結婚の条件を出しておきながら、なにを期待していたんだ？　金目当ての男につかまることくらい、わかっていただろう」

「でも、あなたは違うと思っていたわ！　わたしとおしゃべりしていたときの様子や……わたしを見る目は……」

「ぼくはきみの持参金を当てにしていたんだよ、ほかの男たちと同じように」

ソフィアは体の内側から切り裂いてくるような怒りを、抑えることができなかった。視界は涙でくもり、息が苦しくなった。

驚いたことに、ジェイムズが近づき、彼女を引き寄せて抱きしめた。彼はソフィアのあごに指をかけ、頬の涙に口づけて、そしてやわらかな唇を重ねた。ソフィアは彼が見せてくれた慰めを受け入れた。それしかすがるものがなかったから。彼女がすがれるのは彼だけ。なのに、彼が与えてくれるものは、これで精いっぱいだなんて。

そう思い、なにかがソフィアを押しとどめた。彼女は顔をそむけた。

「いやよ」

「まだお互いに楽しむことはできる、ソフィア。きみがぼくに過大な期待を持ちさえしなければ」

ソフィアの怒りが、いっきに舞い戻ってきた。彼女にできるのは、夫から離れ、触れた唇の跡をぬぐい去ることだけだった。

「わたしはあなたを楽しみたくなどないわ。こんなのはいや。それなら、まだあなたを嫌いになったほうがましよ」

「嫌いになれるほど、ぼくを知りもしないだろう。きみが結婚したのは幻想だ。そろそろ現実の暮らしに落ち着くころだ」

「あなたは、愛が幻想だと思っているの?」

「まったくそのとおり」ジェイムズは揺るぎない確信を持っていた。

「でも、わたしは現実の愛を知っているわ」とソフィア。「家族からもらった愛よ。会いたくてたまらない家族から」

「そういうことは、夫探しで海を渡る前に考えておくべきだったのではないかな」

「わたしはあなたのために、すべてを捨てたのよ、あなたを愛していたから」

率直な言葉にジェイムズは身をこわばらせ、驚きのあまり眉をひそめた——彼を愛していると思っている彼女の存在など、妖精の存在を信じているのと同じくらいありえないとでもいうように。

「ぼくへの気持ちを、よく考え直したほうがいいと思う」

この男性を愛したことが人生最悪の過ちだったことに気づき、ソフィアは全身の感覚がなくなるのを感じた。もうこれ以上は話にならない。

彼女は背を向け、部屋を出ていった。


ジェイムズは寝室の中央に立ち尽くし、数分のあいだドアを見つめていた。数分というより数時間にも思えたが、やがて暖炉のそばの椅子にどさりと座り、ブランデーをあおった。

鼻の付け根をつまんだ。ああ、なんとつらいことか！　ソフィアとの結婚は間違いだと気づくべきだった。そのうえ新婚旅行で欲望にのめりこむなど、さらに大きな間違いだった。彼には、彼女の望むような愛情や密な関係を与えることはできないのだと、わかっていたはずなのに。彼はひとを愛せない。子どものころ、彼の心にはひとを愛するための種は蒔かれなかったし、大人になっても経験を通して、ひとを愛するということを理解できるようにはならなかった。

　彼が知っているのは冷酷さだけであり、今夜の彼は冷酷そのものだった。いつか自分はこうなるのではないかと思っていたとおりの。しかし皮肉だったのは、彼女にやさしくあろうとして混乱したために、ひどく冷酷になってしまったということだ。まったく、わけがわからない。

　彼はやさしくあろうとしただけだった。ソフィアを突き放し、ふたりのあいだに真実の絆など築けないとあきらめさせるのは、彼女を守ることに――ひいては皆を守ることに――つながると思ったのだ。ただ、これほど複雑な状況でなければ、どんなによかったか。彼女が彼に、これほど多くのものを求めないでいてくれればよかったのに。

　ジェイムズはブランデーのお代わりを注ぎ、長々とひと飲みしてふたたび椅子に腰を落とし、早く酒が効いて頭が鈍ってくれるように祈った。自室にいるソフィアのことを考えるのはあまりにつらかった。ひとりぼっちで、きっと泣いているだろう。ジェイムズの胸が、またしても激しく締めつけられた。なんとかそれをやりすごそうと、きつく目を閉じる。妻のもとへ行って抱きしめ、許しを請いたいという誘惑に屈するわけにはいかない。

　もしもそんなことをしたら、あとは地獄が待つだけだ。

16

ソフィアは冷たく大きなベッドに入りながら、これが夢であってほしいと思っていた。あるいは、ジェイムズが放った衝撃的なひどい言葉は、すべて自分の想像でしかなかったと。彼女は愛する家族のもとを離れ、彼のために母国も育った家も捨てた。新婚旅行で、ジェイムズは彼女の気持ちが本物だとわからなかったのだろうか？　彼女が彼の名を叫ぶたび、愛していると言うたびに、骨身にしみて感じていたに違いないのに。彼は愛されたくないの？　そういうことなの？　でも、愛されたくない人間なんているかしら？　人生でいちばん大切なことなのに。

ここに到着してから、どうして彼はあれほどがらりと変わってしまったのだろう？　この家のせい？　彼はこういうひとだと、誰もが思っているとおりにしなければならないということ？　ひとりの人間ではなく、公爵様でいなければならないから？

そんなふうに考えると、ソフィアはベッドで思わずこぶしを握ってしまうような怒りに襲われ、身もだえした。貴族という高貴な宝冠の世界にはそれほど強大な力があって、そこに生まれた人間の感情を押しつぶし、押さえこんでしまうのだ。

そして、婚姻によってその世界の仲間入りをした人間の感情も。

ソフィアの背筋がちくりと痛んだ。わたしもいつか彼らのようになるの？　石でできた心を持つようになるの？　わたしの気骨も理想も楽観的な性分も、たたきつぶされて吸い取られてしまう？　そして心が死んでしまったような気になって、理想を捨て、弱くなって、昔の自分にはしがみついていられなくなるの？

嵐の海に放り出されたような気分になったソフィアはベッドから這い降り、まだろうそくが燃えている机に行った。便箋を一枚取り出してペンを取り、先をインクに浸した。母に手紙を書いて、どれほど惨めかを伝えたかった。悲痛な思いをすべて吐き出したかった。いつものように、父にすべてを解決してもらいたかった。ソフィアが望むなら、父はイングランドまで迎えに来るとまで言ってくれていた。

ソフィアはペンを便箋の上に置いた。手が震えていて、目を閉じる。

彼女はもう一人前の女性で、夫を持つ身。悲しいことがあるたびに、実家の両親に泣きつくわけにはいかない。その悲しいことがどれほど大きなことであり、どれほど彼女が追いつめられているとしても。

ソフィアは、まだ自分のなかにあるはずの強さを探り出し、まだここに来て数日しか経っていないのよと自分に言い聞かせた。もしかしたら、慣れる時間がもう少しありさえすればいいのかもしれない。ジェイムズは、彼女がほしいということは認めた。男性というのは、そういうものなのかも。男性がもっと深い感情を育むには、もっと時間が必要なだけなのだろう。

けれどジェイムズは、彼女を愛していないと言ったわけではない。愛するつもりはないと言ったのだ。絶対に。

ソフィアはペンを落とし、両手で顔を覆った。冷酷なジェイムズの記憶が、何度となく彼女の心を突き刺してゆく。誰か、話を聞いてくれるひとさえいてくれたら。

ソフィアは顔から涙をぬぐった。フローレンス！　いまの状況を相談するのに、これ以上の相手がいるだろうか。フローレンスもまた、家と国を離れてイングランド貴族と結婚したのだ——やさしいけれど、とても引っこみ思案な男性と。

ソフィアはフローレンスに短い手紙をしたためた。〝お願い、来てください。あなたとぜひお話をしなくてはならないの〟そして、〝田舎に引っ越した友より〟とだけ記した。

手紙に封をし、翌朝いちばんで出そうと机の上に置いて、やっとベッドに戻った。

フローレンスに手紙を書くことでほんのわずかな希望は持てたけれど、やはりソフィアのおなかは緊張で張りつめていたし、どうすれば吐き気を追いやれるのかもわからなかった。ひとつだけわかっていたのは、品格や自尊心を失うわけにはいかないということだった。彼女にはそれしか残されていない。フローレンスがなんと言おうと、もしソフィアの夫が彼女を本気で愛していないのなら、もう二度と夫の心を求めになど行かない。

やってくるのは、彼のほうからでなければ。

まる二週間、ソフィアはジェイムズの姿を見ることも便りをもらうこともなかった。ロンドンへはどうやら議会の仕事で行ったらしいが、事前に出発を知らされることはなかった。手紙の一通もなく留守が長引いてゆくと、怒りや不満がふくれるばかりだった。

毎日毎日、苦痛を感じながら、ソフィアは義母と朝食、昼食、夕食をとったが、義母はソフィアのマナーはなっていないとか、自分の責務についてわかっていないとか、あら探しを続けていた。先代公爵の未亡人である義母からは、なんの助けも励ましもなく、ソフィアがどうしようもなくなって助けを求めにいくたび、〝あなたは本当に救いようがない〟という口調でソフィアを苦しめるのだった。

ソフィアとしては、とにかく日々の役割をこつこつと果たしていくしかなかった。教会の朝の礼拝で姿を見せること、食事の内容を家政婦と相談すること、マリオンが常に固執する小さなしきたりをすべて守っていくこと。そういうことの合間にも、適切な呼びかけかたを学んだり、『バーク貴族年鑑』に載っている名家について覚えたりした。マリオン曰く、それは最重要課題だということだった。

気心の知れた義理の妹リリーにさえ、頼ることはできなかった。なぜならマリオンがリリーを、エクセターにいる年配のおばのところへやってしまったからだ。マリオンが娘をよそへやったのは明らかに、ソフィアにただひとり明るく接する人間を排除し、ソフィアの生活がわずかでも、いっときでも楽しいものになるのをじゃまするためではないかと、ソフィアは思い始めていた。

ソフィアは、自分の持っていた理想像に、ほんの爪の先だけでぶら下がっている状態だったし、自分でもそれはわかっていた。以前は献身的な妻となり、立派な公爵夫人となってひとびとの暮らしを変えていきたいと思っていた。困っている人たちを助けたかった。けれどいま、彼女は自分がなんとかうまくやっていくことだけで精いっぱいだった。

ランズダウン伯爵夫人フローレンス・ケントが汽車から土砂降りの雨のなかへ降り立ち、

ソフィアは馬車のドアを開けた。フローレンスは従僕に迎えられて馬車までエスコートされて来ると、ソフィアに挨拶の抱擁をした。「いったいなにごとかと大あわてで飛んできたのよ。いったいなにがあったの？　手紙ではせっぱ詰まっていたようだけれど」

従僕がフローレンスの荷物を運び、馬車の荷物入れに収め、ふたたび飛び乗った瞬間、車輪がまわり始めた。

「あのときはせっぱ詰まっていたの」ソフィアは、ジェイムズに拒絶された夜のうちひしがれた気持ちを思い起こした。誰かに話をしたかった。誰か、理解をしてくれそうなひと。この状況に光を当てることのできるひと。フローレンスもアメリカ人で、数年前に伯爵と結婚したときに同じ道を通ったに違いない。だからソフィアに、知恵のひとつも授けてくれるはずだった。

「来てくださってありがとう、フローレンス。お顔を見られて、あなたの声が聞けて、ほっとしているわ」

「大丈夫なの？　ジェイムズはどちらに？」

「彼はロンドンで議会のお仕事中よ。二週間前から」出発することを知らせてもらえなかったことや、それ以来なんの連絡もないことは言わずにおいた。

「どうして一緒に行かなかったの？」とフローレンス。「そうすれば、こちらじゃなくて向こうで会えたのに」彼女は雨でびしょ濡れになった馬車の窓を覗こうとした。「まあ、すごい。こんなに北まで来たのは初めてよ」

ソフィアも外を覗いた。霧と荒野が遠くに見え、すべてが石のような灰色だ。「わたしも、こんなふうだとは思っていなかったわ」

フローレンスが彼女の手を握りしめた。「がっかりしたような言いかたね」

ああ、ここへフローレンスを呼んだりしてよかったのかしら。「想像と違っていただけ。それだけよ」

「想像どおりでなかったのは、田舎のこと？　それともお城が？」

ソフィアはかぶりを振った。「すべてよ」

「すべて。まあ、なんてこと」フローレンスは手袋をはずした。「なにが起きたのか、話してちょうだい。そんなひどい話があるわけがないわ」

馬車ががらがらと音を立て、跳ね上がる。細い車輪が、深いぬかるみをいっきに駆けてゆく。ソフィアはその動きに身をあずけるかのように、すべてをあっさりとひとことで片付けた。「ジェイムズは、わたしのお金と結婚したのだとわかったの」

フローレンスは人さし指でソフィアの頬を撫でた。「ああ、いとしいソフィア。そんなことで悩んでいたの？　でも、持参金が関係しているってことは、あなたもわかっていたでしょう。お父様がどれだけの額を出すか、あなたは知っていたのだし、あなたがここまで来たのは、社交界で子どもを育てるためでしょう。まさか、愛ある結婚をしようなんて考えていたのではないでしょうね」フローレンスの顔が青ざめた。「そうなの?」

ソフィアはびっくりしてフローレンスを見つめた。「もちろん、そう思っていたわ。わたしがジェイムズをどう思っていたか、わからなかったの?」

フローレンスはためらいを見せ、こう言った。「彼を求めていたのはわかったけれど」

「求めていたわ。彼を愛してしまったの。おかしくなりそうなほど。そして彼もわたしを愛してくれたと思っていたわ。そういうふうに思わせられた。わたしを見るまなざしや、話しかける感じや……わたしたちのあいだには、熱くほとばしるものがあった。とにかくわたしはそう思ったの」

フローレンスが顔をゆがめた。「男性なんて、すぐに熱くほとばしるのよ。あなたは美しいわ、ソフィア。男性があなたを見て欲望を抱かないなんて、ありえない。重要なのは、ジェイムズは実際にあなたと結婚したということよ。彼はどんな女性でも手に入れることができた。そのなかで、あなたを選んだ。あなたを公爵夫人にした。それがどれほど幸運なことか、あなたはわかっていないわ」

ふたりの下で馬車が揺れる。

「わたしは自分が公爵夫人かどうかなんて、どうでもいいの」

「いったいなにを言うの」

ソフィアはひるまず、フローレンスの青い瞳を見た。ジェイムズからの求婚などあきらめなさいというようなことをフローレンスに言われてから、ソフィアにはずっと気になっていたことがあった。けれどもソフィアは彼に恋してしまい、あきらめる理由にはことごとく目をつぶった。

けれどもなぜだか、またその気がかりだったことがぶり返してきた。「あなたがジェイムズと初めて会ったときのことは、すべて話してくださったのよね?」

フローレンスは肩を上げ、深く息を吸った。「どうしてそんなことを訊かなければならないの?」

その返事に、ソフィアは身の凍る思いがした。「なにか隠しているのね。お願い、話して」

緊張感がふたりを包んだ。「なんでもないことよ。もうどうでもいいことだもの」

「わたしには大事なことなの、フローレンス。話してちょうだい」

「でもそんな話をしても――」

「お願い」

フローレンスは観念してため息をついた。「わかったわ。わたしたちのあいだにはちょっとしたことがあったけれど、話したとおり、そこでおしまいになったのよ。ジェイムズとは、ロンドンに来た最初の週に舞踏会で出会ったの。まだなにもかもに圧倒されていたころよ。舞踏会にやってきた彼は、あのとおり、とても美しくて優雅だった。わたしも彼がほしいと思ったわ。それまでの人生で望んだことのある、どんな男性よりも」

ソフィアはふいに寒気が走った。

フローレンスは続けた。「彼に紹介されて、ダンスをして、それからも何度か夜会で会ったりして、ある日の晩、わたしは彼を自分のものにしようと決意して、彼とふたりきりで席をはずしたの。誰も入れない蔵書室を見つけて、そこに……しばらくいたの」

話に耳を傾けるソフィアの心臓は、早鐘を打っていた。馬車に乗っているその場で、気分が悪くなりそうだった。

「傷ものにされるところだったわ」フローレンスが言った。

「されたの？」

伯爵夫人はかぶりを振った。「いいえ、でも寸前まで行ったわ。われに返ってそこで止められたから、本当によかった。ぎりぎりだったけれどね。奇跡的に誰にも見つからなかったのだけれど、彼はもうひとことも口をきいてくれなかった。求婚してほしくて手紙まで書いたのに、一度も返事はなかった。まるでお墓みたいに沈黙を守って、冷たくて。心が石でできているのだと、そのうち気づいたの。あれ以来、彼のことなんて大嫌い。いまでも嫌いよ」フローレンスは長いこと窓の外を見つめていたが、やがてそっと言った。「ごめんなさい。ひどいことを言って。あなたのご主人なのにね」

ソフィアは息苦しくなるようなのどの詰まりをのみこんだ。「どうしてなにも話してくださらなかったの？」

「話そうとはしたのよ。彼の評判については教えたでしょう」

「でも、あなたの言いかたでは、取り立てて意味のない噂話のように思えたわ」

フローレンスがあごに力を入れた。「大部分はそうよ。でもそれでも、あなたとあなたのお母様は彼にご執心で、わたしがなにを言おうと変わらなかったでしょう。それに——きらびやかなニューヨークの社交界がわたしたちに見向きもしなかったころのことを考えると——あなたを応援せずにはいられなかった。わたしも仲間になりたかったから」

ソフィアは必死で、ショックと怒りを声に出さないようにした。「ニューヨークのひとたちを見返したくて、そういうことを隠していたというの？」

フローレンスは身を乗り出した。「それだけではないわ。あの公爵を落とすのだと思うと、わくわくするじゃない！　彼は最高の部類に入る男よ、ソフィア、あなたやあなたのお母様だって彼を手に入れたかったのでしょう。成功して、幸せになってもらいたかったのよ」

ソフィアは長いあいだ言葉もなく座ったまま、脳に血が熱く駆けめぐるのを感じていた。なんと愚かだったのだろう。おとぎ話に目がくらんだりしなければよかったのに。

「あなたは結婚して幸せなのよね、フローレンス？」

フローレンスは肩をすくめた。「本当の幸せがどういうものか、誰もわかっていないのではないかしら。肝心なのは、わたしはとてもいい相手をつかまえたってこと」

ソフィアの目に涙があふれ始めた。「でもあなたとあなたのご主人は、愛し合うようになったのでしょう？」

フローレンスはうつむいたまま、手袋をはめた手をスカートにすべらせた。「もちろんよ。あなたとジェイムズもこれからそうなるようにね」

持てる限りの力をこめて、ソフィアは泣き出しそうになるのをこらえた。

馬車には気まずい沈黙が流れた。急に空気が重くなって、呼吸もできなくなったようだった。

フローレンスはソフィアの手に手を重ねた。「自信をお持ちなさい、ソフィア。ウェントワース公爵はあなたと結婚したの。決して誰とも結婚しないと誓っていた男性が。あなたは偉業を成し遂げたの。アメリカ人のあなたがよ。誰も、あなたがここまでやれるとは思っていなかったわよ。あなたは勝利に酔いしれていいの」

薄暗い明かりのなかで途方に暮れてフローレンスを見つめるソフィアは、この女《ひと》から授けてもらう知恵などないのだと悟った。こういう問題について、フローレンスには同じ魂の持ち主であってほしいと思っていたのに、現実はほど遠かった。彼女は全然わかっていないし、気にかけてもいない。イングランドまで称号を求めてやってきて、手に入れたから、ほかのことはどうでもいいのだ。

あるいは、自分が手に入れられなかったものを思い出したくないのかもしれない。

ソフィアは窓の外を眺め、かつてないほど心もとなく孤独を感じながら、何年か経てばわたしもフローレンスのようになって、間違いを犯したという気持ちに目をそむけているのかしらと考えた。そんなことに耐えられるのだろうか？　愛らしい笑みを顔に貼りつけ、幸せなふりをして、いつしか本当の幸せがそもそもどういうものだったのかも忘れてしまうの？

馬車が跳ね、ソフィアの頭はずきずきし始めた。フローレンスの慰めも、なんの足しにもならなかった。いまではジェイムズと母の親友がふたりして、彼女に秘密を持っていたことがわかっただけ。ふたりはソフィアを、息が詰まるに違いないとわかっている世界に引きこんだ。
やおらソフィアは、魂をつぶされているかのような心地がした。お飾りの宝冠ひとつをあてがわれ、めっきを施した墓に詰めこまれ、封印されて、もう誰も彼女の声に耳を傾けてはくれないのだ。

フローレンスが帰って数日が経ったころ、先代の公爵夫人《マリオン》が朝食の席で、ウェントワース公爵夫妻は十月の末に狩猟パーティを主催するのが習わしなのだと告げた。そのためソフィアは、いつものひとびとに招待状を送らなければならないのだという。

誰がその〝いつものひとびと〟なのかは、ソフィアの推測にゆだねられたが、実際に招待状を準備しなければならない時期がやってきた。ソフィアは義母のところに出向き、招待客名簿を借りなければならなかった。

マリオンの部屋をノックしようと手を上げたところ、胸を引き裂かれそうな大きな嗚咽がなかから聞こえてきた。驚いたソフィアは躊躇してしばらく聞いていたが、意を決してノックした。

なかでなにかが床に落ちる音がして、しばらくのちにマリオンが言った。「どうぞ」
ソフィアは入室した。

マリオンが泣いていたのだとしても、いまはもうわからなかった。いつもどおり、彼女の顔は冷たく無表情だ。

「なんのご用？　わたくしは忙しいのです」

ソフィアはマリオンが編んでいるスカーフに視線を落とした。「パーティの招待客名簿をお借りしたいのです」

マリオンに、大丈夫ですかと尋ねるべきだろうか？

マリオンは、むっとした顔で立ち上がった。「わたくしには、あなたの代わりにあなたのお仕事をして差し上げる時間はありません、ソフィア。ご自分で解決しなければなりませんよ」

ソフィアはマリオンの事情に首を突っこまないことにした。今日は怒鳴り散らされても平気でいられる気分ではなかった。「ええ、マリオン、それはあなたよりも重々承知しています」

マリオンは横目でちらりとソフィアを見やり、それから机に行って一冊の本を手にした。それをソフィアに差し出す。「これは、昨年のパーティの招待客を記したものです。お料理の献立と招待客名簿のほかに、お客様ごとのお食事とお部屋の好みも書いてあります。アーヴィン子爵様はかなりのお年で、確か〈緑の間〉のベッドは硬すぎるとおっしゃっていました。今年はどこかべつのお部屋をご用意しなくてはなりません」

「ありがとうございます、マリオン、本当に助かります」ソフィアは本を受け取り、部屋を出ようと向きを変えた。

戸口を超えたかと思ったとたん、うしろですさまじい音を立ててドアが閉まり、側柱にドレスの裾がはさまりそうになった。

ソフィアは義母の侮辱を気にするまいとこらえた。一度感情的になってしまったら、取り返しがつかない。自室に戻って机につき、ペンをインクに浸して、招待状を書き始めた。

三時間後、椅子にもたれて疲労のため息をつきながらも、分厚い便箋の上に重なった招待状の山に感動していた。赤の封蝋には、惚れ惚れするような公爵家の家紋が入っている。

そのときドアにノックがあった。「どうぞ」

ドアがゆっくりと、きしむ音を立てて開いた。義母が入ってくる。

ソフィアはまた背筋を伸ばした。「ごきげんよう、マリオン」

「招待状を書いていたのですか？」

突然、この女性を喜ばせたいという驚くような気持ちが——義母に認められようが認められまいがどうでもいいはずなのに——ソフィアの背筋を這いのぼってきた。ソフィアは目の前にある招待状の山を手振りで示した。「ええ、すべて書き終わりました。昨年いら

「よもやレディ・コルチェスターをお誘いしていないでしょうね」

「いえ……ご招待したと思います。ご主人様とご一緒に」

 マリオンは、いつものごとくゆっくりと天井に目をやりながら、かぶりを振った。「ああ、だめ、だめ！　レディ・コルチェスターは、昨冬お亡くなりになったのよ。その招待状は書き直して。コルチェスター卿だけにしなくては」

「わかりました」ソフィアは書きどおしでこわばった手を動かし、コルチェスター夫妻に宛てた招待状を見つけるために、机の上の山を探し始めた。封筒同士がすべり、何通かが床に落ちる。マリオンが近づいてきて、同じく探し始めた。目を細めて表書きの名前を読み取っているのは、明らかにソフィアの筆跡を吟味しているのだろう。

「おかまいなく」ソフィアは言い、しゃがんで落ちた招待状を拾おうとした。ああ、まるでわたしがたった一通の招待状も見つけられないかのように、義母が肩越しに身をかがめ、その吐息が首にかかるなんて。

「ああ、あったわ」青い静脈の浮き出たマリオンの手が、束の下のほうから件《くだん》の招待状を拾い上げた。封蝋を破り開ける。「あらまあ、なんということ！」まるでソフィアの手紙が神への冒涜であるかのように、大声を張り上げた。

「どうしたのですか?」ソフィアは訊いたが、知りたくないような気もした。

「あなたの名前をソフィア・ランドンと書いてはいけません! ソフィア・ウェントワースと署名しなければ! ウェントワースよ!」マリオンは招待状を机に投げ、ほかの一通を取って破り開けた。「これも同じだわ」さらに一通を開ける。「これも! みんなだめではないの! すべて書き直して! こんなに紙をむだにして。間違えたものは燃やすのですよ」

マリオンは部屋を出て、ドアをばたんと閉めた。ソフィアは胸に湧き上がる怒りを懸命にのみこんだ。一室しかない小学校の校舎で、教師のミセス・トリリングと過ごしたころに戻ったような心地だった。物差しで机をたたいてゆくあの音が、いまだに聞こえてくる。でも、マリオンにしてやられるわけにはいかない。憎たらしい女《ひと》に、まだ残っているこれまでの自分や、こうありたいとずっと夢見てきた自分をつぶされたくない。

ソフィアはスカートを持ち上げてドアに駆け寄った。自分は義母を、この城のあわれな召使いたちが見ているような目で見はしない――伏し目がちで、おそれと服従に満ちたまなざしで。召使いたちに、自分まで同じような目で見られているのには、もううんざり!

マリオンが召使いたちの心を折ってきたように、わたしの魂までも押しつぶさせるわけにはいかないわ。ジェイムズがひとを愛することを知らないのも、これでは無理がない!

ソフィアはドアを引き、廊下にさっと躍り出た。マリオンは、ちょうど角を曲がって消えようとしているところだった。ソフィアは走ってあとを追った。広間に降りてゆく大きな階段の降り口で追いついた。

「待ってください！」ソフィアは声を張り上げた。マリオンが立ち止まって振り返る。爆発しそうなものを胸に抱えてソフィアは近づいた。「もうたくさんです」

「なんですって？」マリオンが憤然とした顔で言った。

「あら探しばかりの見下したもの言いは、もううんざりです。わたしのことが嫌いなのはあなたのご自由ですが、あなたのご子息はわたしと結婚して、わたしはずっとここにいるんです。この家の女主人はわたしなのですから、今後は――少なくとも！――丁重に接していただきたいの」

マリオンはショックで口もきけない顔で見つめていたが、ひとことも言い返さず向きを変え、階段を駆けおりていった。

やっぱり、とソフィアは思った。鼻をつんと上げて、感情的な卑しいもめごとなど無視するのね。

ソフィアは階段の降り口に立ち、やっと勝てたような気分になった。自信を失うまいと何日も苦しみ、ここの冷たくて無感情なひとたちに溶けこもうとがんばってきた。夫には冷たく突き放されてつらい思いをし、どうして愛してくれないのかと悶々とし続け、返ってこない答えを待ち続けた。彼女が自分は犠牲になったように思っている限り、返ってはこないだろう。

けれど、それももうおしまい。たったいまから、彼女は自分の思いで行動する。自分のやりかたで、公爵夫人としてここで暮らす。もう二度と義母にびくびくしたりしないし、夫にも、妻が作り笑いを浮かべるだけの精神的に重たい存在で、彼を思ってやつれ果てるばかりだなどと、思わせたりはしない。彼がロンドンから帰ってきたら、妻はもっと強い人間なのだと思い知らせよう。妻の関心を取り戻すには、彼のほうから気をきかせて極上の働きかけをしなければならないのだと、わかってもらおう。

心のなかで〝見ているといいわ〟とつぶやくと、ソフィアは部屋に戻って招待状を書き直した。それがすんだら、軽装の二輪馬車で小作人のところを訪れ、彼女を必要としているひとたちや彼女を歓迎してくれるひとたちにできることはないか、状態を見てまわることにしよう。

二週間後、ジェイムズが戻ってきた。結局、ひと月も留守にしていたことになる。夜も更けた十一時ごろのことだった。彼が部屋へ入ると暖炉にはすでに火が入り、トンプソンが盆にブランデーを載せて忠実に待っていた。

「ああ、ありがたいね」ジェイムズはグラスを取って、長々と酒をあおった。首の巻き布をゆるめて腰を下ろす。

「お帰りなさいませ、旦那様」

「ありがとう、トンプソン。今回は疲れる旅だった、そう思わないか？　いつもよりずっと長く感じたな」

おそらくマーティンの問題にずっと手間をかけさせられたからだろう。弟はまたしてもイートン校から停学処分をくらっており、おばのキャロラインのところにしばらく行かせる手配をしなければならなかった。

そのとき、ドアにノックがあった。「どうぞ」ジェイムズが声を大きくした。

勢いよくドアが開き、戸口に妻が、白の化粧着をまとってショールを肩に巻きつけた姿で立っていた。大きな真鍮の枝付き燭台を持っている。うねりのある豊かな髪が肩にかかり、ろうそくの明かりが青い瞳の奥で輝いている。

信じられないほど美しい妻の姿に強烈な欲望がどっと押し寄せ、ジェイムズは立ち上がった。

ソフィアから片時も目を離すことなく、トンプソンに言う。「今日はもうやすんでいい」

従者は言われたとおりに下がった。

ソフィアは部屋に入り、うしろ手でドアを閉めると、燭台を机に置いた。「ロンドンに行かれることを、なにも話してくださらなかったのね」

ジェイムズは妻のほっそりとした全身に、視線を這わせた。小さな素足につかのま目を留めたが、ふたたび視線を上げて妻と目を合わせ、言われたことに答えようとした。

しかし言葉のほうが、するりと彼をかわして逃げていくように思えた。そよ風に吹かれてふわふわと舞う羽根に、つかみかかっては逃げられているかのように。

彼は、妻との関係をあまり気にかけすぎないようにしていた。ふたりが離ればなれになったことで――ときに不愉快ではあったものの――やっと、これでなにもおかしなところはないのだという証明ができた。まだ彼は自分を見失ってはいない。ロンドンへ発つ前にソフィアに吐いた暴言の数々も、あのくらい当然だと自分の行為を正当化できたし、留守中のかなりの時間、彼女のことを完全に忘れることもできた。

だが、夜はだめだった。夜だけは。

しかし、それもどうにかなるだろうと、いまではジェイムズも思っていた。これはたんなる欲望にすぎない。女性に欲望を抱いたことは前にもあるし、それで自分を見失ったことはない。だからソフィアが相手でも、おかしくなったりはしないのだと。

ジェイムズはグラスを傾け、ブランデーを飲み干した。「急に決まったものでね」

「では、これからは」ソフィアがにべもなく言う。「泊まりでお出かけになるときはすべてお知らせくださいね。それから、挨拶のキスも忘れないで」

ジェイムズは彼女の表情をまじまじと見た――険しくて尊大ささえも感じられる。彼はかなり怒られるものと思っていた――彼女が怒るのはもっともなのだから――そして、心の準備さえしていた。

怒るのでなければ、泣かれるか。

少なくとも、すがりついてくるのだろうと。

「わかった」ジェイムズは象牙色の彼女の顔と、こわばったあごを見つめた。

「お願いしますね」ソフィアは意を決したようなまなざしで夫に向かって歩いていった。

ジェイムズのズボンが、抑える気もない昂ぶりの証に張り詰める。妻とはひと月も離れていた。しかし、覚悟していた涙もなく、自信にあふれた彼女の姿を見せられたのは意外で、うれしかった。

ジェイムズは突如、妻を抱きたくてたまらなくなった。

妻が目の前に立っている。ふっくらとした唇は艶めいて誘っているかのようで、香水が強烈に彼の感覚に働きかけてくる。ジェイムズは妻の頬に手のひらを当て、下唇をなぞった。彼女が目を閉じ、彼の親指に口づけて、さらに口に含んで吸い上げた。熱い口の感触に、猛烈な切望が彼の全身を駆け抜けた。

ジェイムズは両手で妻の顔を抱え、唇を下げていったが、ソフィアはすっと身をかわした。一瞬、彼は立ち往生して、目を開けた。

ソフィアは一歩下がって距離を置いた。

「ごめんなさい、ジェイムズ、今夜はお務めを果たせないの」

気のない返事は、バケツの冷水を頭から浴びせられたかのようだった。

「昨日、月のものが始まったの。だからお務めというお務めもないのよ」残念そうな響きはいっさいなく、ソフィアは夫に背を向けて燭台を取った。「一週間ほど経って、身ごもることのできる状態になったら、またお部屋にいらして？」

ジェイムズは身動きもせず立ち尽くし、これほど平然と無関心な様子で話をするこの女が、本当に元気いっぱいだったアメリカ人の妻なのかと信じられずにいた。これではまるで……イングランドの女性みたいだ。

ソフィアはドアを開けて出ようとしたが、最後にひとことだけつけ加えた。「ところで、お留守のあいだにフローレンスが来たのよ。楽しかったわ。おもしろいことをあれこれぜんぶ、聞かせてもらったわ」

床にへばりついてしまったような心地で、ジェイムズはゆっくりとまばたきした。

「おやすみなさい」とソフィア。

ジェイムズが不安げに一歩、前へ踏み出す。「ソフィア――」

ソフィアが止まった。

「その……すまなかった」考えもしないうちに、言葉がジェイムズの口をついて転がり出ていた。その音と感触に、彼はうろたえた――これまでなにかでひとに謝ったことなど、一度もないのに――次にどうすればいいのか、なにを言えばいいのかわからないまま、部屋のまんなかで落ち着きなく立っている。

妻は長いこと夫を見つめていた。頬が染まっているように彼には見えたが、ろうそくの明かりではなんとも言えない。しかし彼女の瞳は、確かになにかを語っていた。せつなさのようなものだろうか。おそらく見かけほどは、自信を持っていないに違いない。

「すまなかったって、なにが？」ソフィアは訊いた。

どう答えるべきか、ジェイムズは長いあいだ懸命に考えた。なぜなら彼が心から悔やんでいるのは、妻を生まれ故郷と愛する家族から引き離してしまったことだったから。フローレンスのことでは嘘をついたし、そのほかにもたくさんの嘘をついた。こんなにへんぴで地獄のようにつらい場所にも連れてきてしまった――壁に反響する音が、思いも及ばないほど昔の亡霊の遠吠えとともに響き渡っているような、こんな場所へ。そんな仕打ちをした挙げ句、彼はさらにソフィアに冷たく当たり、ここにひとり残して、ひとりぼっちで試練を受けさせた。

それが申しわけなく、ジェイムズに重くのしかかっていた。胸を締めつけられているような感じがした。

「まだうまくいっていなくて、悪いと思っている」ジェイムズは答えた。

「子どもができなくて、ということ?」ソフィアはそう言いながら、まだ彼が話すことのできていない、もっと奥深くに潜んだべつの説明を探っていた。

「ああ」

ソフィアはそれが思ったとおりの答えだったとでも言うようにうなずき、夫を残して立ち去った。

17

ジェイムズは馬上で前のめりになり、手綱を握る手に力をこめて荒野を早駆けしていた。東にある排水路の見まわりから帰るところだった。この一週間はできるだけ忙しくし、ソフィアのことを思い悩まないようにしていた。そんな離れ業も、なんとか成し遂げた。彼女のことを考えずにいられるのかと思ったときもあったが、いまではいつでも外の世界を締め出すことができるようになっていた――そうしないと精神が保てなかったころがあったから――彼がまだ子どもで、まわりの環境を自分ではどうすることもできなかったころ。

ジェイムズは馬に低い石壁を超えさせ、湿った草地に着地した。しかしそのとき、彼の所有する一頭立ての二輪馬車《キャブリオレー》が小作人の小屋の外に幌を下ろした状態で停まっているのを見て、馬の速度をゆるめた。近くまで寄ってみると、座席に御者が横になって寝ているのがわかった。

ジェイムズは咳払いをした。御者は陽射しをさえぎるため顔に乗せていたシルクハットをずらし、顔のまわりでうるさく飛んでいるハエを追い払った。ジェイムズはもう一度、咳払いをした。

帽子を上げた御者は主人の姿を見て、馬車から飛び下りた。庭ではニワトリがコッコッと声を上げ、羽根をばたつかせている。「旦那様！」

馬上の高い位置からジェイムズは御者を見下ろした。「訊くが、わたしの馬車を使ってここでなにをしている？　しかも居眠りなどして？」

「公爵夫人とご一緒でございます、旦那様。眠っていろとおっしゃいましたのは奥様です。わたしが疲れているようだからと、どうしてもとおっしゃられて。奥様のお言いつけで馬車のうしろにいたのでございます」

ジェイムズはよくよく考えた。これまでにも、自分と妻とのあいだにはありえないほどの深い溝があると感じたことはあった。召使いに昼寝をさせたくないと思っているわけではないが、規律というものも考えなければならない。とくに仕事のあいだは。

小さな石造りの小屋の玄関扉を、ジェイムズは見やった。そこに住んでいる小作人はわかっている。若く雄々しい男だ。立派で頼りになる。しかし、実際に話したことはほとんどない。どういう男か見極めるのは難しかった。

「奥方はなかにいるのか？」

「はい、旦那様」

今日、外に出て小作人を訪問するとは聞いていないが、この前に会ってから、妻とはできるだけ顔を合わせないようにしてきたことも確かだ。彼女は文句のひとつも言っていないし、妻の体の状態を考えると、密な関係を結ぶことも考えなくてすんだ。少なくとも、あと数日のあいだは。

しかし、好奇心がさざ波のようにジェイムズのなかを駆け抜けた。

「奥方の小間使いも一緒か？」

「誰もお連れにならないとおっしゃられて、旦那様。おひとりがよろしかったようです」

「ひとりで」ジェイムズは繰り返した。誰にも知られたくないようなことをしているのか？　それとも、また彼女ならではのマナー違反をしただけなのだろうか？

こんな天気のいい午後にソフィアがここでなにをしているのか、御者に訊きたかったが、やめておいた。妻の行動を自分よりも召使いのほうが知っていることを気づかれたくなかったからだ。

「どれくらいここにいる？」ジェイムズは尋ねた。

「一時間です、旦那様。奥様はたいてい一時間、過ごされます」

「たいてい？　以前も来たことがあるということか？」

御者はうなずいた。「今週に入って三度目になります」

「なるほど」ジェイムズは小屋の玄関扉をもう一度見やったが、なかなか足が踏み出せないことに気づいた。

馬を降り、馬具でほかの馬たちとつないだ。乗馬用の鞭は手にしたまま、玄関扉の前まで行ってノックした。

若い女が出てきた。小作人の女房に間違いないだろう。ジェイムズはほっとした。

女はレースの帽子と白いエプロンをつけており、幼い子どもを腰のあたりにかかえていた。ジェイムズが誰かわかると目を丸くし、少しあわてたように、ひざを折ってお辞儀した。「こんにちは、公爵様」

「うむ」ジェイムズが答える。「奥方はここに？」

若い女は脇にどき、ドアを開けたまま支えた。「いらっしゃいます」

ジェイムズは帽子を取って小さな家に入った。炉には火が入り、料理のにおいがした――カブかなにかのようだ。彼の視線が壁に入った大きなひびから低い天井を通り、むき出しの太い梁に移る。

「奥様はこちらです」女は奥の部屋に案内した。あとに続くジェイムズのつややかな乗馬用ブーツの下で、床板がきしんだ。

一枚のドアを押し開けて入ると、自分の妻が聖書を広げて両手に持ち、揺り椅子に腰かけた老女に読み聞かせている姿が、ジェイムズの目に飛びこんできた。老女は黒い服を着ている。やせていて、ぱさついて見える白髪が肩にかかっていた。

ドアが開いた拍子にソフィアは目を上げ、ジェイムズの姿を見て取ると、読み聞かせをやめた。一瞬、ふたりは言葉もなく見つめ合っていた。ソフィアは飾り気のない昼用のドレスをまとっており、アメリカの小麦畑にでもいるような姿を思わせた。まったく公爵夫人とは思えない。

「どちらさまで？」老女が言い、ジェイムズはすぐに目が見えないのだと察した。

「公爵様よ」ソフィアが答えた。

「公爵様。なんとまあ」ひ弱な老女は立ち上がろうとした。

ソフィアは老女のごつごつした手を押さえた。「いいのよ、キャサリン。立ち上がらなくてもいいの。ジェイムズ、こちらはミセス・キャサリン・ジェンソンよ」

そのようなくだけた挨拶は、ジェイムズの母親なら激怒しただろうが、ジェイムズは怒るどころか、このときばかりはかしこまったやりとりがなくてほっとした。

「ここでなにをしているの？」ソフィアは夫に尋ねた。「お城でなにかわたしにご用がおありだった？」

「いや、ただ通りすがりに、外の馬車に気づいたものだから」

「そうなの」ソフィアは彼の返事に少し戸惑ったようだった。ジェイムズ自身も、いったい自分がここでなにをしているのかわからず、戸惑っていた。

彼のうしろにいた小作人の妻は断りを言い、台所に行った。

「あなたもお座りになる？」ソフィアはここですっかりくつろいでいるようだった。「もう少しで読み終わるの。かまわないかしら、キャサリン？」

「それはもう光栄ですとも、旦那様」

「こちらこそ、マダム」ジェイムズが言った。「ですが、おじゃまになってはいけない」

「そんなことはないわ」ソフィアが答えた。

彼は壁際にある木のベンチに腰を下ろした。

ソフィアはさきほどの続きから読み始めた――ヨハネの黙示録だ。「見よ、わたしは戸の前に立って、たたいている。何人《なんぴと》たりとも、わたしの声を聞いて戸を開けるなら、わたしはなかへ入って彼と食をともにし、彼もまたわたしと食をともにするであろう」

ジェイムズは妻の歌うような声を聴きながら、彼女の読み上げる内容や、彼女の人柄に思いをはせた。

静かな思いが胸の内に流れてゆく。ジェイムズは、貴族のいないアメリカでの生活を思い描いた。あちらでは偶然の出自ではなく、財のあるなしで階級が決まる。前にソフィアから聞いた、ひと部屋しかなかった家にいた彼女を想像して、婚姻によって仲間入りをしたこのまったく違う世界を彼女がどう思っているのかを考えると、なぜだか少し愉快になった。ロンドンや新婚旅行では、ソフィアはここでの生活についてあまり質問をしなかった。おそらく、考える暇がなかったのだろう。あるいは、貴族になるということに、まだ実感が湧いていなかったか。いまではもう落ち着いたのだろうか？　はたして慣れることなどできるのだろうか？　だから彼女はここに来たのか？　ほんの数時間でも、現実から逃れるために？

突然、ジェイムズは、妻を手厚く支え、新しい環境に慣れさせてやりたいという、強烈な責任を感じた。とくに、ロンドンに発つ前、あんな仕打ちをしたあととあっては。いくら彼女のためを思ってとはいえ、彼はソフィアの夢を打ち砕いたのだ。

それはジェイムズにとって新鮮な感情だった。これまでは、どんな女性を妻にしようと、彼女が落ち着くかどうかなど、まったく気にかけるつもりはなかった。妻は母に託して教育してもらい、未来の子どもたちは乳母や子守に教育させればいいとしか思っていなかった。だがソフィアは、なかなかの強者《つわもの》だということがわかってきた。あいにく母にとっては――あまり教育できそうな嫁とは言えない。

もし彼がもう少し愛情を受けて育てられていたら、結婚前から公爵夫人には自分の思いやりと支えが必要だろうと考えるようになっていたかもしれない。しかし今日になってこういった反応が起きたのは、ソフィアのなにが原因だったのだろう？　ひとと親しく接するという気持ちが、彼女は強いから？　それともただたんに、この老女に対してびっくりするほど彼女がやさしいから？

ジェイムズはミセス・ジェンソンが読み聞かせにうなずく様子を眺めていた。やがて最後まで読み終わり、ソフィアは聖書を閉じた。

「すばらしゅうございました、奥様」ミセス・ジェンソンは言った。「おじゃまさせていただいて、ありがとう。また月曜日に会いに来ますね」

ソフィアは老女の前で片ひざをつき、彼女の手を取った。

「神様のご加護がありますように」老女は答え、ソフィアの手に頬ずりした。ソフィアは老女の髪を撫で、いとおしげに頭のてっぺんにキスをして、聖書を返した。

身を切られそうなほどの畏怖の念に打たれながら、ジェイムズはソフィアが立ち上がるのを見ていた。

数分後、ふたりは小作人の若い妻に玄関でいとまごいの挨拶をしていた。小作人の妻はひざを折ってお辞儀し、輝くような笑みをソフィアに向けたが、ジェイムズのほうは見るのもこわいといった様子だった。ほかの男なら、そんな態度が気になったことだろう。しかしジェイムズは慣れていた。地元の村人は、公爵家の暗い歴史を聞き及んでいるに違いないから。

扉が閉まると、彼とソフィアは陽光を浴びて向き合った。

「小作人を訪問するようになったとは、聞いていないぞ」ジェイムズが言った。

ソフィアは手袋をはめて馬車へと歩いた。「お尋ねにならなかったでしょう」御者の手を借りて座席に乗りこみ、スカートを直した。「近隣のかたがたを知っておきたかったの」

近隣のかたがた。ジェイムズは小作人を、そういうふうに考えたことはなかった。小屋の扉を振り返り、小作人の妻のクリスチャンネームも、子どもの名前も知らないことに気づいた。ミセス・ジェンソンは、いつ視力を失ったのだろう。城から遠くないところに暮らしているのに、どうしてそんな話を耳にしなかったのだろう。

「それに、ここへ来るとわたしもうれしいの」ソフィアは続けた。「ミセス・ジェンソンがわたしの読み聞かせに熱心に耳を傾けてくださって、ご自分では読むことのできないお話にとても喜んでくださっているお顔を見ると、神様からのやすらぎが降りてくるのがわかるの。ここに来て彼女のためになにかをしてあげるのは、とても幸せなことなの、ジェイムズ。強さと静けさをもらえるのよ」

澄んだソフィアの青い瞳を覗きこんでいるうち、ジェイムズも同じようなやすらぎと静けさが降りてくるのを感じた。こんなふうに感じたことは初めてで、彼は奥深く内側から揺さぶられた。

「小間使いくらいは連れてくるべきだと思うが」ほかになんと言っていいかわからず、ジェイムズはそう言った。

「そのことなんですけれど、ジェイムズ、ミルドレッドに暇を出そうかと考えているの」

ジェイムズは馬車の側面に両手を当てた。「暇を出す？　だが彼女は経験豊富で、太鼓判をおされて雇ったんだ。これまでずっと――」

「ずっと働いていたのはわかっているわ。でも、それだけの話でしょう。彼女はあなたのお母様が選んだのであって、わたしが選んだわけではないわ。わたしはお母様とは違うし」

そのことなら、日に日にジェイムズにも明らかになってきていた。

「わたしは自分で選びたいの」ソフィアは続けた。「一緒にいて気の張らない相手がいいわ。そうすれば、小間使いがわたしのためにやらなければならないことをすべてやっていても、気にならなくなると思うから」

〝気の張らない相手〟

「なるほど、わかった。家政婦に相談したらどうだろう？　きっと探してくれ――」

「もうしたわ。ミルドレッドには昨夜なにもかもお話ししたの。そうしたら、早くに恩給を受け取ることを承知してくれたわ。実は、だいぶ肩の荷が降りたみたい。たぶんわたしが……なんと言えばいいかしら……一度ならず彼女を辟易《へきえき》させていたみたいだから」

ソフィアがミルドレッドを辟易させているところを想像して、ジェイムズは口元をほころばせずにはいられなかった。「まあ、驚きはしないがね」

ソフィアも笑みを返した。「それでは、いいのね？」

「もちろんだ。それできみが楽になじめるのなら」

城内のことについて、ふたりで気安く穏やかに相談できていることに気づいて、ジェイムズは珍しく心が軽くなった。たぶん、新婚旅行のときのような関係――常に触れ合ってキスをして、手をつなぎ、テーブルクロスの下では足を絡ませていたような関係でなくてもいいのかもしれない。今日のソフィアにはどこかよそよそしいところがある。まるで、彼の愛情には頼らず結婚生活をやっていこうとでもいうような。彼に抱いていた怒りを乗り越えつつあるとでもいうような。少し強くなったように思えた。

詰まるところ、彼もそれほどひどい間違いを犯したわけではないのかもしれない。

ジェイムズは馬車の横腹をたたいて御者に合図を出し、岩がちでくねった道を城に向かって遠ざかってゆくのを見送った。

ソフィアは馬車のなかで、ジェイソン家のそばに立つジェイムズの姿を振り返るまいとしていた。今日の彼はあまりにすてきでチャーミングで、もし振り返ったら、またあの望みのない願望にがんじがらめになってしまいそうだった。彼女はまだ、彼を愛しすぎている。だから振り返りたい衝動を力ずくででも抑え、澄んだ青い空をじっと見上げていた。ああ、このひと月、どれほど気持ちが不安定だったことだろう。あるときは夫に花瓶を投げつけたい気分になった。あの思い出したくもない夜、信じられないほど冷酷だった彼――いまだに納得のいく説明はない。それよりなにより、一か八かのやりかたで彼女をこの新しい環境に放りこんでおきながら、なんの支えもなかった。

けれどもあるときは――めったにないけれど――今日のように話しかけられ微笑みかけられると、やはりジェイムズにそばにいてほしくなった。それまでにほしいと思ったなによりも、彼がほしい。子どもを作る体の準備が整えば、また愛してもらえるのだという気持ちだけが、実のところ、彼女の支えだった。かつてふたりが共有していたものに、もう一度火を灯したいという望みは、どうしても捨てられない。彼女には、生きていくうえで密な関係が——ほかの人間との深い魂の結びつきが必要だった。それなしでは生きていけない。小作人を訪問することで、少しはそういう気持ちが埋められたけれど、夫と共有していたと思っていたような深い結びつきには及ぶべくもない。

ソフィアは手袋をはずし、彼との結婚と引き換えに、かつて築いていた大切なひとたちとの関係をすべて投げ捨てたことを思い、胸に刺すような痛みを覚えた——妹たち、母、父との絆。父ならきっと、いつもそばについていてくれたに違いない。

ソフィアは重く憂鬱なため息をつき、いつの日かふたりにとってなんとかやっていけるだけの折り合いがつきますように、そして、どうして彼に拒絶されたのか本当の理由もわかりますようにと祈った。

18

新しい小間使い候補たちとの面接を終えた夜、くたびれ果てたソフィアはすぐに眠れますようにと思いながら、ベッドに這い上がった。彼女には経験のある女性が必要だった――貴族のしきたりを理解し、教えてもらうためには、小間使いに頼らなければならないのだから。けれどそれでも、ミルドレッドのような経験を積んだ女性はいやだった。

クリスタルのランプを消し、公爵家の家紋入りのシーツに潜りこんだ。

そのとき小さなノックがあった。ソフィアは暗闇のなかで体を起こした。「どうぞ」

ドアが開くと、黒いシルクのガウンをまとった夫が燭台を持って立っていた。ガウンの前ははだけ、筋肉が曲線を描くなめらかな胸と腹が見える。まっ黒な髪は乱れ、カールして肩にかかっていた。

ソフィアの血管に震えが走った。ベッドの上で身じろぎし、髪を耳にかける。彼は生まれてこのかた出会ったなかでもとびきりの男性だった。この地上で、これほど視線を奪われるひとは、ほかにいないと思う。

「起こしてしまったかな?」ジェイムズが訊いた。

ソフィアは必死でさりげなく緊張のない口調を心がけた。「いいえ、ほんの少し前に明かりを消したところよ。入って」

彼がここへ来た理由は、彼女が思っているとおりだろうか? やさしい笑顔も愛情を示すしぐさもずっとなかったけれど、もう一度、愛を交わすために? やっとそのときが来たの?

熱き欲望のいかづちに、ソフィアは打たれた。この数週間、あれだけ腹を立てて、彼のことなど考えるまいと決めていたのに、やはり考えずにはいられなかった。もう一度愛を交わすことを夢見て、ドレスの下をまさぐる両手の感触や、覆い被さるずしりと重たくあたたかい裸体、なかにすべりこんでくるなんとも言えない快感を思い描いた。

ジェイムズは部屋に入り、整理だんすの上に燭台を置いた。ソフィアと同じように彼も、子どものできる日を指折り数えていたのだろうか。

そう思うと、ソフィアの理性的な部分は憤りを覚えた。なぜなら彼がロンドンへ発つ前夜、あのいまわしい夜に彼が言ったとおり、ふたりが愛を交わすのはただの義務にすぎないということだから。

けれども頭のべつのところ――快楽を求めてしまう部分では、どれほどいけないと思っても、彼の動機などどうでもいいと思うのだった。大事なのは、彼がここにいるということ。彼女と愛を交わすためにここにいる。そして彼女は、その輝きに満ちた罪深い時間を、あますところなく楽しみたかった。

ただ、そのあいだずっと冷静さを保っていられるのかどうかは、わからない。どうしてこれほどかたくなに彼女を愛そうとしないのか、説明してほしいと詰め寄らずにいられるだろうか。彼が部屋を出ていくとき、心を痛めずにいられるのか。もちろん、彼に愛を強要することはできないのだから、自分が強くなって辛抱するしかない。

ジェイムズは背中でドアを閉めて錠を下ろし、ライオンのように自信たっぷりの足取りでベッドに近づいてきた。その姿に、ソフィアは全身の神経がぴりぴりするほどだった。

「新しい小間使いは無事に見つかったかな?」低い声。かすれている。

「まだよ」近づいてくる彼に胸が高鳴っていることを、声に出すまいと必死だった。「でも、明日、候補者がまたふたり来る予定なの」

「よかった。それでは、家政婦は協力的なんだね?」

「ええ、とても」円滑に話を進めるためにジェイムズが家政婦と話をしてくれたのではないかと、ソフィアはうっすらと感じ取った。

ジェイムズはベッドの端に腰を下ろし、ソフィアの二の腕を人さし指で撫でた。「ほかのことは、どんな具合かな？」

彼女の背筋に鳥肌が立つ。「うまくいっているわ、ただ、まだ学ばなくてはいけないことはたくさんあるけれど」

「きみなりに、そのうちすっかり身に着けてしまうだろうね」

「わたしなりに？　それは、お義母様《かあさま》のお気に召さないのではないかしら」

ジェイムズはにやりと笑った。「きみにぼくの母親のようになれとは言わない。それどころか、なってくれないほうがいい」

口説くような目つきに、またもやソフィアの背筋を熱い興奮が駆け抜けた。

彼が言っていることへの意識がおろそかにならないようソフィアはがんばったが、本当のところは、ただただ無言でうっとりと彼を眺めていたいだけだった。

「わたしのしたいように、いろいろなことができるということなの？」

「度を超えなければ」

「それはどういう意味？」

ジェイムズは片脚をベッドに上げた。「この一週間、きみの様子を見ていたんだが。小作人のところを訪問しているね。それから、流し場の女中に休暇をやっただろう」

ソフィアは頬が赤く染まるのを感じた。

「そういうことをするのに、どういう反対を押し切ったかは想像がつく」

「家政婦はいい顔をしなかったわ。あなたのお母様も」

ジェイムズは声を上げて笑った。「だろうね。でも母にとっては、誰かに歯向かわれるのはいいことだ。きみは弱くないということを母に見せるのは、たいしたものだ。もし見せていなかったら、そのうち手足に操り糸を付けられて、召使いは相変わらず母の指示を受けていただろう」

「いまでもそうよ。わたししかいないときはわたしの言うことを聞いてくれるけれど、お母様がお部屋にいらっしゃると、わたしがどんなお願いごとをしても最終的にはお母様の許可を待つの」

ジェイムズは妻の頬に触れた。「そういう型にはまっているからさ、ソフィア。彼らは、これまでいつもやってきたようなやりかたで、ものごとを片付けようとしているだけだ。だから、最終的には、きみのやりかたに慣れるだろう。きみが彼らに慣れるように」

彼の指でやさしく慰めるように撫でられて、ソフィアは何週間ぶりかでやっと、自分がどういう状況にいるのかを誰かがわかってくれ、彼女のつらさを気にかけ、やわらげようとしてくれているのだと知って、ほっとした。誰かがそばにいてわかってくれているというこの感覚を、大切にとっておきたかった。

もしジェイムズが毎晩こうして部屋に来て話をしてくれたら、新しい環境もずっと楽に感じられるだろうに。誰かがそばにいてくれるというこの感覚は、彼女にとってどうしても必要なもの。そう、彼女には彼が必要なのに。

ソフィアは両手でジェイムズの手を包み、口づけた。「ありがとう、ジェイムズ。わたし、どうしていいかわからなくて――」

その言葉はジェイムズの口づけでとぎれ、ソフィアはすぐさま反応し、彼のうなじの毛に指を絡ませた。どうして彼が話をやめさせたのかはわからない――早く愛を交わしたくてがまんできなかったのか、それともたんに、ソフィアだけの問題を話し合うのはもう充分だと思ったのか。おそらく、そのどちらも少しずつあったのだろうけれど、理由がどうであれ、ソフィアは受け入れた。なぜなら、彼女もいま、かつてなかったほど彼を求めていたから。あたたかさと触れ合いがほしい。プライドや理性での抑制が束になってかかってきても、彼を拒むことなどできなかった。

ジェイムズが唇を放して身を引き、二本の指先で彼女の耳たぶをもてあそぶと、くすぐられるような震えが彼女の背筋を這い上がってきた。

「どうしてぼくがここにいるか、わかっているのだろうね」ジェイムズがささやく。

ソフィアはうなずいた。

「今夜は、きみもそのつもりかな？」

どことなく遠まわしなやりかたで、ジェイムズはソフィアに決定権をゆだねようとしていた。今夜このベッドで起きることも起きないことも、彼女に決めてもらうのだと。そうした小さなことだけれど、自分は彼女の意に従う存在だと知らせている。

「とてもうれしいわ、ジェイムズ。ずっとあなたを待っていたの。もう何日も」

ジェイムズのまなざしに妖しさが宿った。襲いかかるような瞳。「具体的には、きみはなにを待っていたんだ？　これか？」ジェイムズはゆっくりとやさしく、ふたたび唇を重ねていき、唇で唇を開かせて、なかを舌でまさぐった。手はソフィアのこめかみの髪をもてあそぶ。彼女の感覚に火花がはじけ、焦《じ》らされてぞくぞくするような欲望に火がついた。

ソフィアは彼の頭を抱え、口づけにのめりこんだ。

「それとも、これか？」ジェイムズがうなるように言って彼女の首を撫で下ろし、さらにあたたかな化粧着のなかまで手を入れ、胸で止めて、やさしくもみこんだ。

突如、激しい欲望に襲われてソフィアははっとし、息をのんだ。ジェイムズの問いかけに答えることもできない。

「それとも、きみもぼくが待っていたのと同じものを待っていたのか……」ジェイムズは彼女をベッドに寝かせ、上にかがみこんだ。

「それは、どういうもの？」切れ切れの息でソフィアは尋ねた。心臓は早鐘を打ち、胸のなかで穴を空けそうになっている。

ジェイムズが魅力たっぷりに微笑んだ。「なにもかも。手始めはこれだ」大きな手で化粧着の裾をひとまとめにつかみ、そっと引き上げながら、ソフィアの脚を撫でてゆく。そして、両脚のあいだにある湿った花芯をとらえた。「きみもこれを待っていたのか？」

巧みな指の動きになすすべもなく、ソフィアはうなずいた。

ジェイムズは指をなかへすべりこませた。そしてゆっくりと……焦らすように……ソフィアが焼けるような欲望でなめらかになるまで、何度も何度も出し入れした。

「それから、これはどうだろう――これからなにをすると思う？」ジェイムズは彼女の耳にささやいた。その息は熱く湿っていて、彼女の全身に鳥肌が立った。

彼の手のなかで、ソフィアはバターのようにとろけた。目をつむり、消えそうな声でなんとか答えをつぶやいた。「いいわ、ジェイムズ、それも」

快感を紡ぎ出す彼の圧倒的な力に、ソフィアは身をまかせた――力が抜けそうなほどの悦びを、ジェイムズはいとも簡単に創り出す。彼女の感覚が、官能の渦に巻きこまれてゆく。

ジェイムズは上掛けの下にすべりこみ、ガウンを床に脱ぎ捨てた。ソフィアの頭のなかで欲望が叫び声を上げている。早くなかに入って、どうしようもない欲望を鎮めてほしかった。

もし立っていたら倒れていただろうと思えるほどの、あまりに強い欲望にくらくらしながら、ソフィアは化粧着をもどかしい手つきで頭から脱いだ。どこに放り投げたのかも、よくわからない。ひんやりとした空気がむき出しの胸に当たり、すでに猛り狂った欲望をさらに燃え立たせた。身をよじって体を下にずらし、そこに覆い被さってきた夫の熱い肌を思う存分、味わった。さらに、硬くなった昂ぶりの証が腰に当たる感触も。

「寂しかったわ、ジェイムズ」

「ぼくもだ」ジェイムズが彼女の口にささやきかける。

たとえ小さなことでも、気持ちがひとつになったことがソフィアにはうれしかった。そしてとうとう、彼を迎えるために脚を開いた。ジェイムズは妻を見下ろしてまばたきし、鼻と鼻をこすり合わせ——もう彼女以上に待てないとでもいうように——荒々しいひと突きで彼女のなかに入った。ソフィアが息をのむ。

ジェイムズは最初に一度、できるだけ深く奥まで突き入れ、奥に当たったところでじっとした。「動かないで」と命じる。「少し待っていてほしい」

ろうそくの明かりのなか、ふたりは身じろぎもせず横になっていたが、ソフィアの心臓は召使いに聞こえてしまうのではないかと思うほど大きな音を立てていた。

「ほら」ジェイムズがささやき、するりと抜いて、またすべりこませる。

あっというまに快感がふくらみ、ソフィアは背をしならせて、汗だくになった夫のなめらかな背中をつかみ、もっと深くへといざなった。ふたりは長いあいだ一緒に動いたが、やがて甘い波が立て続けにソフィアを襲い、さらに圧倒されるようなうずきが訪れた。ソフィアは悲鳴を上げて身を震わせ、完璧に解き放たれた。

ジェイムズが何度も何度もソフィアに入る。自分をきつく締めつけ、まわりで脈打つ妻を感じながら、熱くすべらかなきつい感触にのめりこむ。背中に立てられた爪となまめかしい妻の声が、ひときわ悦びを刺激する。来る日も来る日も、彼はこれを待ち続けた。そしてとうとう、激しく深く突き入れて精を妻に注ぎこみ、わなないてぐったりするほどの解放感を味わった。

妻にのしかかったまま呼吸が戻るのを待つあいだ、ソフィアは夫の背中を撫でていた。そのやさしい手に、彼はほっとした。妻をいっそう抱きしめたくなった。

数分後、華奢で大切な妻の体を押しつぶしてはいけないと、ジェイムズは横に転げ落ちて彼女の頬にキスをした。

「ひと晩じゅう、いてくださる？」気を遣いながら小さな声で、ソフィアは尋ねた。

「ああ」

妻を抱き寄せたジェイムズは、新婚初夜に初めて愛したときのように、また自分の立場を忘れそうになっていた。そして眠りに落ちたが、それはいつもの邪悪な夢に満ちた、やすらぎのない眠りだった。


真夜中にソフィアが目を覚ましてみると、ジェイムズはいなくなっていた。

裸のまま、むき出しの腕が上掛けの上に出ていて冷えきっていたが、ソフィアは体を起こした。窓から見える月が、ベッドに明かりを投げかけている。彼女はベッドの片側に体を伸ばし、床の上でこんもりと山になっている化粧着を取った。頭からかぶると、しばし座って考えた。

またもや彼は行ってしまった。ひと晩じゅういると言ってはいたが、なんとなくいなくなってしまうのだろうと感じていたから、気落ちすることもないはずなのに。

それでも、いつも感情を抑えられるわけではない。彼の望むような距離感は、自分には無理だとソフィアは思った。彼女の家族は、誰かに悩みごとがあればかならず皆で話し合って解決し、それによって家族の絆をさらに強めてきたのだ。こんなふうになにも言わず、気持ちを無視し、なにも問題がないようなふりは、絶対にしない。夫婦のことを、ソフィアはジェイムズとざっくばらんに話したかった。彼女の幸せは、心の平安は、それがなければ始まらない。彼がなぜ妻を愛そうとしないのか、どうしても知りたかった。なんの理由もなしにただ愛してもらえないなんて、とても納得できない。

ソフィアはベッドを降り、冷たい石の床を歩いてショールを取りに行った。震えながらマッチを擦ってろうそくを灯し、熱湯を使った暖房を取りつける時間はいつになったらできるかしらと思った。雪の季節が来る前に間に合えばいいけれど。暖炉に炭をくべるこのやりかたは、とにかく原始的すぎる。

静まり返った暗い廊下にろうそくを掲げ、ソフィアはジェイムズの部屋へと歩いていった。軽くノックしたが、返事を待たずにドアを押し開けた。部屋に入ると、熱気があたたかく迎えてくれた。

勢いよく燃え立つ火の前にジェイムズが座り、炎を見つめていた。ブランデーがなみなみと入ったグラスを手にして。「眠れなかったんだ」と、彼はそれだけ言った。

火格子のなかで、炎がぱちっと大きな音を立てた。

「わたしもよ」ソフィアはろうそくを置き、彼の前にひざをついた。「寒かったわ」

「それなら、ここへおいで」ジェイムズが彼女をひざに乗せた。

ソフィアはしばらくそこで落ち着き、自分の下でジェイムズの胸が上下し、彼の親指で肩をこすられる感覚を、ゆったりとした気持ちで楽しんでいた。これ以上は彼にせっつくことなく、これくらいの密な関係で満足するべきなのかしらと、ソフィアは不安な心持ちで考えた――ここで暮らすようになって以来、今日のこれが最高に密な関係だけれど。彼女は気楽な調子で話すことに決めた。少なくとも最初のうちは。

「十月は、いつもこんなに寒いの？」

「いや、こういうのはめったにない。でも狩猟パーティが雪で台無しになることも充分に考えられる」

「やっぱりパーティは開くの？」

「ああ、客は狩り以外にもいろいろとやることがあるから」

ジェイムズの息にブランデーの香りがして、ソフィアはキスしたくなるのを懸命にこらえた。そうしてしまったら、話ができなくなる。少し前に寄って彼と向き合い、彼の額にかかった黒髪をうしろへやった。

「あなたにお話ししたいことがあるのだけど」

ジェイムズがためらいを見せたのは、不安の現れだった。「どうぞ」

ソフィアはそっと彼の髪を手で梳いた。「怒らない？」

また彼が躊躇する。「きみがなにを言うかによるな」

ソフィアは間を置いて、どう切り出せばいいのか、どういう言いかたをすれば彼を責め立てているような口調にならないかを考えた。穏やかに話を進めていかなければならない。

「あなたがロンドンにいらっしゃる前にわたしに言ったことを、ずっと考えていたの。あの言葉にわたしがどう反応したかもよく考えて――あんなに怒ったことを謝りたいと思っていたのよ」

ジェイムズがごくりとのどを鳴らし、のど仏が上下するのを見て、少し動揺したらしいとわかった。

「きみが謝ることなどない。いままでずっと、きみにとって慣れるのはとても大変だっただろうから」

ソフィアは彼の目のなかに映っている暖炉の火を見つめ、うなずいた。「大変ではなかったと言ったら嘘になるわ。でも、できるだけの努力はしていることを知ってほしいの、ジェイムズ。立派な公爵夫人になりたいと思っているわ」

ジェイムズの表情がやわらぎ、少なくともひとつめの壁は突破したことがわかった。これで、さらに奥の壁へと進みやすくなった。

ジェイムズが彼女の手を口元へ持ってゆき、接吻した。ソフィアの体にじわりとあたたかさが広がる。

「立派なんてものではないよ、ソフィア。小作人たちは、きみを敬愛している」

「でも、あなたのお母様は違うわ」ソフィアは笑みを浮かべて言った。まだまだ様子を見ながら話さなくては……。

「母は固い木の実のようなひとだからね。いや、割れる余地があるのかどうかさえ疑わしい。石だな、まるで。だが石でも砕けることはあるのだから」おどけて目を細める。「例えば、高い塔から落としたりすれば」

ソフィアは声を上げて笑った。「お母様を窓から突き落とせとおっしゃっているの？」

「もちろん違うさ」ジェイムズも笑う。「でも、そんな冗談を言うのは不謹慎だな。実際にあったことだから」

ソフィアは愉快な気持ちがさっと引いてゆくのを感じた。「実際にあった？ いつ？」

ジェイムズは話を切り上げるかのようにかぶりを振った。「大昔の話だ」

「突き落とされて亡くなったかたがいらしたの？」

「いや、突き落とされたのではない。第二代ウェントワース公爵夫人は自ら命を絶ったんだ。窓から身を投げて」
ジェイムズの父親が酒で命を落とし、祖父は頭を撃ち抜いたとフローレンスから聞いたことを思い出し、冷たい戦慄がソフィアを駆け抜けた。ひとがあらゆる希望を失ってしまうなんて、そんなおそろしい人生があるだろうか。けれどホールにあったジェイムズの祖先の肖像画を思うと、件《くだん》の公爵夫人が心から憐れに思えてきた。

「彼女は、わたしの部屋の窓から身を投げたの？」ふと思い立ったソフィアは、詳しいことが知りたくて尋ねた。

ジェイムズは顔をゆがめた。「なにも言うべきではなかった。もうずっと昔のことだ。当時は状況がまったく違っていたんだよ」

〝どう違っていたの？〟ソフィアは落ち着きなく考えた。

そしてふたたび彼の胸に頭をあずけた。廊下を忍び足でやってきたときに言いたかったことは、もうどこかへ行ってしまっていた。煙突から吹き下ろしてきた突風のせいで、暖炉の炎が跳ねて躍った。ジェイムズはグラスを手に取り、ブランデーを口に含んだ。

「あなたのお母様は、昔からずっとああいったご様子なの？」ソフィアが尋ねた。

「ぼくの記憶にある限り」

「幼いころのあなたにとっては、つらいことだったでしょうね。お父様はどんなかただったの？」

　ジェイムズが彼女をひざから降ろして立ち上がったので、ソフィアは戸惑った。

「さらにひどかったよ」とジェイムズ。

　彼が離れると急に寒くなり、肌に冷たい霜がついたかのようにソフィアは感じた。ジェイムズはベッドにのぼり、上掛けを引っ張った。官能的な声で誘いをかける。「こちらへ来て、一緒にお入り」

　彼がロンドンへ発つ前の晩に言われたことが、ふたたびソフィアの頭にこだました。

〝きみはぼくを知らない〟

　それは本当だ。彼女は夫のことを知らない。なにひとつ。

　いまのようなまなざしで見られたときにたいてい感じるような欲望が、いまはするりと消えていった。それよりも、彼のことを知りたいという気持ちが勝っていた。

「彼は、あなたにつらく当たったの？」出し抜けにソフィアは訊いた。

「誰が？」

「あなたのお父様」

　彼女は話がしたいのだとふいに気づいたジェイムズの瞳から、誘うような表情がなくなった。「ああ、始末に負えないくらいに。きみも、ロンドンの社交界の集まりで一度は父の噂を耳にしたのではないかな。あるいは、少なくともランズダウン伯爵夫人から。なんと言ってもきみは彼女のところに厄介になっていたのだから、ほかのこともほぼすべて聞いたのだろうな」

ソフィアはフローレンスの言っていたことを思い出した。〝田舎のあの広大なお城には、どんな秘密があることやら。大金を賭けてもいいわよ〟

あのとき、もっと詳しく聞き出しておけばよかった。「いいえ、知らなかったわ。ハイド・パークにお散歩に行ったあの日、あなたからうかがったお話以外は」

ジェイムズの胸がため息で上下した。うっとうしく思っているの？　それとも観念した？

「だが、いまはもう知ったというわけだ。さあ、ベッドにおいで」

「彼はあなたのお母様にもつらく当たったの？」

ジェイムズは手を上掛けの上におろした。「母にもつらく当たったよ。そして母のほうも父につらく当たった。誰もが皆に対してつらく当たった。だがいまは父がいなくなって、少なくともそのころの呪縛をいくらかはこの家から祓《はら》えたと思う」

「呪縛って？」

「眠れなくなるようなやつだ。こんな話をずっと続けて、ぼくを苦しめるつもりかな。少なくとも体を起こしてくれれば、きみの化粧着のなかを見なくてもすむんだが」

ソフィアは自分が前のめりになっていることに気づいた。襟元のボタンをしていないので、すっかり見えてしまっているはずだ。とっさに慎みの気持ちが湧いて、胸に手を当てた。「ごめんなさい」と言ったものの、なんとも間の抜けた感じだった。

ジェイムズはかぶりを振り、艶っぽさを含んだ声で言った。「謝らなくていい」

ベッドから起き上がって妻に近づき、胸に当てた彼女の手をどけさせて、化粧着を元どおりにふわりとさせた。彼はそこへ手を入れ、妻の肌に触れた。

ソフィアは、炎の明かりを受けて自分の前に立っている夫を見上げた。黒のシルクのガウンだけをはおっている彼。胸の先端をもてあそぶ手はあたたかい。ソフィアは新婚旅行でともに過ごした相手を思い出した。あのひとは、実在してはいなかった。本当のジェイムズは仮面をかぶっていたのに、そのことに気づいていなかった。

でも、少なくともいまはそれを知っている。

さらに、仮面がずれていることも。ほんの少しではあるけれど――ジェイムズの家族のことや、彼を作り上げてきた出来事の数々が、少しは見えてきた。ふたりのあいだに絆を育むことも、できるかもしれない。彼女が恋に落ちた相手の男性は、この無表情な殻のなかのどこかに、かならずいる。

「お義父《とう》様は暴力を振るった？」しつこく質問している自分に、ソフィアは自分でも驚いたけれど、できるだけのことを知らずにはいられなかった。

「ああ。かんしゃく持ちだった。母と、ぼくの子守と、家庭教師も殴って、皆がぼくに八つ当たりした」ジェイムズが彼女を立たせる。どうしてこんなことを、これほど平然と話せるのかしらと、ソフィアは思った。

「リリーに対してはどうだったの？」ジェイムズが語る内容のひどさに胸を痛めながら、ソフィアは尋ねた。

「たぶん同じようにしたろうね。でも、そのころには、ぼくはもういなかったから」

「いなかったって、どこへ？」

「学校に入っていた。それに、夏休みは外国で過ごしたから」

ソフィアは夫の顔を両手で包んだ。「家庭という家庭が、皆そういうものだというわけではないわ、ジェイムズ」

「だろうね」彼が視線を合わせる。「でもぼくらにとっては、何代にもわたって受け継がれてきた伝染病のようなものだった。だから、それを根絶やしにしなければならない」

「根絶やし？」

「ああ」ジェイムズは妻の手を取ってベッドにいざない、彼女の頭から化粧着を脱がせた。

ソフィアが一糸まとわぬ姿で目の前に立つ。彼は妻の顔を両手で包み、身をかがめて口づけ、最後の最後でつぶやいた。「ぼくの手で」

その言葉に感情は感じられなかった——ただ頭のなかで計画を立て、決断を下してしゃべっているだけのようだった。そして彼は、ソフィアをベッドに倒した。一瞬ソフィアは、どうやってそんなことをするのかしらと思ったが、いま目の前にある快楽の追求に意識が向いて、考えられなくなった。あとでかならず、もっと話を聞くことにしよう……。

ジェイムズは——生まれてこのかた、感情を押し殺し続けてきた彼は——頭のなかで大砲が発射されたかのように、感情が猛攻撃を仕掛けてくるのを感じた。妻に口づけしているあいだも、間の抜けたことに意識が散漫になったが、その理由はいやでもわかっていた。

彼女がわざと傷口をこじ開けたからだ。

あんなに話すのではなかった。ジェイムズはそう思いながら、あたたかくなめらかな妻の肌を体の下に感じ、たいらなおなかに口づけ、妻の発する甘い香りを嗅いでいた。この美しいアメリカ人の妻は、彼の人生に分け入るために、ここまでやってきた。そして彼は、それを受け入れた。彼女の質問にもすべて答えたいま、存在をむき出しにされた心地がしていた。

それでも、妻のなかへ入ったときは、やはり天にも昇る気がした——心は震え、傷つきやすくなって、心臓のまわりに蛇がまとわりついているような感じがしているのに。ジェイムズは彼女をクライマックスへと導き、まもなく自分も絶頂に身をゆだねたが、どちらにとってもこの愛の営みは、彼が思うほど単純なものではなかった。確かに、妻の体から悦びは得られるが、それだけではなく、もっと深い関係に飛びこみたいという妙な衝動が湧いてくるのだった——子どものころ、厩舎の屋根から干し草のなかへ飛びこんでいたのと同じように。あれは、なんと楽しかったことだろう——たとえ飛ぶ瞬間はこわくても、ふわりと空を切り、乾いてぱりぱりした干し草に着地するのは。

〝ぼくは、ソフィアのもとへふわりと着地したのだろうか?〟ジェイムズはそう思いながら、ため息をついてソフィアから身を離し、かたわらに仰向けになった。

ジェイムズは父を思った。父は愛する女性と一緒になることができず、結婚した女性は心が冷たくよそよそしく、きついひとだったために、心をゆがませた。同じようにジェイムズの祖父も、妻が愛人と駆け落ちしてしまったとき、正気を失った。嫉妬に駆られ、考えられないような狂気の振る舞いに出て、ふたりを殺すよう命じた。もちろん、ふたりを撃ったのが追いはぎだったのか誰だったのかは、誰にも証明できなかった。ただ噂だけが広まった……。

しかしソフィアは、心が冷たくも、よそよそしくも、きつくもない。それに、不貞をはたらくのではと思わせるようなところも、みじんもない。彼女は愛を求めているように思える。彼との愛を。少なくとも、彼女はそう言った。

しあわせそうな声を小さく漏らしてすり寄ってきたソフィアを、ジェイムズはしっかりと抱き、額に口づけた。今夜はずっと、彼女と眠ろう。ジェイムズはそう決めた。

いったい父は――思いこみに取り憑かれた父は――こんなにやさしいいとおしさを感じたことがあったのだろうか。

やさしいいとおしさ。

ジェイムズは胸の奥が、小さな戸惑いに震えるのを感じた。〝これが愛なのか？　愛の始まりなのか？〟彼はいままでずっと、その理路整然とした頭で、本当の愛というのはやさしいものなのだろうと想像していた。本当の愛を感じることのできるひとたちは、そういう感情を持つのだろうと。

その夜、マリオンはろうそくを灯した部屋で机に着き、みごとなオパールとダイヤモンドのネックレスを箱に入れ、薄紙で箱を包んだ。小間使いを起こさないよう、声を立てずにすすり泣き、このネックレスは家宝なのにと嘆いていた。家宝をパリへ送ると思うと、胸がつぶれそうだ。もう二度と、このネックレスを見ることはかなわなくなるけれど、ほかにどうしようもない。

それであの男が来ないでくれるなら、涙を流すだけの価値はあるというものだ。

19

狩猟パーティの客が到着する予定の前日、リリーはウェントワース城に戻った。

ソフィアは義理の妹に会えて大喜びで――でもジェイムズから聞いた子どものころの話を痛ましく思いながら――前庭に走り出てリリーを抱きしめ、あたたかく出迎えた。

「マンダリン伯爵もいらっしゃるの？」抱擁と挨拶の言葉を交わしたあと、リリーがソフィアに言った。

「ええ、お招きしたわ」

リリーは外套のフードを取り、うしろに垂らした。「ああ、いやだ。だからお母様は、あんなに帰れ帰れとうるさかったのね」

「まさか、あのかたのところへお嫁にやろうとしているのではないでしょうね？」

ソフィアはロンドンでの、まったくロマンティックとは言えないマンダリン伯爵の求婚を思い出した。なんということかしら、彼は少なくともリリーの倍の年齢なのに。ここでは誰も、愛の存在を信じていないの？　しかし、ここでは誰も本当の愛がどういうものなのか知らないのだと、ソフィアは沈んだ気持ちになった。

「長かったわ！」リリーが言い、ソフィアの腕に腕をかけた。「わたしと同じ考えかたをするひとが、やっと来てくれた！　お母様はさっぱりわかってくださらないし、お兄様も同じ。あなたがここに来てくれて本当によかったわ、ソフィア。あなたなら、あのふたりが結婚を無理強いするのを止めてくださるわよね？」

「無理強いですって！　とんでもないわ、リリー、いまは中世ではないのよ」

リリーがちらりとよこした疑わしげな横目を見て、ソフィアの背筋にいやな震えが走った。

これからは、もっと言葉に気をつけようとソフィアは思った。「ジェイムズとあなたのお母様は、あなたの最高の幸せをお心に止めていらっしゃるのよ。あなたに幸せになってもらいたいだけなのだわ」

「そうであってほしいけれど、わたしにはわかっているの。お母様がいちばん大事だとお考えなのは、独身の男性貴族のなかで最高位のかたにわたしをくっつけてしまうこと。そのかたがどんな風貌でもね」

ソフィアは自分が、退屈きわまりないミスター・ピーボディを避けてニューヨークから逃げてきたことを思い出した。彼の笑顔ときたら、ひどいものだった。

「それにお兄様も……」リリーは続けた。「わたしがどういうことに幸せを感じるか、話しても聞いてくださらないの。兄には話なんてできない。とりつく島もなくて……」

「マンダリン伯爵は、あなたのタイプではないと思うけれど」ソフィアは言った。

「タイプ。そう、それよ。なんて現代ふうな表現かしら。アメリカの言葉よね？　ねえ、教えて、わたしのタイプって、どんなかただと思う？」

ソフィアは笑った。「まあ、それはわからないわ。それはあなたが自分で決めなくては。でも、お相手を見ればすぐにわかると思うの。あなたの目には、そのかたが世界でいちばんハンサムで魅力的に映るものよ。運良く、あなたのお母様も気に入るような男性を好きになれることを祈るばかりね」

「あなたのように」リリーがくすくす笑う。

ソフィアは返事をしなかった。

ふたりは一緒に階段を駆け上がり、玄関扉のところで家政婦に挨拶したあと、まっすぐリリーの部屋に行った。リリーはエクセターに行ったことと、おばと、マーティンの起こした問題の一部をソフィアに話し、ふたりしてベッドに腰を下ろした。

ソフィアは義理の妹の手を取った。「あなたに訊きたいことがあるのだけれど、リリー」

「ええ、なんでも訊いて。わたしたち、姉妹でしょう?」

ソフィアは微笑んでうなずいた。「何日か前の夜、あなたのお兄様からご家族のお話を伺ったの……あなたのお父様のこと」

リリーは手を引っこめ、まなざしをきつくした。すっと立ち上がり、窓辺に行って外を見る。「お兄様は、なんておっしゃっていた?」

「彼が言うには、お父様は……おやさしいかたではなかったと」

「そのとおりよ。でも、そんなことを話してなんになるの」

「ときには、話をすることで楽になることもあるわ」

「どんなふうに?」リリーは語気も荒く言い、振り返ってソフィアを見た。

「自分はひとりじゃないとわかって気持ちが楽になったり、大変だったことがなくなって解決したり、二度と起こらなくなったりするわ」

リリーは窓に向き直った。「わたしにはただ、願うことしかできないの」

ソフィアは妹のそばに行った。「どういうことがあったの? ジェイムズはあまり話してくださらなくて」

リリーの口調が少しやわらかくなった。「お兄様のときがいちばんひどかったから。マーティンとわたしが生まれるころには、父はほとんどロンドンにいたの。もう跡取りとその予備ができたのだから、ここに残っている理由がなくなったのね。父はわたしたち皆を疎んじていたし」

「疎んじるなんて、どうして？」

「わからない。マーティンはあれこれ聞いているようだけど——大部分がおもしろ半分の噂で。マーティンの話では、お母様にまつわる噂のせいで、お兄様は何人かのひとのあごを砕いてしまったのですって。それでお返しに自分もあごを砕かれたのは間違いないわ」リリーはつかのま、ふさぎこんだ様子で窓の外を眺めた。「もっと若かったころ、兄はいつもけんかばかりしていたのよ」

「マーティンはどんな噂を聞いたのかしら？」ソフィアが訊いた。

リリーは言いよどんだ。「誰にも言わないと約束して。とくにお兄様には。わたしからあなたにこんなことを話したなんて、知られたくないの」

ソフィアは承知した。

「どうやら、お父様にはほかに愛した女性がいらしたようなのだけれど、お母様はたいていの妻がするように、見て見ぬふりができなかったのですって。その女性にお父様を会わせようとなさらなくて、もし会ったら破滅させてやると脅していたとか」

父親の不実を堂々と話すリリーの様子に、ソフィアは胸を痛めた。それと同時に、マリオンが断固として夫に誠実さを求めたことにも驚かなかった。夫を愛していたからというわけではなく――いや、マリオンなりに愛してはいたのだろうが――規律を曲げたり破ったりすることに耐えられなかったのだろう。

「どうしてお兄様のときがいちばんひどかったのかしら？」ソフィアの思いは、いつものとおり、すぐに夫のことに戻っていった。「彼にはどういうことがあったの？」

「なにもかも、兄が赤ちゃんのときに、いっきに始まったのですって。お兄様の話では、兄は手のかかる子どもだったらしくて――よくかんしゃくを起こしていて、ちょうどそのとき父も最悪の状態で、家庭教師もひどくて、事態は悪くなるばかりだったそうよ。家庭教師は罰だと言って彼をトランクに閉じこめたり、お兄様が九つのときには、手の甲をたいて骨が折れたとか。でも兄は泣きごとひとつ言わなかった。一時間以上も部屋にこもって、じっとしていた。骨折が見つかったときには、ひどく腫れ上がって、お医者様が切断しなければならないと思ったほどだったそうよ。切らずにすんで、本当によかった。お父様も、ともかく家庭教師をくびにはしたのだけれど、次に来たひとがまたひどくて。たぶん、誰も兄をどう扱えばいいのか、わからなかったのだと思うわ。マーティンとわたしには違う家庭教師がついて、そのひとはとてもやさしかったし、わたしたちもお兄様よりはおとなしかったから。それでも、ときどきお父様の手が飛んできたけれど」

「リリー、なんて悲しいお話なの」

「わたしたちはまだましよ。お兄様は最悪だった。でもいまはよくなったけれど」リリーはソフィアに微笑みかけた。「あなたはやさしい母親になるのよね？　あなたの子どもたちには、わたしたちみたいな思いは決してさせないと言ってちょうだい」

ソフィアのうなじの毛が逆立った。「もちろんよ。そんなことをするくらいなら、まず子どもたちを連れて逃げてしまうわ」

そんな考えには思いも及ばなかったというように、リリーが眉をひそめた。「公爵家の跡取りを連れて逃げるなんて、できっこないわ。お兄様が許さないもの」

自分とジェイムズがそんな仲違いをすると思うと、ソフィアは動揺した。一瞬、足元が揺らいだように感じたほどだった。

リリーはお茶の時間のために着替えようと、胴着のボタンをはずし始めた。「今年初めてパーティに見えるお客様はいらっしゃるの？」と話題を変えた。

ソフィアはベッドに腰を下ろした。「ええ。マンダリン卿のご友人よ」

「マンダリン卿にお友だちがいるの？」

ソフィアはリリーの質問に意識を集中させようとがんばった。「どうやらパリからのお客様で、マンダリン卿からコテージを借りているらしいの。称号こそお持ちではないけれど、かなり裕福なかただと伯爵様はおっしゃっていたわ。イングランドを旅して見てまわろうと思っていらしたのですって」

リリーがベッドのソフィアの隣に座った。「本当？　パリから？　そのかたにはもうお会いになった？　とてもハンサムなのかしら？」

「わからないわ」答えたソフィアは、その前にふたりで話していたことは考えないようにした。無理にでも笑みを浮かべる。「お年寄りだったり、歯が抜けていたりするかもしれないし、英語をまったくお話しにならないかもしれないわ。わかっているのは独身で、お名前がピエール・ビローだということだけ」

リリーは仰向けにどすんと倒れた。「ピエール……なんてフランスらしいお名前かしら。ああ、パリに行ってみたいわ。パリに行けるなら、どんなことでもする。とてもロマンティックな場所よねえ？　お母様は、そのかたがいらっしゃることをご存じなの？　母の時代には、マンダリン卿が新しいかたを連れてきたいなんておっしゃったことはなかったのよ。あなたとのほうが、みんな肩の力を抜いていられるみたいね、ソフィア。のびのびできるわ」

「ありがとう、リリー。あなたのお母様はご存じではないの。なにもお訊きにならないから、詳しいことをいちいちお話しすることもないかと思って。ムッシュー・ビローが到着なさったときに、会っていただくわ」

「ムッシュー・ビローですって。その言いかたがいいわね――とても……フランスっぽくて」

ソフィアはまた声を上げて笑った。「わたしは三年ほどパリで教育を受けたのよ」

「まあ、ソフィア、なんてうらやましいの。じゃあ、本当にフランス語を話すの?」

「ええ《メ・ウィ》、リリー。それにドイツ語もね」

「じゃあ、彼が英語を話さなかったら、通訳してね」

「ええ、いいわよ。でも、きっとみごとな英語をお話しになることでしょうね。さあ、わたしもお茶のために着替えなくては。階下《した》で会いましょう」

ソフィアはうっとり夢を見ている義理の妹を残して部屋を出たが、自分が幼いころの夢と、ジェイムズがついぞ知ることのなかった子ども時代の喜びに思いをはせて、胸が痛くなるほどのせつなさに襲われた。

毎年恒例のウェントワース公爵家主催の狩猟パーティに客が到着し始めると、ソフィアはがんばろうという気持ちを新たにした。客はイングランドじゅうから、遠くはウェールズからも泊まりがけでやってくるのだから、かつてウェントワース城でこれほどゆったり過ごしたことはなかったと思ってもらえるくらいにもてなそうと決めていた。腕によりをかけて、古き良きアメリカ仕込みのもてなしをするのだ。

最初に到着したのはウィトビー伯爵だった。彼は馬車から降り立って、大げさにお辞儀をして見せた。「公爵！　公爵夫人！」

ソフィアは正面階段の上から手を振った。

「ウィトビーを招待したのか？」ジェイムズがぶっきらぼうに訊いた。

「当然でしょう」

ジェイムズはうなずき、握手の手を突き出してウィトビー卿に挨拶した。「よく来てくれた」

ソフィアは、ふたりの男性のあいだの緊張感に気づいた。もう仲直りしていてくれればいいと思っていたのだけれど。

「なにをおいても、はずせやしないさ」とウィトビー。彼はソフィアに向き直り、彼女の手に接吻した。「相変わらずお美しいですね、奥方様」

あまりにも短かったロンドンの社交シーズンで胸をときめかせた思い出が、さっとよみがえった――パーティ、舞踏会、期待ときらめき。こうして分厚いウールのショールを巻きつけ、冷たい石の階段に立っているいまとなっては、遠い昔の夢のように思える。色鮮やかなレースの日傘を持つことは、もうとっくにあきらめた。そんなことを言ったら、召使いたちに笑われていたことだろう。

「ソフィアと呼んでくださってかまいませんのに」ソフィアは言ったが、ジェイムズの視線を痛いほど感じた。

彼女はジェイムズと一緒にエドワード・ウィトビーを玄関ホールへと通し、そこで従僕が代わって彼を階上へ案内した。

彼の姿が見えなくなるやいなや、ジェイムズが小声で言った。「まさか彼を〈ヴァン・デッカーの間〉に泊めやしないだろうね？」

「いえ、だって、去年もそのお部屋でしたわよ」

「だが去年は、いまきみが使っている部屋を母が使っていただろう」ジェイムズの口調はとげとげしかった。

「いったいなにがおっしゃりたいの、ジェイムズ？」

「べつに」ジェイムズはソフィアをひとりホールに残し、階段を上がって書斎に向かった。

ジェイムズは机に着いて手紙の山を前にし、夕食前にすべてを見終えるつもりだった。最初の一通は、エクセターのキャロラインおばからだった。封を切り、マーティンが尽くした放蕩の限りについて、長くややこしい文章に目を通した。もうこれ以上は、自分の屋敷にはおいておけないという内容だった。さらに手紙には、地元の飲み屋でマーティンがためこんだ法外なつけの請求書が同封されていたが、もちろん、おばに支払う気はまったくなかった。

ジェイムズは椅子にもたれ、うずくこめかみをもんだ。マーティンは、すでにここに向けて出立したと書かれてある。つまりジェイムズは、この問題に当たり、教育的指導のようなものをしなければならないということだ。

〝やってくれるな、マーティン〟

外に新たな馬車が乗りつけ、ジェイムズは窓の外を見やった。ウェザービー夫妻が馬車を降り、ソフィアが出迎えるのが見えた。ありがたい。いま、こんなふうに血が沸きたっている状態では、客を出迎えることなどできなかった。

教育的指導とはいっても、ジェイムズになにができるだろう？　当然、マーティンをたたきのめしたり、トランクに閉じこめたりするつもりはない。となると、いったいどうすればいい？　すでにマーティンには、ロンドンにいたときに話をしたが、まったく効き目はなかった。停学処分をくらった罰としてエクセターにやったが、おばの厳しい監視の目があっても行いは改まらなかった。おばは姉と――ジェイムズの実母と同じく、頑固で折り目正しい女性だ。

ジェイムズはおばの手紙を脇に置き、ほかの手紙に目を通した。マーティンが到着する前に、なにか妙案が浮かばないかと思いながら。弟に会うのは、あまり楽しみではない。というのも、これまでずっと弟とは距離を置くようにしてきたから、なにを言ったらいいのかわからないのだ。

ほとんど手紙を見終わったとき、ドアにノックがあってソフィアが入ってきた。

「ちょっとよろしいかしら、ジェイムズ?」

「もちろん」彼は妻に、腰かけるよう手招きした。「客は無事に到着しているかな?」

「ええ、でも料理人のことでお話があるの。ミスター・ビーコンがキャベツの葉で足をすべらせて、頭を打ってしまったの。医者を呼びにやったのだけれど、ミスター・ビーコンは今夜の準備もあるし、あなたのお母様がお許しにならないだろうと言うのよ。でも、あなたはきっとわたしと同じで、お医者様に診てもらってかまわないとおっしゃるわと伝えたの」

ジェイムズは手を組んだ。「きみが医者を呼んだのは正しい。もちろん、かまわないよ」

安心したかのように、ソフィアの肩が上下し、こんなふうに妻の支えとなってやることができたと思うと、ジェイムズは小さな喜びを感じた。いまの彼にとって、それはとても大きなことだった。

「ありがとう。それでは、おじゃましました」ソフィアは出ようと立ち上がったが、ふと止まった。「なにか心配ごとでもあるの、ジェイムズ？　困ったような顔をしていらっしゃるわ」

ジェイムズは妻を見上げ、どうしてわかってしまったのだろうと思った。彼はくるりと椅子をまわし、マーティンのことが書かれた手紙をソフィアに渡した。さっと目を通したソフィアは、夫に手紙を戻した。「どうなさるの？」

「わからない。正直、困っている」

彼女がまた腰を下ろす。「こんなことになったのは、今回が初めてなの？」

「そうだったらいいんだが。マーティンはイートン校から二度、停学処分をくらっていて、二回ともおばのところへやった。なんとか、いい影響を与えてくれたらと思ってね。だが明らかに、少し楽観的すぎたようだ」

「そうなの」

ジェイムズは立ち上がり、部屋を行ったり来たりし始めた。「ぼくの父に倣うわけにはいかない。父のやりかたではうまくいくはずがないから。だが、これまでにやってみたことでは、なにも変わらなかった」

「どんなことをやってみたの？」

「弟を成長させてくれると思う人物のところや場所に送ってみた」

「ここでしばらく過ごさせようとお考えになったことはある？」

ジェイムズは足を止めた。「もうあまり選択肢は残っていないな。送れるところもなくなってきたし」

「ここは彼にとって最高の場所かもしれないわ。愛してくれる家族のいる場所ですもの」

〝また、例の言葉が出てきたぞ〟

「彼がなにかに不満を持っているのなら」ソフィアが続ける。「その理由を見つけてあげられるだろうし、それともたんに、若いころにありがちなことというだけかもしれないし」

「男にはしかたのない時期、ということだね」

ソフィアは肩をすくめた。「そうかもしれないわ。でも、なにかほかに原因があるとしたら、近くにいたほうが理由を見つけやすいと思うの」

ソフィアは椅子から立ち上がった。立っていたジェイムズは、体から緊張が抜けていくのを感じてびっくりした。
ソフィアは夫に近づき、頰にキスした。「晩餐会の前に、客間でね」
そうして彼女は出ていった。残ったジェイムズは、もし自分さえそういう気になれば
――どれほど妻に頼ることができるのだろうかと考えていた。

「いいかしら？」身支度を告げる合図のベルが鳴ると、リリーがソフィアに言った。「皆が食堂に入るために一列に並び始めたら、あなたは前のほうに行ってね。お母様とお兄様が、あなたの前になるけれど」

「位はわたしのほうがお母様より上だと思っていたわ」

「そうよ、でもお兄様が最高位の男性だから、兄と一緒に入る女性は妻以外の最高位の女性でなければならないの。つまり、お母様となるわけ」

「覚えることがなんてたくさんあるのかしら」

「大丈夫よ。あなたはウェルドン侯爵と一緒に歩くの。そしてあなたのうしろにレディ・ウェルドンとマンダリン伯爵が続いて、それからわたしとウィトビー卿が続くわ。ところで、わたしは昔、彼にあこがれていたのよ」

ベッドから机に行く途中だったソフィアは、はたと足を止めた。「本当？ ウィトビー

卿に？」

「ええ」リリーは頬を染めて笑った。「彼と兄は何年も前からの友人なの。初めて会ったのはロンドンで、わたしはまだ子どもだったのだけれど、それまでに会った誰よりもすてきなひとだと思ったわ。彼とお兄様は、いつもどこかに出かけては問題を起こしていたのよ」

「問題？」ソフィアは最近のマーティンの行いを思った。

「ふたりして賭博場に入りびたりで、お母様はいつもかんかんだったわ。まあ、いまでは大人になったけれど」リリーは微笑んだ。「それはわたしも同じ。でも、本当にウィトビー卿には首ったけだったのよ。たぶん、あの型破りなところに惹かれていたのかも――それに、お母様が彼を気に入っていなかったせいもあるのかしら」

ソフィアは義理の妹がマントルピースの上に飾られた小さな猫の置物を並べ直すのを見ながら、兄と母がまったく正反対の性格だというのに、どうしてリリーはこれほどロマンティストなのかしらと不思議に思っていた。

ソフィアは話題を晩餐会のことに戻した。「今夜はなにも失敗しなければいいのだけれど。席順のことでは、いろいろと教えてくれてありがとう」

「どういたしまして。さあ、そろそろ着替えなくちゃ。それでは、客間でね」

ソフィアは新しい小間使いのアルバータを呼んだが、アルバータが来ないうちに、またべつの馬車が城の前に到着した。紳士がふたり降り立ち、年長のほうの男性がマンダリン卿だとわかって、彼女は急いで迎えに出た。

階段を降りているとき、ふたりが玄関ホールに入ってきた。「ごきげんよう、マンダリン卿。ようこそいらっしゃいました」

「これは公爵夫人、またお会いできて光栄です」マンダリン卿はお辞儀した。あのぎこちない求婚など、まるでなかったかのようだ。そして向きを変え、うしろにいる男性を紹介した。「ご紹介いたします、ピエール・ビローです」

ムッシュー・ビローが前に進み出て、ソフィアはそのハンサムな顔にまじまじと見入った。目は黒っぽく、髪と口ひげはさらに黒く、遊び人らしい雰囲気を漂わせていた。

彼は会釈し、強いフランス語訛りでしゃべった。「お目にかかれて光栄です、公爵夫人」

ソフィアが手を差し出し、彼は接吻した。「ありがとうございます《メルシィ》、ムッシュー・ビロー。ウェントワース城でのご滞在が楽しいものとなりますように《ジェスペール・ク・ヴォートロ・ヴォヤージュ・オ・シャトー・ド・ウェントワース・セラ・トレ・アグレアーブル》」

「おや、フランス語がおじょうずですね。かならずや楽しい滞在になると思います、メルシィ。ええと……なんと言うのだったかな……ご歓待にあずかり、ご迷惑でなければよろしいのですが」

「とんでもございません。お客様は多いほど楽しゅうございます」

「客が多いほど楽しい」ピエールは繰り返した。「アメリカではそうおっしゃるのですね。なんとも魅力的だ。いいえ、魅力的なのはあなたですが、公爵夫人」

遠慮のないピエールのお世辞にマンダリン卿が身をこわばらせたのにソフィアは気づいたが、あわてたりはしなかった。彼女が育ったウィスコンシン州は、地元の鍛冶屋が自分の妻をおだてるよりもずっと気さくに、小さな女の子や年配の女性を相手にお世辞を言うところだったから。

ソフィアはふたりを部屋まで案内するよう従僕に言いつけ、晩餐に向けて身支度をするために自室へ急いだ。

深い紅色のドレスとルビーの宝石ひとそろいを身に着け、ソフィアは贅沢な客間に入っていった。招待客全員が集まっておしゃべりしている。ジェイムズは部屋のいちばん奥にいて、義母は大理石の暖炉のそばに立ってマンダリン卿と言葉を交わしているが、ソフィアは急に緊張感に襲われた。

そこで、以前フローレンスに言われたことを思い出した――アメリカ的なやりかたが、皇太子とその取り巻きのひとびとには受けたらしいということを。だからソフィアは、明るく振る舞うことにした。

部屋のなかほどまで進み、ウィトビー卿に挨拶した。

「公爵夫人、今夜はまたお美しいですね」ウィトビーは彼女の手袋をはめた手を取り、甲に接吻した。

「ありがとう、エドワード。お部屋では無事におくつろぎいただけているかしら」

「ええ、とても。あなたはどうですか？」

「わたし？」ソフィアは笑って答えた。「お忘れですか、わたしはここで暮らしておりますのよ」

「でも、まだそう長くいらっしゃるわけではない。期待はずれだったなんてことがなければいいのですが。故郷が恋しいとか」

「とんでもありませんわ」ソフィアはよどみなく答えた。「ここで、とても幸せにやっております」

ウィトビーは一瞬、いぶかしげに彼女を見た。「いや、そのとおりですね。ジェイムズはいいやつだ。あなたが幸せになれるように、できる限りのことはしているはずだな。あなたが困ることなど決してないように」

そのときシャンパンを乗せた盆を持った従僕が通りかかり、少し動揺を感じたソフィアはこれ幸いとグラスを取って、話題を変えた。お天気や晩餐の献立といった、もっと当たり障りのない話に。

数分後、ピエール・ビローがゆったりとした足取りでやってきて戸口で止まり、客を確かめるように見渡した。彼には誰も知り合いがいないだろうとソフィアは気がつき、それにウィトビー卿から離れる口実ができてほっとして、ムッシュー・ビローを客間に招き入れて紹介を始めた。

部屋をぐるりとまわってゆく。最後にマリオンのところに着いたが、彼女は眼鏡を上げて、若くハンサムなフランス人をまじまじと見た。そしてソフィアに一瞥をくれ、自分のあずかり知らぬところで新参者が招待されていることに不快感をあらわした。

「マリオン、お客様のおひとかたをご紹介いたしますわ。ムッシュー・ビローです。パリからお越しになられましたのよ」

マリオンは、うっかり眼鏡を落とした。ソフィアが紹介を続ける。「ムッシュー・ビロー、こちらが先代のウェントワース公爵夫人です」

マリオンが口を開くことはなかった。やがて顔から血の気が引き、なんの前触れもなく、スカートとペチコートの山となってソフィアの足元に倒れこんだ。

20

ジェイムズは晩餐会の献立表で母親をあおいで意識を取り戻させようとしたが、効果を奏したのは気付け薬を嗅がせることだった。近くにいた三人のご婦人から、いっせいに三本の小瓶が彼女の鼻の下に突き出された。

ソフィアはマリオンのもう片側にひざをついていたが、客たちは心配そうな顔をして上から取り囲み、互いにひそひそ話をしていた。

「熱気のせいですわ」はっと気づいたマリオンが言いわけしたが、屈辱で頬がまっ赤になっていた。「火を消すよう、従僕に言いつけて!」

ジェイムズは人さし指を上げて従僕に指示した。次の瞬間、炭はシューッと音を立て、煙と湯気が上がった。

「大丈夫ですか、母上？」ジェイムズが母親の体を起こしてやる。

マリオンは頬に震える手を当てた。「部屋に引き取らせていただくわ」

「ぼくが連れていこう」ジェイムズがソフィアに言いながら、マリオンを立たせた。「きみは残って、お客様のお相手をして」

ふたりはゆっくりとドアに向かった。マリオンは息子にすっかり寄りかかっている。

「ご気分がすぐれませんか？」

「大丈夫です」

階段にさしかかるとジェイムズは客間をちらりと振り返り、ソフィアが見知らぬ男と話しているのを見た。「あの男は誰ですか？　黒い髪と口ひげの」

「知りません」未亡人は息も絶え絶えに答えた。「彼はフランス人です。あなたの妻がお誘いしたかたよ。嫁入り衣装を仕立てにパリへ行ったときにでも、知り合ったのでしょう」

ジェイムズはもう一度ふたりを振り返り、胃のあたりが重くなるのを感じた。

母親が続ける。「彼女がいつもどんなふうにひとを紹介するか、あなたがいちばんよく知っているはずです。そこへきて、今回はわたしたちの城によそ者を招き入れたのですよ、ジェイムズ。いい加減、彼女に話をして、ここではアメリカのやりかたは通用しないのだと教えてやりなさい。彼女はもう公爵夫人になったというのに、いまだ好き勝手に動きまわって、こちらには思いも寄らないあらゆる問題を起こしています。自分の立場にどれほど重みがあるか、伝統がどれほど大切か、わかっていないのです。あなたがもっとしっかり見ていなければ」

「母上――」

マリオンはため息をついた。「お父様ならどうなさったか、考えてみなさい。このような手に負えない状況は、お許しにならなかったはずですよ。もしわたくしがソフィアのように自由にやっていたらどうなっていたか、想像もつきません」

ジェイムズは冷ややかに母を見た。「お言葉ですが、ぼくは父ではないし、父のようになりたいと思ったこともありません。それに、あなたはもうこの城の女主人ではない。いまはソフィアが取り仕切っているのです。彼女がぼくの公爵夫人であり、彼女とともにどのようなことをしていくかを決めるのは、このぼくです」

マリオンは息子の横で、たどたどしく廊下を進んでいった。「相変わらずね、ジェイムズ。わたくしを傷つけるためにできることは、どんなことでもするのでしょう？」

「母上」ジェイムズが廊下で足を止めた。「ソフィアのおかげで、ぼくたち全員に未来が見えたのですよ。彼女の父上が申し出てくれた気前のよい結婚の取り決めのことだけを言っているのではありません。彼女は大きな希望とやさしい心を持ってこの家に入り、自分にできる限りのことをやろうとしてくれています。そんな彼女にとって、ただでさえ大変な環境の変化を、母上のせいでさらに大変にするようなことは慎んでいただきたい。おわかりですね？」

母親は信じられないという顔で息子をにらんでいたが、スカートを持ち上げ、ものすごい勢いで廊下を歩み去っていった。ジェイムズは無言で立ちつくし、これまで生きてきてほとんど話しかけもしなかった女性に、これほど率直に思うままを告げることができて、強烈な満足感を覚えていた。

そのときジェイムズは、まるでソフィアと自分が同じ側にいるかのような、奇妙な連帯感を抱いた。この暗い呪われた家のなかに生まれた、新しい仲間であるかのように。

自分の心の変化に驚き、ジェイムズは数歩うしろへよろめいて、それから階段へ向かい始めた。降りながらも、気づくと階下の客間の開け放たれたドアに目がいき、ソフィアの姿を探していた。妻の顔が見たかった。

そして見つけた。明るく笑いながらウィトビーと言葉を交わし、それからフランス人紳士に向かって話しかけている。

わずか数カ月前に、三ダースもの赤いバラを贈った男と妻が話しているのを見て、ジェイムズは不快感を覚えずにはいられなかった。結婚を目指して堂々と妻を追いかけていた男。そしてもうひとりは、素性もなにもまったくわからない男。

ソフィア自身は明るく生き生きと輝いている。誰かに話しかけるときはいつもそうだ。あのロンドンの舞踏会で初めて踊ったとき、彼に対しても光り輝いていたように。彼が目を吸い寄せられ、のみこまれてしまったのも、この魅力だった。

ジェイムズは階段を降りきり、客の集まりへと近づいていった。赤の他人と妻が一緒にいる光景に――相手がフランス人であれ、どこの国の人間であれ――ジェイムズは表情をくもらせた。自分の家や妻に関わることから自分が締め出されたり、自分の知らないことがあるのは気に入らない。

それになにより、この鋭く腹立たしい――しかもわけのわからない――ちくちくと胸を刺すような嫉妬を、ジェイムズはもてあましていた。

マリオンは自室のドアを抜け、背後で力まかせに閉めた。「イヴ、お茶が飲みたいわ。いれてきてちょうだい」と小間使いに言いつける。

小間使いはあわてて部屋を出ていった。

マリオンは急ぎ足で椅子に向かった。両手がまだショックで震えている。ジュヌヴィエーヴがピエールをここまで送りこんできた！　要求されただけの額を渡したのに、そしてこれからも何度かに分けてお金を送ると約束したのに、よくもこんなひどいことを。お金だけでは、復讐心は満たされないとでもいうの？　まさか公爵の称号までも手に入れようとしているのでは？

マリオンは両手で顔を覆い、どうしたらいいのかと思案した。ジェイムズに話すべきだろうか？

いいえ、そんなことはできない。もし知れたら、生まれてこのかたずっと真実を秘密にしてきたと激怒するだろう。秘密を公表すらしてしまうかもしれない。なんといっても、あの子は醜聞を気にしないし、他人にどう思われようがかまわない性質《たち》だから。

先祖のことをジェイムズがどう思っているかも知っているので、彼が公爵の地位を守るかどうかさえ、よくわからない。あっさり称号を捨てて、裕福な成金の新妻と、夕日の彼方へ消えてしまうかもしれない。

〝そしてわたくしは、ひとり後始末に追われるのだわ〟

その夜、すべての客が部屋に引き上げたあと、ジェイムズは燭台を手に廊下へ出た。なぜか、なじみのない不安が胃のあたりで渦巻いている。これまでの人生では感情を遠ざけてきたものの、不安の理由はわかっていた。今夜、自分が妻の寝室へと向かっているのは、跡取りをもうけるためではなく、妻への欲望を満たすためでもなく、妻が自分のものであり、ほかの誰のものでもないことを確かめるためだったからだ。

妻の部屋に着き、入っていった。ソフィアはすでにランプを消してベッドに入っており、彼が入ってきて驚いたようだった。跳ね起きて、上掛けを胸に押し当てた。「ジェイムズ、ここでなにをなさっているの？」

「夫が妻の部屋を訪ねてはいけないのかい？」

一瞬、ソフィアは言葉が出なかった。「もちろんかまいませんわ。どうぞお入りになって。その……今夜いらっしゃるとは思わなかったから」

来るとは思っていなかった——なぜなら、彼がふた晩続けて訪れるのは、これが初めてのことだったから——。やはり彼女も、ふたりが体を重ねるのは義務のため——義務のためだけと思っているのだ。

なんということだろう。一週間前までは彼も心の底から、床入れは義務だと思っていた——いや、少なくともそうだと思いこむことができていた。しかしいまは、そう思えるかどうか、あまり自信がない。結婚の誓いをしてから、今夜ソフィアがウィトビーやあのフランス人と話しているのを見るまでのどこかで、彼の気持ちが変化し始めていた。

ジェイムズは部屋のなかほどまで入ってきて、燭台を置いた。「一緒に入ってもいいかな？」

そう言われてソフィアは戸惑っているようだったが、上掛けを彼のためにめくった。ジェイムズはガウンを脱ぎ、彼女の隣でひんやりとしたシーツのあいだに入った。「今夜の接客は、すばらしかった」

「リリーのおかげよ。彼女がとてもよくしてくれたの、ジェイムズ。席次の決まりとか、ほかにもいろいろと教えてくれて」

ジェイムズは横向きになり、手に頬を乗せてソフィアのほうを向いた。「妹がきみと仲良くしていて、うれしいよ」

「わたしもよ。それからね、彼女は秘密の話もしてくれたの、ジェイムズ。絆ができたように思えるわ。彼女以上の義理の妹なんて、考えられないくらい」

ジェイムズは妻の顔にかかった髪を、そっと払った。「よかった」自分がいないあいだ、きみにやさしくする人間がいてくれて。

「あのね」とソフィア。「リリーが昔ウィトビー卿にあこがれていたと話してくれたのだけれど、ご存じだった？」

ジェイムズの眉根が寄った。「ウィトビー？　いや、全然」

ジェイムズはウィトビーのことをずっと昔から知っていて、つまりは、あの伯爵の最悪だった時期も知っている。もちろん、そういう時期のほとんどにおいて、ジェイムズもそばにいたというわけだが、やはり昔の記憶が残っているせいか、ウィトビーはどんな女性を相手にするとしても望ましい男とは思えなかった。ましてや、ジェイムズ自身の妹の相手としては。

「リリーの話では、少女のあこがれといったもののようだったわ」ソフィアは話を続けた。「あなたたちふたりが学生だったころ、彼の反骨精神たっぷりだったところがとても刺激的だったんですって」

「まあ、それはわからなくもない」ジェイムズは楽しげに言った。「リリーはロマンティストなんだ。父のやたらと奔放なところを受け継いでいるのは、これで間違いない」

ソフィアは笑った。「どんなふうに奔放なの?」

ジェイムズは肩をすくめた。ひと月前なら、そんな質問には答えなかっただろう。そもそも父親のことなど口にしなかっただろうが、ソフィアはすでに自分がどういう相手と結婚したのか、少しは知っているし、ありがたいことに、それでもアメリカに逃げ帰ったりはしなかった。「父は結婚が遅くて、とうに三十を過ぎていたものだから、何年間もかなり外聞を憚る行いが続いていたんだ」

ソフィアの顔に好奇心の色が浮かんだので、ジェイムズは話を続けた。「賭けごとはするし、飲むし、いかがわしい場所にもしょっちゅう出入りしていた。それで祖父が見かねて、フランスにいる軍隊時代の友人のところへ息子を送った。祖父と同じくらい厳しいひとだったことは間違いない。父はのちにイングランドに戻ってきて母と結婚して、少なくともしばらくのあいだは体裁を保っていた」

「ほかに女性がいたと、リリーから聞いたわ」

「星の数ほどね。だが、もっとも長く関係が続いたのが——パリで出会った女だった」

ろうそくの火が暗闇にゆらめき、ソフィアがうつむいてひざの上に置いた両手に視線を落としたとき、その白い肌にジェイムズは惚れ惚れした。

「パリと言えば」ジェイムズは言った。「ピエール・ビローというのは誰だ？ きみがパリにいたときに知り合ったのか？」

ソフィアが夫の顔を、ぱっと見た。「わたしの知り合い？ まさか。彼はマンダリン卿の連れとしていらしたのよ。一週間前に卿から、客をひとり連れていきたいという手紙が届いて。ムッシュー・ビローは卿からコテージを借りているようよ。イングランドを旅してまわるためにいらしたのですって」

「では、きみも彼には会ったばかりなのか？」

「ええ、今日初めてお会いしたわ。でも、どうして？　彼がわたしの知り合いだと、本当に思っていたの？」

ジェイムズは自分がすっかり理性を失っていたことに気がつき、いやになった。早合点して、根も葉もないことにばかばかしい嫉妬を燃やしていたとは。妻のほうも、同じことを考えたに違いない。「とにかく、なにも知らなかったものでね」

ソフィアは夫の頬を撫でた。「でも、もうわかったのだから、そのことは忘れて、ほかのことを考えましょう。もっと差し迫ったこと、たとえば、献身的な妻を抱くこととか」

音楽のような彼女の声――ジェイムズは新婚旅行を思い出した。あのときはなにも憚ることなく妻を愛し慈しみ、彼女のほうも彼の熱烈な愛情を満喫していた。

あのころとは、ソフィアは変わった。そして彼も。なにもかもが変わってしまった。

ソフィアは体を下にずらし、腰を動かしながら化粧着を頭から脱いだ。ジェイムズの目に、ろうそくの明かりに照らし出された妻のふくよかな胸が飛びこんでくる。その先端はすでにとがり、触れられるのを待っている。彼女は両腕を上げ、夫の頭を抱いた。まさに献身的な妻が。ジェイムズには心からうれしかった。

これから彼女と愛を交わすと思うと、それだけでジェイムズの口元に笑みが浮かんだ。

「今夜は、ずっとそばにいるよ」

「よかった、もし出ていこうとしたら、縛りあげるつもりだったわ」

ジェイムズはふたたび微笑んだ。おしゃべりの時間は終わった。妻とひとつになりたいという思いが、信じられないほど強くなる。抗いたくても抗えない。彼女をわがものにしたいという強烈な衝動にのみこまれている。これ以上はないというくらいに。

ジェイムズはソフィアを抱き寄せ、唇を重ねた。血が猛烈な速さで流れるのを感じながら舌を絡ませる。あっというまに、彼女のあたたかくやわらかな太ももに堅くなったものが当たった。両手で彼女のおなかを撫で、舌で胸の頂をくすぐり、熱くもろくなった感情にのめりこむ。本当なら、そんな感情はあってほしくないはずだった――ソフィアが自分のものだと――永遠に自分のものだと――確かめるためだけに愛を交わさずにいられない気持ちなど。

永遠を望む？

なんとおそろしい。

こんな気持ちのすべてがおそろしい。

それこそ、いままでずっと細心の注意を払って避けようとしてきたものだ。自分ではどうにも制御できない、手に負えない激情。

ジェイムズがソフィアの上にかぶさると、彼女の腕と脚が絡みついてきて、渾身の力で引き寄せられた。それから、なかへ入っていく。熱と快感の大波に全身を洗われる。魂まで も。大人になってから、これほどすさまじく、ありえないほど自分をむき出しにされたのは、初めてだった。

ソフィアにとってそれからの数日間は、ウェントワース城に来てからいちばん幸せな時間となった。客のおかげで晩餐の席でも笑いや会話が絶えず、このときばかりは〈ウォルト〉のドレスと宝石を身に着けていてもばつの悪い思いはしなかった。なにより、ジェイムズがびっくりするほどかいがいしく、毎晩、部屋に来ては夜明けまで過ごしていってくれた。冷たく距離を置かれていたのが遠い過去のようで、いまの彼は彼女を自分の暮らしに迎え入れ、自分には妻がいるという事実を受け入れ、少なくとも傍目には、仲睦まじい関係に快く身を置こうとしているように思えた。

愛の営みですら、変化を見せた。彼は新婚旅行のときのように笑みを浮かべ、笑い声を上げていた。マーティンのこと、リリーのこと、領地でこれからやりたいと思っていることも話してくれた。夜のベッドのなかで、パーティで起きたあらゆる小さな出来事を楽しくおしゃべりした。レディ・フェンウィックの靴のかかとが玄関ポーチの割れ目にはまりこみ、マリオンが懸命に引き抜こうとしたこと。ご婦人ふたりはうんうんうなって大変な苦労をしたのに、引き抜いたとたん、なにごともなかったかのようなふりをした。ジェイムズもソフィアもあまりに笑いすぎ、ジェイムズのほうはベッドから転がり落ちてしまった。

もちろん、ジェイムズが妻に愛しているという言葉をかけることはなかったし、ソフィアのほうも、彼がロンドンから戻って以来、そういった言葉を口にすることはなかった。なぜなら、彼にはまだ準備ができていないような気がしたから。けれどこの数日の変化を見たソフィアは、将来はそういう甘い感情も夢ではないかもしれないと希望を持ち始めた。それだけでも、笑顔でがんばる力が湧いてくる。

自分がどれだけ変わったか、ジェイムズ本人は気づいているだろうか。ああ、彼がそれを口にしてくれたら。気づいてくれたら。でもいつの日か、そういう日が来るかもしれないわ。

ジェイムズにとって今年の狩猟パーティは、たちまち歴代随一のものになりつつあった。なぜなら、とてもくつろいだ雰囲気の催しになっているからだ。ソフィアのおかげで、高尚ぶった堅苦しい感じ――かつては母が、常に細心の注意を払って維持していたもの――は消え、ジェイムズ自身もこのうえなく楽しんでいた。

新鮮なそよ風のように、彼の公爵夫人であるソフィアは前年までの張りつめた空気を一掃してくれた。彼女はアメリカ人のアコーディオン奏者を雇い、自分もそれに合わせてピアノを弾きながら、夕べには生き生きと簡単な歌も披露した（マリオンは、どの曲のときもいらだちを露わにしていたが）。『パートナー探し』や『目隠し遊び』のような遊びも提案し、何杯かワインを飲んだあとでは、夜中までには誰もが高らかに大笑いをしていた。今週だけでも、これまでの人生で大笑いをした回数よりも多かった。

そんなある日の午後、紳士たちと連れ立って狩猟に出たとき、ウィトビーがジェイムズのかたわらにやってきた。ふたりはパーティが始まってから、必要があればさりげなく言葉を交わすものの、ほとんど互いを避けており、友情が壊れてしまったことを双方ともに意識していた。ふたりがざっくばらんに話をしたのは、ソフィアに求婚したジェイムズに対してウィトビーが怒りの言葉をぶつけ、ジェイムズが相手にせず立ち去ったときが最後だった。あれからジェイムズは、人生で起きたほかの不愉快な出来事と同じように、そのことを考えないようにしてきた。

ウィトビーは自分のライフルを構え、引き金を引いた。弾丸が発射され、群れのなかでも低い位置を飛んでいた鳥が一羽、空から落ちた。

「おみごと」ジェイムズが言った。

「きみがさっき撃ったやつのようにはいかないな。だが、きみはいつも理想が高いから」

ジェイムズの肩がこわばる。彼はふたたび弾をこめた。

「で、結婚生活はどうだ？」ウィトビーが訊く。「万事、思っていたとおりか？」

「それ以上だ。ソフィアはすばらしい公爵夫人だ」

ウィトビーがまた狙いをつけて発砲した。「そりゃそうだろうな」ライフルを下ろし、ジェイムズを見る。「どうやら彼女は、ここに大きな変化をもたらしたようだ」

ジェイムズはうなずいただけだった。

「だが、きみの母上の胸中は穏やかではないと思うが」

「母なら、難なくやりすごしているよ」

「今回の狩猟パーティの手配で、ソフィアに文句をつけられるところなどなかっただろうな。今週、皆が平らげた料理の数々は、史上最高のものだった。海老のスープなんか、すばらしかったよ。きみの奥方は、明らかにそういう方面にみごとな手腕をお持ちのようだ。立派な接待役だな」

ウィトビーは弾ごめをし、ジェイムズは係の者が次の獲物の群れを放つのを待った。

「ところで、あのフランス人は何者だ？　晩餐のときはいつも顔を出しているが、葉巻の時間まではいない。ソフィアの知り合いか？」

「いや、彼はマンダリンの客だ」ジェイムズは強調した。「あのビローとやらは、マンダリンからコテージを借りているんだとさ」

「なるほど」新たな鳥の群れが、空に放たれた。ジェイムズもウィトビーも狙いをつけ、発砲した。「妙なやつだ」とウィトビー。「あまり話もしない。話すとしても女性にしか話しかけないし。狩りもやらないようだな?」

「たぶん。やるなら、いまここにいるだろう」

ふたりはしばらく口を閉じ、狩りに集中したが、やがてウィトビーが銃を下ろした。

「なあ、ジェイムズ、ぼくたちは昔からの友だちだが、このあいだのことではつい思いこみをしてしまって、謝らなければと思っていたんだ。なにもかも、なるようになったわけで、きみさえよければ、もうそのことは忘れたいと思っている」

ジェイムズは茶色くなった草を見下ろした。今日、こんなことを言われるとは思っていなかった。それに、いちばんの親友と疎遠になったことでどれほど自分が気落ちしていたか、自分でもわかっていなかった。

大きなため息をつき、ジェイムズはウィトビーと向き合った。手を差し出し、握手する。

「もちろん、いいとも。それに、ぼくのほうもすまなかった。きみを……傷つけたのでなければいいんだが」

「傷つく？　ぼくが？　まさか。結婚市場はべつに、生き死にを賭けた競技じゃない。とくに、彼女が相手となると。少々プライドがへこんだが、それだけさ」

ジェイムズはにこりとした。「そう言ってもらえてよかったよ」

また新たな鳥の群れが飛び立ち、ふたりとも狙いを定めて撃った。

ふたたび弾をこめながら、ウィトビーはジェイムズをこづいた。「だが、まだあきらめちゃいないぞ。社交シーズンは毎年あるんだからな。天候がよくなれば、これからもすぐにアメリカの美女たちが蒸気船に乗って海を渡ってくるはずだ」

ジェイムズは笑みを浮かべて友を見た。「それで、きみは、金塊の積まれた船を出迎えに行くというわけか？」

ウィトビーがしゃれっ気たっぷりに片方の眉をつり上げる。「当然。青い水平線の向こうでは、真実の愛がぼくを待っている。少なくとも、希望はいつも持ち続けるさ」

狩猟もあと二日を残すところとなって、ふたりの客が遅れてやってきた。そこでソフィアは新たに晩餐の席順を考えるため、合間を見て自室に戻った。どこに誰が座るかを示すカードを入れられるようになっている、切りこみの入った革製のシートを前に考えこんだが、新しい客とあって、どこに着席してもらえばいいのかよくわからなかった。そうなると急に、ほかの客もひっくるめてテーブル丸ごと大失敗をやらかすのではないか、尊大な客が大声で不満をわめきちらすようなことになりはしないかと不安になった。

どうしても『ディブレット貴族名鑑』が必要だ。そのなかでは、めいめいの貴族とその家族に番号がふってある。しかしあいにく、マリオンが自分の部屋に置いてあるので、ソフィアの手元にはない。ほかのあらゆるものと同じく、名鑑も最初はマリオンのものだったからだ。

ソフィアは自室を出て、義母の部屋へ向かった。ドアをノックしようとしたそのとき、胸をかきむしられるような嗚咽が聞こえた。ソフィアは耳をドアに近づけ、聞き耳を立てた。すると、またなかから嗚咽が聞こえ、泣いているのはマリオンなのだとわかった。しばらく、じゃまをしてはいけないと思ってそのまま聞いていたが、またしても嗚咽が聞こえて、義母を気の毒に思う気持ちがおなかの底にまで響いた。そんなものを感じているということがうらめしくはあったけれど。ソフィアはノックせずにはいられなかった。

短い沈黙があった。「はい？　誰なの？」

ソフィアはわざわざ返事をしなかった。彼女だとわかれば、マリオンは追い払うだけだろうから。ソフィアはドアをそっと開け、なかを覗いた。「わたしです。ソフィアです。大丈夫ですか、マリオン？」

義母は目を押さえ、椅子に座ったまま背筋を伸ばした。「もちろんです。入っていいとは申しませんでしたよ」

ソフィアは戸口に立った。「泣いているお声が聞こえたものですから。なにか、して差し上げられることはありますか？」

「いいえ、出ていってくれれば、それでいいわ。ひとりになりたいのです」

単純で簡単なこと――言われたとおりに出ていきたいという思いをこらえ、ソフィアはその部屋に留まった。そのとき、どうしてここまで来たかを思い出した。さらに部屋のなかほどまで進む。「また『ディブレット貴族名鑑』をお借りしたいのです。晩餐の席順を変えなければならないので」

「どうしてです？　誰かお帰りになるのですか？」あまりにも期待のこもった口調だった。おそらく騒々しいのに疲れ、いつもの城を取り戻したいのかもしれない。

「いえ、今日の午後、ウィットフィールド卿が奥様とご一緒に到着されたので」

マリオンは咳払いをし、そのつかのまの時間で落ち着きを取り戻し、それからゆっくりと椅子を立って机に行き、名鑑を取ってきた。そしてソフィアに渡したが、いつものようないやみや毒舌はなりをひそめていた。彼女の目は赤く、腫れぼったい。

「マリオン」ソフィアはやさしく言った。「どうなさったのか、教えてください。なにかお力になれるかもしれません」

義母は唇を引き結んだ。「なにもありません。あなたに理解できるようなことはなにも。だから、出ていってちょうだい」

ソフィアは引き下がらなかった。「できません。あなたがなにに苦しんでいるのか、わかるまでは」

はっきりとソフィアに言われて、義母はひるんだようだったが、背を向けて窓辺へ歩いていった。「話したくありません」

どうしてこのひとは、誰に対してもこんなに冷たいのだろうと、ソフィアは思った。ほんの少し思いやりを見せれば、幸せな世界が開けるはずなのに。もしかしたらマリオンは、他人に思いやりを伝える方法をまったく教えてもらえず、受け取る側にも一度も立ったことがないのかもしれない。だから、自分に足りないものがわからないのだろう。

ソフィアはさらに近寄った。「わたしを信用してください。聞かせていただいたことは、この部屋から決して漏れることはありませんから」

「なにも話すことなどありません」

「マリオン、それが嘘だということは、見ればすぐにわかります」

義母は窓辺から離れなかった。「どうして、そんなに出しゃばるのです、ソフィア？

公爵夫人には、まったく似つかわしくありませんよ」

「わたしの心のなかでは、わたしは公爵夫人である前に、まずはあなたの義理の娘なのです。あなたのお力になりたいの」

マリオンは黙っていたが、とうとう振り返った。顔の深いしわが、すっかりゆがんでいる。また嗚咽をもらしそうになっているのだ。

ソフィアは心配そうに一歩、前に出た。「いったいどうなさったの、マリオン？　なにがそんなにおつらいの？　お願いですから話してください。ふたりだけの秘密にすると約束します。口に出せば、あなたも気が楽になるかもしれません」

考えられないことが起きた。マリオンが両手に顔をうずめて泣き出し、よろめきながらソフィアの腕に歩み寄ってきたのだ。

全世界が足元で変化したかのような心地がした。ソフィアは義母を抱きしめ、体がばらばらになりそうなすすり泣きで義母が震えているのを感じていた。ソフィアはマリオンの背中をさすり、なだめる言葉をささやきかけた。

しばらくのち、マリオンは落ち着き、うしろに下がった。取り乱したことを恥じているかのように視線は落としたまま、ハンカチで洟をかんだ。「申しわけないわね。いったいどうしてしまったのかしら」

「謝ることなどありませんわ、マリオン。お心を痛めておいでだったのでしょう。どうなさったのですか?」

マリオンはうつむいたまま首を振り、話そうとしなかった。ソフィアは義母の手を取ってベッドまで誘導し、一緒に腰を下ろした。「ここでは、相談できるかたがいらっしゃらないのですね。どうか、わたしにそのお相手を務めさせてください。なにかお力になれますわ、きっと」

「あなたがなんの力になれるというのです?」マリオンが弱々しく言う。「ずっと秘密を守ってきたのです、明かすことなぞできません。誰にも」

「でも、あなたのお心がやすらかになるために、おっしゃっていただかなければ。誰かがそばにいなくては。少なくともひとりくらいは本当の友を――信頼できると思う相手を持たなければいけませんわ。たとえそのひとが、悩みに耳を傾けることしかできなくても」

マリオンはソフィアの言うことなどなにも信じられないというように、またかぶりを振った。

「信頼できるかたは、誰もいらっしゃらないの?」

マリオンは立ち上がり、またしても距離を置いた。ひとから遠ざかるのがいつものやりかたなのだろうとソフィアは思った。相手が誰であっても親しい関係を避けるというのが、マリオンの習慣になってしまっているのだ。

ソフィアはベッドに腰かけ、マリオンの返事を辛抱強く待った。義母はしばし部屋を行ったり来たりしていたが、とうとう振り向いてベッドの端に座った。

「誰も知らないことがあるのです。ジェイムズでさえ知らないことが」

ソフィアは緊張し、ごくりとのどを鳴らした。

「あの子は、公爵家の本当の跡取りではないのです」

21

ソフィアは胃がねじれ、吐き気をもよおしそうになった。

狩猟パーティでしきたりを間違えたとか、ちょっとした騒動が起きたとか、ささいなものを想像していた。たとえば、招いた客がほかの客とよろしくない関係を持っているとか。それが、こんな話だったとは……。

「本当なのですか？」

「ええ。昔、ひとには言えないようなことがあり、わたくしはずっと世間に知られないよう、ひた隠しにしてきたのです」

「それはいったい？」

マリオンはうなだれた。「すべて夫のせいです、ヘンリーの。こんなことが起こったのは、あのひとのせいなのです。あのひとのせいで、ずっとひどい苦境に立たされてきました」マリオンがソフィアと目を合わす。「結婚前、夫には女がいたのです」

ソフィアはそれがどういうことなのか、考えようとした。「つまり、ほかの女性とのあいだに子どもがいるということですか？」

「そうです。男の子が。けれども夫はしばらく、そのことを知りませんでした。若いころフランスに行って暮らすうち、ジュヌヴィエーヴという女と親しくなったらしいのです。誰もが眉をひそめるような女です。女優だった彼女は、場末の演芸場で働いていました。ヘンリーの人柄を考えると、彼は父親の名を汚《けが》すためだけに、あの女を相手にしたのだと思います。夫は心のきれいなひとではありませんでしたから」

ソフィアはマリオンの手を握りしめ、手の甲をさすった。

「ともかく、ヘンリーは彼女に自分が公爵だとはいっさい言わず、イングランド出身のひとびとにも彼女との関係を教えませんでした。まったくの別人になって、べつの人生を生きていたのです。夫はジュヌヴィエーヴと、パリでも最悪の地域にあるひどい場所で暮らしていたけれど、自分が称号を受け継いだとわかると彼女と別れてロンドンに戻り、早々にわたくしと結婚したのです。ジュヌヴィエーヴのほうも、とくに未練はなかったようです。子どものことをあのひとに話さなかったくらいですから。そして何年も経ってから、もちろん彼がどういう人間かを知ったのだけれど、そのときにはもう娼館を営んでいて、彼はそのような醜聞が本国に知れるのはまずいと考えた。すでに立派なイングランド生まれの息子が公爵の称号を受け継ぐべく、教育されていたのですからね。そこで夫は彼女の要求をのんだのです。公爵家は、あの女の口を封じておくために、かなりの額を渡してきました」

マリオンは、また泣き出した。

「ヘンリーが亡くなってからは音沙汰もなかったけれど、少し前に手紙が来て、お金の援助を続けるようにと言われました。さもなければ、自分の息子を世間に公表すると。そして、今週末までにお金を送れと、この電報が届いたばかりです」

「でも、そんなのは恐喝ではありませんか」ソフィアは電報をマリオンから受け取り、目を通した。

「なんとでもおっしゃい。でも、ジェイムズがすべてを失わないようにするためには、彼女の言うとおりにお金を渡すしかないのです。ああ、あの女さえいなくなってくれたら！」

「でも、彼女はどうしてここまでやってきて息子の権利を主張しないのでしょう？　どうしてお金の要求だけ？　なんだかうさんくさいですわ」

「領地からの収入が芳しくないことは、彼女もずっと知っています。田舎でのこんな暮らしはしたくないのでしょう。彼女がほしいのはお金や宝石だけ。好きなように贅沢な暮らしをして、このまま……自分で商売をする女でいたいのよ」

ソフィアはかぶりを振った。「ジェイムズに話をしたほうがいいですわ」

「だめよ。わたくしはもうずっと、この汚らわしい秘密から彼を守ってきたのよ。あの子が自分のものを失う姿など見たくありません。あの子には道理を通そうとするところがあるから、もしや……」マリオンは皆まで言うことができなかった。

「もしや、腹違いの兄に公爵の地位を譲ってしまうのではないかと?」

「ええ」

ソフィアは立ち上がり、部屋を歩きまわり始めた。「でも少なくとも、それは彼が決めることですわ」

マリオンは息を吸いこんだ。「ふたりだけの秘密にすると約束したではありませんか、ソフィア」

ああ、なんてこと、確かに約束した。「ええ、わかっています、でも――」

マリオンは立ってソフィアに近づいた。「約束ですよ、ソフィア。あなたが絶対に秘密を守ると言うから、わたくしも信じて話したのです」

どうすればいいの？　義理の母に認めてもらうために、夫に秘密を持つの？　これまでひどい仕打ちしかしてこなかった義母のために？　こんなことがあとでジェイムズに知れたら、どうなるだろう？

けれど、だからこそ、マリオンはいままでずっとひどい態度しか取れなかったのではないだろうか——信頼でき、秘密を打ち明けられるひとが誰もいなかったから。愛というものを知らなければ、ひどい態度を取るしかなかったのでは？

ソフィアはどうすればいいのかわからず、スカートを両手でなでつけた。マリオンはすがるような弱々しいまなざしで彼女を見つめ、言葉を待っていた。

『ディブレット貴族名鑑』が机に置いてある。女主人としての仕事が待っている。

ソフィアはマリオンのところへ行き、両手を取った。「いまのところは秘密を守りますが、なんとかお力になれるように考えます」ひとをはねつけるよりも信じるほうがいいとマリオンに納得させることができれば、マリオンはジェイムズのことも信用するようになるかもしれない。がんばってみよう……マリオンがジェイムズに話す気になってくれるように。「わたしに打ち明けてくださって、よかったのですわ」

マリオンの瞳に映っていた、せっぱ詰まったような痛々しい表情が、少しやわらいだ。身をかがめ、ソフィアを抱きしめる。冷たく感情のないこの義母の思わぬ行動に、ソフィアは驚いて声を上げそうになった。

マリオンが体を起こした。「それから、もうひとつ」

〝もうひとつ？　さっき衝撃的な大波に襲われたあとで、まだほかになにかがあるというの？〟

「ジェイムズの知らない兄のことですが……。名前はピエール。ピエール・ビローです」

お茶のあと、客たちは庭の散策をしてから、晩餐の身支度をするために各自の部屋に戻った。ソフィアは家政婦とカメのスープのことや、その晩の客は四人が大の玉ねぎ嫌いだという打ち合わせをしていて、部屋に戻るのが少し遅れた。そのあいだずっと、マリオンから聞いた話で動揺していた。

ピエール・ビローがジェイムズの腹違いの兄？

この数日、彼と会話したときのことをすべて思い返してみた。なにか腹に一物抱えているようそぶりなど、見たことがない。知らされていたとおりの人間にしか見えない――フランスからの旅行客。自分の氏素性について、マリオンに話をしているところすら見かけていない。脅しもかけてきていないし、狡猾そうな表情もしない。マダム・ラ・ルーから、金の無心をする電報が届いているだけ。

ピエールがここまで来た目的は？　とにかくマリオンに圧力をかけるため？　それとも、自分のものにしたいと思っている領地を見にきたということ？

やっと自室に着いて背中でドアを閉めると、ソフィアは胴着のボタンをはずし始めた。どうすればマリオンにジェイムズを信頼させ、彼に恐喝の件を打ち明ける気にさせられるだろう？

身支度のためにアルバータを呼ぼうとしたとき、出し抜けに声が聞こえてソフィアはびっくりした。きびすを返してベッドを見る。

「時間はあるかな？」ジェイムズが艶っぽい笑みを浮かべ、口の片端を上げていた。シャツはなく上半身裸で上掛けの上に乗り、くつろいだ様子で長い脚を組んでいる。まだ乗馬用の半ズボンとブーツを身に着けたままだ。

魅惑的な誘いの真意を察したソフィアは、息を吐いてゆっくりと焦らすように離れ、鏡の前に立って胴着のボタンを続けてはずしていった。「なんの時間かしら？」素知らぬふりで訊く。いまこの部屋で起きていること以外は、なにも考えていないようなふりをする。

愛想のいい笑みを浮かべながらも目つきは鋭く、ジェイムズは脚をベッドから下ろして立った。「晩餐に向かう前にデザートをいただく時間」

ソフィアはイヤリングをはずしながら、鏡に映った彼を見つめた。

「あなたがそんなにラズベリーのカスタードソース焼きが好きだとは知らなかったわ。それなら召使いに言いつけて、ふたり分、運ばせましょうか」

ジェイムズの熱い視線が貪欲さを増す。「器に盛ったなめらかな菓子を考えているわけではないんだ。考えているのは、もっとほかのものだ」声がかすれ、小さなささやきになる。「きみのことが一日じゅう頭を離れなかったよ、ソフィア。おかげで、今朝の狩りはさんざんだった。きみが午餐の席で着ていたあのドレス――」

「緑のドレスね……」

「そう、あの緑のやつだ。きみをテーブルの下に引きこんで、あの下にどんな色のストッキングをつけていたか、見てみたかった」

ソフィアがジェイムズに向き直ったとき、心のなかであたたかな光がはじけた。彼女のことで――いえ、それを言うならどんなことでも――ジェイムズが少しでもわれを忘れたと認めたのは、新婚旅行以来のことで、彼女は急に元気が湧いてきた。胸に抱えている心配ごとが影をひそめ、新鮮で甘い欲望に変わっていった。

「わたしもあなたを待っていたわ」

ふたりは言葉もなく、レースのカーテンを通して差しこむ夕方の薄明かりのなかで見つめ合った。ジェイムズが笑みを浮かべると、ソフィアは思わず、前の晩、彼の両手が全身をなめらかに動いたことを思い起こした。彼がどれほどの悦びをもたらしてくれたか――幸せのあまり、声を張り上げたくなったほどだった。いまも下腹部がじわりと熱くなる……女性としての、激しい欲求。

ジェイムズが一歩、前へ出た。

「小間使いがもうすぐ来るわ」とソフィア。

ジェイムズが足を止めて考える。そしてドアまで行って鍵をかけた。

「晩餐に遅れてしまうわ」ソフィアは言い添えた。

ジェイムズは妻のところまでゆっくりと歩き、指先で彼女の唇に触れた。

「でも、ぼくらには、とびきりの食欲が出てくるのではないかな」

ソフィアの体のなかを荒々しいほどの熱い興奮が駆け抜け、思わず息をのんだ。

ジェイムズが彼女を抱き上げ、ベッドに運んだ。ソフィアは抗いもせず、反論することさえなかった。ただとにかく夫の汗ばんだ肌をそばで感じ、傾いてゆく光のなかで夫の美しい裸体を見上げたかった。ベッドの端に座ったソフィアは、恥じらいもなく夫のズボンのボタンをはずしていった。そこはいっぱいにふくらみ、解放されるのをいまかと待っている。ものの数秒で、ジェイムズはブーツもほかの衣服も脱ぎ捨て、彼女はみごとな肉体を目の前に、胸を締めつけられそうになっていた。

ジェイムズが妻をベッドに押し倒してゆく。昼日中から男性の裸体に組み敷かれ、悩ましい悦びを感じることになるなんて、ソフィアは考えたこともなかった。しかも彼女のほうは、まだすっかり衣服をまとったまま。

しかし、それも長くは続かなかった。ジェイムズは妻の胴着のボタンをはずし始め、さらにコルセットの前を開いた。まもなく彼は妻の胸を撫で、口づけ、味わい、彼女を炎のような欲望の虜にしてしまった。衣服の残りはあっというまになくなり、ソフィアの体はすさまじく強い、芯からの切なる思いでうずき始めていた。

数分も経たぬうちに、ジェイムズは満足のいく素早いひと突きでソフィアのなかに入り、彼女をわななかせた。

唇も重なり、ソフィアは得も言われぬ夫の味わいと、口のなかにすべりこんできた舌の感触を一心に受け止めた。二度、三度、深く出し入れされただけで、たちまち絶頂に昇り詰め、クライマックスの震えが駆け抜けた。ジェイムズもまた同じ高みへとたどり着き、妻の名をささやいた。「ソフィア」

愛のこもった声を聞いたソフィアは、体の興奮がおさまってくるうち、幸せな余韻のなかに一抹の罪悪感を覚えた。

わたしは夫に隠しごとをしている。なにも隠したくなどないのに、世にもおそろしい秘密を持っている。彼からは全幅の信頼と愛情をもらいたいし、自分からは、正々堂々と彼を信じ、愛したいのに。

なのに、マリオンと約束してしまった。おかげで、義母との溝は埋められそうなところまで来ているように思う。だからいま、彼女を裏切るわけにはいかない。

やっと、彼女とジェイムズが前に進み始めたというときに、どうしてこんなことになってしまうのだろう？

ソフィアは夫をきつく抱きしめた。時間が必要だった。いまの状態がいったいどういうことなのか、そしてこの一族のためにどうすればいちばん役に立てるのか、頭を整理して考えるだけの時間が。

晩餐の前に皆が集まった客間で、ソフィアは客に混じりながらピエールのそばに近づいていった。マリオンは、彼がここへ来た理由を知らなかった。ピエールはマリオンに素性を明かしていないし、ウェントワース家と以前つながりがあったということを誰かに話してもいない。ただ午餐と晩餐に出席し、ほかの客とおしゃべりをし、紳士たちが狩りに出ているときはひとりでゆったりと散歩している。

「ムッシュー・ピロー、イングランドにいらして数日ですけれど、いかがお過ごしですか？」彼のところまでたどり着き、ソフィアは尋ねた。

「とても楽しんでいますよ、奥方様」強いフランス語訛りでピエールが答える。

彼はとてもハンサムだけれど、ジェイムズに似ているところはほとんどなかった。ただ髪が黒いところだけは、そっくり同じだけれど。でも、黒髪の男性がいったい何人いるというの？　人口の半分は黒髪と言ってもいいだろうに。

そこへリリーがやってきて、まばゆい笑顔を見せた。「ムッシュー・ビロー、昨夜は余興をご覧にならなかったでしょう。今夜ははずせませんわ。今日の午後、ロンドンから音楽家が到着しましたの。それにダンスもあると思います。そうよね、ソフィア？」

「ええ、東の棟の小振りな舞踏室を開けましたのよ」

ピエールは眉をくいっと上げた。「ダンスですか？　それは参加せずにはいられないですね。ぼくに相手を務めさせていただけるのでしょうか、レディ・リリー？」

リリーの目に笑みが広がった。「ええ、喜んで。では、失礼いたします」彼女は向きを変え、ほかの客に挨拶に行った。

ソフィアはピエールがリリーの姿を目で追うのを見つめた。

いや、目で追っているだけではない。まるで、むさぼるようなまなざしを注いでいる。

その表情を目の当たりにして、ソフィアは一瞬、気分が悪くなりそうだった。彼はリリーが腹違いの妹だと気づいていないのだろうか？　誰かが自分の素性を知っているなどとは、思ってもいないのだろう。

そこでふと、そもそも彼は自分の素性を知っているのだろうかとソフィアは思った。そんなことがあるかしら？　彼の母親がいまでも本人に真実を隠し、彼には自分がなにをしているのかわからせないまま、マリオンに脅しをかけるために息子を送りこんだの？

ソフィアは笑みを顔に貼りつけた。「お故郷《くに》のことを聞かせてくださるかしら、ムッシュー・ビロー？　フランスのどちらからいらしたの？」

それからしばらく、ソフィアは彼の経歴についてほかの質問もしたが、おかしなところはなにも見当たらなかった。もしも彼が本当に嘘をついているとしたら、非常に嘘がうまいと言えた。彼は母親が娼館を営んでいるとは、ひとことも口にしていない。生まれもしないうちに自分を捨てた父親のことも、なにも言わない。両親は成功した商人だと彼は言った。

ほかの客が何人か加わったので、ソフィアはさりげなく座をはずした。「ちょっと失礼します」

なにが起きているのか、さっぱりわからないと思いながら振り向くと、ジェイムズが客間のドアのすぐ内側にいて、彼女を見つめていた。数分後、ふたりは暖炉の前で向き合った。

ジェイムズはソフィアの手袋をはめた手を取り、接吻した。「奥方殿、きみの気高い姿には驚かされるよ」

「でもあなたの……その……たくましさにはかなわないわ、閣下。とくに、思いがけず晩餐の前に、わたしのベッドでそれを発揮されると」

ジェイムズは微笑んだ。「次は前もって知らせるようにしよう」

「いいえ、いいの。わたし、思いがけないことが好きだから。それに……びっくりさせられるのも」

彼の瞳が妖しく輝き、ふたりはそろって客間の周囲をまわり始めた。ソフィアはわざと、ピエールがいるのとは反対の方向を選んだ。

ふたりは客に混じって楽しく笑って過ごしたが、晩餐を知らせるベルが鳴ると、皆は優先順位をきっちり守って順番どおりに食堂へ入っていった。

翌日、ジェイムズは客とのいつもの夕べの散歩が終わると、ソフィアの部屋で妻の帰りを待っていた。しかし、ほとんどの客が室内に入ったあとでも、彼女はまだ戻ってこなかった。だんだんと時間が過ぎ、晩餐の着替えの前に夫婦の営みをする時間がなくなってくると、彼はいらだちを感じて窓辺へ行った。

すると外の芝生に、どうやら人目につかない南の庭から戻ってきたらしい、妻とフランス人の姿があった。ソフィアは彼と腕を組み、彼が言ったことに笑っていた。ジェイムズはいやな嫉妬に胸を突かれたが、理不尽だろうと自分に言い聞かせた。自分は妻を信じている、心から。妻がムッシュー・ビローに言い寄っているなどとは、ほんの少しも考えない。だがそれでも、妻がほかの男と、薄桃色の夕暮れどきに腕を組み、並んで歩いているところなど見たくなかった。しかも彼女は、夫が自分を待っていると知っているはずだ。

彼はばかばかしい考えを追いやり、シャツを着て、妻が戻ってきたときにはここにいないほうがいいと思った。彼女のことを見ていたとは知られたくないし、根掘り葉掘りどこに行っていたのか、どうしてこんなに長くかかったのか、責めるような質問をしたくもなかった。そういうことは、父がやりそうなことだ。しかも、鏡台をひっくり返したりしながら。だがジェイムズは父とは違う。やたらと疑ったりはしないし、理不尽なこともしない。父から受け継いだかもしれない凶暴な気性も、ほかのたくさんの性質を押しつぶしてきたように、とっくにたたきつぶしていた。

ではなぜ、いまソフィアと顔を合わせるのは避けたほうがいいと思うのだろう?

ジェイムズは自室に戻りながら、幼いころのある日のことを思い起こしていた。せいぜい五、六歳のころだったか、窓辺で泣いているところを母親に見つかった。遊びに来ていた子どもたちが外遊びに出ていったが、ジェイムズは置いてきぼりになったからだ。母は彼をトランクに放りこみ、お父様に聞こえるから泣くのをおやめなさいと言った。彼が感情を押し殺すことを覚えたのは、あの日だったように思う。

ジェイムズは自室の部屋を押し開けたが、暖炉の前に男が座っているのを見て、はたと立ち止まった。

「マーティン、戻るのは明日ではなかったのか」マーティンがふがいなくも帰郷したらどう対応するか、まだゆっくりと考える時間は取れていなかった。

弟はあわてて立ち上がった。目の表情は、自信に満ちた反抗心とおそれとを行ったり来たりしている。「いや、予定どおりですよ、ただいま」

ジェイムズは部屋に入り、うしろ手でドアを閉めた。従者のトンプソンが、化粧室でジェイムズのスーツの上着から糸くずを払っている。「トンプソン、いまは下がっていていいぞ」

従者が出ていくやいなや、マーティンはどさりと椅子に腰かけ、だらしなくもたれた。弟はのんきなふりをしているが、気を張って構えているのがジェイムズにはわかった。

かつて同じような状況で、父親に面と向かったときのことが思い出される。これから鼻っ柱を折られるとわかっていながら、なんとか体面を保とうとしているのだ。

ああ、自分がこちら側の立場に立つとは、想像したこともなかったのに。

「これから、なにか罰を下そうと思っているのでしょう」マーティンが言った。「どうぞやってください。早く」

ジェイムズは部屋の奥へと進み、窓辺に立った。「借金があるようだな」

「同じ年ごろの男は、誰だって同じような借金がありますよ」

まだひよっ子のくせに。ジェイムズは椅子で大の字になっている、ひょろりとした弟を見下ろした。

「おまえの学友がなにをしていようと、どうでもいい」ジェイムズはにべもなく言った。「責任ある行動をとる男もいれば、無鉄砲な男もいる。おまえには前者の仲間になってほしいものだな」

マーティンはひじ掛けをぶって立ち上がった。「散歩や釣りくらいしかやることのない、こんな田舎で、退屈して死ねと言うのですか」警戒するような、不安げなまなざしを、ちらと兄に向け――ジェイムズの怒りのほどを確かめているのは間違いない――そして続けた。「確か兄上だって、ぼくの年には同じようなものだったはずです。兄上もウィトビーも。兄上がどんな問題を起こしていたか、ぼくは知っているんだ。何度、停学を食らったかだって」

ジェイムズは深呼吸し、落ち着こうとした。「確かに停学処分を受けた。しかもあいにく、受けた罰のなかではそれがいちばん軽いものだったがね」

兄の言っていることがどういうことか、よくわかっているマーティンは、うつむいて床を見つめた。「でも、ぼくが兄上よりひどいというわけではありません」と口を開く。「なのに兄上は、とことんがっかりなさったような目でぼくを見る。もっと分別を持てというような目で。兄上がぼくの年のときだって、分別などなかったくせに」

ジェイムズは弟に近づいた。「では、どうしろと……見て見ぬふりをしろというのか？　おまえとぼくを比べても、おまえの素行の悪さは誰も見逃してはくれないのだぞ」

マーティンは髪をかき上げた。「ここは退屈でしかたがないんです、兄上」

「どういうふうに？」

「同じ年ごろの人間がいない」

「リリーとは二歳と離れていないではないか」

「リリーの話すことと言えば、ドレスと夢みたいな話ばかりです」

ジェイムズは弟との距離を縮めた。「もちろん、素行が悪ければどういうことになるか、わかっているだろう、マーティン。イートン校で部屋に酒と女を持ちこんでいたのを見つかったのは、これで二度目だ。おば上も、まったくおまえを更生させることができなかった」ジェイムズは、また背を向けた。「今年いっぱい、こづかいの値上げはなしだ。それに、ぼくが適当と判断するまで、ウェントワースの地を離れることも許さん」

「ぼくを監禁するおつもりですか？」

「そこまで大げさなことではない。おまえが勉学を続けられるよう、家庭教師を雇うつもりだ。そして、ある程度おまえが成長できたと思えたら、おまえの要望を聞いてもいい。それまでは、田舎の空気をせいぜい好きになることだ」

「そんなひどい仕打ちをするなんて、兄上」

ジェイムズは身をひるがえして弟に向かった。「ひどい仕打ち？　鞭で打たれたほうがいいというのか？　それとも、ごめんなさい、もう二度としませんと叫ぶまで、ろうそくの火に手をかざされたいか？」

マーティンは唖然として、開いた口がふさがらなかった。静かな声で答える。「いいえ、兄上」そして背筋を伸ばした。「もう行ってもよろしいですか」

「ああ。よければ、客と一緒に晩餐に出席するがいい」

マーティンは戸口で立ち止まった。「旅でだいぶ疲れています。食事は部屋まで持ってきてもらったほうが」

「わかった。客は明日には帰るから、明日の夜には家族の食事に顔を出せるように。リリーもソフィアも、おまえに会いたがっているはずだ」

マーティンはうなずき、退出した。

ジェイムズは晩餐のために着替えにかかった。

22

まだ自制心はきいている――ジェイムズは舞踏室のなか、向かい側で客と会話をしている妻を眺めながら考えた。いま、どうしてそんなことを考えているのか、わからない。おそらく今宵はずっと妻の様子を見ていて、接客役としてきらきらと輝いている彼女がまぶしすぎるせいなのだろう。彼女は人付き合いに天性のものを持っている――まばゆいばかりの輝きで、客の誰をも笑顔にしてしまう。

ただし、母だけはべつだった。母はずっと離れた壁際にほかの既婚婦人たちと腰を下ろし、扇をぱたぱたさせている。少しも楽しんではいない。だがそれは、なにも今日に限ったことではなかった。

そのとき堂々たる若い紳士が入ってきて、ジェイムズは目をやった。なんと驚いたことに、それはマーティンだった。黒の燕尾服をまとえば若造が即座に成長してしまうのだから、なんとも不思議だ。マーティンはすらりと背が高く自信たっぷりで、白い手袋をはめた姿で部屋を見まわした。

ジェイムズは出迎えた。「顔を見せることにしたのか」

「とてもこもってはいられませんでした。今夜はニーダム卿の部屋のドアに水爆弾を仕掛けて、卿が部屋に入られるときに落っこちるようにしようと思っていましたが、音楽やざわめきがどうしても気になって。集中できませんでしたよ」

ジェイムズは磨かれた木の床の上で、急に立ち止まった。マーティンも止まり、すねたようにかぶりを振った。「冗談ですよ、兄上。ぼくがそんなことをするとお思いですか?」

そのとき、ソフィアが近づいてきた。明るい笑顔を輝かせ、手袋をはめた手を差し出して義理の弟を迎えた。「マーティン! あなたのお顔が見られるなんて! 結婚式以来ですものね。お帰りになったことはジェイムズから聞いていたのよ。こうして顔を出してくださって、本当にうれしいわ!」

あたたかな歓迎を受けてマーティンの顔がぱっと明るくなり、彼は身をかがめてソフィアの頬に挨拶のキスをした。ソフィアは義弟の腕に腕を通し、並んで歩いた。

「道中はいかがでした?」ソフィアが訊く。「汽車の旅が退屈でなければよかったのですけれど」

ところがあいにく、退屈きわまりなかったことをマーティンは話し、ソフィアはなにを聞いても心をこめてうなずき、自分も似たような経験をしたときのちょっとした話をした。

しばらくすると、マーティンは笑顔になって笑い声を上げていて、ジェイムズはこういう妻に出会うことができてなんと恵まれていたのかと思った。ソフィアはうなるほど金を持っているだけでなく、すばらしく魅力的だ。奇跡をも起こすことのできる女性……ひねくれた弟を笑わせることができるのだから。

彼らはそろって、部屋の隅をぐるりとまわっていった。

「独身の若い女性も何人か見えているのよ」ソフィアが言った。「よかったら、ご紹介しましょうか？」

「それはすばらしいですね」とマーティン。

彼らは部屋の奥の隅にいた淑女のグループのところへ行った。ソフィアが軽く挨拶のおしゃべりをしているあいだ、女性たちは皆ソフィアから目が離せず、ずっと笑顔で、まるで全世界が妻の虜になっているようだとジェイムズは思った。

「レディ・ビーチャム」ソフィアが言う。「義理の弟のマーティン・ランドン卿をご紹介させていただきますわ。マーティン、こちらはレディ・ビーチャムとそのお嬢様のレディ・エマ・クロスビーよ」

マーティンは心のこもったお辞儀をし、レディ・エマに次のダンスの相手を願い出た。音楽が始まると、マーティンは彼女をエスコートしてフロアに出ていった。

「きみはすばらしい」ジェイムズとソフィアが思いきって外のバルコニーに出て、数分だけふたりの時間をつくったとき、ジェイムズがソフィアに言った。

若いニレの木の鉢植えが置いてある隅に、空いた場所を見つけていた。十月にしてはあたたかい夜で、風もない。落ちたばかりの木の葉の香りが、あたりに漂っていた。

「まあ、どうして?」ソフィアはおもねるように言った。「詳しい理由をひとつ残らず教えて」

ジェイムズがにやりと笑った。「きみにかかると、皆、自分が大切にされているような気になる。自分と話をするために、きみが一日じゅう待っていてくれたのかと思うくらい。誰もかれも、きみのことが大好きだ」

ソフィアはしとやかな動きで欄干に手をかけ、控えめに微笑んだ。「わたしが？　アメリカ人なのに？　誰もそんなことは想像もしていなかったでしょうね」

ジェイムズがそっと手を重ねる。「悲しいことに、そのとおりだ、いとしいひと、でもきみは皆の心をつかんだ。イングランドを征服したんだよ」

ソフィアは笑い声を上げた。「まあ、ジェイムズったら、征服なんてとんでもないわ。わたしは幸せになろうとがんばっているだけ」

「それで、幸せになったのかな？」答えを知りたいと思っている自分に、ジェイムズはひどく驚いた。これまでは彼女が幸せかどうか、どんな形ででも知りたいと思ったことはなかった。彼女に関わることで、感情を動かされたくなかったのだ。

しかしこの数週間は、妻とともに過ごす喜びを感じるようになっていた。それを、これから先も失いたくない。

ソフィアは、あたたかな手のひらを頬に当てた。「ええ。いままでにないくらい幸せよ。わたしたちがお互いに……楽しく過ごすことができるようになって、うれしいわ」

楽しく。

ひと月前、ジェイムズは確かにその言葉を使った——ソフィアになにも告げずロンドンへ発った前の晩のことだ。互いに楽しむのはやぶさかではないが、彼女を愛そうとは思っていないと、彼は言った。

だがソフィアのほうは、彼を愛していると言った。ジェイムズはそんな言葉を信じなかった。そんなことはありえないと思った。愛なんて、そんなに簡単に感じることはできないし、そんなに早々と深まるものでもない。彼女が称号のために結婚したのは間違いないのだから。

それなのに、ソフィアの目を見つめていると、うっとりするほどの喜びを感じる……それは大波のように押し寄せ、毎晩彼女の腕のなかで過ごし、毎朝やすらかな彼女のそばで至福の目覚めを迎えるたび、強まっている。

これが愛というものなのか？

もしそうなら、いつ芽生えたのだろう？　ロンドンで初めて彼女を見たときか？　それからいままでに、その気持ちが大きく育ち、深まってきたのだろうか？

ジェイムズは少し前の夜、寝室でソフィアから子ども時代について訊かれたときのことを思い出した。あのあと彼女を抱いたとき、心の奥底にある小さなドアがきしみながら開いた。あれが分岐点だったのかもしれない。あの夜、めったに感じることのないやさしい気持ちが小さく震えるように顔を出した……それを打ち消さずにいたから、こんな気持を抱けるようになったのだろう。

「さっきは、マーティンにとてもやさしくしてくれたね」ジェイムズは手袋をはめた彼女の手を自分の唇まで持っていき、接吻した。「ありがとう」

「お礼を言っていただけるようなことはしていないわ。彼に会えて本当にうれしかったのだもの。わたしたちがどれほど彼を大切に思っていて、ここにいてほしいと思っているか、わかってもらえるといいのだけれど」

ジェイムズはまたもや深いところで小さな震えを感じた。「きみのような人間には、いままで会ったことがない、ソフィア。愛情をそれほど惜しげもなく、おそれることなくおもてに出すひとはいなかった」

ソフィアはまっすぐにジェイムズの目を見つめた。「あなたも、ときどきそうなさってみたら」

妻のあたたかさと美しさが染みいってくるような感じがして、ジェイムズは身をかがめて彼女に口づけた。いまのところ、自分の感じているものを表す方法はそれしか思いつかなかった。はっきりと言葉にできるほど理解できているのかどうか、彼にはわからなかったから。

その夜遅く、ジェイムズは妻の寝室を訪れた。彼女は燃えさかる暖炉の前に座っていた。一糸まとわぬ姿で、彼を待ちわびて。

ジェイムズが近づくと彼女は立ち上がり、彼の広げた腕のなかへ入ってきた。そのとき、彼という岸壁に波が当たって砕け散ったことは、疑う余地もなかった。

ああ、これが愛というものなのだ。

翌朝遅く、ソフィアが部屋の窓から外を覗くと、ピエール・ビローが大勢の淑女のグループと妻を持つ紳士数人を引き連れて、庭のほうへ向かっているのが見えた。前の日に彼と散歩に出たとき、ピエールの目的がわかる手がかりや、なにか情報が手に入ればよかったのだけれど。彼は下心をかいま見せるようなことはまったく口にせず、ソフィアはずっと気持ちがもやもやしていた。脅迫しにやってきた人間が、なにも企んでいないなんてことがあるだろうか？　彼はマリオンが思っているほど、危険な人物ではないのかもしれない。あるいは、想像を絶するほど危険な人間なのか。

ソフィアは客の出立について執事に指示を出そうと廊下に出たが、ピエールの部屋の前で、ふと足を止めた。城の静けさが迫ってくる。ソフィアは興味深げに彼の部屋のドアを見つめ、どうにかして彼のことがなにかわからないかしらと考えた……どんなことでもいい。マリオンに秘密を隠しておくことをやめさせ、ジェイムズのところへ相談に行かせることができるような、なにか。家族として密な関係を持とうとするのなら、全員が互いに自分をさらけだし、信じ合わなければならない。

しかし、そこがソフィアにとっては問題だった。彼女はいまのこの状況をジェイムズに話したいのに、決して話さないとマリオンに約束してしまった。しかも義母との関係はあぶなっかしく、まだ始まったばかりだ。いま彼女を裏切るわけにはいかない。そんなことをしたら、もうマリオンと深く密な関係を築けるかもしれないという望みは、すべて絶たれてしまうだろう。

ソフィアはピエールの部屋のドアノブを見つめた。彼がなにを知っているのか、彼がどういうつもりでいるのか、わかる手がかりは部屋のなかにあるかしら？　たとえば日記とか？

日記。それはあまりに高望みかもしれない。

それでも、もしジェイムズを信頼して真実を話してほしいとマリオンを説得するつもりなら、その真実がどういうものなのか、知っておかなければならないだろう。こんな漫然とした秘密をずっと彼に隠しておくことはできない。とくに彼女はいま、彼の心を引き寄せようと、必死にがんばっているときなのだ——心を開いてもらい、彼女を信じて愛してもらえるように。

ソフィアは廊下の物音に耳を澄ました。こんなチャンスは、もう二度とめぐってこない。すばやく覗くくらいはできるだろう。

ソフィアは振り向いて誰も見ていないのを確かめ、そっとピエールの部屋のドアを押し開けた。

ベッドメーキングはすんでおり、暖炉もきれいに片付けられている。絨毯地でできた旅行用の手提げ鞄が、口を開けたまま窓辺に置いてあり、かみそりとブラシ類が化粧台の上にきちんと並んでいた。

ソフィアは忍び足で手提げ鞄に近づいた。持ち上げてみたが、なかにはなにも入っていなかった。今度は衣装だんすに行き、両開きの扉を開ける。上等なスーツの上着とシャツが数着かかっていた。いやな後ろめたさを感じながらポケットに手を入れ、なにかないかと探るが……。

どのポケットも空だった。

そこで扉を閉めて鏡台に行くと、ロンドンの旅行案内の本があった。ソフィアは部屋のなかを目でつぶさに追ってみたが、変わったところはなにもなかった。

見つかってはいけないと思い、もう出ることにした。ドアまで行ってほんの少しだけ開け、廊下をうかがって、誰も歩いていないか確かめる。なんの物音もしないようなので、そっと出た。

廊下の半分もいかないところで、ジェイムズの声がした。「ああ、いた……」

ソフィアはぎくりとして立ち止まり、頬がいっきに痛いほど熱くなるのを感じた。無理に笑みを浮かべて振り返る。

夫が近づいてきた。「ちょっといいかな?」

どこにいたかを、彼に見られたかしら？　ソフィアはうろたえた。「ええ、もちろん」

ジェイムズはそばまで行くと、妻の頬にキスをした。「客人の世話は、本当に大変だっただろうね」

「大変――ええ、まあ、そうね。皆様、午餐のあとでお帰りになられるから、きちんとした時間に馬車の手配ができるよう、まだばたばたしているところなの。お客様のなかには早い時間の汽車を使われるかたもいらっしゃるし、遅い汽車のかたもいらっしゃるし……手配がとてもめまぐるしいわ」

「なにか手伝おうか？」

「いえ、いいの、大丈夫よ」

ジェイムズはピエールの部屋のドアに目をやった。「いま、ムッシュー・ピローの部屋から出てきたようだね。彼も充分に楽しんでくださったのならいいのだが」

ソフィアの動悸が耳障りな大音量で響いた。「そうね。いまちょっと、ぜんぶの部屋を見てまわっていたの。インク瓶がいっぱいかどうか気になって」

「それで、大丈夫だったかな？」

彼女の眉がつり上がる。「ええ」

ジェイムズは彼女を長いこと見つめた。ソフィアは精いっぱい笑顔をつくり、なにげないふうを装っていた。彼に隠しごとをしているなんて、知られたくない。そんなことになったら、またふたりの関係は振り出しに戻ってしまう。

彼は妻の頬にふたたびキスをした。「きみも忙しい身だ。時間を取らせたくはないが、今夜はふたりで静かに晩餐を迎えるのを楽しみにしているよ。またこの城を、ふたりで自由に使えるのを」そう言ってジェイムズはどきりとするような目の輝きを見せ、きびすを返して反対方向に廊下を歩いていった。

ソフィアはそのまま進んだが、すぐに自分の行動を気に病んだ。ジェイムズに打ち明けたほうがよかったのではないだろうか。ほんの少しでも考える時間があったらよかったのに。そうすれば、彼を前にして目を見つめながら、非難がましい言葉に（いえ、非難されているのかどうかもわからなかったけれど）無理やり返事をするようなことにはならなかっただろうに。さっきの彼の言葉が非難の言葉だったのかどうか、彼女はまだ知りたくなかった。

あと少しのがまんよ、とソフィアは思った。もう少ししたら、きちんと彼に話そう。そしてうまくいけば、ふたりで協力して、このどうしようもなく困難な問題を終わりにできるだろう。

十分後、ジェイムズは書斎の窓からぼんやりと外を眺めていた。ソフィアは本当にインク瓶を見てまわっていたのだろうか？

どうしてそうではないという疑いが浮かぶのだろう。彼女の頬が上気していたから？声の調子がおかしかったから？

彼は火の入っていない暖炉の前の椅子に腰を下ろし、親指であごをさすった。どうしてなのかはどうでもいい。とにかく、彼にはなにかおかしいということはわかっていて、それが言いがかりでも、疑りすぎでもないのは間違いなかった。さっき、妻は嘘をついた。

そして、彼にはわかっていた。

実を言うと、ビローをひと目見たときから、なにかいやな感じがしていた。信用できない男に思えたが、その点ではソフィアはなんの関係もない。

だが、どうしてソフィアはビローが散歩に出ているあいだに、こっそり彼の部屋に入っていたのだろう。ふたりのあいだに、なにかあるのか？

まさか。

ジェイムズは椅子から立ち上がり、窓辺に戻った。そんなことは、頭に浮かぶだけでもがまんならない。

おお、神よ！

こうして、ゆっくりと地獄へ落ち始めていくのか……。

いや、まさか。

そんなことはない！　根も葉もないことで早合点し、感傷的になって愚かなことを考えるわけにはいかない。ソフィアは妻になると言ってくれたその瞬間から、ずっとかいがいしく、忠実でいてくれた。彼が明かしていなかった代々受け継がれる気質を知り、残酷で衝撃的な真実を突きつけられたときでさえ。そんな彼女がなにか秘密を持っているなどと疑うのは、ばかげている。

ジェイムズは窓枠に頭をもたせかけた。自分でピエールの部屋に行き、この好奇心を終わらせればいい。自分でインク瓶を調べればいい。

しばらくのち、ジェイムズは客用の〈青の間〉に入り、鋭い目で部屋じゅうを丹念に探った。なにも入っていないピエールの旅行用手提げを見て、さらにすべてを見まわし、それからインク瓶を見た。空だった。

ソフィアは、瓶がいっぱいだったと言った。

ジェイムズの視線がベッドに移った。枕元に、一輪の紅いバラとメモ書きが置いてあった。彼はただちに手に取った。公爵家の紋章入りの紙。

〝いとしいピエール〟妻のものとよく似た、上品な筆跡だ。〝庭でのお散歩は楽しかったわ。ほんの短いあいだだけでも、ふたりきりになれたらいいのに。お願いだから、まだロンドンへは帰らないで。もう二、三日、この城に留まってほしいの。まだわたしにはお別れを言うことができないから〟

ジェイムズはベッドの端に腰を下ろし、もう一度、メモに目を通した。見ているものを信じたくなかった。痛みを伴ってゆっくりと血管に広がる、氷のような冷気が耐えられない。

ピエールは、筆跡がソフィアのものによく似た客の誰かに、愛のささやきを始めただけではないのか。ジェイムズは刹那、すがるような思いで考えた。

だが、やはり違う。ここには、城に留まってほしいと書いてある。客は皆、帰るのだ。

では、召使いの誰かでは？

ひとりでに、奥深いところで怒りがふつふつと湧いてきた。使われている紙は、公爵家の紋章入りだ。召使いが使うわけがない。

ジェイムズは親指と人さし指で額をぎゅっとつまんだ。こんなばかなことが。信じるものか。絶対に。

だが、これからどうする？

ジェイムズは、正気を保つためにできるただひとつのことをした。城じゅう、ソフィアを捜してまわり、食堂で午餐の準備を確かめている彼女を見つけると、正面からぶつかることにした。

「ちょっと話がある。いいかな？」

「ええ、もちろん」ソフィアは長いテーブルに沿って動きながら、食器類の配置を目で確かめている。

ジェイムズの胸が、深呼吸で上下した。「できれば、書斎で」

23

ソフィアはジェイムズのあとについて書斎に入った。彼は巨大なマホガニーの机に着き、彼女には向かいの椅子に座るよう手ぶりで示した。

しばらく沈黙しているジェイムズの前で、ソフィアは試験でカンニングをしたのを見つかって校長室に呼ばれたかのように背筋をぴんと伸ばして座り、両手を握りしめていた。変な感じ。現実のことではないみたい。目の前にいるのが、この一週間で素顔の見えてきた夫だとは思えない。

ようやく、永遠に続くかと思えるような沈黙が続いたあと、ジェイムズは胸ポケットに手を入れてメモが書かれた便箋を取り出した。そして立ち、机越しにソフィアに渡した。

「これはどういうことか、聞かせてもらいたい」ジェイムズの声は冷ややかだった。

ソフィアはメモを読んだ。足のつま先から頭まで、血が音を立てていっきに流れ出し、こめかみがずきずきしてきた。「どこでこれを？」

「ピエール・ビローの枕の上」

「いつ？」

「ついさっき」

ソフィアは緊張ぎみに息をのんだ。「でも、あの、どうしてわたしがこれのことを知っていると思うの？」

「きみの筆跡のようだから。違うのか？」

ほんの少し前までの不安は猛烈な怒りに変わったが、ソフィアは声を抑えたまま言った。

「わたしがこれを書いたと思っていらっしゃるの？」

「違うのか？」

「当たり前よ！　ほかの男性にこんな手紙を書いたりはしないわ！」

ジェイムズが片方の眉を上げた。「本当にそうかどうか、ぼくにはわからないだろう？ぼくらはまだ、知り合って日が浅い。正直、お互いのこともまだ少ししかわかっていないし」

またた。ジェイムズが逃げるようにロンドンに発った前の晩、彼の心が彼女の手からもぎ取られたあの夜と、まったく同じ。あのとき彼は冷ややかに心を閉ざしていた。いまもまったくそのとおりだ。あのときと同じ目つき——彼女が自分のことを愛していようが嫌っていようが、どうでもいいというような。

「こんなものをわたしが書くかどうかわからないほど、わたしのことがわかっていないとおっしゃるなら、とても残念なことだわ」ソフィアは立って出ていこうとした。

「待て」ジェイムズも立ち上がる。「まだ話は終わっていない」

制止されても本当は出ていきたかったが、命令口調のおそろしい声音にソフィアは止まった。

この数週間、ふたりで前に進んできたのに、いま彼をこわいと思っていることが、ソフィアには胸がつぶれそうなほどつらかった。

「座るんだ」とジェイムズ。

ソフィアは椅子に戻った。彼女が腰を下ろすのを待って、ジェイムズもまた座った。

「彼の部屋でなにをしていた？　インク瓶を確かめていたというのはなしだ。空なのにいっぱいだったと、きみは嘘をついたのだから」

「わたしの言ったことを確かめに行ったの？」

「廊下で会ったとき、きみがなにか嘘をついたのは明らかだった。ぼくも、なんでもないことだと思おうとしたんだ。だがあいにく、そうではなかった」

ソフィアはメモを手に取り、もう一度読んだ。「断言するわ、これを書いたのはわたしではありません。わたしが部屋に入ったとき、枕の上にこんなものはなかったわ。もしあったら気づいていたはずよ」

「そもそもムッシュー・ビローの部屋でなにをしていたか、まだ説明を聞いていないぞ」

おそろしいほどの勢いで、パニックが襲ってきた。なんと言えばいいの？　絶対に口外はしないとマリオンに約束した。いまここでジェイムズに話したら、彼はかんかんになって一目散に母親のところへ行き、真正面からぶつかるだろう。この一家が互いに信頼し合うようになるという夢は、粉々に砕けてしまう。

ソフィアはうなだれた。「ジェイムズ、わたしは本当に、誰がその手紙を書いたのか知らないの。誰にでも書けるわ。確かに筆跡はわたしのものに似ているけれど、わたしが書いたんじゃないわ。わたしには、信じてとしか言えないの」

「わかった、信じよう。では、ピエールの部屋でなにをしていたか、話してくれ」彼の声は鋼鉄のように鋭く、ソフィアの背筋に震えが走った。

涙が彼女の目にあふれてくる。言いたくないことを言わされようとしているからではなく、ジェイムズの態度がこれほど心なく粗暴な、よそよそしいものだったからだ。こんなにも簡単に、感情をなくしてしまえるものなの？　そもそも彼には感情があるのかしら？　もしかしたら、ないのかもしれない。彼女のことなど、みじんも気にかけていないのかも。彼女の肉体を利用して、自分だけのつかのまの肉欲的な悦びを楽しんでいるだけなのかも。あの夜、彼女を愛するつもりはないと言ったのは、本心だったのかもしれない。あのとききちんと受け止めておけばよかった。ああ、きちんと聞いていれば、こんなことには。

涙が目からあふれ、頬を伝って落ちていく。ソフィアは手でぬぐいながら、感情というものを見下している男性の前でこんな弱さを見せている自分を嫌悪した。大きく息をのんだが、声の震えは止められなかった。「あなたの言うとおりよ。インク瓶のことは嘘をついていたわ」

ソフィアは自分の手を見つめていたが、ジェイムズが体をこわばらせたのは感じられた。

ソフィアは心を強く持って続けた。「でも、それだけではないの。もっと大事なことがあるの。わたしには、あなたに隠していることがあるわ。誰にも言わないって、あるひとと約束したから、どんな秘密かはあなたに言えない。そのひとの信頼を裏切ることはできない。でも、正しいと思えることができるようにがんばって、できるだけ早くあなたに話せる手だてを見つけると約束するわ」

ジェイムズは立ち上がって暖炉に行き、マントルピースに片手をついた。背中を向けたまま話す。「その秘密を持った人物が……その女性が、この手紙を書いたのか？」

ソフィアは肩をすくめた。「本当に知らないの」マリオンが書いたのでないことは間違いないが。

「正直言って、きみでないなら、誰が書いたのでもいいんだ」

その言葉に鋼のような鋭い警告の響きさえなければ、うれしかったかもしれないと、ソフィアは呼吸を整えながら思った。きみはぼくのもので、ほかの誰にも渡さない――ジェイムズはそう言っているのだ。きみはぼくの所有物であり、それ以外のなにものでもない、きみが賢い女だったら、その限界を試すようなことはしないことだ、と。

窓から身を投げたという公爵夫人のことが思い出された。その女性は精神的に束縛されていたのだろう。もし夫の不興を買い続けていたら、この先、ソフィアにも同じ運命が待っているのだろうか？

「無理にとは言わない」ジェイムズが言った。「きみに秘密を託したその人物を裏切れとは言わない。だが、もしその秘密が、どんな形であれ、きみかぼくかぼくの家族に関わることなら、ぼくはすぐに行動を起こして、どうあってもその火種を消す。きみのご友人とやらが裏切られたと思おうが思うまいが、ぼくはいっさい関知しない。わかったな？」

ああ、わかっている。これでふたりの輝かしい悦びに満ちた夜は終わりを告げ、眠れる竜が目覚めるかのように忌まわしくもおそろしい真実が明らかになったとき、ジェイムズはおいそれと彼女を許してはくれないだろう。

午後四時までには、ピエール・ビローも含めてすべての客が出立した。

一家はいつものように家族で晩餐の席に着いたが、そこにはマーティンも加わっていた。口数は少ないながら、礼を欠く態度ではなかった。ソフィアが思うに、マーティンは彼女が同年代のときに見知っていたたいていの若者と、なんら変わりはなかった――無口で醒めていて、成長するにつれてかならず備わってくる魅力を身に着け始めたばかりというところだ。

ジェイムズも口数が少なかったが、彼の場合はそう単純な話で片付けるわけにはいかなかった。いちおう、席に着いてから彼女と目を合わせたり、パーティは成功だったたねと軽い調子で話もしたが、どれもやたらとよそよそしく丁重すぎる感じだった。まるで自分は怒っていないと念押しするような、もっと言えば、自分にはどうでもいいと言っているかのような。

それでも、ソフィアはふだんどおりに明るい笑顔を浮かべ、リリーが狩猟パーティはとても楽しかった、とくに夜のゲームの時間がよかったと話すのを聞いていた。そのあいだずっと、ブリキの時計のぜんまい以上に神経を張りつめ、マリオンに秘密を明かされてからこのかた、自分のやってきた行いのすべてを悔やんでいた。できるものなら時間を戻して、義母の悩みごとをしつこく問いただしたりしなければよかったのにと思う。それでなくても最初からあまりにももろかったこの結婚が、いまこの秘密を知ってしまったせいで危機に瀕しているのだから。

その夜遅く、ソフィアはベッドでジェイムズに来てほしいと祈りながら待っていたが、彼は距離を置くことを選んだ。昼間ふたりで話したときの雰囲気と結果から考えて、それも驚くことではなかった。

つかのま、彼の部屋に行って仲直りをしようかと思ったが、どうにもやりようがない。まだジェイムズに真実を話すことはできないのだから、壊れたものを修復するすべはなかった。

まずマリオンと話をしなければならない。ソフィアはランプを消して、暗闇のなか横になり、考えあぐねた末に、朝いちばんで義母のところに行こうと決めた。なんとかして、マリオンに息子を信じさせる方法を見つけよう。

立て続けにすばやいノックが響き、ソフィアは驚いて目を覚ました。どぎまぎする心臓を抱えて体を起こし、上掛けを胸に当てる。「どなた?」

「リリーよ」ドアの向こうから声がした。「入ってもいいかしら?」

ソフィアはベッドから這い下りてドアを開けた。「どうしたの? こんな夜中に」

「わかっているわ、でも眠れなくて。あなたしか話せるひとがいないの」

ソフィアはリリーを招き入れ、ランプをつけた。「体の具合が悪いのではないでしょうね?」

「まあ、いいえ、そうではないの」ふたりしてベッドに上がる。「でも、もしかしたらそういうものかもしれないわ。自分が自分ではないみたいなの。ああ、ソフィア、あなたがここにいてくれてよかった。ほかにこんな秘密を話せるひとなんていやしないもの。ふたりだけの秘密にすると約束して」

ソフィアの頭のなかで、警告の鐘が鳴り響いた。すでに秘密をひとつ抱えていて、そのせいで結婚生活にひびが入りかけている。こんな約束をもうひとつするわけには……。

「リリー、たぶんわたしではお役に立てないかも――」

「あなたしかいないの、ソフィア。もうこれ以上、こんなせつない思いを抱えていられない。死んでしまいそうなのよ!」

言葉もなく義理の妹を見つめるソフィアの心に、重苦しいものがのしかかってきた。

「どういうことなの……せつない思いって？」

リリーはベッドにどさりと仰向けになった。「恋わずらいなの」

「誰に？」ソフィアは尋ねたが、すでに答えはわかっているようでこわかった。

リリーが体を起こす。「誰だと思う？　ピエールよ！　わたしたち、お互いに胸を熱くしているのがわからなかったかしら？」

ソフィアのまわりに壁が迫ってきているような気がした。もしマリオンから聞いたピエールの話が本当なら、ピエールはリリーの腹違いの兄なのだ。

彼女は口がもつれそうになるのを必死でこらえた。「本当なの？　あの、彼も同じ気持ちなのかしら？　あなたが彼と話をしているところなんて、ほとんど見ていないけれど」

〝ああ、これがなにもかも、リリーのロマンティックな妄想にすぎなければいいのに〟

「彼も本気よ、ソフィア。だから、彼がいなくなってこんなに心が乱れているの。彼と離れて、どうやって生きていけばいいの？」

あの手紙。あれはリリーが書いたものだったのだ……。

「でも、どうして彼が……あなたを愛しているとわかるの？　なにか言われたの？」

「言葉を使う必要なんてなかったわ。わたしたちは目と心で気持ちを伝え合っていたの。まるで魔法のようだった。愛がこんなものだったなんて、全然知らなかったわ」

ソフィアはかぶりを振った。まだリリーがピエールの気持ちを勘違いしているだけなのだと思いたかった。「あなたたちのあいだには、なにかあったのかしら?」

「心配するようなことはなにもないわ。でも、彼が予定どおりに出立しなければどうなっていたかは、わからない。わたしたちは、紳士のかたがたが狩りに出かけているあいだに庭を散歩したの。お母様には内緒にしてほしいのだけれど、隙を見てふたりで抜け出したこともあるのよ。でも大丈夫、彼は完璧な紳士だったわ。だからよけいに彼を愛してしまって!」

ソフィアは咳払いをした。「愛というのは強い言葉よ、リリー。あまりあわてて使わないほうがいいわ。確かにピエールはハンサムだけれど、彼のことは本当のところ、ほとんどわかっていないのよ」

リリーがほっそりとした眉を寄せる。「あなたはもっとロマンティックなひとだと思っていたわ、ソフィア。抑えられない情熱があると思っているのではなかったの」

「思っているわ、でも感情だけに支配されないように細心の注意を払わなければならないのよ。そうでないと、厄介なことになったりもするわ。ピエールは外国人だし、ここの人間は誰も、心から彼とあなたの――」

「あなただって外国人だわ、ソフィア。よりによって、あなたがそんなことを気にするなんて、思ってもみなかった」

ソフィアは両手を振って誤解を解こうとした。「そういうことではないのよ……彼がよその国から来たひとだというのは関係ないの……ただ……わたしたちは彼のことをなにも知らないということなのよ。ひょっとして犯罪者かもしれないじゃない」

「犯罪者！　彼は犯罪者なんかじゃないわ、ソフィア！　もしそうなら、わたしにだってわかるわ」

「どうやってわかるの？」

「さっきも言ったけれど、わたしたちは心で気持ちを伝え合うの。なにかこの世のものではない力で結ばれているみたい」

〝ああ、なんてことなの〟「まだあなたたちのあいだで起こったことを聞いていなかったわ。彼に……キスされたの？」ソフィアは慎重に尋ねた。

リリーは長いあいだ遠い目をしていたが、またベッドに仰向けに倒れこんだ。「ええ！　とってもすてきだったわ！」

ソフィアの全身の筋肉が、骨を万力のように締めつけた。「あなたからもキスしたの？　あのね、リリー」――やさしい口調で話そうとする――「それは賢いこととは言えないわ。彼とふたりきりになるべきではなかったのよ」

リリーは顔をしかめた。「もう、やめて、ソフィア。あなただってお兄様から求婚を受ける前に、ふたりきりになったでしょう。あの政治の集まりの夜に。あなたが兄と温室に入っていくのを、わたしは見たのよ」

ソフィアは気まずそうに唾を飲みこんだ。「あれとは違うわ。わたしはあなたより年上だし」

「違いはしないわ。あのときあなたは未婚の若い女性だったし、決まりごとは同じよ」リリーは、はすっぱなしぐさで手を振った。「どうせ、どうでもいいことよ。誰もがしていることですもの」

「いいえ、そんなことはないわ！　もしやっているとしても、そういうことは口に出さないものよ！」

目を丸くしていたリリーが、目を細めた。「ソフィア、全然あなたらしくないわ。いつものあなたは、どんなことでも開けっぴろげに話をするのに」リリーは心配そうな表情で顔をくもらせ、体を起こした。「ピエールのせい？　あなたは彼のことが嫌いなの？」

髪をかき上げながら、ソフィアは言葉を探した。「好きか嫌いか判断できるほど、彼のことを知らないし、それはあなたも同じだと思うの」

リリーはむっとした顔で、しばらくベッドの上で座っていた。うっとり幸せな気分だったのに、ソフィアが針で突き刺したとでもいうように。

〝これでいいのよ〟ソフィアは、後ろめたく思わないよう心を鬼にした。

「あなたならわかってくれると思ったのに」リリーはすっかり打ちのめされたように言った。

ソフィアはため息をついた。リリーのやわらかな頬に触れる。「ごめんなさい、リリー――あなたの気持ちはよくわかるのよ。ただ……知らない男性との恋にはまりこんでしまわないうちに、注意しなければいけないと思っただけなの」

「彼が貴族ではないから？」

「もちろん違うわ」

「でも、ほら、お母様には大問題よ、それにお兄様にとっても。あのふたりはそれを理由に、絶対に彼と一緒にはさせてくれないわ」

ソフィアはうなずいただけだった。「いますぐに解決しなければならないことでもないでしょう。時間はたくさんあるわ」

でも、やはり解決しなくては。ソフィアは断固とした決意を固めた。

「わたしの代わりにお兄様にお話しをしてくれる？」

「なんの話？　ピエールのこと？」〝まさかこんなことになるなんて！〟「どうかしら、リリー……いまはお返事できないわ」

リリーは強い落胆の色を瞳に浮かべてソフィアを食い入るように見つめていたが、なんとか笑ってベッドから少し降りた。「そうよね。とてもよくわかるわ。でも、できれば考えてみてほしいの、だって家族と……家族と仲違いはしたくないもの。どうしても、少なくともひとりは、味方をしてくれるひとが必要なの」

リリーの言ったことすべてに動揺し、すっかり心を痛めながらも、ソフィアは義理の妹におやすみを言い、頬にキスをして部屋から送り出した。

リリーが廊下の先に消えるのを見るや、ソフィアはランプを手に取り、逆方向のマリオンの部屋へ向かった。

「マリオン！　マリオン！」義母の部屋のドアを激しくたたく。「開けてください！　緊急の用件なんです！」

やっとのことでドアが開いた。マリオンが険しい顔で立っている。「いったいなにごとです？」

「お話ししなければなりません。リリーのことで」

マリオンの顔に入った怒りのしわが、さらに深くなる。「なんなのです？」

ソフィアはガウンの胸元をかき合わせ、部屋に入った。「ピエールについて、本当のことをジェイムズに話していただかなくてはなりません」

「そんなことをするものですか」マリオンが居丈高に答える。

「深刻な事態なのです、マリオン。ジェイムズに真実を伝えなくては。少なくとも、この一家の全員が知らなくてはいけませんわ」

マリオンの顔が、怒りのあまりこわばった。「どうしてです？　もう何十年も前の騒動なのですよ！　いまさらどうして家族の皆の顔に泥を塗り、世間でのしかるべき地位を失う危険を冒すのですか」かたわらの机に、手のひらを打ちつける。「あなたなど、信用すべきではありませんでした！　やはりあなたには、ことの重大さがわかるはずがなかったのです」

ソフィアは一歩、義母に歩み寄った。「ことの重大さなら、よくわかっております、マリオン。わたしに話してくださって、よかったのですわ。もし話してくださっていなければ、わたしがこれからお伝えすることを、あなたは決して知ることはなかったでしょうから」

マリオンは氷のような目でソフィアをにらみつけた。

しかし、ここで怖じ気づくわけにはいかなかった。

「リリーが――ピエールに思いを寄せているのです」

24

マリオンは殴られたかのように、数歩うしろへよろめいた。「嘘です」

「こんな夜中に、わざわざそんな嘘を言うために伺ったりはしませんわ」

「そのようなことがあるわけがないわ。あの男はリリーの……腹違いの兄なのですよ！」

マリオンは口を手で覆った。具合が悪くなってしまいそうだった。

「本当に彼はあなたのご主人のご子息なのですか、マリオン？　ピエールから話しかけられましたか？　自分の素性を伝えるとか、脅しをほのめかすようなことは？」

「いいえ、一度も。わたくしのことなどまったく知らないかのようでした」

ソフィアはランプを置いた。「自分に血のつながりがあるとは知らないのかもしれません。ジュヌヴィエーヴがなにも話していないのかも」

「知っているはずです」

「でも、もし彼がリリーを妹だと思っていたら、どうしてリリーにキスなどするでしょう?」

「キス? なんということでしょう」マリオンはベッドに倒れこんだ。

ソフィアは駆け寄り、義母を横にした。「なにかお持ちしましょうか? お水は? お茶を持ってこさせましょうか?」

「いいえ、なにもいらないわ。こんな姿を誰にも見られたくありません」

ソフィアはマリオンの額をさすった。

「あの男がリリーにキスを? 本当なのですか?」

「リリーの口から聞きました。明らかに、彼女は自分がなにをしているかわかっていないようですし、願わくは彼のほうも知らないと思いたいのですが。もしそうでないとしたら、それでは……あまりにも……」

マリオンは手を振ってソフィアを黙らせた。「身の破滅です! わたくしたちみんな! いったいどうすればいいのです?」

「何年も前になさっておくべきだったことを、なさってください。ジェイムズに話すのです。彼なら、なんとかできます」

マリオンはすすり泣き始めた。「話せません」

「どうして?」

「こんなに長いあいだ、ずっと話さずにきたのです。彼は、父親がよそで女と関係していたことも、もしかしたら自分が公爵家の正式な跡取りではないかもしれないことも、なにも知りません。ずっと黙っていたことが知れたら、わたくしは軽蔑されるわ」

いまでもマリオンと息子の関係は芳しくないということは、ソフィアは言わずにおいた。

「リリーまでが巻きこまれたいま、それでも隠し続けていたら、もっと軽蔑されることになりますわ。マリオン、どうか彼に話をしてください。あなたの娘さんのために」

義母は、暗くなった窓に顔を向けた。「ほかに方法があるはずです!」

ソフィアはマリオンの肩をつかみ、自分のほうを向かせた。「いいえ、ありません。それに手だてを考えている時間もないのです。もう充分でしょう。いまどういうことになっているか、ご覧になって。もう手に負えない状況になり、リリーまで巻きこまれて、あなたひとりでは対処できないところまできているのです。誰かの力を借りないと。ジェイムズを信じてください。彼は公爵です、力があるんです。どうすればいいか、彼にならわかりますわ」

「本当にそう思いますの?」

「ええ、絶対に」

マリオンは躊躇した。唇を噛む。「わかりました。話します。リリーのために。でも、そのときにはあなたにもいてもらいますよ。あの子がどんな反応をするかわかりませんからね。驚愕するに違いないわ」

ソフィアはうなずき、マリオンに手を貸してベッドから起こした。「もう遅い時間ですが、これからすぐに行かなくては。ジェイムズは、朝いちばんで行動を起こしたいと思うでしょうから」

わずか数分後、ふたりはジェイムズの部屋の前に立っていた。そしてその夜三度目の、激しいノックが聞こえることになった。「ジェイムズ？　わたしよ、ソフィアよ。あなたのお母様もご一緒です。どうしてもお話がしたいの」

すぐには返事がなく、ソフィアはもう一度ノックした。「ジェイムズ？　開けてちょうだい」

それでも返事はなかった。ソフィアはハンドルをまわし、自分でドアを開けた。ランプを手に部屋に入ってみたが、ベッドは空だった。使われた跡すらなかった。

真夜中をとうに過ぎたころ、ジェイムズとマーティンはロンドンの屋敷に入っていった。

電報で公爵とその令弟がロンドンに向かっていることを知らされていた召使いは、走り出てふたりの荷物を運び、公爵閣下とマーティン卿を手際良く出迎えた。

ジェイムズは従僕に外套を渡し、マーティンに書斎へついてくるよう手ぶりした。書斎ではすぐにサイドテーブルに行き、ブランデーをグラスふたつに注いだ。

「お相伴にあずかれるのですか？」マーティンが少し驚いたように言ってグラスを受け取った。「いったいどういうわけですか、兄上？　いきなりロンドンまで引っ張ってきて、どうしてこんなところにいるのか説明もない。兄上は汽車でもほとんど話をせず、いまは一緒にブランデーを飲もうというのですか？　どう考えても、なにかおかしい。絞首台に送られる前の、最後の一杯というわけではないでしょうね？」

眠ろうとしても眠れない、くたびれきった体で、ジェイムズはなんとか笑みを浮かべ、マーティンのグラスにグラスをかちんと合わせた。「今夜は絞首台はなしだ。だが正直言って、先日キャロラインおばからの手紙が届いたときには、そういう方法も頭をよぎったぞ」

マーティンはうなずいて降参し、目に申しわけなさそうな表情を浮かべた。

「だが本当のところは」とジェイムズ。「おまえに一緒にいてほしかったのだ。誰か、信頼できる人間に」

「そんな理由でぼくが選ばれたと？」マーティンは首をかしげた。「とても信じられない」

ジェイムズは燃えさかる暖炉の前に腰を下ろし、脚を組んだ。弟は兄の向かいに座る。

「誰か家族にいてほしいのだ、マーティン。嘘のつきかたや、秘密の守りかたを心得ている人間に。おまえはイートンにいるあいだに、そのどちらも身に着けたのではないかな」

マーティンは素知らぬふりをした。「いったいどうしてそんなふうに思うのです？」

「ぼくも、おまえと同じ年ごろにそういうことを身に着けたからだ。しかも、おまえの言うことを聞き――この何年かのあいだ、ぼくが忘れようとしてきたことも考え合わせると――ぼくたちにはとても似たところがあるらしいから」

マーティンは琥珀色の液体を見つめ、グラスのなかでゆっくりと液体をまわした。控えめな、憂いを帯びた声で言う。「ぼくのことなど恥なのだろうと思っていましたよ、兄上」

ジェイムズは手を伸ばし、弟の腕をたたいた。自分がそんなしぐさをするとは、ソフィアと出会って結婚するまで考えたこともなかった。その事実が、ジェイムズの心のなかで高らかな音を立てて響いた。

なんと言えばいいのかわからず、彼はふと気づくと、こう考えていた。〝ソフィアなら、こんなときなんと言うだろう？〟

「恥などと思ったことはない、マーティン。確かに歯がゆい思いはしたが、それはおまえの心がわからないと感じたからだ。まあそれも、ぼくが悪いのだがね。ぼくはおまえに、兄らしいことをなにひとつしてこなかった。おまえだけでなく、リリーや母上にもいつも距離を置いていた。だが、いまはそれを変える手だてを見つけなければならないと思っている。おまえにどう話をすればいいのかもわかりたい。そうすれば、なにかがうまくいかないとき、それをもみ消すのではなく、原因を探り出して解決できるだろう」

「兄上は変わった」マーティンは、グラスに視線を落としたまま言った。

ジェイムズはうなずいただけだった。

「お義姉《ねえ》様のおかげだね？　ソフィア義姉様がこの家になにかを運んできてくださった。以前はこうではなかった。城に足を踏み入れた瞬間に、わかりました」

なんということだ。こんな言葉が聞けるとは……マーティンの口から……ジェイムズは奥深いところから感動の波がせり上がってくるのを感じた。胸が痛くなる。呼吸が震える。

だが、どうしてだ？

これが幸せというものなのか？

それともこれは、苦悩なのか？

強い感情に——肉体にまで影響が出るような感情に——のまれることに、ジェイムズは慣れていなかった。これをいったいどうすればいいのか、わからない。

沈黙を埋めたのは、マーティンの穏やかな声だった。

「彼女は特別なひとだ、兄上。すばらしいひとを選んだのですね」

ジェイムズはまたうなずいたが、それは言葉が声にならなかったからだ。いま自分は、ここで弟と心おきなく話をしている。生まれてこのかた、一度もまともに話しかけもしなかった弟と。そしてふたりの話題は、ソフィアのこと。ジェイムズの愛している女性。そう、愛している！

おそろしいことに、彼女には彼をここまで変える力があったのだ。ジェイムズの涙腺をゆるめるほどの力が。なのに彼は、それでも彼女を遠ざけようとしている。これまでどんな相手にもそうしてきたように。

またしても、なにも知らせることなく城を出てきてしまった。

ああ、この状況を立て直したい。その方法さえわかれば……。

彼女を愛し、自分も愛されることをおそれる気持ちを、捨てることさえできれば……。これから先のすばらしき世界を、素直に受け入れられたらどんなにいいか。

マーティンが椅子にもたれた。「どうしてここに来たのか、まだ聞いていませんよ、兄上。ぼくにわかっているのは、兄上はぼくが嘘をつき、秘密を隠しておくことを望んでいるということだけだ。なんともはや、おもしろいではありませんか」

ジェイムズは思わず冷笑していた。「確かにおもしろいな。それだけで終わればいいのだが」

「危険を伴うことではないでしょうね？」

「それは、ピエール・ビローとやらが何者なのか、そして、彼がどうしてサイドテーブルの抽斗に手紙を隠していたのか、わかってからの話だ。手紙の宛名は、ジュヌヴィエーヴ・ラ・ルーだ」

マーティンが眉根を寄せて渋い顔をした。「その名前は、ぼくも知っているひとですか？」

「いや。だが、ぼくは知っている」ジェイムズは身を乗り出し、ひざに両ひじを乗せて、手にしたブランデーグラスを前後に揺らした。

「そろそろおまえも、亡くなった父上のことを知ってもいいころだ、マーティン」

彼はまた同じことをした。行ってくるとも言わずにロンドンへ行ってしまった。今回は、行く理由も誰にも告げていない。その日の朝、ソフィアは執事から、旦那様は前日の晩餐のあとまもなくお発ちになられて、マーティン卿もお連れになりましたと聞かされた。ジェイムズがきょうだいと距離を置きたがっていたのを知っているソフィアは、驚いた。

そして驚いただけでなく、ソフィアの心は千々に乱れた。ピエール・ビローに恋文を書いたという疑いをかけられたときを最後に、ジェイムズはあまりにもさっさとロンドンへ行ってしまった。まるで、彼女が夫よりもピエールのほうがいいと思っているかのように。彼女は夫をこんなにも愛しているのに――ときおり、こんなに愛していなければと思うほど。

やはり、彼が行ってしまったのはそのせいなの？　ソフィアは朝食後、部屋をうろうろと歩きまわっていた。まだ手紙のことを信じてくれていないの？　彼に秘密を持っていたことは認めたから、彼は怒ってしまい、彼女と同じ家にいるのが耐えられないの？　でもジェイムズがいなくなったのもしかたがないと、ソフィアは思った。もし立場が逆だったら、彼女も傷ついていただろう。

けれど、夫は傷つくこともできないひとなのだと思い至ったソフィアは暗憺たる気持ちになり、絨毯のまんなかで立ちつくした。胸に痛みが重くうずく。前の日、書斎で、彼から落ち着いたよそよそしい態度で手紙を渡されたとき、彼はそれほど感情に流されそうな様子ではなかった。大きな机の向こうで、すご腕の実業家が取るに足りない仕事をしているかのような顔をしていた。

その日の朝はゆっくりと過ぎた。マリオンは横になり、ソフィアにできることと言えば、どうすればいいかと考えながら部屋を歩きまわることだけ。いま、この問題がどれくらい切迫しているのか、ソフィアにはいまひとつわからなかった。ピエールはほかの客と一緒に出立したのだから、いますぐリリーに危害が及ぶわけではない。それに話を聞いた限りでは、ジェイムズは今夕の汽車で戻るそうだから、それから彼と話ができるだろう。

ああ、まだマリオンが彼に真実を話す気持ちでいてくれたらいいけれど。

ジェイムズ、どうしてよりにもよって、昨日という日に家を空けたりしたの？

これ以上は一秒たりとも、自分の部屋で不安と無力感を味わっていることができず、ソフィアは部屋を出て午餐用のテーブルに着いた。話をする相手もいないまま、しばらく座っているうち、ようやく食事が出てきた。

「ワトソン」ソフィアは壁に張りついて立っている給仕係に声をかけた。「みんなはどこにいるのかしら？」

彼は軽く会釈をしてから答えた。「大奥様はお部屋でお召し上がりになるとおっしゃられまして、奥様。それからリリー様は……もうまもなくいらっしゃると思いますが」

ソフィアはテーブルの向かいの席に置かれた、リリーの空の皿を見つめた。「午餐にこんなに遅れるなんて珍しいわね。体の具合でも悪いのでは？」

「存じ上げません、奥様」

ソフィアはひざの上にナプキンを広げてなでつけた。リリーは昨夜よく眠れなくて、まだ寝ているのかしら。

フォークを取り、食事を始めようとする。

けれども食欲がまったくなかった。なぜだか胸騒ぎがして、リリーがどこにいるのか、なにをしているのかはっきりわからないうちは、食事をする気になれない。

「ちょっと行って、見てきます」ソフィアは丁重な笑みを浮かべて言い、テーブルにナプキンを置いて、椅子を押して立った。「様子を見てくるだけだから。ほら、今週はとても忙しかったでしょう、ワトソン、だから皆とても疲れているのね」

彼はソフィアが出るとき、彼女のためにドアを支えていた。

ソフィアはスカートをつかんで勢いよく階段を上がった。なにも問題がありませんようにと祈りながら。リリーは部屋にいて、ただ寝坊をしているだけ。寝坊のわけは、たぶん、枕に突っ伏してピエールの名を呼んでいるから。

そうであったら安心できるのにと、考えずにはいられなかった。昨夜リリーの言ったことは、すべて彼女の思いこみであってほしい。もしそうでなかったら、考えるだにおそろしい。

義理の妹の部屋にたどりつき、ソフィアはドアをノックした。

沈黙。

もう一度ノックする。

やはり返事はなく、ソフィアは部屋に入った。誰もいなかった。「リリー?」

ソフィアは、きちんと片付いたクリーム色の寝室を見まわした。ピエールとのあいだに起きたことを考えると、心配せずにはいられない。彼女はリリーの巨大なオーク材の衣装だんすに歩み寄り、両開きのドアを開けた。

ああ、なんてこと。ドレスがない。

ソフィアはスカートをつかみ上げ、部屋を飛び出してリリーの小間使いを探した。「ジョセフィン!」どこをどう走っているのか、どこへ向かっているのかもわからないまま、廊下で声を張り上げる。とにかく誰かに返事をしてもらいたかった。そうして、表玄関に面した階段までやってきた。

家政婦のミセス・ダリンプルが中央通路に現れ、階段の親柱に手をかけて下から見上げた。「奥様? どうなさいました?」

「ジョセフィンはどこ?」ソフィアは飛ぶように階段を降りた。

「今朝は村に行きましたけど」

「レディ・リリーも一緒に?」

「いえ、リリー様はひとりになりたいとおっしゃって。大変お疲れのご様子でしたのでね、奥様、じゃまをされずにおやすみになりたかったんでしょう」

なにが起きているのか、ばらばらの状況が瞬時にぴたりと組み合わさって合点のいったソフィアは、気持ちを落ち着けようとした。こんなありえないような心配ごとを、城じゅうの召使いに知らせるわけにはいかない――リリーがまったくわけのわからない男と――血のつながった兄かもしれない男と――駆け落ちしたなんて。

〝どうか、わたしの取り越し苦労であってほしい……〟

リリーが傷ものにされてしまう。いえ、それ以上の傷を負わされるわ。

ソフィアは大きく息を吸った。「そうなの。それなら、そっとしておきましょう。では、ちょっとマリオンの様子を見てこようかしら」

彼女はにこりと笑い、ゆったりとした足取りで走らないように気をつけながら、また階段を上がった。けれども家政婦の視界からはずれたとたん、駆け出した。マリオンの部屋にたどりつき、激しくドアをたたく。

消耗しきった顔のマリオンが出てきた。ソフィアの取り乱した顔を見るなり、彼女は下がって招き入れた。「どうしたのです? いったいなにが?」

「リリーがどこにいるか、ご存じありませんか?」

「いいえ、わたくしは、今朝はずっと自分の部屋におりました。午餐の席に出てこなかったのですか?」

ソフィアは額に手を当てた。「お掛けになったほうがよろしいですわ、マリオン。残念ながら、おそろしいことが起きたかもしれないのです」

未亡人の顔が蒼白に変わった。

「一刻の猶予もなりません。ぶしつけをお許しくださいね。たったいま、リリーの部屋を見てきたところなのですが、彼女がいなくなりました」

「いなくなった! どういう意味です、いなくなったとは?」

「衣装だんすからドレスがなくなっていて、ミセス・ダリンプルの話では、リリーは今朝、小間使いを村にやってしまったのだそうです。もしや……もしや城を飛び出して、ばかなまねをしたのでは?」

マリオンは椅子まで下がって、くずおれた。「そんな、あの子がそのようなことをするはずがありません……」声が小さくしぼんで消えた。ぼんやりと壁を見つめている。

ソフィアはマリオンの肩に手を置き、ひざをついた。「最悪の事態を想定して、できる限りの手を尽くして探さなければなりません」こぶしを握り、椅子のひじ掛けに打ちつける。「ああ、ジェイムズはどこにいるの! どうしてよりにもよって、こんな日にロンド

しょう？」

マリオンはソフィアの袖をつかんだ。「彼を呼び戻さなければ。電報を打ったらどうで

ンにいるの！」

「そう、そうですわね。電報。すぐに帰ってきてほしいと伝えます。緊急事態だと」ソフィアは立ち上がった。ドアを通り抜けたが、ふと立ち止まって義母を振り返った。いまや義母はすすり泣いていた。「わたしの取り越し苦労であることを祈っていてください、マリオン。リリーはどこか遠くへ、ひとりで長い散歩にでも出ただけなのだと」

マリオンはかぶりを振った。「いいえ。娘のことならよくわかっています。あの子には熱きランドン家の血が流れているの。最悪の結果になってしまうわ」

25

移動の旅で疲れ果てたジェイムズが、紋章付きの馬車から降り立った。ウェントワース城の階段を二段ごとに駆け上がり、玄関ホールに入って、なかへ進みながら従僕に外套を渡した。「奥方はどこだ？　すぐに会わなければならない」

「客間でございます、旦那様」

ジェイムズは玄関ホールを突っ切った。電報は要領を得ず、あわてた様子が手にとるようにわかって不安をかき立てられた。汽車のなかでは、不愉快きわまりない考えがいろいろと頭に浮かんだ。ソフィアが病気でもしたのか、けがでも負ったのか？　ひょっとすると、母上かもしれない……。

ジェイムズはマーティンにピエール・ビローの調査をしてほしいと指示を与え、ロンドンの屋敷に残した。さらにマーティンには、父の知り合いであり、かつジュヌヴィエーヴのことも知っていたと思われるひとびとの短いリストを渡してきた。ピエールとジュヌヴィエーヴの関係が本当のところはどうなのか、ジェイムズは弟を全面的に信頼して調査をまかせたのだ。マーティンは、やるべき仕事を与えられて感激しているようだった。ジェイムズが玄関を出るときには、兄を抱きしめた。

その瞬間を、ジェイムズは決して忘れないだろう。この絶好の機会を生かして、弟と新たな関係を築ければと思った。

柄にもなく心臓の鼓動を乱しながら、ジェイムズは客間に入った。

妻は木綿更紗のソファに腰かけていた。

どこか奇妙な、はらはらさせられる夢を見ているようだ。彼女は泣いていた。

ウィトビーの胸に頬を寄せて。

ジェイムズは足を止めた。ソフィアが顔を上げる。彼女の目は赤く腫れぼったかった。

「ジェイムズ、お帰りになったのね!」ソファから立ち上がり、彼のほうに向かう。「ああ、よかった!」

ウィトビーが部屋の奥で距離を取っているのを、ジェイムズは見逃さなかった。彼は妻のうちひしがれた顔を見下ろし、彼女の肩越しに旧友に目をやった。

「いったいなにごとだ？」

「電報はお受け取りになった？」ソフィアは尋ねたが、ジェイムズはすぐには答えられなかった。頭のなかでは血が激流のごとく暴れている。

「ああ、だから戻ってきたんだ」そこでウィトビーを見る。「どうしてきみがここにいる？」

ウィトビーはどう答えればいいのかわからないとでもいうように、一歩ぎこちなく前に踏み出した。

ソフィアがジェイムズの手を取った。「わたしが呼んで、来ていただいたの。誰かの力を借りずにはいられなくて、あなたはいつお戻りになるかわからなかったから。電報にお返事をくださらなかったでしょう」

「返事が要るとは思わなかった」

意味のないけんかはよしましょうと言いたげに、ソフィアはかぶりを振って、ウィトビーに向き直った。「ちょっと席をはずしますね、エドワード。夫とふたりきりで話さなくてはならないの。どうぞ、紅茶のお代わりを召し上がって」

血の気の失せた顔で、ウィトビーはうなずいた。

ジェイムズは胸の内が重くなってくるのを感じた。「いったいなにがあったんだ？」廊下に出るや、ソフィアに訊いた。「きみたちふたりとも、誰かが死んだような顔をしているぞ」

ソフィアは頭を振り、唇に人さし指を当てて彼を黙らせた。

ふたりは図書室に着いた。ソフィアが観音開きのドアを閉める。「お戻りになってくださってよかったわ。大変なことが起きたの。掛けていただいたほうがいいかも」

「いや、立ったままでいい」ジェイムズは忍耐が切れていた。ついさっき、妻がほかの男の胸で泣いているのを見たばかりだ――ついこのあいだまで公然と、彼女を妻にしたいと言っていた男と。ジェイムズは早く話が聞きたかった。

「電報では、ずいぶんと差し迫っているようだったが」とジェイムズ。「どうしてだ？」

どう話を始めたらいいだろう？　ソフィアは険しい表情の夫を不安げに見つめた。ゆっくりと、部屋のなかほどへ動いた。

「お話ししたいことはたくさんあるの、ジェイムズ。しかも、話しやすいことではないから、あんなふうな伝えかたしかできなくて。しばらく前に、あなたのお母様から内密な話を打ち明けられたの。ご一族に関わることよ。あなたの知らない秘密があるの」

ジェイムズの瞳が暗くなったが、ソフィアはひるまなかった。

「あなたのお父様のことよ。驚くかもしれないけれど……あなたのお母様とご結婚なさる前に、親しい女性がいらしたの」

ジェイムズは片手を上げてソフィアを制した。「ちょっと待ってくれ。きみが電報をよこして、ただちにロンドンから帰ってくれと言ったのは、そのことをぼくに話すためか？」

「あの……ええ、そうよ……でも」

「父が結婚前に関係していた恥ずべき女性のことは、もう何年も前から知っているよ、ソフィア。知らなかったのは、母がそれを知っているということだった」信じられないというようにジェイムズは頭を振った。「そのことを、母がきみに話したのか？」

「ええ」

「そんなことを、いったいどうやって、あの母に認めさせたんだ？　しかも、きみに！　いや、いい、なにも言うな。きみには本物の才能があるのだね、ソフィア。ひとびとが望もうと望むまいと、彼らのなかまで入りこんでいってしまう才能が」

ソフィアは身動きもせずに立ち、いったいどういう意味なのかわからず、夫を見つめていた。たったいま、自分はけなされたのか、それともほめられたのか？

「ジェイムズ、どうしてお母様がわたしに話をしてくださったかは、どうでもいいことなの。とにかく、進展があったのよ」

「どんな進展だ？」ジェイムズは腰を下ろした。

ソフィアは言いよどんだ。「あなたはジュヌヴィエーヴのことをご存じなのね。では、恐喝のことはご存じなの？」

ジェイムズはゆっくりとまばたきをした。「恐喝？　早く説明してくれ」

ソフィアは部屋を歩きまわり、こんなことを自分の口から知らせたら、自分の結婚はどうなってしまうだろうと、心からおののいていた。隠しごとをしていたことはもう知れてしまったが、彼は秘密を守ることは認めてくれた。けれど今度は、彼の妹の身に大きな危険がふりかかっているかもしれないのに、ソフィアにはそれを食い止める手だてがなにもないのだ。

この一週間は、ジェイムズといままででいちばん輝かしい時間が持てたばかりで、自分の結婚が幸せなものになる可能性が――夫がいつか、自分を愛してくれるようになるのではないかという希望が――やっと見えたと思ったのに。

そんな希望も、ものの数秒で乾いた小さな塵《ちり》になってしまうのではないかしらと、ソフィアは思った。

「ジュヌヴィエーヴは、お義母様《かあ》をずっと脅していたの」と口を開いた。「彼女は自分の息子こそ正当な公爵家の跡取りだと主張して、もしお義母様が要求どおりのお金を渡さなければ、息子の存在を世間に公表し、この家からすべてを奪うと脅したのですって」

ソフィアはジェイムズを長いこと見つめていた。彼はソファに座った位置から微動だにしなかった。ただ、片方の手を握っただけだ。

「ぼくに話したくなかった秘密というのは、そのことなのか？」

「ええ」

「ぼくに兄がいるという話？」

ソフィアがうなずく。

ジェイムズのあごに力が入った。彼は立ち上がり、窓辺に行った。「ぼくらはゲームをしているわけではないんだ、ソフィア。そんな深刻な話を、ぼくに隠しておくとは」

ソフィアは震える声で説明しようとした。「わたしだって隠したくはなかったわ。あなたに話してほしいとお義母様《かあ》に懇願したけれど、聞き入れてくださらなかったのよ」

ジェイムズが、さっと妻に向き直る。「きみが話をしに来ればよかったんだ！　ぼくの妻であるきみは、ほかの誰を差し置いても、まずぼくに義務を果たさなくてはならない！」

ソフィアは夫のすさまじい怒りに縮み上がった。彼女に向かって声を荒らげたことなどなかったのに。ほかの男性に恋文を書いたと疑われたときでさえ。

「いまなら、それはわかるわ」ソフィアはひざの上で両手を握り合わせた。「振り返ってみれば、そうしておけばよかったと思うの。でもあなたもご存じのとおり、あなたのお母様とわたしは、うまくいっているとは言えないわ。わたしはずっとここで孤独だったの、ジェイムズ。自分の家族と離れて寂しくて、わたしもここにいていい人間なんだと思いたくてしかたがなかった。わたしがあなたのお母様を実の母のように思っているように、お義母様にも実の娘のように思っていただきたかった。お義母様になにがあっても秘密を守ると約束したとき——どんな秘密かはまだ聞いていなくて、自分がどういう約束をすることになるのかもわかっていなかったわ。そして約束したあとは、お義母様とわたしのあいだにあった問題が解決できるかもしれないと感じるようになって——」

「この家族の問題を解決するのは、きみの役目ではない」ジェイムズは冷ややかに言った。「きみは部外者だ。ぼくらの歴史というものを、きみはわかっていない」

ソフィアは、彼の言葉が焼けた鉄のように魂に突き刺さるのを感じた。思わず歯を噛みしめた。「その部外者こそ、あなたがたの必要とするものではないのかしら」

ジェイムズは答えなかった。ただ背を向け、ふたたび窓の外を見た。

ソフィアは叫び出したくなった！　立ち上がって彼のもとへ行き、腕を引っ張って自分のほうを向かせた。「なにかおかしいのではなくて？　あなたには心というものがないの？　あなたが苦しいのと同じように、わたしも苦しいのよ。わたしはなによりも、この家族の一員になりたいと思っているの。来る日も来る日も、よそよそしくされ冷たくされて、寄せつけてもらえなくても、あなたに愛してもらいたい一心で耐えてきたわ。その挙げ句、愛してもらうチャンスはことごとくつぶれたとしか思えず、リリーを危険にさらしてしまっている。わたしがあまりにも——おかしな願いではないと思うけれど——この家に受け入れてもらいたいと思ったばかりに！」

　ジェイムズの目が細くなった。「どういうことだ、リリーを危険にさらしているとは？」

　ソフィアは胸が悪くなった。最悪の展開だ。「リリーが行方不明なの」

「行方不明！」

「ええ、これからそのお話をしようと思っていたところよ。そのことがあって電報を打ったの」

　いま初めて、ジェイムズの声が動揺していた。「事情をすべて説明してくれ」

　ソフィアはうなずいた。「このあいだの夜、リリーがわたしのところへ来て、恋わずらいをしていると話してくれたの」

「相手は誰だ？」ジェイムズが詰問する。

「ピエール・ビローよ。ジュヌヴィエーヴが、自分の息子だと言っているひと」

ジェイムズの瞳に怒りが燃え上がった。「なんだって！　彼女はビローが息子だと言っているのか？　そしてきみは、リリーが彼と駆け落ちしたと？」

「いまのところは憶測でしかないわ。でもさっきも言ったようにリリーは行方不明で、ドレスもなくなっているの」

彼は髪をかき上げ、大またでドアへ向かった。「だからウィトビーが来ているのか？」歩きながら言う。「彼にもいまの話をすべて聞かせたのか？」

ソフィアもついていった。「ええ。必死だったものだから。ピエールのコテージや村を捜索してくれるひとが必要だったけれど、召使いでは誰にも打ち明けることができなくて。ウィトビーならあなたの長年の友人だということを知っていたし、彼しか頼めるひとがいなかったの」

客間に戻ったジェイムズは、ものすごい勢いで部屋に飛びこんだ。

ウィトビーが面食らった様子で立ち上がった。「話を聞いたんだな？」

「ああ」ジェイムズは答えた。ソフィアが入るとすぐに彼はドアを閉め、ウィトビーに向き直った。「きみがリリーを探しに行ってくれたんだな？」

「そうだ、だがどこにもいなかった。ピエールのコテージには誰もいなかったし、マンダリン卿も彼がどこにいるのか、いつ出立したのかも知らなかった。ちなみにコテージの利用料も払っていないそうだ。それから村も探した。村人への訊きかたには注意したつもりだ。彼女の姿を見た者は誰もいなかった」

ジェイムズは強いまなざしをソフィアに向けた。「いつからいないんだ?」

「昨日の朝からよ」

「それで、誰もなにも知らないと? 彼女の小間使いはどこにいる?」

「リリーの評判を落としてはいけないと思って、できるだけことを荒立てないようにしたの。小間使いには休みをやって、家に帰らせました。そういう手配も、わたしから出たものだから召使いたちは納得したようよ。それ以外は、とにかくリリーはまだここにいると皆に思わせるようにしているけれど、いつまでごまかせるかはわからないわ」

ジェイムズはうなずいた。「よくやってくれた。ウィトビー、力を貸してくれ」

「なんでもやるよ、ジェイムズ」

ジェイムズは部屋を歩きまわって考えた。「母上はご存じなのか?」

「ええ」とソフィア。「ずっとお部屋にこもって泣いていらっしゃるわ」

「リリーがビローと駆け落ちしたというのは、確かなんだろうか?」

「それほど確信があるわけではないけれど、勘ではそうじゃないかと思うの。この前の夜に話を聞いた感じでは……」

「なんと言っていた？」

「恋に夢中になっていると言っていたわ。わたしからあなたに話をして、ピエールとのことを認めてほしいって」

「認める？　きみの話がすべて本当だとすると、彼はわが一族を脅す片棒をかついでいるのだろう。それに、もっと悪いことに、腹違いのきょうだいかもしれないのだぞ！」

「わかっているわ！　だから彼女にも注意したのよ！」

「だが、きみの注意は役に立たなかったわけだ」

ソフィアは、なじるような夫の口調にいらだった。何週間も雪だるまのようにふくらんできていた怒りが、雪崩《なだれ》となっていっきに押し寄せた。

「わたしのせいだというの、ジェイムズ！」ソフィアは怒りをぶつけた。「あなたのおっしゃるとおり、わたしはただの部外者よ。あなたのお父様の騒動も、お母様の秘密も、今回のおそろしい恐喝騒ぎも――なにもかも、わたしがイングランドの地を踏むずっと以前から続いていることではないの。あなたがたがお互い素直に話をしていれば、誰ひとりこんな面倒には巻きこまれなかったはずよ！」

男性はふたりとも無言だったが、ウィトビーがドアのほうへ動いた。「しばらくふたりだけにしたほうがいいかな」

ジェイムズが片手を上げる。「いや、ウィトビー、いてくれ」

長いこと、誰もなにも言わなかった。ソフィアには何時間にも思えたが、彼女は荒い息をしながら、夫に出過ぎたまねをしたのではないかとおそろしくて必死にこらえていた。たとえすべて本当のことだとしても、こんなときにあまりにも遠慮のない口をきいて、もう許してもらえないかもしれない。

ジェイムズは彼女の目を見据えて近づいた。「妻の言うとおりだと思う」ゆっくりと、そう言った。

ソフィアは信じられずに夫を見つめた。聞き違いではないの？

「これまで、あまりにもたくさんの秘密がありすぎた」ジェイムズが続ける。「そしてそのために、ぼくらはとんでもない厄介ごとにはまりこんでしまった」

ソフィアの胸に、混じりけのない感動が猛烈な勢いで迫ってきた。ジェイムズが話を聞いてくれ、彼女の言ったことを受け入れてくれた。

大躍進というわけではないけれど、これは夫のほうからの働きかけ――小さな譲歩だ。ふたりのあいだに起こったことすべてを謝罪しているわけではないし、愛の告白というにもほど遠いけれど、確かな変化だった。

ジェイムズがソフィアの肩に軽く触れた。ほんの小さなそのしぐさで、彼女の全身は打てば響くように反応し、胸が締めつけられて痛いほどのせつなさと欲望をかき立てられた。男性としての彼に。夫としての彼に。そして、そんな思いの奥にある願い――リリーに無事に帰ってきてほしい。もうこれ以上マリオンに泣かないでほしい。そして、夫が打ち立てた難攻不落の壁の奥まで、入りこみたい。

ジェイムズはウィトビーに向き直った。「計画を練る必要があるな」

ウィトビーは両手を大きく広げた。「なんでも協力するぞ。なにから始めようか?」

26

土砂降りの雨が降り出したころ、ジェイムズは母親の部屋に入った。部屋の窓は開いていた。荒れ狂う風が吹きこみ、レースのカーテンが踊って、雨も降りこんでいる。

マリオンは火の入っていない暖炉の前の椅子に腰かけて前屈みになり、脚には毛布を巻きつけ、鼻にはハンカチを押し当てていた。まだ化粧着とナイトキャップという姿のままで、目は腫れぼったく充血している。

ジェイムズはつかつかとなかに進み、窓を閉めて風の音を閉め出した。そして振り返って、母を見た。

これほど取り乱し、はかなげな母を見たのは、初めてだ。

ジェイムズの心のなかで、なにかに引っ張られたような痛みが走った。母親のことでこんな気持ちを味わうことはめったになく、彼は驚いた。

近ごろは、自分で自分に驚くことばかりだ。

ジェイムズは母親のもとへ歩み寄り、床にひざをついて彼女の手に手を重ねた。その手は冷たく、年齢によるしみと青い血管が目についた。彼はそれをつかのま見つめた。その手の感触と見た目に、びっくりしていた。

これまで母の手に触れたことがあっただろうか？　ジェイムズはゆっくりと考えた。よくわからない。もし触れたことがあったとしても、覚えていない。

彼は母親が視線を上げるのを待った。「ただいま戻りました、母上」

母がうなずく。「わかっています、でも遅かったわ。わたくしたちは、もうおしまいです、ジェイムズ、すべてわたくしのせいです」

「おしまいなどではありません」

「でもリリーは間違いなく、そうなります。もしも、もう一度、会えたとしても」

「そのようなことにならないよう、全力を尽くします。妹を見つけて、連れ戻します」

「どうやって？　どうすれば見つかるというの？　すでにウィトビーが探しにいってくださったのに、なにも見つかりませんでした。彼らがどこへ行ったのか、手がかりすら」

「だから、ぼくが戻ってきたのです。マダム・ラ・ルーからの手紙を見せてください。ひとつ残らず」

マリオンが唾を飲みこみ、のどが上下した。「ソフィアから聞いたのですね？」

「はい、でも父上が関係を持っていた女のことは、すでに知っていました。まだ存命中に、ふたりの関係が続いていたことも。ですから、聞いてもそう驚きはしませんでしたよ」

母親は、おののきと恥辱に目を瞠った。「彼女から脅されていたことも知っていたのですか？」

「あいにく、そのことは知りませんでした。話してくだされればよかったのに。そうすれば、ぼくが恐喝などやめさせた。こんなに何年ものあいだ、母上を悩ませずにすんだものを。どうして話してくださらなかったのです？」

マリオンはハンカチを目元に持っていき、目の端を押さえた。声は震えていた。

「恐喝が始まったころ、あなたはまだほんの子どもでした。あのお父様からあなたを守ることはできないことはわかっていたけれど、少なくとも醜聞を広めないでいることはできました。あなたが事情を理解して、なにか手を打つことができるような年齢になったときには、もうわたくしは型にはまっていました。手紙を受け取って、彼女の要求どおりに送金するのが日常の一部になってしまって。その取り決めを覆そうとは思いませんでした。彼女がなにをしでかすかおそろしかったし、なにより、あなたに真実を話すことなど考えられませんでした。それまで以上にあなたに憎まれるのではないか、あなたもお父様と同じようにかんしゃくを起こすのではないかと、こわくて」

ジェイムズはうなだれ、母親のひざに額をつけた。そのとき、髪に手が置かれ、感じたことのない母の手の感触が伝わってきた――震える指で、ぎごちなく彼の髪を梳いている。子どものころ、いったい何度、母の元へ走っていってこうしてほしいと思ったことだろう。

「ぼくをこわがる必要などなかったのです、母上。あなたを傷つけるなんて、絶対にするはずがなかった。ぼくは自分の気性を抑えることを、人生の目標にしていたのですから」

マリオンは洟をすすり、息子の髪を撫でた。「あなたのことを誤解していました、ジェイムズ。いまでは、この目にもはっきりと、ソフィアがどれほどあなたを大切に思っているかがわかります。おかげで、あなたが決してお父様のようにはならないことにも気づきました」

ジェイムズは目を閉じた。長々とした、大きな意味を持つ瞬間だった。

それから頭を上げ、母親の両手を取って、接吻した。「ありがとうございます」

マリオンは、もの悲しげな笑みをなんとか浮かべた。

ジェイムズは立ち上がったが、そのとき母の頬に触れた。「それでは母上、手紙を見せていただかなくてはなりません。リリーのために」

マリオンはうなずき、離れたところを指さした。「わかりました。手紙はあの箱に入っています。なんなりと、あなたの思うとおりにおやりなさい」

「この女性には、直接、会わなくてはならないな」客間で、ジェイムズがウィトビーとソフィアに言った。

「だが、マダム・ラ・ルーはパリにいるんだろう」ウィトビーが言う。「そんなことをしている余裕はあるのか？　もしリリーがピエールと一緒にこの近くにいたら、どうするんだ」

ソフィアがソファで身を乗り出した。「待って——初めてリリーにピエールの話をしたときのことを思い出したわ。リリーはとてもパリに行きたがっていたの。ふたり一緒に行ってしまったかもしれない。ここには留まらないはずよ。わたしたちが捜索するだろうということは、ふたりともわかっているもの」

「ぼくも同じことを考えていた」と、ジェイムズ。「母の話では、ピエールにはびた一文、渡していないそうだ。彼とは話すらしていないと。いつもジュヌヴィエーヴ宛てに直接、送金するよう指示されると言っていたから、ピエールは今回の旅の収穫を手に入れるために帰国するのではないだろうか」

「だが、どうしてリリーを連れていく？」ウィトビーの声には憤怒がにじんでいた。「まさか身代金のために誘拐したのでは？」

ジェイムズの肩が上下した。「その可能性はある。リリーを誘惑したのも、連れ去るためだけだったのかもしれない。だが、脅迫がうまくいっているのに、どうしてそんなことをする必要がある？」

ウィトビーは前屈みになってひざにひじを乗せ、大きな手をきつく握り合わせた。「本当にリリーを好きになったのかもしれない。だが、もし彼に血のつながりがあったら……ああ、本当にそうだったら、ジェイムズ、あのフランス野郎の首を締め上げてやりたいよ」

「わからないことが多すぎるわ」ソフィアは皆の気持ちを静めようとした。「答えを知っているのは、ピエールとジュヌヴィエーヴだけ。だから、あなたのおっしゃるとおりだと思うの、ジェイムズ、パリへ行って、直接ジュヌヴィエーヴと話をしましょう。なにはなくとも、ピエールの住まいくらいはわかるでしょうから、そこでリリーを探せるわ」

ジェイムズが手を上げた。「待ってくれ、きみも来ていいとは言っていない。ウィトビーを連れていくつもりだ。きみはリリーが戻ってきたときのために、ここにいてくれ」

「ここにはあなたのお母様がいらっしゃるわ」とソフィア。「それにマーティンもロンドンの屋敷にいて、あちらで手を尽くしてくださっているし。わたしだけここに置いていくなんてだめよ、ジェイムズ。わたしが行けば役に立つはずよ」

「いや、絶対にだめだ。いったいどういうことになるか――」

ウィトビーが立ち上がって、また席をはずそうとした。

「座ってくれ、ウィトビー」ジェイムズが強い調子で言った。「ここにいて一緒に計画を練ってほしい。ほら、ソフィア、母上の様子を見てきたらどうだろう」

「わたしはどこへも行かないわ！　わたしもこの家の一員なのよ、ジェイムズ、それにリリーは、わたしに秘密を打ち明けてくれたの、わたしだけに。パリではわたしもいなければだめよ。あちらでリリーが見つかったとき、わたしがその場にいるというだけでも違うはずだわ。きっとリリーには……同じ女性がいたほうが心の支えになると思うの」

息詰まるような一瞬、ジェイムズは妻を見つめた。「きみと妹のあいだには親密な関係ができているようだ。もし……もしピエールとの関わりが望ましくないところまで進んでしまっていたら、妹はぼくと顔を合わせたがらないだろう。でも、きみとなら話をするかもしれない。わかった、そうしよう」

ジェイムズとウィトビーはパリの地図を広げ、計画を立て始めた。ソフィアは無言で話たっていま、彼女はまたしても。だけ聞きながら座っていたが、懸命に動悸を鎮めようとしていた。たったいま、彼女はまたもや夫にたてついた。けれども彼は、妻の願いを聞き入れて折れてくれた。またしても。彼と一緒に行けることになって、ソフィアは心の底からほっとしていた。リリーを探す手伝いができるだけでなく、夫とのあいだで壊れてしまったものを修復する手だてを見つけられるかもしれない。

夫とふたりきりの時間を、精いっぱい活かそうとソフィアは決心した――もう一度、彼に心を開いてもらうために。彼がいちばん必要としているのは、きっと心の触れ合いなのだから。

イギリス海峡の海は穏やかだったが、ソフィアが手袋をはめた手を手すりにかけ、船の甲板でひとり立っていると、冷たい霧が頬を刺すようだった。この穏やかさは、じつは嵐の前の静けさではないのかしらと、ソフィアは思った。

パリでリリーを見つけられるだろうか。

もし見つかったら？　どうすればいい？

振り返るとジェイムズが近づいてきていた。長い脚でゆっくりと、濡れた甲板を歩いてくる。どこからみても貴族。そして、飛び抜けた美男子。上等なウールの外套と上品な帽子を身につけ、芯から備わった生まれつきの自信をみなぎらせている。まるで、妹を救出するこの旅がかならず成功することを、信じて疑わないかのように。

ひげはきれいにあたっている。ソフィアが甲板に出て、イングランドが霧のなかに消えてゆくのを見ているあいだ、客室でかみそりを使ったのだろう。

刺すように鋭い緑の瞳と、目が合った。彼はソフィアの隣でゆっくりと立ち止まり、海に目をやった。「今日の午後はかなり湿っぽいな。なかにいなくていいのかな?」

「少し海の空気が吸いたかったの」彼女が答える。

ジェイムズは妻のかたわらで、カモメが舞い上がり、灰色の水面までふわりと下りてゆくのを眺めていた。

ソフィアが重いため息をついた。

「海が好きなんだね」

「ええ。広々と開けた空間と、海のにおいが好きなの」ソフィアは身を乗り出して手すりの向こうを見た。「この下の、あの黒くて深いところには、なにがあるのかしら。ときどき人魚になって飛びこんで、見てみたいと思うわ」

長いあいだ、ジェイムズは彼女を見つめていた。「きみは人間のことも同じように見るね。他人の心の奥深くにどんなものがあるのだろうと、いつでも知りたがっている」

彼の言葉は、思いも寄らないものだった。かたわらにいる男性の圧倒的な存在感や、そこで息をしているだけで反応してしまうすごさに翻弄されまいとしながらも、ソフィアは彼の美しい横顔や、ふっくらとした唇や、力強いあごの線をうっとりと見上げた。一日じゅう、夜までここで見ていても飽きないだろう。まるで魅入られているかのよう。

「ひとがなにを思っているのか、やはり知りたいのだと思うわ」ソフィアは言った。「でも、わたしに胸の内を見せてくれればの話だけれど」

ジェイムズは妻のほうに向き、ゆっくりと手を上げて彼女の頬を人さし指で撫でた。そのやさしい手つきに、ソフィアの心はせつなさにうずいた。ふたりきりになって肌を合わせたのは、ずいぶん前のことだ。いまこのとき、ふたりがいつもの日常にいるならよかったのに。そうすれば、彼の力強い大きな手が、肌に触れる感覚のことだけを考えていられる。

「ぼくは、ほとんどきみに心のなかを見せてこなかったね?」ジェイムズが、そっと言う。夫の手が紡ぎ出す甘くなめらかな心地と、心を惹きつけられる言葉に、ソフィアはひざから力が抜けそうになった。

「でもわたしは、もっと見せてほしいとせがんだりはしないって、心に誓ったの」

ジェイムズはわかっているというようにうなずき、海に向き直った。そして、ソフィアも。

「母とも和解したよ」ジェイムズは言った。「たくさん話をした」

どうして彼はこんな話をしているのだろうと、ソフィアは思った。なにか考えがあって、胸の内を明かしてくれているのではないかと、願わずにいられない。「すばらしいことだわ、ジェイムズ」

「父が愛した女性のことも話したよ――いや、ひとを愛するということを父が本当に知っていたのかどうかは、わからないが――そして母は、ずっとぼくに真実を隠してきた理由も話してくれた。父からぼくを守る強さは自分にはないが、世間の醜聞から守ることはできると思っていたようだ。この家でなにかが起きたときには、自分は弱い、恥ずかしいと思っているんだと考えることで、なんとか心の平安を保っていたのだな」

ソフィアはジェイムズの手を取り、自分の口元に持っていって接吻した。「お義母様は、あなたを愛していらしたわ、ジェイムズ。いまでも愛していらっしゃるのよ」

彼女は手を離し、夫の目に見入った。

「マーティンとも話をした」ジェイムズが続ける。「心と心のつながりを持てるようになったのではないかと思っている。あいつは、同じ年ごろだったときのぼくとそっくりだ。やっとそれに気がついたよ」

「話をするきっかけがつかめて、本当によかったわ」

ジェイムズは、かぶりを振った。「きっかけがなかったのではないんだ。ぼくに欠けていたのは、相手をわかろうとする気持ちだ。思いやり。そして勇気。ぼくは、自分が腹を立てそうなことや、つらくなりそうなことを聞きたくなかった。だから、皆と距離を置いていた。だが、きみが教えてくれた――ぼくに話しかけるだけで、どうやって家族に心を開けばいいかを。ありがとう、ソフィア」

幸せに満ちた明るい光が、彼女のなかで、ぱっと輝いた。

もし甲板にひとがいなければ、ソフィアはジェイムズの首に抱きついて、胸に飛びこんでいたことだろう。けれども、ふたりだけではなかったし、夫についてはまだ慎重になっていたこともあって、あたたかな笑みを返すだけに留めた。

わたしもイングランドのやりかたになじんできたということかしら……。

「わたしにとっては涙が出るほどうれしい言葉よ、ジェイムズ」

「ぼくはきみにきつくあたってしまったね」彼は続けた。「きみからリリーの話を聞いたときだ、あのときはすまなかった。ああいうことを聞かされるのがつらかったんだ。自分の家族の面倒すらまともに見られないと思い知らされるのが」

「あなたのせいではないわ。いま、あなたはこうしてここにいて、妹を連れ戻すためにできる限りの手を尽くしている。そしてあなたは充分つらい目に遭ってきた。家族のほころびを修復するのはわたしの仕事ではないと、あなたはおっしゃったわね。いま、わたしからもあなたに同じことを言わせて。それに、すべてを修復することなんて不可能よ」

ジェイムズはソフィアの頬に触れた。「きみはイングランドで、ぼくら家族に受け入れられたいと言った。ぼくが今日ここまでやってきたのは、まさしくきみは家族の一員だとわかってほしいからだ。ぼくらはきみを失いたくないんだ、ソフィア」

本当に、彼はそんなことを考えたの？

「わたしもあなたを失いたくないわ」

船は、穏やかな海をすべるように進む。甲板のどこかから笛が聞こえた。

ジェイムズは熱いまなざしでソフィアを見下ろし、低く艶っぽい声で言った。「おいで、客室に戻ろう。あまりにも長いあいだ、きみと夜を過ごしていないから、気持ちがざわついている。リリーになにかあったらと考えると、いてもたってもいられない。きみの肌のあたたかさを、すぐそばで感じたい」

たちまちソフィアの胸が、激しくときめいた。夫は彼女に、愛ではなく癒しを求めている。でもいまのところは、それを受け止めよう。癒しを与えるのも、悦びを与えるのと同じくらい、うれしいことのはず。彼も間違いなく、同じものを与えてくれるだろうから。

ジェイムズが手を差し出し、ソフィアは自分の手を重ね、彼のあとから甲板を降りていった。

ウィトビーとジェイムズとソフィアは、パリ郊外のこぢんまりとした宿に偽名で部屋を取った。彼らがフランスへやってきた目的を隠し、リリーが腹違いの兄とパリへ駆け落ちしたのではということを誰にも知られないためだ。

宿で簡単に食事をしたあと、三人は馬車を呼び、マダム・ラ・ルーの手紙に書かれてあった差出人の住所へ向かった。ジェイムズが何年にも渡って知っていたその場所は、彼女の経営する娼館だが、そのドアをくぐるのは、今日が初めてだった。

丸石敷きの通りを、馬車ががらがらと音を立てて走り、さらには老朽化した古い建物が建ち並び、ごみが散らかる細いくねくね道を進む。ジェイムズはソフィアの手を取って、しっかりと握った。

もしも彼女がいなければ、どうやってここまでこられたかわからない。リリーがどこへ行ったのか、誰も手がかりひとつつかめなかっただろう。そして母も、恐喝の事実を決して彼には話していなかっただろう。彼は途方に暮れていたはずだ。

そしてもっと大事なのは、どこにも、誰にも、癒しなど見つけられなかっただろうということだ。

そう、なんと言っても、それこそがソフィアの与えてくれたもの——ベッドで与えてくれる悦びをも超えるもの。

癒し。

慰め。

愛。

ジェイムズにとって、それらはまったく新しいものだった。それまで彼は一度として、そういうものを求めたことも、必要としたこともなかった。必要とするだろうとも思っていなかった。彼の内面は堅く凍りついていたが、ソフィアの与えてくれるものにはあたたかみがあった。最初は、あたたかなものなどほしくなかった。なんとしても、避けたかった。ずっと凍りついたまま、誰にも触れられずにいたかった。

しかしいま、その堅い殻のなかへはもう戻りたくなくなっている。この世で自分を大切に思ってくれるひとがいると知ったときの、驚くほどの喜びを知ってしまったいまは。たとえなにがあっても、誰かがそばにいてくれる、いつでも支えていてくれる——。

この数週間で、ジェイムズはソフィアのことをたくさん知り、彼女が誠実で、献身的で、思いやり深いことを発見した。彼女は愛する者のためなら、火の上でも歩こうとするだろう。そして、ああ、天におわす神よ、感謝します――その広い癒しの心を持つ彼女が、この世で愛する人間として、ぼくを選んでくれたことを――。

ジェイムズは、そっと妻の手を握った。

ソフィアが彼の目を見つめる。

いくつもの疑問が、彼女の顔に書いてあった。彼女には返事を受け取る権利がある。彼は答えなければならない。彼女に言いたいこと、言わなければならないことが、山ほどある。謝らなければならないことも。約束しなければならないことも。

マダム・ラ・ルーの娼館の前で、馬車が止まった。ウィトビーもソフィアも、リリーがここへ連れてこられたかもしれないという心配を口にすることはなかった。口にする必要もなかった。つらいことだが、その可能性はおおいにあるということを、誰もが知っていた。

ジェイムズは前屈みになって馬車を降りた。ウィトビーも続こうとしたが、ジェイムズが制した。「ソフィアとここで待っていてくれ。こんな界隈で、彼女をひとりにしたくない」

ウィトビーはうなずき、体を戻した。

「気をつけてね、ジェイムズ」ソフィアが言い、ほどなくジェイムズはうしろ手で馬車のドアを閉めた。

れんが造りの建物の前階段を上がったところで、ジェイムズは東洋人のドアマンに迎えられた。玄関ホールの豪勢な調度品に、ちらりと目をやる――真紅の絨毯、それと調和する赤と金の壁紙、赤いベルベット地の長椅子、頭上にはまばゆいばかりのクリスタルのシャンデリア。右手の壁には、川辺で大きく両脚を広げて寝そべる、裸婦の大きな肖像画が掛かっている。

ジェイムズがマダム・ラ・ルーへの目通りを願い出ると、奥の部屋に通され、そこで待つことになった。

しばらくして、部屋の奥に掛かった紋織りのカーテンが上がり、一分の隙もない服装をした華奢な女性が現れた。自毛らしい金髪がつややかに輝き、頭のてっぺんで上品なねじりスタイルにまとめてある。化粧はしていないが、肌にはしみひとつなく、顔の造作は二十歳を超えた女性の羨望の的となりそうだ。年齢を考えれば驚くほどの美女だということは確かで、ジェイムズの想像とはまったく違っていた。

彼に目を留めるや、彼女は青ざめた。口を手で覆う。「あなただったの」

ジェイムズは軽く会釈した。「そうです」

マダム・ラ・ルーは落ち着きを取り戻し、部屋のなかほどまで入った。彼女の声は、魅惑的で色っぽかった。「こんなことを申し上げてはなんですが、閣下、これほど……似ていらっしゃるとは思っておりませんでした。三十年以上も前、わたくしが初めてお目にかかったときのお父様にそっくりですわ」

「お言葉ですが、似ているのはそこまでですよ」ジェイムズは返した。

ジュヌヴィエーヴはどうにか丁重な笑みを浮かべ、サイドテーブルに行ってデキャンターを手にした。「お飲みになる?」

「けっこうです」

彼女は自分に一杯、注いだ。「失礼して、わたくしは一杯いただきますわ」

ほっそりとした手が酒を注ぐときに震えているところから察するに、飲まずには落ち着けないのだろう。「ええ、どうぞ」

ジュヌヴィエーヴは大きくひと口飲み、それから優雅な物腰でマントルピースへと向かった。「どうしてパリまでおいでになりましたの、閣下?」

「ぼくが来ることは、おわかりだったかと思いますが。それがいつかはともかく」

彼女はとぼけるような顔をした。「わたくしにお会いになりたかったの?」

ジェイムズは笑った。「父が——祖父の反対を押し切ってまで生活をともにした女性には、確かに興味がありますが、ここへ来たのはそれが理由ではない」

「あのかたのお父様はひどいかたでしたけれど、それはきっとあなたもご存じでしょう。あなたのお祖父様なのですから」

おかしなものだ、とジェイムズは思った。こういう女性が、いかがわしい雰囲気だけでなく、女らしく洗練された雰囲気をも持ち合わせているとは。かなり意外ではあったが、父の破天荒で反抗的な性格を考えると、どうして父がかつて彼女に惹かれたのか、わかるような気がした。

「お父様のべつの人生を、もっとお知りになりたかったの？」ジュヌヴィエーヴは媚びるような、からかい口調で言った。「お父様の形見を探しにいらしたとか？」

正直なところ、ジェイムズはジュヌヴィエーヴから父のことを教えてもらいたい気持ちもあったが、いまはもっと重要な問題がある。

いずれにしても、ここでゆったり腰を落ち着け、家族を脅している女とお茶を飲んでいるわけにはいかなかった。

ジェイムズは一歩、前に出た。「おしゃべりしている余裕はないのです、マダム。あなたがぼくの母と――先代の公爵夫人と――やりとりしていたのは知っています」

ジュヌヴィエーヴは片方の眉をつり上げた。「ああ、そうね、いまはもう先代の公爵夫人なのよね。あなたが奥方を迎えられたことは聞きました。アメリカ人ですってね。こちらで花嫁衣装をお買い物されているときは、それはもう大変な人気者でしたのよ、ジェイムズ」

この女がソフィアのことを知っているとわかり、ジェイムズはかっとした。さらにクリスチャンネームで呼び捨てにされたことも、怒りの火に油を注いだ。

彼はこわばった肺に、大きく息を吸いこんだ。

どうでもいいこのおしゃべりは、もう終わりだ。

「ご承知おき願いたいのですが、マダム、ウェントワース城に便りを送るのはこれきりにしていただきたい。今度、金品を要求したり、家族の者に連絡を取ろうとなさったときには、ぼくがまたパリへやってきて、この手であなたをつぶす。おわかりですね?」

ジュヌヴィエーヴは肩を上下させて息を吐いた。「どうしてわたくしがお金の無心などしたとお思いなの?　はっきり申し上げて」なにげない口調で言う。「あなたのご家族のことなど……もう忘れてしまっていたくらいですわ」

「嘘はなしにしましょう、ジュヌヴィエーヴ」ジェイムズは足早に近づき、彼女の首に掛かったオパールのペンダントを引っ張った。「これには見覚えがある。母の寝室の、しかるべき場所に戻しましょう」

驚愕とおののきに顔をゆがめ、ジュヌヴィエーヴは自分ののどをつかんだ。

「よくもそんなことを！」

「そっくりお言葉をお返ししますよ、マダム。あなたの秘密は明るみに出たのです、もうこれ以上、続くことはない」

彼女の胸が怒りでふくらみ、大きな緑の瞳に降参の色が浮かぶのをジェイムズは見たが、まだ用件は終わっていない。「さて、マダム、今度はピエール・ビローの居場所を教えていただきましょうか」

「いったい誰のお話をしていらっしゃるのかしら」

「おわかりのはずですよ」

彼女はひとを呼んだ。「アルマンド！　来てちょうだい！」

スーツ姿のばかでかい男が部屋に飛びこんできた。ジェイムズは上着に手を入れ、ピストルを抜いた。男の胸に狙いをつける。「ご主人との用件が終わるまで、ドアの外にいていただこう」男は動かなかった。ジェイムズは銃をジュヌヴィエーヴに向けた。「さもないと、ふたりとも撃つ」

緊張の数秒が経ち、ジュヌヴィエーヴは手を振って使用人を下がらせた。

ジェイムズはピストルを体の脇に下ろしたが、引き金には指をかけたままだった。「住所を教えてもらおう」

「どうして？　彼はあなたにとって、どうでもいい人間でしょう」

「どうでもいい？　あなたが息子だと言っている人間が？　ぼくと半分、血のつながりがあって、公爵家に関与すると思われる男が？　彼はぼくにとっておおいに気がかりな存在ですよ、マダム。次のふたつのうち、どちらかひとつをお渡し願いたい。出生証明書か、彼の住所です。さあ、早く」ジェイムズはふたたびピストルを上げ、彼女の心臓に狙いを定めた。

ジュヌヴィエーヴは荒い息をしながらピストルを見つめ、選択肢を考えていた。「出生証明書はありませんが、べつにそれでなにがいいとか悪いとか、決まるわけではないでしょう」

ジェイムズはさらに銃を高く掲げ、彼女の顔に狙いを付けた。

「わかった、わかったわ」彼女は片手を挙げた。「彼はキュヴィエ通りに住んでいるわ。でも、なかなか見かけないわよ。わたしだって、彼がパリを発ってから音沙汰なしだもの。わたしが知る限りでは、彼はまだイングランドにいるわ」

ジェイムズはきびすを返して立ち去ろうとしたが、ジュヌヴィエーヴがうしろから声をかけた。「あなたの言ったこと、ひとつ違っていたわよ！　お父様と顔が似ているだけでは終わらないわ。あなたはなにもかも、お父様にそっくりよ」

ジェイムズは玄関ドアを押して通り、玄関前の階段を降りた。振り返ることはなかった。

二十分後、馬車は街の反対側にある、みすぼらしく壊れた下宿屋の前に停まった。「まあ、なんてこと」ソフィアは馬車の窓から外を見て言った。

ウィトビーが座席の上をすべるように移動した。「今度は馬車で待機はしないよ、ジェイムズ。こんな胸くその悪い場所に、もしリリーがあのウジ虫野郎と一緒にいる可能性があるのなら。ふたりともついていくぞ、ソフィアもぼくも」

「わかった」とジェイムズ。「もしリリーがいたら、少し説得が必要になるだろう。だが、ふたりに言っておきたいのだが、彼女はあのウジ虫野郎を愛していると思いこんでいるんだ」

ウィトビーが顔をしかめた。

三人とも馬車を降り、下宿屋に入っていった。

「マダム・ラ・ルーの話では、ピエールはイングランドに出発して以来、まったく連絡がないそうだ」ジェイムズが言った。「甘い期待は持っていないよ」

すえた小便のにおいに鼻を襲われながら、彼らは手すりのぐらつく、ひと続きの狭い階段を上がっていき、最上階の六番の部屋に着いた。どこかの部屋で赤ん坊が泣いている。

一匹の猫が、彼らの足元をさっと超えていった。

ジェイムズは力いっぱいドアをノックした。

ドアノブがまわった。

すると――驚いたことに――ジェイムズが見つめる目の前には、ピエール・ビローの顔があった。

27

拍子抜けだな、とジェイムズは思った。ピエールは頭のまわらない間抜けなのか、それとも捕まりたかったのか。

ピエールは門前払いしようとしたが、ジェイムズはドアに足をはさんで止めた。「悪あがきはよせ、ピロー。妹はどこだ？」

「お兄様！」

なかから子どものようなリリーの声が聞こえ、ジェイムズはピエールを脇に押しやった。ソフィアとウィトビーも彼のあとについて入る。リリーがジェイムズの腕に飛びこみ、彼は妹をかつてないほど強く抱きしめた。

リリーは兄にしがみついて泣き出した。「どうやって見つけてくださったの？」

「そう難しいことでもなかったよ。長年にわたって手紙が届いていたから、それを頼りにここまで来られた」

「手紙？　どんな手紙？」

ジェイムズは妹のやわらかで白い頰から涙をぬぐってやった。「それについては、あとで話をしてあげよう」

そのときピエールが勇気を振りしぼったらしく、一歩前へ出た。ウィトビーとジェイムズのあいだで止まった彼は、ふたりより少なくとも十五センチは背が低かった。まずは、この男の人間性を確かめなくてはならない。

「これはいったいどういうことだ？」ピエールが言った。「リリー、こんなはずじゃなかったぞ」

ジェイムズが眉をひそめてピローを見下ろした。「ごめんなさい、ピエール」リリーが答える。「でも、わたしもこんなことになるとは思っていなかったの」

「こいつにかどわかされたのではなかったのか、リリー？」ウィトビーが尋ねた。

リリーは恥じ入ってうなだれた。「違うの、わたしがパリまでついてきたの、自分から進んで。彼に結婚したいと言われて」

「どうしてしなかった？」ジェイムズは言い、返事を求めてピエールをにらんだ。ピエールは、なぜだか無言だった。

ソフィアがリリーの手を取った。「いいのよ、リリー。こうしてお迎えに来たのだから。なにもかも大丈夫」

リリーは洟をすすり、鼻をふいた。

ジェイムズがピエールに向き直る。「ウィトビー、ソフィアとリリーを馬車に連れていってくれ。ぼくもすぐに行く」

三人はドアへ向かった。ソフィアがリリーを抱きかかえるようにして連れていく。けれどもリリーは途中で足を止め、引き返してジェイムズだけに話をした。「彼は悪くないの」涙ながらにささやく。「お願い、彼に乱暴しないで。彼は、本当にわたしと結婚したいと言ってくれたの」

ジェイムズは全身に動揺の震えが走るのを感じた。〝お願い、彼に乱暴しないで〟リリーはおそれている――一族に受け継がれている血を。

ジェイムズがソフィアを見やると、彼女も不安げな顔で見つめていた。はらわたが、ぎゅっと締めつけられる。彼女もおそれているのだろうか？　彼が先祖のように怒りを爆発させ、手に負えない暴力に訴えるかもしれないと？

だが実のところ、ジェイムズはこれからどうするつもりなのか、自分でもわからなかった。とにかくこの男をどうにかしなければならないということしか、わからない。だがなんとかしなければ。すべてをリリーに話して聞かせたとき、妹が受け入れてくれさえすればいい。そして、どんな行動を取ろうとも、ソフィアが自分の味方についてさえくれれば。

「心配はいらないよ、リリー」ジェイムズは妹にはっきりと告げ、額にキスしてやった。「話を聞くだけだ」

リリーはそれを聞いてドアに向かいかけたが、止まってビローの頬にキスをした。それが終わるや急に泣き出し、ウィトビーの腕に抱えられて階段を降りていった。ピエールは彼らが出ていくのを、黒い瞳に敵愾心を燃やして眺めていた。

ジェイムズは、ドアのところで動くに動けずにいるソフィアを見やった。「ぼくもすぐに行く」と声をかける。「馬車で待っていてくれ」

ソフィアは躊躇したが、向きを変えて出ていった。ジェイムズはうしろ姿を見送りながら、これからがふたりの結婚にとっての正念場だと肝に銘じた。自分がどういう男なのか、これからわかるのだから。

ジェイムズは向きを変えてピエールに対峙した。目を細め、彼を観察する。年は同じくらいで、ひとつかふたつ上かもしれないが、なよなよしている。リリーがこの男のどこに惹かれたのか、さっぱりわからない。しかし、ピエールが狩猟パーティのときに見せていた、浮わついた姿を思い出した——彼はご婦人がたとのつき合いに余念がなく、強いフランス語訛りで果てしなくお追従を言っていた——純真無垢なロマンティストのリリーは、簡単に魅了されてしまったのだろう。

「きみは、わが妹を故郷《くに》から連れ出した」ジェイムズは言った。「ぼくの許可もなく、しかるべき付き添いの婦人を同伴させることもなく、妹をイングランドからこの粗末な住まいへと移した。納得のいく説明をしてもらおうか」

ピエールは、すでにささくれだったジェイムズの神経をさらに逆撫でするような、見下した口調で答えた。「彼女を好きになったからですよ、閣下」

「それなら、きちんとした手順を踏んで、求愛する許可を求めればよかっただろう」

「お言葉ですがね、許可など下りるわけがなかったでしょう。ぼくは彼女と離れたくなかった」

ジェイムズは懸命に怒りを抑えこんだ——妹を守らなければという強い思いと、一度は失敗してしまったという苦い思いで、頭がかっかしていた。しかしいまは、なにが起こったかということと、どうしてそうなったかということを探るほうへ、意識を集中させなければならない。

「マダム・ラ・ルーとは、どういう関係だ？」

痛いところを突いたらしい。ピエールがこわばった。「いったい、なんの話だ」

「わかっていると思うが」ジェイムズはピエールの前に立ち、上へ下へとじろじろ眺めた。彼の目、あごの線、鼻筋をじっと見る。「ぼくらは似ているのかな?」

「いえ、それほどは、閣下」

「だが、似ていると思う人間もいるだろうな」

ピエールは無言だった。

ジェイムズが太ももをたたいて部屋をゆったり歩き出すと、ピエールは落ち着きをなくした。

「わが城にご滞在中、きみが使っていた部屋のサイドテーブルの抽斗にこれが入っていた」ジェイムズはジュヌヴィエーヴ宛ての手紙をポケットから取り出した。「勝手に読ませてもらったよ。〝仕事は順調だ、十七日にパリに帰る〟ときみは書いている。だが早めに帰ったようだな。わが妹を連れて」

「さっき言ったように、好きになったんだ」

「それは仕事のうちではなかった、と」

ピエールがうなずき、玉の汗が流れ落ちた。

「それなら、どうして仕事を途中で放り出した? もっと金になりそうな話を見つけたのか？」

ピエールの口が真一文字に引き結ばれた。「あんたの妹がせっついたんだ、ウェントワース。ここまで連れてきてくれと、すがりつかれて」

「口に気をつけたまえ。単刀直入に訊こう、きみはマダム・ラ・ルーの息子か？」

冷笑がピエールの瞳をよぎった。「あんたのおかしな一族になにが起こっているか知らないが、正直言って、ぼくにはどうでもいいことだ。ぼくが知っているのは、あの女はぼくの母親なんかじゃないってことだけだ。ぼくは、まったくべつの娼婦の息子さ。だから、ぼくとリリーに血のつながりがあると心配しているなら、そんなものはない。ぼくらのあいだに起こったことは——なんと言えばいいかな——まともで自然なことなのさ」

目がくらむような怒りを、ジェイムズは懸命にのみこんだ。「ウェントワース城で狩猟パーティが開かれていることを、どうやって知った？　ぼくの逆鱗に触れたくなければ、本当のことを言ったほうがいいぞ」

ピエールは思案し、それから路地に面した小さな窓にゆっくりと歩いていった。「ジュヌヴィエーヴとは数えるほどしか会っていないが、彼女がわざわざ訪ねてきて、お宅のパーティに出てくれと頼まれたんだ。彼女はなんでも心得ていて、マンダリン卿のところに泊まる手はずも整えてくれた。生活費を出してくれて、服も買ってくれた。パーティへ行く目的はなにも話すなと言われていて、帰ってきたら五百ポンドもらえるはずだった。それからほかにも、いくつか贈り物をね」

「だが、きみは報酬を受け取りに行かなかった」

「パリへは昨夜着いたばかりなんだ。リリーをひとりにしておきたくはなかった」

ジェイムズは脅すように一歩、前へ出た。「話してくれて、どうも。もう失礼する」

目の前をジェイムズが通ると、ピエールは愚かにもジェイムズの上着の袖をつかんだ。

「待て。まだきみの妹の問題が残っている。ぼくが彼女のために闘うつもりだと言ったら、どうする?」

袖をつかんだピエールの手を、ジェイムズは炎のような視線で見下ろした。「放せ、ビロー」

ピエールは放さなかった。「彼女にとっては世間での評判も大事だろう。どこに行っていたか誰かにばれたら、彼女はおしまいだ」

ジェイムズは、ピエールのすがめた目を見た。「まずは、手を放すことをお勧めする。それから、きみの顔を二度と見なくてもすむにはいくらかかるのか、明確に教えてくれたまえ」

ピエールは目をぎらつかせてジェイムズの袖を放した。「金持ちのアメリカ人妻を持つ、あんたのような公爵様がねえ？　五万ポンドももらえば黙っていてやるよ」

ジェイムズは長々とため息をついた。「おまえもか、ピエール。フランス人というのは、ゆすりたかりのことを考えるしか能がないのか？」

まるでライオンでも仕留めたかのように、ピエールは誇らしげに襟を正して微笑んだ。

「じゃがいもの荷車を押して町を歩きまわるよりはましですよ、閣下」

「なるほど、だが、これよりはいいのではないか？」ジェイムズはピストルを抜き、ピエールの頭に突きつけた。「じゃがいもと一緒に土に埋められるよりは、荷車を押すほうがいいと思うが。どうだ？」

ピエールは降伏したふりをして両手を上げた。「実の妹だろう、ウェントワース。こんなことが明るみに出てもいいのか？」

ジェイムズはピストルの銃身を、じっとりと湿ったピエールの額に押しつけた。「そんな心配はありえない。なぜなら、承諾しなければ、きみは死ぬからだ」

ピストルを見つめるピエールの両手は震えていた。

「約束しろ、ビロー、そうすれば、あのやぼったい新品の服におまえの脳みそをぶちまけずにいてやる」

ピエールののど仏が、目に見えて上下した。「あんたがここへ来なければ、ぼくは彼女と結婚していたんだ」

「むろん、ぼくからの手当をあてにしてのことだろうな」

「手当など関係ない」

ジェイムズはひるんだが、あごを上げた。「で、縁を切ると約束するのか？」

緊張の一瞬が流れ、ピエールは賢明にも承諾した。

しばらくのち、ジェイムズは下宿屋を出て、通りで待っていた馬車に乗りこんだ。安全に守られた空間で、ソフィアはリリーと並んで座っていた。リリーはもう泣いてはいなかったが、これからジェイムズの逆鱗に触れるのだろうと緊張して、すくみ上がっているように見えた。

ジェイムズは首をまわして肩のこわばりをほぐし、荒れ狂っている心臓を落ちつかせた。手が震えている。

だが、度を失ってはいない。

彼はソフィアを見つめた。こんなろくでもない馬車のなかでも、なんと美しいことか。ああ、彼女のおかげでどれほどのことができただろう。ソフィアが現れる前には、こういったことに自分が対処できるとは思えなかった。彼女が与えてくれたこと、教えてくれたことは、計り知れない。これまでの人生のなかで、彼女は最高の贈り物だ。

ジェイムズは、まるで毛布にくるまれるように、ゆっくりと落ち着きが戻ってくるのを感じた。

ウィトビー、ソフィア、リリーは声もなく座り、なにが起きたのか話を聞くのを待っている。

馬車が動き出し、転がるように走って角を曲がったとたん、ジェイムズは口を開いた。

「ピエールは沈黙を守るはずだ」

リリーは口を手で覆った。「危害を加えたりしなかったのでしょうね？　だって……だって、彼はやさしくしてくれたのよ、お兄様、本当に。さっきも言ったけれど、わたしは自分から彼についてきたの。彼はどんなときも、わたしにはとてもやさしかったわ」

ジェイムズは、ウィトビーが怒りに体をこわばらせたことに気づいた。彼もまた、ジェイムズが考えているのと同じことを思っているのだろう――ピエールはリリーの純潔を奪ったのか？

「わたし、本当に彼が好きだった」リリーが続ける。「でもイングランドを出たら、彼がどういうひとなのか、わかっていないことに気がついてしまったの」

ジェイムズは身を乗り出し、妹の手を握った。「いま、すべてを説明しなくてもいいんだ、リリー。これから時間はたっぷりある。ぼくたちはとにかく、おまえを無事に取り戻せてうれしいのだから」妹の小さな両手を持ち上げて、接吻した。

ああ、どうしても妹をまだ子どものように考えてしまう。

「みんな、わたしのことをばかだと思っているのでしょうね」リリーが言った。「それとも、すっかり嫌いになったかもしれないわ」そう言い、おそるおそるウィトビーのほうを見やる。「あ、あ、あなたも来たのね」

「もちろん、来たとも」ウィトビーはやさしく言った。「ぼくは、きみがほんの子どものときから知っているんだよ。ぼくにとっては妹のようなものだ」

ソフィアがリリーを抱き寄せ、しっかりと抱きしめた。「なにも心配しないで。もう大丈夫、おうちに帰りましょう」

「約束するよ、リリー」ジェイムズが言う。「もう昔の家とは違う。以前のぼくは、おまえのためになにもしてやらなかった。本当にすまなかった」

リリーをひとりにするのが心配だったソフィアは、ひと晩の船旅を義理の妹と同じ客室で過ごすことにし、ジェイムズとウィトビーには船の反対側でそれぞれ部屋を取ってもらった。

ピエールとリリーのあいだになにがあったのか、ソフィアにはまだはっきりとはわかっておらず、ふたりが体の関係を結んだのかどうかもわからない。しかし、考えられないことではなかった——いや、なにかあった可能性のほうが高い——リリーがかなりピエールの虜になっていた様子を考えると。

けれどもリリーは詳しい話をしたがらず、ソフィアも無理強いはしなかった。リリーが話す気になるまで待つつもりだった。

ありがたいことに、そう時間もかからずリリーを静かに寝付かせることができた。リリーは駆け落ちのために国を離れてから、ゆっくり眠ったことがなかったようだ。そしてソフィアもようやく椅子に腰を落ち着け、この一週間に起きたことを考える余裕ができた。

これほど心を悩ませたことは、かつてなかった。夫に言えない秘密を持ち、見つかったらなじられるのではと気が気ではなかった日々。

義母の信頼を得るか、永遠に嫌われるかの瀬戸際で、足元もおぼつかず揺れていた毎日。

そんなときにリリーが行方不明になり、ソフィアは自分を責めた。そろってはるばるフランスまで渡り、本来なら足を踏み入れることもなかったようないかがわしい場所を訪ね、卑劣なひとたちと対峙しなければならなくなった。

しかし、いいこともたくさんあった。義母にもやはりやさしいところがあるとわかったのだ。これまでのマリオンは、恐怖と罪悪感ばかりが大きすぎて、そういう部分を深く封じこめていただけ。ソフィアはいま、義母とのあいだにあった溝までも埋めることができていた。マリオンはジェイムズにも詫びる気持ちを伝え、ふたりは長年の確執とすれ違いの末に、ようやく心が通じ合った。

そしてジェイムズとマーティンも兄弟としての愛情に目覚めた。さらにジェイムズは、リリーにもなおざりにしていて悪かったと詫び、ソフィアに対しては、ずっと家族との仲立ちをつとめてくれたことを感謝した。

ジェイムズは、心からソフィアを認めてくれている。フランスに渡る船のなかでも、傍目にわかるほどだった。のちに客室で愛を交わしたときには、ジェイムズがまだ彼女の肉体に悦びを見い出したい、そして彼女にも悦びを味わってほしいと思っているのが、手にとるようにわかった。

これで充分、満足するべきなのよと、ソフィアは自分に言い聞かせた。ジェイムズの人生にも、家族の全員の人生にも変化をもたらしたのだから、いまはこれでありがたく幸せなのだと。リリーの救出にも成功し、一族への忌まわしい恐喝も終わらせることができ、明るい未来に向かって家路をたどっている。

重大な問題を解決できたにもかかわらず、ソフィアはため息をつき、椅子の背に頭をもたせかけた。

なにかが足りない。

これで充分なんだと心が軽くなっているはずなのに、実際はそうではなかった。なぜなら……ジェイムズは彼女を真に愛してくれているわけではないから。彼の気持ちは、彼女が彼を愛している気持ちとは違う。いままで散々、きみを愛することはできないと突きつけられてきたこともあって、彼が本当に彼女を愛することができるのかどうかさえ、ソフィアにはよくわからなかった。

でも、自分は彼を愛している。自分の命よりも。どうして？　わけがわからない。彼はできうる限りの力で、彼女を遠ざけてきたのに。

それはたぶん……ジェイムズは深い海のように、まだ見えぬ奥深いところにいくつものすばらしい部分をたくさん持っていることを、彼女は知っているから。そうでなければ、つらい子ども時代を過ごした彼が、どうして家族と距離を置くためにあれほど必死になるだろう？

明らかに、彼の心はこれまでの苦しみで押しつぶされていた。本当は生まれながらにして、子どものころから高潔な思いを胸に抱いていたひとのはずなのに。

そう、彼は真に高潔なひとなのよと、ソフィアは思った。この数日間、彼を見ていてよくわかった。彼は自分の家族を守るために、すべてを不問に付した――物心ついてからずっと続いてきた、母親との確執さえも。

そう思った瞬間、ソフィアの心臓がどくんと鳴った。自分の心と同じくらい、夫の心を知りたいという思いが、痛いほど胸に迫る。命ある限り、彼の真の伴侶となりたい。堅い殻に包まれた夫の内面を理解したい。ともに歳を重ね、彼が本当の姿を見せていくところをこの目で見たい。

どうか、夫が過去のわだかまりから解き放たれ、ほかの家族と同じように、彼女もその懐に受け止めてくれますように——ソフィアはそう願うしかなかった。


ソフィアとジェイムズとリリーは、ジェイムズが手綱を握る馬車で城に帰りついた。ジェイムズは城の皆に、狩猟パーティのあいだはあわただしい日々を過ごしたから、家族水入らずで——小間使いも従者も連れず——スコットランドに旅行をしてきたと告げた。長いパーティのあとで召使いを連れずに気ままな旅をするのは〝アメリカ的な風習〟なのよと、ソフィアが説明した。すると驚いたことに、城の巨大な前階段で彼らを出迎えた召使いたちの誰もが、左様でございますねと相づちを打った。召使いたちは皆、納得したようにうなずき、「ええ、ええ」とか「そうですとも、旦那様」などと口をそろえた。

妻の小さな作り話を夫も楽しく受け入れてウインクし、ソフィアはうれしくて満足で胸がいっぱいになった。にこやかに夫に微笑みかける。近ごろでは自分のアメリカ的なやりかたがたくさん受け入れられ、認められてきたような気がして、元気があふれてくる。

「戻ってきたね、ソフィア」玄関ホールを進んで階段へ向かいながら、ジェイムズは妻にやさしく耳打ちした。「ここにきみと一緒にいる、きみのそばにいられるのが、本当にうれしい」

ジェイムズのあたたかな吐息が首にかかり、ソフィアは鳥肌が立った。やさしい言葉に胸があたたかくなり、心が慰められる。

ふたりは並んで階段を上がり、のぼりきったところで、ジェイムズはソフィアの頬に口づけた。「これから、ゆっくりと風呂に浸かって、骨休めをしようと思う。それから、晩餐にしようか？」

「ええ、いいわね。お風呂なんてすてきだわ、ジェイムズ。わたしも入ろうかしら」

自分の寝室に上がったソフィアは小間使いを呼び、湯舟を運んでお湯を張らせた。つかのまのひとりの時間を楽しみ、数日間の汚れを洗い落とした。

しばらく、弓形の縁に頭をもたせかけてお湯に浸かっていると、ドアの下の隙間からメモが差しこまれた。床の上に紙がすべる音で、ソフィアは目を開けた。

湯舟から上がり、湯をしたたらせながら身をかがめてメモを取る。

ぼくのいとしいきみへ
湯浴みがすんだら、ぼくのところへ来ておくれ
ジェイムズ

公爵家の紋章入りの便箋に書かれた優雅な夫の手書き文字を見つめたソフィアは、紙を唇に持っていって、口づけた。「もうすんだわ、いとしいあなた」夫に聞こえないのはわかっていたが、それでも口に出さずにはいられなかった。

ベルを鳴らして小間使いを呼び、着替えと髪結いを手伝わせた。三十分後、ジェイムズの部屋の前でドアをノックしていた。

ソフィアはドアノブをまわし、重いドアを押し開けた。暖炉の前にしつらえられた巨大な真鍮の湯舟に横たわる夫を見た瞬間、ソフィアの頬に熱気の波が広がった。彼は両腕を湯から出してやさしく縁にかけ、濡れた黒髪をうしろへなでつけている。窓から差しこむ午後の陽射しを受けて、堂々たる胸が見える――筋肉が引き締まり、日焼けしてたくましい。

戸口に立ったまま、ソフィアは息ができなくなった。ありえないほどに麗しい夫の裸身

を、ただ見つめるばかり。とてつもない勢いで欲望がふくらみ、湧き上がってきた。

「お呼びになった？」体のうずきが始まって、それしかソフィアには言うことができない。

ジェイムズの表情は明るく、開けっぴろげだった。「ああ、呼んだよ。さあ早く入って、不運な誰かが通りかかってこの光景を目にしてしまう前に、ドアを閉めておくれ」

ぎごちないながらもソフィアは落ち着きを取り戻し、言われたとおりにした。

「鍵もかけて」誘うような響きで、ジェイムズの声がやわらかな調子になっている。

彼女は従った。

遠くないところから、湯のなかで大きくなっているものをはっきりと目にしたソフィアは、熱く狂おしい欲望が頭をもたげるのを感じ、欲望というもののすさまじさを身を持って知った。ひとが理性も道理もなくし、ふらふらと愚かな振る舞いに走るのも、いまならわかる。脳が焼かれるかのような感覚に、この結婚への疑問も不安も押し流されてしまう。もうそんなことはどうでもよくなり、衣服に包まれた体は、突然嵐のように襲ってきた欲望に震えていた。

ジェイムズは湯舟の縁に頭をもたせかけていたが、その瞳は思いのたけをこめて彼女を見上げ、彼女が飽くまで存分に見てくれと言わんばかりに裸体をさらしていた。

珍しくあけすけに振る舞うジェイムズを前にして、ソフィアの視線は彼の絡みつくようなまなざしから、水滴の光るすべらかで広い肩へと移った。たくましい胸が穏やかな呼吸で上下しているが、ソフィアが目を上げるたび、まだ彼が彼女を見つめているのがわかる——彼はゆっくりとまばたきし、まだ始まったばかりの誘惑を続けている。すべてをあらわにした夫の完璧な体に妻が身を震わせ、見とれているその表情を、じっと見つめて……。その瞬間の、彼を思うソフィアの愛は、あまりにも強烈だった。ほかにはなにも見えなくなるほどに。

ジェイムズの口の両端が上がる。さらに両手が湯舟の縁から上がり、大きく広げられるのを、ソフィアは震えながら見ていた。「きみも入っておいで」

彼女は愛らしい笑みを浮かべてうなずき、胴着のボタンをはずして、ジェイムズの見ている前でゆっくりと、無言で服を脱いでいった。心臓をどきどきさせながら、脱いだものを彼のベッドにきちんと置く。彼の前で服を脱ぐという、やけどしそうな期待感にじっくりと浸っていたが、彼のほうもこの甘い一分一秒を楽しんでいるのは間違いなかった。

ついに一糸まとわぬ姿になったソフィアは湯舟に足を入れ、彼の脚のあいだにするりとすべりこんだ。腰のくぼみに、硬いものが当たる。彼女は頭をのけぞらせて夫の広い胸にもたれた。

ジェイムズは湯浴み用のタオルを取って湯に浸し、ソフィアの胸の上でそれを絞って、あたたかいしずくが胸の先端をかすめるように落とした。小さな水音と、湯が肌をかすめるくすぐったい感触に、ソフィアの唇から官能的な甘い声が漏れた。

「きみは、ぼくがこの世で出会ったなかでもっとも美しい生き物だ」ジェイムズが妻の耳に熱くささやく。

「あなたに誘われるのって、すてきだわ」ソフィアがからかうように微笑む。

湯舟で体を伸ばしたジェイムズは、しばらくは口をきかず身じろぎもしなかった。

「これは誘っているのではないよ。今日は違う」

ソフィアは頭の横に口づけされ、こめかみあたりが好奇心でうずうずした。「それなら、なんなの？」

「謝罪だ。それと、降伏」

ソフィアは体を起こし、湯舟に入ったまま横を向いて、夫の顔を見た。どういう意味なのか訊きたかったけれど、頭のなかで言葉が出てこない。なにも訊けない状態にはまりこんでしまったようだ。

ジェイムズは指の甲で彼女の頬を撫でた。「悔やんでいることがたくさんあるんだ、ソフィア。ぼくは、いい夫ではなかった」

「いいえ、すばらしい夫だったわ、ジェイムズ」もちろん、まったくの真実ではない。ふたりの結婚には、まだ欠けているものがあまりにもたくさんある。けれど、彼が心を開こうとしていることはわかるから、その気持ちをくじくなんて夢にも考えなかった。

「そんな嘘をつくとは、きみはとても心がやさしくてあたたかなひとだね」ジェイムズが言った。

「まんざら嘘でもないのよ」ソフィアが答える。「ここではとても待遇がよかったわ。あなたから、とてもたくさんのものをいただいて」

「だが充分ではなかった。ぼくはきみに、自分の心を差し出していない」

ソフィアは緊張ぎみに、ごくりと唾を飲みこんだ。「ジェイムズ……」

「いや、待って」ジェイムズが手を上げて制する。「ずっと前に言っておくべきだったことを、言わせてくれ」

いきなりソフィアの動悸が速まり、希望がふくらんではじけそうになる。息を詰め、じっと彼の言葉を待つ。

ああ、こわい。

期待するのがこわい。

ソフィアは必死で気持ちを抑えようとした。

「ぼくは最初から、きみが大きな希望を持っていたことを知っていた」ジェイムズが話し出す。「初めはぼくも、きみは身分だけが目当てだと思いこもうとしていたが、それだけではないということはずっとわかっていた。きみはいろいろなことをたくさん明かしてくれたが、ぼくからはなにも話さなかった。自分の家族のことも、心配ごとも。なぜなら、恥ずかしかったからだ。フローレンスのことも、話したらきみが離れていってしまうのではないかと思って、言わなかった。それよりなにより、ぼくはきみを愛そうとしなかった。本当にすまないと思っている、ソフィア。きみは、そんな扱いを受けていい女性ではない、ぼくはきみの期待を裏切った。ただひとつ言わせてもらうなら、ぼくは自分の感情に負けて父のようになりたくなかったんだ。父が母やぼくを傷つけたのと同じように、きみを傷つけたくはなかった」

ソフィアの心は、強く気高い夫への愛と思いやりとで痛いほど締めつけられた。「あなたはお義父様のようになったりはしないわ、ジェイムズ。あなたはあらゆる試練にさらされてきたけれど、それでも立派に生きてきたでしょう。考えてもみて。あなたはわたしがほかの男性に恋文を書いたと思っても、われを忘れたりはしなかった。きっと心のなかは煮えくり返っていたでしょうに。それに、あなたは弟や妹を守るために、自分の力でできる限りのことをすべてしたわ。あなたがきょうだいを心の底から、本当に大切に思っているからよ。あなたのお父様は、あなたがたのことをそんなふうには思っていらっしゃらなかった。あなたたちとの溝を修復しようともなさらず、責務を果たそうともなさらず、若かったあなたが面倒なことになっても心を痛めたりなさらなかった。でも、あなたは愛する家族のことを、いつも気にかけているわ。あなたがマーティンにしてあげたことを考えてみて。彼にとって大変な時期を乗り切れるように、あなたはできるだけのことをしようとしたわ。そして、最後にはうまくいったのよ。いまでは彼には明るい希望が見えているわ」

ジェイムズは彼女の背中をさすった。「きみはいつでも、ひとのよい面を見ようとするんだね、ソフィア」

「あなたのよいところだって、もうわかっているのよ。能ある鷹はまだ爪を隠しているみたいね」

長いこと、ジェイムズは妻の目を見つめていた。「なにがあってもぼくを見捨てないでいてくれるとは、すごいよ。きみは最初からずっと、ぼくを慕ってくれた。ぼくがすべてを表面的なものにしておこうと決めていたときでさえ」

ソフィアは夫の顔に触れた。「あのロンドンの社交界に、あなたがとびきり優雅な姿を見せた瞬間から、わたしはあなたの虜になってしまったの。あなたは本当にすてきだったわ、ジェイムズ、すらりと背が高くて自信にあふれていて、雲の上のひとみたいだった。

あなたがどんなひとなのか、知りたくてたまらなかった。静かな顔の奥にある素顔はどんななのか、周囲の世界とそこにいるひとびとを見るときのあなたは、どうして世をすねたような顔をしているのか。なんとなく、わたしにはわかったの。誰かがきちんとあなたと語らえば、あなたの世界は変わるのではないかって」

「イングランドに染まって奥にこもっているぼくを、助け出そうと?」ジェイムズは楽しげに言い、眉をくいっと上げた。

「そうかもしれないわ。でも、わたしもあなたに助け出してもらいたかったの。ニューヨークでのいつ終わるとも知れない退屈な、なに不自由ない毎日から。わたしは自分でなにかをつかみ取るということをしてこなかったわ。父がなんでも与えてくれたから、わたしは弱虫だった。でも、いまは少し強くなったわ」

「きみはいつだって強かったよ、ソフィア」

ソフィアが微笑む。「あなたのおかげで、わたしの母が延々とまとめようとしていた縁組みからも逃げることができたわ。わたしは熱い恋がしたかった。あなたの目を見たときにわかったの。あなたは熱い思いを内に秘めているひとだと――あなたのなかには情熱が溜めこまれて、解き放たれるのを待っているのだと。わたしはそれを、この手につかみたかった」

ジェイムズは大きな手を妻の頬に当てた。「つかんだとも、ソフィア。きみはみごとに成功した。ぼくの心のなかにまで入りこんで、だからいまぼくは、こうしてきみの前で無防備な姿をさらしているんだ」

一瞬、体が震えそうな思いで妻を見つめたジェイムズは、次の瞬間、激しく唇を奪った。深く、熱く、むさぼるような口づけに、ソフィアはいまこそ夫の壁が崩れ去るのを感じていた。

濃厚な口づけの官能的な誘いにソフィアは身をゆだね、それと同時に下へ手を伸ばして、硬くなったものを包みこんだ。手のひらに感じる甘美な手触り……湯のなかでそっと彼に手をすべらせていたけれど、やがて気持ちが抑えられず、体のなかで彼を感じたくてたまらなくなった。

ソフィアは湯舟のなかで向きを変え、ひざ立ちになって片脚を伸ばし、彼にまたがった。ジェイムズにずっと顔を見つめられながら、彼女はふたたび片手で彼のものをつかみ、待ちきれなくなっているところへあてがった。

欲望が雪崩となり、おそろしいほどの勢いで襲いかかってくる。ソフィアは背を弓なりにそらせ、じょじょに体を下ろしていった。ゆっくりと、焦らすように、脈打つところへ、彼を少しずつ迎え入れていく。敏感になった柔肌と、熱く濡れたものがこすれる感触に、恍惚の小さな叫びを上げた。

ソフィアがいったん体を持ち上げ、ふたたびゆっくりと下ろしてゆくと、湯舟の縁で湯が跳ねた。快感を高めようと、彼の腰に強く自分を押しつける。ジェイムズが彼女の腰を支え、上へ下へと動かし、うねりながら沈んでくるリズムに合わせてみずからの腰を突き上げる。

部屋も午後の陽射しも、ソフィアのまわりから消え失せた。あるものはただ、うっすらとした暗がりでジェイムズと浮かんでいるような、くらくらするほどの快感だけ。彼女の感覚は、途方もないまったき欲望だけに、わしづかみにされていた。

「ソフィア」

すぐそこに、すぐそばに、彼の気配が感じられる。情熱でぼんやりとしながら、ソフィアは彼のやさしい声を聞いた。けれども快感にのめりこむあまり、ゆったりと脈打つリズムに合わせて彼の上で動くことはやめられなかった。

「ソフィア」もう一度、彼の声がした。

彼女は目を開け、夫の顔を見た。彼は彼女を見つめていた。

「なあに」ソフィアがささやく。

一瞬、ジェイムズはなにも言わず、ただ彼女を見つめているだけだった。やさしげに、いとおしげに。

そして、哀しげに。

ソフィアは動くのをやめた。彼をぎゅっと締めつけるのがわかる。

彼の目尻から、ひと粒の涙が頬を伝って流れ落ちた。

その涙で、ソフィアは悟った。心をわしづかみにされ、魂にまで響いてくる。

「きみを愛している」そっと、ジェイムズがささやいた。

ソフィアは動くことができなかった。声を失い呆然と、芯から心を揺さぶられて、ただ見つめることしかできない。心も体も、動くことを忘れてしまったようだ。

「ぼくの心はきみのものだ」ジェイムズが言う。

「ぼくのすべてが、きみのものだ」

地響きを立てそうなほどの尽きせぬ喜びが滝のごとく押し寄せ、ソフィアはかろうじて声を出すことができた。

「わたしも愛しているわ、ジェイムズ。これからずっと、この命が尽きるまで。いいえ、そのあとも」

突如、彼女の心は、抑えきれないほどの愛でいっぱいになった。ジェイムズの首に抱きつき、声を上げて泣きながら彼を抱きしめる。

ジェイムズもまた、もう二度と離すまいとでもいうように、彼女を抱いた――力強い腕をひしと彼女の背中にまわし、彼女の首筋に顔をうずめて。

「きみほどぼくを大切に想ってくれたひとは、ほかに誰もいない」とジェイムズ。「自分がこんなふうになれるとは、思ってもいなかった。ぼくはきみのものだ、ソフィア。永遠に」

ソフィアの頬にも涙が伝い始め、彼女は少し体を離して、緑の瞳の美しい顔を見つめた。いまや泣き笑いになっていた彼女は、濡れた頬をぬぐった。

「とても幸せよ」

「これからは一生、毎日、きみを幸せにする。きみはぼくにとって、ただひとりの愛するひとだ、ソフィア。きみがぼくを救ってくれたんだ」

ソフィアは涙を止められなかった。「あなたが愛してくれるかもしれないと期待するのは、とてもこわくてできなかったわ」

「きみに会うまで、自分が誰かを愛することができるとは思わなかった。でも違っていたよ、ソフィア。ぼくはきみを愛している。命そのものよりも」

「ジェイムズ、こんなこと、夢にも……」

彼はソフィアをかき抱き、口づけて彼女の髪を撫でた。そのとき初めて、ソフィアは本当にここが自分の家だという気持ちがした。ここが自分のいるべき場所。イングランドで。ジェイムズとともに。彼の腕のなかで。彼の妻として。彼の公爵夫人として。

ジェイムズが彼女の下で、ほんの少し体の位置をずらした――ほんのわずかな体の動き――しかしそれだけで、ふたりが共有していたやさしい気持ちが、燃えるような昂ぶりへと変わるには充分だった。あっというまの、すばらしき一瞬。

ジェイムズが目を閉じた。ソフィアは湯舟の両縁をつかみ、彼の上で動き始めた。炎のような官能が、猛烈な勢いで帰ってくる。彼女が頭をのけぞらせると、ジェイムズの熱い唇が胸に吸いつき、舌が絶妙な動きをするのが感じられた。ソフィアの息は浅く速くなってゆき、とうとう絶頂の襲撃が迫り来るのを感じた。

けれども、今日はなにかが違った。いままでよりもっと強く、もっと響いてくる感じ。なぜなら、いまはふたりのあいだに愛があるから。ジェイムズは、愛していると彼女に言った。愛していると！　その喜びはいったいどれほどのものだろう。

大波のようなうねりがどっと襲ってきた。ソフィアの全身の筋肉という筋肉が締まり、焼けつきそうなほど強烈な絶頂へと向かう……そしてついに彼女は解き放たれた。ジェイムズも声を上げて彼女の奥深く腰を突き出し、妻の体の芯へと精を放った。

ソフィアは目を閉じ、ジェイムズの胸に額をあずけた。彼は愛を紡いでくれた。わたしの夫。彼は、わたしを愛してくれている。ソフィアの肉体と魂に、受け止めきれないほどのとてつもない幸福感がたゆたう。

夫の息遣いと鼓動が自分の鼓動と重なり合う感覚にうっとりと浸り、ソフィアは高揚感を味わいながら、ため息をついた。

しばらくのち、ふたりは湯舟から上がって体をふき、ベッドに移ってふたたび愛を交わした。やさしく、相手の望みや気持ちを思いやりながら。ジェイムズは妻の顔を両手で包んで目を覗きこみ、また魔法の言葉を口にした――愛しているよ、ソフィア――。

そのあと、ふたりは互いに着衣を手伝い、客間へ下りていって、晩餐の前の集まりに加わった。ソフィアの希望でテーブルからは装飾用の植物が取り払われ、皆がもっと寄り添って着席できるようになった。今夜も、そしてこれからも毎晩、ずっと先の将来まで。

この日、ソフィアは生まれてこのかた、最高に幸せだった。

マーティンとリリーが入ってくると、ジェイムズは代わる代わる抱擁し、それから母親が入ってきたときには、彼女もまた抱きしめた。マリオンは息子の腕のなかで人目も憚らず泣きじゃくり、何年もの心の重荷を降ろして、涙はいつしかうれし涙へと変わっていった。

マリオンはソフィアのところに来て、彼女も抱きしめた。「ありがとう」と、義理の娘に言う。「本当にありがとう」

翌朝の夜明け近く、ジェイムズはソフィアをかたわらで抱き寄せた。「新しい出発の日だ。もう早くも、世界が明るく見えているよ。なにもかも、きみのおかげだ。遠く離れたほかの大陸で暮らすきみに出会えたとは、ぼくはなんと幸運な男だろう」

ソフィアは笑顔で夫を見上げた。「わたしたちはこうなる運命だったのよ、ジェイムズ。わたしがここに来るまでは、間違いだらけの人生だったもの」

「満足しているかい？」ジェイムズは彼女のあごに指をかけて顔を上げさせ、目を覗きこんだ。「最初はつらいことばかりだっただろうけど？」

「もちろんよ。ここはもうわたしの家だわ。あなたと一緒にここで暮らせて、本当に幸せよ。たとえどんな男性がいたとしても、わたしが愛することのできたひとはあなただけだわ」

「ぼくも、きみと一緒になることができて、最高に幸せだ、いとしいひと。それがどれほどのものか、お見せしようか？」

ソフィアは仰向けに倒れ、夫のむき出しの胸に指を這わせた。「お望みとあらば、閣下」

「肝心なのは、きみがお望みかどうかだ」

ソフィアは誘うように微笑んだ。

「公爵様に逆らう気など、少しもありませんわ」

エピローグ

一八八二年　四月十五日

親愛なるお母様へ

愉快な古き良きイングランドより、謹んでご挨拶を申し上げます。この便りが届くころには、皆様もつつがなくお元気で、ニューヨークの春を楽しんでいらっしゃることと存じます。

ジェイムズとわたしは、もう赤ちゃんが生まれるのが待ち遠しくてなりません。七月には生まれるとお医者様はおっしゃるのだけれど、わたしはもっと早く会えるような気がしています。だって、わたしがこんなにも会いたいと思っているんですもの。ジェイムズは女の子じゃないかと言っています。でも、わたしは男の子だと思うの。どちらにせよ、生まれたら、わたしも彼も大喜び間違いないでしょう。わたしたちは最近、毎日の生活で起こることすべてに、大喜びしてしまいます。神様から、こんなにもたくさんのすばらしい宝物を授かっているのですね。

クララとアデルはどうしていますか？　ふたりがロンドンの社交シーズンにこちらへ来ることは、もう検討されたのでしょうか？　最高の社交界に、わたしも喜んでふたりを紹介するつもりですし、ふたりが来てくれたらリリーもさぞ喜ぶことと思います。リリーにとって今回は二年目の社交シーズンなので、いろいろと不安になるようです。

お父様にもよろしくお伝えくださいね。お返事をお待ちしております。

あなたの忠実な娘
ソフィアより

追伸。

もしもクララとアデルが来なかったら、〝残念きわまりないことだね〟と、皇太子様《プリンス・オブ・ウェールズ》からも直々にお言葉を頂戴しております。せっかくですから、お知らせしておきますね。

あなたのしっかり者の娘
ソフィアより

訳者あとがき

ジュリアン・マクリーンの手になる本邦初登場作品『公爵と百万ポンドの花嫁』をお届けいたします。アメリカの令嬢シリーズと言える作品群の、第一作に当たります。

物語の舞台は十九世紀末のイングランド。このヴィクトリア朝時代は、イングランドの歴史のなかでもひときわ華やかで人気のある時代です。貴族や有力者など上流階級のひとびとは、社交期《シーズン》と呼ばれる期間が正式に始まる五月ごろロンドンに集い、夜会に、舞踏会に、パーティにと、日々おつき合いにいそしみます。妙齢の娘たちが結婚相手を探すために社交界デビューをするのも、このときです。

本書のヒロイン、ソフィア・ウィルソンはアメリカ人ですが、やはりこの社交期《シーズン》で貴族の夫を見つけるため、はるばるアメリカから海を渡ってロンドンへとやってきます。一代で財を成した〝新興成金〟を父に持つソフィアは、本国アメリカはニューヨークの社交界でも上流階級入りを果たすべく、有望な夫探しをしました（正確には、夫探しをさせられました）が、〝愛ある結婚〟がしたいというロマンティックな夢を譲れず、何度も縁談を断り、とうとうロンドンまで足を伸ばすことになったわけです。当時の上流社会ではふつう自由な恋愛はほとんどなく、家柄や財産によって縁組みが決められていました。ソフィアのような、いわゆる自由恋愛の感覚を持ち、しかもそれを望んでいる場合のほうが、少数派だったことでしょう。

そんなソフィアがロンドンの夜会で出会うヒーローは、最高位の貴族である第九代ウェントワース公爵ジェイムズ・ニコラス・ランドン。黒髪と、緑の瞳と、非の打ち所のない完璧な容姿を持ついっぽうで、〝危険な公爵〟と噂される、翳りを持った男性です。公爵家にまつわる黒い噂、浮き名の数々、冷酷そうなまなざし……絶世の美男子ではありますが、女性を心から愛し、あたたかい家庭をつくれそうなひとではなく、ジェイムズ自身も結婚には興味が失せています。しかし、公爵家を断絶させてはならないこと、そしてウェントワース家は財政難に苦しんでいました。華やかな時代とはいえ、多くの貴族が農業不振や産業革命の悪影響により困窮していたことも、また事実です。そんな困窮した公爵家の当主ジェイムズにとって、ソフィアはたとえアメリカ人の平民であっても、王族も顔負けの持参金を用意しているばかりか、誰もが惹きつけられる美しい女性であり、しかも輝く太陽のような明るさとあたたかさを持ったひとでした。

そんなソフィアとジェイムズ……惹かれ合うべくして出会ったふたりですが、身分の違いや生い立ちの違いなど問題が山積し、順風満帆に行くはずもなく……。


著者ジュリアン・マクリーンは、本書の執筆にとりかかる何年も前から、ロンドンの貴族社会で夫を探すアメリカの令嬢の物語を描きたいと切望していたそうです。そのきっかけとなったのは、離婚歴のあるアメリカ人女性ウォリス・シンプソンのためにイングランド国王の座を投げ打った、エドワード八世の逸話を読んだことでした。さらにはイーディス・ウォートン著の『バッカニアーズ』を読み、ヴィクトリア朝時代後期のイングランド社交界に乗りこんでいく四人のアメリカ人女性の物語に感銘を受けたことで、いっそう執筆への思いが強くなったようです。

著者によると、一八七〇年から一九一四年のあいだに、およそ百人のアメリカ人女性がグレートブリテン島内の貴族男性と結婚しました。さらにその百人のうち、六人が公爵という最高位の男性を射止めたということです。まだ自由恋愛がふつうではなかったころ、あまたの困難を乗り越えて結ばれた男女には、どうにも抗えない灼熱の思いが燃え上がっていたのではないでしょうか。そんな時代背景に思いをはせながら読むと、ソフィアとジェイムズの物語にもいっそう胸がときめきます。

本書の登場人物はほとんどが架空ですが、実在の人物も出ています。ニューヨーク社交界に君臨していたミセス・アスターと、英国皇太子《プリンス・オブ・ウェールズ》エドワード（愛称バーティ）です。

ミセス・アスターは、成金であるウィルソン家を見下していたことになっています。また皇太子エドワードは、母ヴィクトリア女王から治世に関わる役目をあまり与えられておらず、かなり自由気ままな暮らしを楽しんでいたようです。そのため、イングランドの女性に比べて自由奔放な言動が目立つアメリカの女性にも眉をひそめることがなく、それどころか、魅了すらされていたようです。堅苦しいイングランドの社交界にアメリカ人女性が受け入れられたのも、皇太子の力が大きかったといいます。

著者は大学で英文学（特に十九世紀の文学）を専攻しましたが、就職するにあたって経営学の学位も取得し、一度はカナダ政府の監査局に勤めて公認会計士を目指しました。しかし自分には向いていないと知って作家志望に転向し、一九九一年にめでたくデビューを果たしました。ヒストリカルロマンスを中心に活躍していますが、本シリーズは、制約の多い時代に生きる男女の熱くせつない思いを情感たっぷりに描き出して、大好評を博した作品です。十九世紀の英文学をしっかりと研究した著者らしく、物語の端々に出てくるしきたりやマナーの記述からは、当時の暮らしぶりをうかがい知ることもでき、とても興味深いです。

第二作は、ソフィアの妹クララ（ウィルソン家の三姉妹の次女）のお話が続きます。どうぞお楽しみに。

二〇〇九年　六月

オーロラブックス

公爵と百万ポンドの花嫁

著者
ジュリアン・マクリーン

訳者
山田香里

2009年6月17日 初版第1刷発行

発行人
柴﨑幸治

発行所
株式会社 宙おおぞら出版
http://www.ohzora.co.jp
〒162-8611 東京都新宿区早稲田鶴巻町543
03-5228-4050（代表） 03-5228-4060（販売）
03-5228-4052（資材製作）

印刷所
凸版印刷株式会社

ブックデザイン
albireo

編集協力
アトリエ・ロマンス

 ISBN978-4-7767-9542-1